# A SOBREVIVENTE

Nascida em Andradina, Vera Lúcia é auxiliar de desenvolvimento escolar e escritora de romances, contos, crônicas, poemas, poesias, reflexões etc.

Pedagoga, fez cursos na área de educação durante toda a sua vida e participou de vários encontros.

Em 1994, no 7º Concurso Nacional de Poesia, recebeu o 1º lugar no quesito Poema Destaque Individual, com o poema "*Busca*", Menção Honrosa e Certificado Especial de Participação. Também integrou a Coletânea do Concurso II Poemar, em Marília.

Em 1997 integrou a Coletânea da revista Brasília, DF, no XVIII Concurso Nacional de Poesias.

Em 2002, no evento Projeto Modelo Artes – Marília Mostra Seus Artistas, apresentou um recital com poemas de sua autoria. Nesse mesmo ano, seu poema "*O caracol e a família*" foi tema de formatura.

Em 2003, no Sindicato dos Trabalhadores nas Indústrias de Alimentação e Afins de Marília e Região, ministrou palestra, recitando poemas que retratavam o universo feminino. Na Escola ORBE de Marília participou como palestrante na área de literatura, o que resultou no livro *Futuros poetas*.

Em 2005, na Biblioteca "João Mesquita Valença", ministrou palestra para crianças. Foi conferencista na área de literatura e recitou poemas para os formandos da Universidade, presenteando-os com "*Ser poeta*".

Em 2006, na I Jornada de Letras e Pedagogia da Faculdade de Comunicação, Educação e Turismo da Universidade de Marília, apresentou recital e expôs contos no varal literário.

Vera Lúcia Claro

Direção de Arte
**Luiz Antonio Gasparetto**

Projeto Gráfico e Capa
**Priscila Noberto**

Revisão
**Fernanda Rizzo Sanchez**

1ª edição
Maio • 2008
5.000 exemplares

**Dados Internacionais de Catalogação na Publicação (CIP)**
**(Câmara Brasileira do Livro, SP, Brasil)**

Claro, Vera Lúcia
Stef – a sobrevivente / Vera Lúcia Claro. -- São Paulo : Centro de Estudos Vida & Consciência Editora, 2008.
ISBN 978-85-7722-020-5
1. Romance brasileiro I. Título.
08-03688 CDD-869.93

Índices para catálogo sistemático:
1. Romances : Literatura brasileira 869.93

Publicação, distribuição, impressão e acabamento
**CENTRO DE ESTUDOS VIDA & CONSCIÊNCIA EDITORA LTDA.**

Rua Agostinho Gomes, 2312
Ipiranga • CEP 04206-001
São Paulo • SP • Brasil
Fone / Fax: (11) 6161-2739 / 6161-2670
E-mail: grafica@vidaeconsciencia.com.br
Site: www.vidaeconsciencia.com.br

*Dedico este livro com amor ao meu esposo, Jorge Luiz Claro, em retribuição às horas de solidão pelas quais ele passou enquanto eu o escrevia; aos meus filhos e netos por apenas existirem; a todas as pessoas que me auxiliaram e me incentivaram nesta caminhada e,* in memorian, *à minha mãezinha, pelo amor que me ensinou a cultivar, mas acima de tudo a Deus, por Ele ter colocado essas pessoas maravilhosas em minha vida.*

# Stef

# A SOBREVIVENTE

# Stef A SOBREVIVENTE

Na Alemanha, durante o regime nazista de Adolph Hitler, todo jovem, ao completar catorze anos, era obrigado a entrar para uma facção do partido denominada: Juventude Hitlerista. O jovem passava, então, por uma doutrinação cujo fanatismo e obediência extremos ao Führer[1] podiam ser caracterizados como uma verdadeira lavagem cerebral.

Stef, uma bela alemãzinha de cachos dourados como ouro velho e chamejantes olhos azuis raiados de prata, acabara de atingir a idade exigida pelo partido para que os jovens se alistassem na Juventude Hitlerista, a título de se tornarem bons alemães.

Vivendo as alegrias e emoções do que seria o primeiro e único amor de sua vida, Stef achava aquilo tudo uma grande bobagem e acreditava, em suas fantasias juvenis, que não seria atingida pelos horrores e perigos da guerra. Afinal, era uma simples jovem alemã, filha de um bom e honrado alemão e de uma honrada mãe de família que cumpriam, embora discordassem totalmente dos ideais nazistas, fielmente as exigências do partido.

Alheia ao perigo que a rondava, Stef cantarolava feliz e sua voz harmoniosa enchia de emoção o coração de Sieg, seu jovem namorado. Nos piqueniques organizados pela Juventude, Stef e Sieg, em vez de, como eram orientados pelo monitor,

**1 Führer:** chefe máximo de todas as organizações militares e políticas da Alemanha. Foi o título adotado por Adolph Hitler (Nota do Revisor).

praticarem sexo a fim de aumentar a raça ariana[2], contrariavam essas ordens e, enamorados, planejavam para o pós-guerra um casamento feliz e coroado por muitos filhos.

Mas a partir do momento em que Stef conhece o major Herbert Renner vonn Mann, a guerra explode em sua jovem vida. Sua estonteante beleza mexe com os nervos e com a libido do oficial S.S.[3] que, acostumado a possuir, não por mérito próprio, mas por sua patente, toda mulher que deseja, não aceita a rejeição da jovem. Tomado por um desejo alucinado e ensandecido pela paixão doentia que o atormenta, não mede esforços para separar os namorados e tê-la como amante.

Stef tenta resistir, mas o passado guarda um segredo que a compromete, e ela se vê então engolfada pelo turbilhão nazista.

Sua saga atinge o ápice quando é obrigada a tomar uma cruel decisão: deixar o namorado, que ama e com o qual pretende se casar, e ceder aos caprichos do odiado nazista para tentar resgatar sua família, que é levada para um campo de concentração, ou resistir até a morte e deixá-los a todos, inclusive Sieg, que é enviado para a França, como soldado do Exército Regular Alemão, à mercê da própria sorte.

Stef, porém, é forte e corajosa e mesmo estando sozinha num mundo que explode em bombas, tiros, granadas, morte e destruição, não se deixa abater e haverá de lutar até o último pipocar da guerra.

---

2 **Raça Ariana:** na ideologia nazista, essa denominação é usada para classificar uma suposta raça comum aos indo-europeus e aos seus descendentes não miscigenados com outros povos (NR).

3 **S.S.: Schutzstaffel** – organização paramilitar ligada ao partido nazista alemão. Seu lema: "Minha honra é a lealdade" (NR).

# 1

Europa, primavera de 1942. O doce perfume das tílias misturava-se ao odor acre da pólvora que ardia por todos os lados. Milhares de pares de olhos aterrorizados fixavam o azul do céu primaveril, de onde a morte era despejada pelas barrigas assassinas dos caça-bombardeiros, que se abriam a derramar milhares de toneladas de bombas sobre suas cabeças. A brisa, densa pela fumaça dos incêndios provocados pelas explosões, sufocava; e o ar estava impregnado pelo cheiro adocicado de sangue humano. Era o holocausto!

A Segunda Guerra Mundial explodia por quase todo o continente europeu. A violência dos combates era algo jamais visto pelo homem; e o terror espalhava-se rápida e inexoravelmente. As tropas nazistas pareciam ser imbatíveis, avançavam cada vez mais e com maior tenacidade, deixando por onde passavam um rastro de morte e destruição. A avalanche alemã desconhecia fronteiras.

Ao aliar-se aos alemães em 1936, assinando o Pacto Anti-Komintern[4], que envolvia também o Japão, Benito Mussolini faria com que a bestialidade do nazifascismo fosse sussurrada soturnamente por todo canto da Itália e

4 **Pacto Anti-Komintern:** foi celebrado entre a Alemanha nazista e o Japão em 25 de novembro de 1936. O tratado opunha-se à Internacional Comunista (Comintern) em geral e, em particular, à União Soviética. Em 1937, a Itália aderiu ao Pacto, formando o grupo que mais tarde seria conhecido como "Eixo". Em 1939, aderiram a Espanha, a Hungria e o Manchukuo (NR).

em todos os seus dialetos. A alegria contagiante do povo italiano esvaiu-se, e a alegre sonoridade de suas vozes, tal alvoroço de passaredo, silenciado pela violência de uma tempestade, perdeu o tom. A exibir a temida e odiada suástica, a bandeira da ocupação alemã tremulava ameaçadora por quase todos os países do leste europeu: Noruega, Polônia, Dinamarca, Bélgica, Holanda viviam o terror da opressão nazista e as pessoas eram mortas ou presas e transportadas em condições desumanas para os campos de concentração e extermínio nazistas; os que não morriam de fome, frio, sede ou de alguma doença durante a viagem, ficando seus corpos abandonados nas plataformas das estações onde os trens de carga paravam para abastecer-se de carvão, tinham o alento de saber que iam morrer depois, nos campos de concentração, e sonhavam conseguir sobreviver àquele inferno.

O povo francês mergulhava no caos. Ou sofria com o autoritarismo de Pétain que, com a capital de seu governo instalada em Vichy, além de prestar contas a Hitler, exercia um regime ditatorial impondo o terror e acusando de traidor todo membro da Resistência (Movimento Nacionalista Contra o Invasor), chefiado pelo corajoso general De Gaulle. Exilado em Londres, ele organizou o Governo do Exílio, que daria origem ao movimento, cuja ideologia era resistir destemida e patrioticamente ao invasor, em busca da liberdade! O cidadão que tivesse a “sorte” de escapar à opressão do regime exercido por Pétain, no sul da França, teria a infelicidade de cair nas garras dos nazistas que ocupavam o resto do país, qualquer que fosse o destino da população francesa, seu destino era morrer ou tentar sobreviver...

Um pacto de não agressão, feito entre Stalin e Hitler, em agosto de 1939, não evitou que a Rússia fosse traiçoeiramente surpreendida pela invasão alemã em junho de 1941. Pegos de surpresa, o povo soviético sofreu danos irreparáveis, mas, refeito da surpresa e do desmantelamento inicial, o Exército Vermelho se reorganizou, e com o apoio da população civil, que resistia heroicamente, lutou bravamente no combate aos invasores. Essa luta tenaz faria com que, em 1943, os alemães fossem batidos no que se caracterizou por ser o mais longo e sangrento cerco da história da Segunda Guerra Mundial: o cerco a Stalingrado.

Nas geladas matas russas, grupos de guerrilheiros formados por velhos, mulheres, crianças e ex-combatentes feridos na guerra, vasculhavam, imbuídos por um forte e impiedoso espírito de vingança, cada folha morta caída ao solo, em busca de batedores e patrulhas isoladas de soldados alemães. Quando se dava o confronto, a impressão que se tinha, dada a violência da refrega, era a de que até a alma dos combatentes havia sido impiedosamente morta. Os guerrilheiros participavam ativamente da guerra, praticando sabotagens contra o inimigo. Danificavam linhas férreas, explodiam pontes e depósitos de munições e de abastecimento das guarnições alemãs, dinamitavam campos de pouso e estradas importantes, desempenhando papel de fundamental importância no desenrolar da guerra.

Na Inglaterra, milhares de civis choravam seus mortos. Somente nos meses de novembro e dezembro de 1940, quinze mil londrinos pereceram sob os ataques aéreos da Luftwaffe (Força Aérea Alemã). Esses ataques se sucederam até maio de 1941. Auxiliada por poderosos radares e pela máquina decodificadora “Enigma”, a “RAF” (Real Força Aérea) resistia com valentia, mas seria somente a partir de fevereiro de 1942, quando então, sob o comando do general Arthur Harris, que lutaria incansavelmente pela multiplicação e fortalecimento da frota aérea inglesa, que esta faria valer sua supremacia, dominando completamente o espaço aéreo inglês, rechaçando os alemães e praticando, com sucesso, incursões aéreas contra a Alemanha.

O eixo: “Roma–Berlim–Tóquio”, parecia que ia dominar o mundo; oprimindo toda nação terrestre sob o jugo dos regimes nazifascistas, tamanho o avanço tenaz e a bestial ferocidade com que o faziam.

Grécia e Iugoslávia estavam dominadas sob as mãos

férreas dos Exércitos Alemães e Italianos. Policiais da Gestapo (Polícia Secreta Alemã), vigiavam com olhos de lince cada passo da população civil. Persistentes, não recuavam nem diante da derrota sofrida para os ingleses na África e, mesmo sofrendo grandes baixas em cada confronto, seguiam juntos pelo norte do território africano; tinham como meta alcançar e dominar o Canal de Suez.

Romênia, Bulgária e Hungria haviam sido levadas a fazer, sob pressão, alianças favoráveis com os alemães, e suas populações sofriam as conseqüências dessa humilhante forma de dominação.

Após o ataque vitorioso à base militar de Pearl Harbor, situada no Havaí, em 7 de dezembro de 1941, sentindo-se fortalecidos, os japoneses, que já haviam conquistado o sudeste asiático em 1931 com a invasão da Manchúria e seis anos depois da China, queriam mais sangue, mais vidas, mais poder. Movidos por esse ideal, rumaram em direção às Índias Orientais Holandesas, Hong Kong, Cingapura, Bornéu, Andamãs, Filipinas, Malásia e Birmânia (atual Mianmar). E já planejavam chegar à Austrália.

Nos campos de concentração e de extermínio nazistas, centenas de milhares de prisioneiros sucumbiam diante das miseráveis condições de vida que lhes eram impostas pelos nazistas. Fome, trabalho forçado, torturas físicas e psicológicas, epidemias etc. assolavam os campos. A crueldade e total ausência de qualquer forma de sentimento solidário e de humanitarismo, por parte da oficialidade e dos guardas dos campos, minavam a dignidade dos prisioneiros, que eram tratados como se fossem demônios sarnentos.

Os campos de concentração e extermínio viviam abarrotados de presos políticos, judeus, estrangeiros deportados de seus países ocupados, comunistas e outras minorias étnicas e religiosas. Os judeus eram os mais visados pelo faro assassino nazista, e não precisavam sequer fazer propaganda contra Hitler para serem presos ou mortos, bastava apenas ser judeu. A perseguição implacável se fazia não só àqueles que seguiam as tradições judaicas, mas a todo e qualquer indivíduo que possuísse uma gota sequer de sangue judeu.

Ser judeu ou ter a menor ascendência judaica que fosse, era o crime que decretava a prisão e, conseqüentemente, a pena de morte de milhares de homens, mulheres e crianças nas câmaras de gás ou nos paredões de fuzilamento nazista. Muitos pereciam nas mãos dos médicos S.S. que clinicavam nos campos de concentração. Tendo como mentor o famigerado dr. Himmler, comandante-geral de todos os campos, esses médicos, usando os prisioneiros como cobaias, praticavam experiências diabólicas. Algumas dessas experiências consistiam na prática de cirurgias realizadas em homens e mulheres, sem anestesia, com o propósito de investigar a fertilidade humana, e com isso purificar e aumentar a raça ariana; no pós-operatório, a cobaia era entregue à própria sorte e a maioria morria com infecções generalizadas. Um número bem reduzido dos milhares de prisioneiros que passou por essas experiências maquiavélicas, sobreviveria a elas. E os que tiveram essa sorte, carregariam sérias seqüelas físicas e psicológicas para o resto de suas vidas.

Fora dos campos o holocausto continuava para os judeus residentes na Europa. Tidos, pelo regime hitlerista, como portadores de sangue impuro, deviam por esse motivo e, somente por esse motivo, ser exterminados, sem distinção de idade, sexo.

Filhos ainda pequeninos de mães judias gritavam desesperadamente enquanto eram brutalmente arrancados de seus braços; pais surpreendidos em suas camas, na calada da noite, eram mortos ou levados, e nunca mais eram vistos; de nada valiam os comoventes apelos de esposas e filhos estarrecidos pela brutalidade. Ao contrário, quanto mais drama se fizesse, mais os nazistas se irritavam e maior era o abuso.

Jovens judias eram violentadas com escárnio pelos soldados e oficiais S.S., muitas vezes tendo como platéia toda a família que, impotente, nada podia fazer a não ser orar. Uma família nessa situação sabia que, no fim, todos da casa seriam presos, o que significava a morte lenta e agonizante nos campos de concentração. Por esse motivo, imploravam a Deus que tudo fosse muito breve, o mais breve possível, e pediam perdão, mas pediam também ao Pai que os nazistas os matassem, a todos da família, ali mesmo. Pelo menos assim, iriam ter a alegria de partir juntos, rumo ao paraíso, se o Senhor os aceitasse no Reino, mesmo após, contra a sua vontade, terem pedido que os matassem.

Alguns tentavam desesperadamente fugir para outros continentes ou para a terra prometida: a Palestina. Mas era quase impossível sair clandestinamente da Alemanha Hitlerista em plena guerra. Outros, na impossibilidade de fugir, escondiam-se como podiam: em porões úmidos e viscosos; em escombros de prédios bombardeados; em jazigos de cemitérios abandonados; em subterrâneos feitos às pressas e com a cumplicidade da noite. Quase sempre, porém, eram surpreendidos e mortos em seus esconderijos por seus algozes. Pouquíssimos judeus conseguiriam sobreviver à sanha assassina do pintor austríaco que se tornou estadista: Adolph Hitler.

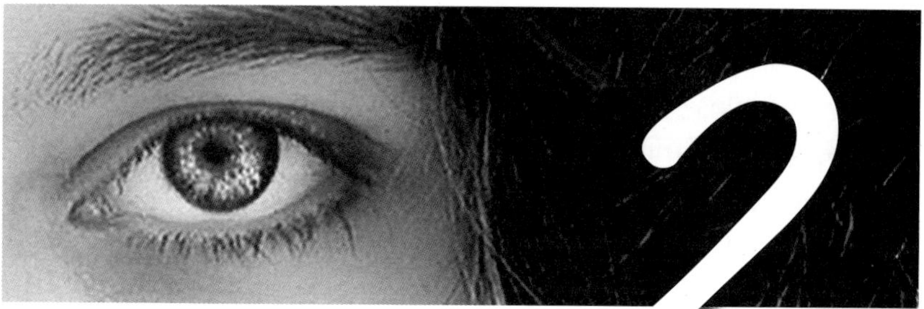

# 2

Berlim, março de 1942. Nos subúrbios da cidade, a população ouve, pelas ondas de aparelhos receptores, notícias da guerra. Numa casinha branca, com janelas pintadas de azul e um florido jardim à frente, um casal troca olhares temerosos ao ouvir as últimas notícias: o locutor fala orgulhoso da captura de mais uma leva de judeus! A dona da casa estremece e olha ansiosa para o marido. Embora vizinhos e conhecidos os tivessem como os mais puros alemães, o chefe da casa era, na verdade, um meio judeu! Filho de um italiano com uma judia-polonesa.

O ardente romance entre o italiano e a judia, embora intenso, duraria pouco mais de um ano. Vitimada por complicações no parto, ela viria a óbito poucas horas após dar a luz um belo garoto. Ele pereceria dali a alguns meses, vítima da tristeza e solidão advindas da morte da mulher amada. Nem o recém-nascido, que recebera o nome de Giuseppe conseguiu tirar o pai daquela inércia fatal.

O pequeno órfão vagou algum tempo pelos orfanatos italianos, até que uma parenta distante de seu pai, que nascera e sempre vivera na Alemanha, sendo inclusive casada com um alemão, de passagem pela Itália, soube dos fatos e, como não havia tido filhos no casamento, decidiu adotá-lo e levá-lo para a Alemanha. E foi dessa forma, que o ítalo-judaico-polonês Giuseppe, tornou-se alemão e passou a assinar o nome de: Adolph Hanneke Zimmer, filho de Otto vonn Zimmer e de Anna Hanneke Zimmer.

Os anos passaram-se e a orfandade paterna atingiu Adolph pela segunda vez. Como Otto trabalhava numa pequena oficina de consertos de calçados, instalada nos fundos da própria casa em que residia, e Adolph era seu ajudante, com a morte do pai, o jovem abandonou os estudos e assumiu o comando da oficina.

Adolph, com apenas dezessete anos, tinha sobre si a responsabilidade de cuidar de sua velha mãe, doente e abalada pela perda do companheiro de mais de cinqüenta anos. Anna definhava a cada dia. Sentia uma tristeza indizível por saber que breve deixaria o filho amado, mas sentia, por outro lado, uma estranha alegria, pois acreditava que iria encontrar-se com seu saudoso Otto. Mas Anna viveria ainda por mais quatro anos.

Ele, agora com vinte e um anos de idade, sepultava aquela que o amara ao longo de sua vida, como somente uma mãe amorosa pode amar. Antes, porém, de exalar seu último suspiro, ela tomou entre suas mãos frágeis e enrugadas as do filho, e revelou-lhe o segredo de sua existência.

Adolph chorou nesse dia, seu primeiro pranto de adulto. Amava desmedidamente os pais, e com a falta do pai, havia se aproximado ainda mais da mãe, que era idosa e doente, e requeria cuidados especiais. Agora, olhava para aquela figura frágil estendida na cama, e seu coração se confrangia com a notícia inesperada. A voz materna martelava sua mente, mas ele não tinha dúvidas: Anna era sua mãe, ele a amava e era preciso que ela acreditasse nisso. Debruçou-se à janela e recordou toda a conversa que tivera com a mãe, o sol de fim de tarde já se derramava ao longe, tingindo o horizonte com todas as cores do arco-íris.

– Adolph, meu filho. Tenho algo guardado comigo que é seu. Por favor, pegue aquela caixinha de madeira que fica no fundo do baú, pegue também a sua chave, ela fica pendurada aí mesmo, num cantinho. A voz de Anna soava fraca e entrecortada por violentos acessos de tosse.

Adolph abriu o velho baú, que ocupava toda a largura da cama do casal e era acoplado aos pés dela. Remexeu nos tesouros que os pais guardavam ali: retratos, cartas, livros, algumas quinquilharias da mãe, peças de enxoval ricamente bordadas, encontrando por fim a caixinha que a mãe guardava com tanto zelo. Suas mãos tremiam quando pegou a chave. Fosse qual fosse o segredo que aquela misteriosa caixinha encerrasse, pela gravidade do semblante da voz da mãe, era algo de muito sério, e isso mexia com seus nervos e o deixava apreensivo.

Anna colocou os óculos, abriu com lentidão a fechadura que estava meio emperrada e finalmente a caixinha foi aberta. Demorou-se a procurar meticulosamente algo entre os objetos que ali estavam, e o que para Adolph pareceu uma eternidade, não passou, na verdade, de breves momentos.

– Ah! Até que enfim encontrei! – Anna estava excitada e tossia continuamente. – Aqui está, meu filho. Venha, sente-se perto de mim. – Adolph fechou os olhos momentaneamente ao som da voz materna, que era quase um murmúrio, aproximou-se lentamente do leito da anciã e sentou-se à sua cabeceira, estendendo a mão e afagando o rosto adorado dela que, com a voz entrecortada pelos soluços, disse-lhe:

– Adolph, meu filho, você é um filho muito especial, muito amado, mas chegou o momento de saber a verdade sobre sua origem. Por um desses acasos do destino, Otto e eu não pudemos ter filhos, embora isso fosse o que mais desejássemos para completar nossa felicidade. Por favor, meu filho, perdoe-me por nunca antes ter lhe revelado este segredo, você é o filho mais adorado que nós poderíamos ter tido, mas você... você é filho adotivo. – Adolph estremeceu, um choque elétrico perpassou-lhe o corpo e o mundo pareceu girar. Apertou a mãozinha frágil da mãe e sentiu uma forte emoção invadi-lo. Embora sofresse com a revelação, Anna não lhe deu trégua:

– Meu filho, isto lhe pertence. É tudo o que pudemos encontrar sobre seus pais biológicos. Você a trazia ao pescoço quando o encontramos em um orfanato italiano.

Dizendo isso, a anciã depositou na mão do jovem, uma fina corrente de ouro com uma delicada medalhinha oval, também de ouro.

Suas mãos tremiam quando Adolph ergueu a fina corrente contra a luz do sol, que entrava pela janela, passando a observá-la atentamente. Era uma jóia antiga e delicada. Três finíssimas trancinhas formavam um bonito e laborioso trabalho. Ele olhou detidamente a inscrição gravada no verso da medalha: Lauro & Magda – 8/4/1898; no reverso, uma linda estrela reluzia: a estrela de David.

Embora fragilizada pela idade avançada e pela doença, Anna observava o filho atentamente. Sempre temera aquele momento; sabia que um dia a verdade teria que vir à tona, mas temia perder o amor e a confiança do filho; arrependia-se, às vezes, de não tê-la dito quando ele era ainda pequeno. Agora estava feito. Buscou os olhos do filho em busca de uma resposta, de uma reação; ainda que a ferisse. O que ela não podia, e isso tinha bem claro para si, era levar para o túmulo aquela mentira.

Adolph apertou a delicada corrente entre os dedos e abraçou demoradamente a mãe:

– Está tudo bem, mamãe. Foi bom saber a verdade. Só uma coisa me incomoda, a ausência de papai. Queria-o aqui para abraçá-lo e agradecer o imenso amor que vocês sempre me dedicaram, e dizer-lhes que eu os amo, sempre os amei, e, a partir de agora, vou amá-los ainda mais.

Anna suspirou aliviada; dominados pela emoção, mãe e filho choravam copiosamente.

– Obrigada, meu filho. Você sempre foi o filho mais querido que alguém poderia ter. Seu pai e eu o amamos com todo o amor que poderia haver em nossos corações.

Na noite daquele mesmo dia Anna viria a óbito. Sentia-se serena após ter revelado o doloroso segredo a Adolph. Após um violento acesso de tosse, morreu tranqüila, segurando entre as suas, as mãos vigorosas do filho adorado.

Quando o dr. Heinrich Chermanm tocou de leve em seu ombro, murmurou num tom entre profissional e amistoso:

– Bem, meu rapaz, o sofrimento de sua mãe acabou. Ela agora descansa em paz.

Naquele momento, Adolph compreendeu que sua velha e adorada mãe havia partido ao encontro de seu não menos adorado pai. E sentindo um grande vazio, compreendeu também que, com apenas vinte e um anos, estava novamente sozinho no mundo. Não tinha parentes maternos, Anna era filha única e seus pais, há muito haviam falecido. Com os parentes paternos, Adolph nunca havia tido o menor contato e não podia, além de não os conhecer, contar com sua solidariedade nem para os funerais, já que, avisados por Anna da morte de Otto, não se haviam manifestado. De linhagem nobre, a família de Otto jamais aceitara a bela operária de cintilantes olhos verdes e cabelos negros e sedosos e de pele alva como alabastro que ele tomara como esposa. Como também jamais reconheceram como membro da família o rechonchudo bebê de pele rosada e expressivos olhos azuis, que aparecera tão tardiamente no seio do casal Zimmer. Otto, Anna e Adolph viviam isolados do resto da família; e eram muito felizes em seu pequeno mundo.

Adolph ainda segurava a mão da mãe morta; uma tristeza indizível o assolava. Tinha tanto a dizer, tantas indagações; mas agora já não havia mais tempo. Seus pais estavam ambos mortos, biológicos e adotivos. E desta vez, sabia-se completamente só: não haveria a peregrinação pelos orfanatos italianos; como também não haveria os bondosos Otto e Anna para aconchegá-lo nos braços e chamá-lo de meu filho. Ele agora era um jovem de vinte e um anos, tinha uma casa para morar e a responsabilidade de fazer prosperar a oficina herdada do pai havia quatro anos.

Passado o transe do funeral da mãe, Adolph deu um beijo na pequena medalha, que selou a breve união de seus pais biológicos, e guardou a jóia no mesmo lugar em que estivera guardada por todos aqueles anos. Prometeu a si mesmo que um dia haveria de falar aos seus filhos e netos sobre o lindo sonho de amor que Magda e Lauro viveram;

como também falar da realidade do grande amor e desprendimento de seus pais adotivos: Anna e Otto.

Adolph, sentado em sua cadeira de vime, confortavelmente instalada diante da pequena lareira, onde as brasas crepitavam, agora com quarenta e três anos, contemplava sua família angustiado.

Olga, sua mulher, ainda bela aos quarenta anos, amamentava o pequeno Ulrich, de apenas dez meses de idade; seus imensos olhos azuis abrigavam uma tristeza indizível. Sabedora da origem judaica do marido, Olga ouvia com apreensão as notícias do avanço nazista e da perseguição cada vez mais ferrenha aos judeus. Naquele preciso momento, orgulhava-se o locutor ao transmitir a notícia de que somente naquele dia, mais de quinhentos judeus entre homens, mulheres e crianças haviam sido capturados. Temerosa pelo destino dos filhos, Olga acariciou demoradamente o bebê, depois, com grande pesar, os olhos tristes e melancólicos pousaram sobre a filha Stef; suspirou pensativa, a filha era sua maior preocupação naquele momento. Recém completara catorze anos e, como todo jovem alemão ao atingir esta idade, deveria entrar para a Juventude Hitlerista dali a alguns dias. Buscou o marido com os olhos e pôde sentir todo o peso de sua agonia. Olhou novamente para a filha, e só então percebeu que Stef já não era mais uma criancinha. Tornara-se uma bela jovem, e sua beleza exótica prometia transformá-la numa linda mulher.

A miscigenação de raças de seus antepassados legara

a Stef uma rara beleza. Alta; esguia; dona de uma sedosa pele dourada e fartos e longos cabelos da cor de ouro velho, seus olhos eram grandes como os da mãe, porém, de um azul-prateado onde bailavam cintilantes pontinhos negros. Seu rosto peculiar parecia estar sempre sorrindo, e tudo nela se harmonizava com a cor de cereja de seus lábios carnudos e cheios de vida.

Foi com grande esforço que Olga conteve as lágrimas. De repente, o que era apenas uma melancólica preocupação, transformou-se em uma agonia sem limites. Para seu desespero, sua filha era muito linda. Linda e... judia. Suspirou pesarosa e voltou os olhos para o marido que sustentou o olhar da esposa, sentindo-se esvaziado; saltava-lhe pelos olhos toda dor da impotência por não poder, por sua condição de meio judeu, oferecer segurança à sua mulher e filhos.

Adolph desviou os olhos em desespero, era sabido que os fanáticos nazistas farejavam judeus como o cão fareja a caça; e ele era filho de um italiano com uma judia-polonesa. Seu pequenino Ulrich, e sua querida filha Stef eram, portanto, netos biológicos de uma mulher cuja raça, os nazistas repudiavam ao extremo. Não importava o quanto seus documentos pessoais provassem ser ele um legítimo alemão; papéis são papéis, feitos em qualquer parte do mundo e, quase sempre, por um gordo e mal-humorado funcionário que nunca sabe se coloca a imensa barriga dentro das calças ou se segura o pincenê enquanto datilografa os dados do sujeito que espera impaciente do outro lado do guichê. Ao contrário de papéis, sangue é sangue; adquirido em um único e belo momento da vida e jamais modificado, nem mesmo por um exército de funcionários gordos ou magros, alegres ou mal-humorados; ou mesmo pelo amor e desprendimento das Annas e Ottos da vida.

Remexeu-se inquieto na cadeira, não podia deixar de pensar em sua família. Foram vazios e solitários os cinco anos seguintes à morte da mãe. Dotado de grande senso comercial e sendo muito trabalhador, Adolph dedicava seus dias ao trabalho e prosperara; mas suas noites eram povoadas de solidão. Almejava a alegria e o aconchego de uma família. E então veio Olga. Aquela beleza loura para encher seus dias e suas noites de amor e alegria. Sentiu-se plenamente feliz e realizado no dia de seu casamento. Olga era a noiva mais linda e exuberante que jamais vira.

Olga perdera os pais num acidente automobilístico dois anos e meio antes de seu casamento com Adolph. Vagner, seu irmão mais novo, havia sido morto em combate logo no início da guerra, em 1939, na Polônia; e sua irmã gêmea, Elga, era casada com um americano e morava em Nova Iorque, desde 1922. Antes da guerra, as duas irmãs trocavam correspondência regularmente, depois do seu início, porém, as cartas chegavam com atraso e violadas. Só se escreviam banalidades, para não correr o risco de não ter a correspondência entregue ao destinatário.

O presente pelo terceiro aniversário de casamento foi muito especial: uma linda filha, Stef, que agora estava deitada displicentemente no tapete que ficava entre as duas poltronas, ocupadas por ele e pela esposa. Olhou com ternura para a filha e os catorze anos da garota desfilaram por sua mente: a emoção do nascimento; o bercinho de vime, decorado com fitinhas e lacinhos cor-de-rosa; as primeiras palavras; os primeiros passinhos; Stef na sapataria, empoleirada na cadeirinha de madeira com assento feito de finas tirinhas de couro, que ele lhe fizera por ocasião de seu primeiro aniversário. A bonequinha de pano que Olga confeccionara com tamanho desvelo, no colo. O primeiro dia de aula. No coral da igreja. Sua voz doce e harmoniosa destacando-se dentre as demais. Já na escola primária, Stef cantava nas festividades escolares com grande desenvoltura. E agora, na adolescência, já era requisitada para se apresentar em festinhas de aniversários, festividades cívicas; e acalentava o sonho de se tornar uma cantora famosa. Quando Stef cantava, todos os que a ouviam ficavam emudecidos diante da magnitude de sua voz, e até a natureza silenciava-se para escutar sua belíssima interpretação. Stef possuía um instrumento afinadíssimo na garganta e sonhava um dia poder cantar pelo mundo, representando sua pátria.

Como se fizesse eco aos pensamentos do pai, a garota levantou-se de onde estivera deitada até então e, cantarolando uma velha marchinha alemã, cruzou a sala com seu andar gracioso e sentou-se no chão por entre as pernas de Adolph; recostou a cabeça dourada em uma das pernas dele, e com as mãos longas e delicadas, marcava o ritmo da canção na outra perna.

Adolph acariciava ternamente a cabeleira sedosa da filha, enquanto funestos pensamentos lhe invadiam a alma:

"E se os nazistas descobrissem sua origem? Que seria feito então de sua família? Olga? Stef? Ulrich? Ele próprio? Já não podia pensar em si; era preciso encontrar uma solução para proteger sua família, mas sentia-se impotente. A quem recorreria um judeu na Alemanha nazista? No rádio e nas ruas só se falavam na captura irrefreável de judeus. Vários amigos seus haviam desaparecido com toda a família, estavam mortos ou presos, ninguém sabia ao certo".

Adolph não conseguiu conter-se, todo seu corpo foi sacudido por um violento soluço e de sua garganta saiu um som pungente, como de um animal acuado. Surpreendida pelo comportamento do pai, Stef levantou-se de um salto:

– Papai! Você está chorando! O que houve?

– Não filha, eu não estou... – sua voz embargou: – por favor, meu bem... vá se deitar, já é tarde e... por favor, Stef, vá se deitar, sim?

– Mas, papai! Mamãe, faça alguma coisa, papai está chorando! – desmesuradamente abertos, os olhos azuis-prateados voltaram-se para Olga, que não pôde suportar o impacto dos raios de prata que se desprendiam dos olhos de Stef, abaixou a cabeça e mudou o pequeno Ulrich de seio, enquanto enxugava disfarçadamente uma lágrima.

– Papai... mamãe... O que afinal está acontecendo? Falem alguma coisa, por Deus! – Olga interveio:

– Por favor, Stef, faça o que seu pai está pedindo, vá se deitar.

– Mas, mamãe... olhe para papai, ele está chorando! E eu quero saber o porquê!

– Por favor, Stef – a voz de Adolph saía à custo –, durma tranqüila, não está acontecendo nada demais, é que ouvi-la me emocionou. Afinal, não é qualquer pai que pode dar-se ao prazer de ter uma filha que canta igual a você.

– Oh, meu papai. Meu papai querido. Só mesmo você para me assustar desse jeito – Stef massageava delicadamente os ombros do pai.

– Vá se deitar, boneca. E... Stef?

– Sim, papai.

– Não diga a ninguém. Absolutamente ninguém, o que aconteceu aqui hoje, compreendeu, querida? Agora vá se deitar, sim, boneca?

– Certo, papai. Não direi nada de nada a ninguém, embora eu não tenha compreendido exatamente o que aconteceu. Você nunca antes chorou ao me ouvir cantar, ao contrário, meu canto sempre lhe deu prazer.

– Eu sei, filhinha. Mas para tudo sempre existe uma primeira vez, até para chorar. Agora me mostre que é uma boa garota, dê um beijo em seus velhos e vá se deitar! – fazendo-se de zangado, Adolph imprimiu um tom imperioso à voz a fim de acabar com aquele tormento.

– Boa noite, papai. Boa noite, mamãe. – Stef beijou carinhosamente os pais, estalou uma beijoca sapeca no pequerrucho que dormia a sono solto nos braços da mãe e depois se retirou ensimesmada para seu quarto. Algo estava errado com os pais; e ela se torturava por não saber o que era. Apagou a luz e ficou deitada na escuridão, imaginando o que poderia estar acontecendo para deixá-los tão sensíveis a ponto de chorar.

Foi com um suspiro de alívio que os Zimmers viram a filha deixar a sala e se dirigir para o seu quarto. Ambos olharam-se longamente e uma vida cheia de dor e angústia transpareceu naqueles dois pares de olhos amedrontados e inseguros que se fitavam. Adolph enlaçou a mulher pela cintura fina e conduziu-a com terna doçura para o quarto do casal, passava um pouco das vinte e uma horas. Olga acomodou o bebê no bercinho de vime que pertencera à irmã e cujas fitinhas cor-de-rosa haviam sido trocadas por fitas e laçarotes azuis de bolinhas brancas, e deitou-se apreensiva ao lado do marido, na grande cama de casal que pertencera aos pais de Adolph.

– E agora, Adolph, o que faremos? Sinto tanto medo. Um medo pavoroso! – Olga achava que ia enlouquecer com aquele tormento. Não sabia mais o que fazer. Havia pensado em enviar os filhos para a América; mas as cartas de Elga demoravam cada vez mais a chegar, e, além disso, ela tinha medo de escrever sobre seus temores; sabia que as correspondências eram abertas e lidas antes de serem enviadas a seus destinatários.

Adolph alisou os cabelos sedosos da esposa e disse:

– Nada, querida. Tenha calma, por favor. A essa altura, simplesmente não podemos fazer nada, além de ter calma – tentava ele próprio manter a calma que pedia à esposa.

– Mas... e Stef? Ela fará perguntas. O que vou dizer a ela? Já não sei mais como fingir que tudo está bem, que essa guerra horrenda não está aqui, entre nós, ameaçando nossa felicidade! – Olga perdeu o controle e chorava aos borbotões. Tudo aquilo parecia um horrível pesadelo que nunca teria fim. Seus olhos, azuis e brilhantes, pareciam o mar em tormenta. As lágrimas queimavam suas faces brancas como alabastro, e seus lábios, antes rosados, tremiam, descorados pelo medo que lhe roía as entranhas.

– Eu sei disso, querida. Mas não podemos fazer absolutamente nada. Se fizermos qualquer coisa fora de nossa rotina, chamaremos a atenção de olhos atentos sobre nós, e isso pode ser muito perigoso.

– Oh, Adolph, meu amor... eu sinto tanto medo por nossos filhos. Por que não fugimos para a América? Ou para o Brasil? Deve haver um meio de sair deste inferno! – Olga estava desesperada. Olhava para o bebê adormecido no bercinho de vime. Pensava na filha deitada no quarto ao lado. – Meu Deus... isto é o apocalipse!

– Ficou louca, Olga? Você enlouqueceu? – Adolph não podia acreditar que a esposa houvesse realmente tido aquele pensamento louco. – Como fugir do inferno? Qualquer pedido de permissão para viagem é investigado a fundo; e de outra maneira, esqueça. Somente um louco o tentaria.

– Louco é Adolph Hitler, que nos jogou a todos neste mar de sangue! Nesta incerteza de nunca sabermos se viveremos o momento seguinte! Eu morro um pouco a cada dia, Adolph; quando penso que todos nós podemos acabar como meu irmão! Nossos filhos! Nossos filhos! Não! Não quero nem imaginar a loucura que seria isso! – Adolph sentiu pena da mulher. Estreitou-a nos braços e disse suavemente:

– Ouça, meu amor, para nosso próprio bem e para o bem de nossos pequenos, não podemos fazer nada além de ficarmos quietos em nosso canto. Compreenda isso, por favor. Vamos procurar manter a calma e tentar viver o melhor possível até tudo isso acabar.

– E você acredita realmente que esse inferno terá fim? Esse louco quer dominar o mundo! E se essa maldita guerra se prolongar? Que será feito de nós? Stef acaba de completar catorze anos; logo terá de se inscrever na Juventude Hitlerista! – Olga se desesperava ao pensar na filha longe de sua proteção. Queria ter o poder de regredir o tempo.

– Olga, meu bem. Não vamos sofrer por antecipação. Abrace seu marido e vamos dormir, amanhã será um novo dia; e este novo dia haverá de nos sorrir.

– Meu Adolph... meu querido... – como se fosse uma criança abandonada, ela chorava, aninhada nos braços do marido, que acariciava seus ombros e chorava a sua própria dor em silêncio.

Naquela noite, Adolph Zimmer e sua esposa não dormiram. Passaram-na em claro, temendo a sorte dos filhos queridos.

No quarto ao lado, Stef também não conseguia dormir. Ouvia os soluços da mãe e se perguntava o porquê de tudo aquilo. "Antes dessa guerra assassina", pensava, "papai e mamãe nunca foram tristes e apáticos como então". Jamais os havia visto cabisbaixos ou irritados. Estavam sempre alegres e felizes. Mas, ultimamente, esquivavam-se, secando disfarçadamente uma lágrima silenciosa. Ficavam longos momentos calados e com os olhos perdidos no vazio.

E agora, o descontrole daquela noite. A dor latente estampada no rosto de ambos, quando confrontados por ela na saleta após o jantar. Os soluços pungentes da mãe, vindos do quarto onde, antes da guerra, só se ouviam alegres conversas e risadas felizes, completadas com lindos e ardentes momentos de amor. Stef começou a chorar silenciosamente para não preocupar os pais. Sofria com o sofrimento deles, mesmo não sabendo o porquê de tamanha tortura. E não queria aumentar-lhes a preocupação, deixando-os perceber que não sabia exatamente o que era, mas sabia com certeza que algo estava errado entre eles. Stef não podia saber então da proporção da tragédia que iria se abater sobre sua família.

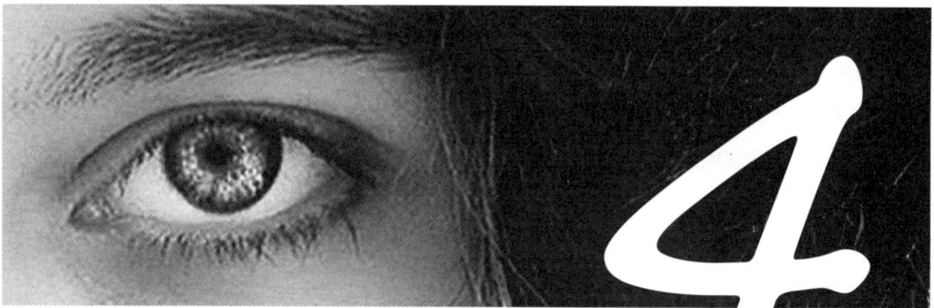

# 4

As cores perfumadas da primavera e as chuvas fortes de verão haviam passado; as folhas mortas do fim de outono jaziam pelo chão, empapadas de sangue humano; e até a alma se enregelava com o rigor do inverno que se aproximava.

1942, entretanto, seria um ano decisivo para o desfecho da guerra. Quatro dias após o ataque a Pearl Harbor, os Estados Unidos, que vinham relutando sua entrada no conflito, declararam guerra ao Japão, aliando-se à França, Inglaterra e Rússia. Essa aliança, que se fortalecia a cada dia com a entrada de outros países, significou o começo do declínio do "Eixo" e culminaria com a vitória dos aliados a dois de maio de 1945. Mas ninguém então poderia prever esse desfecho, em meio a toda aquela carnificina, e ainda ouvindo, a cada minuto, a propaganda enganosa que os alemães faziam anunciar nas rádios e em cartazes mentirosos.

A população civil dos países ocupados cada vez mais resistia aos invasores. Pacatos trabalhadores à luz do dia, tornavam-se, com a cumplicidade da noite, ferozes resistentes; e sabotavam tudo o que lhes ia pela frente e que cheirasse alemão.

Entrementes, os Zimmers tentavam levar a vida dentro dos padrões da guerra, desde que a mesma eclodira havia três anos. Adolph agora tinha muito que fazer em sua pequena, porém bem organizada, oficina. Com a guerra, vieram-lhe cair nas mãos, algumas cotas de botas dos soldados alemães, para consertos e polimentos. Trabalhava às vezes até dezesseis horas por dia, ajudado pela mulher e pela filha que, após os cuidados com a casa e com o bebê, ajudavam-no como podiam.

Alheia ao perigo que os rondava, Stef cantarolava enquanto lustrava as botas negras como azeviche; sua voz enchia o recinto de alegria e amenizava o trabalho árduo.

Calado e apreensivo, Adolph trabalhava com afinco a fim de tentar esquecer sua origem. Mas por mais que se entregasse noite e dia ao trabalho, isso era impossível. Cada vez que o pequeno badalo, pendurado estrategicamente no portãozinho de madeira que dava acesso à oficina, tilintava, anunciando alguém que chegava, era tomado por um sobressalto e um medo voraz lhe fazia baquear o coração. Temia já serem eles. Os nazistas. "Será que já descobriram que vim ao mundo por meio de uma judia?", pensava agoniado. Olhava rápida e assustadamente para a esposa; depois vinha o alívio ao olhar para o corredor estreito, que conduzia à oficina, e constatar que se tratava de um amigo ou freguês.

Entre sobressaltos e suspiros aliviados, uma tensão imensa oprimia o coração do modesto sapateiro. Amava a esposa e amava ainda mais que a ela, os filhos; queria protegê-los, mas sua origem ítalo-judaica o deixava impotente. Que podia fazer um meio judeu em plena Alemanha nazista, além de tentar se manter nas sombras?

Como a lembrá-lo seu drama, o velho rádio que pertencera a seu falecido pai e que ficava instalado numa prateleira de madeira nos fundos da oficina, exceto quando havia alguma notícia extraordinária, irradiava notícias da guerra de hora em hora. E naquele exato momento, misturando-se à suavidade da voz primaveril de Stef que, como sempre cantarolava uma canção, a voz metálica do locutor martelava seus ouvidos, noticiando grandes batalhas vencidas e avanços importantes para o "Eixo"; ocultando, propositadamente, as derrotas sofridas, a potência bélica dos aliados e o precário estado das forças alemãs que a essa altura estavam em frangalhos. Batalhões inteiros eram feitos prisioneiros ou desertavam; comboios de abastecimentos eram sabotados e, mesmo oficiais do alto escalão do governo alemão temiam uma derrota; apenas não o podiam manifestar, pois, quem o ousasse fazê-lo, para exemplo aos demais, seria fuzilado imediatamente. O pessimismo não podia se alastrar.

Como teria sido consolador para Adolph ouvir, em 1942, notícias verdadeiras sobre o desenrolar da guerra. Talvez, se assim o fosse, tudo teria sido diferente para sua família nos três anos que os separavam do fim dela. Mas o general Josef Goebbels, ministro da Propaganda Alemã, era um nazista fanático e, contra todas as probabilidades, apostaria, até o pipocar do último tiro, todas as suas fichas na vitória alemã; e fazia anunciar diariamente, a fim de manter a fidelidade da população civil e de elevar o ânimo das tropas, falsas vitórias do "Eixo".

Para tentar ganhar a guerra que, embora não o admitisse nem para si próprio, via perdida, Hitler, com sua insana e diabólica mente, ordenava que se lutasse até ao último homem e mandava prender toda pessoa que contrariasse qualquer das orientações do partido. Milhares de jovens, ainda imberbes, recebiam um rápido treinamento e eram enviados para as frentes de batalha para servir de alvo aos aliados. Era uma luta insana. O mundo contra apenas três países; mas o Führer alemão não pensava assim, ao incitar suas tropas a prosseguir na luta desigual em número de homens e em armamentos, acreditava que poderia ainda reverter a situação desfavorável em que se encontravam seus Exércitos.

Nos fronts, mais que em qualquer outro lugar, imperava a ordem: vencer ou vencer. As tropas nada sabiam a respeito dos avanços e conquistas dos aliados. Imensos cartazes falavam de vitórias inexistentes; e os comandantes dos batalhões tinham autonomia para julgar e executar quem duvidasse da veracidade do que diziam.

Jovens soldados lançavam-se heroicamente de encontro à morte. Enquanto tentavam se desviar das bombas, que caíam impiedosas do céu, investiam contra tanques blindados e lança-chamas inimigos. Matavam e morriam sem nem mesmo saberem o que estava de fato acontecendo longe dali. Doutrinados pela cartilha da Juventude Hitlerista, iam para as frentes de batalha imbuídos do mais puro espírito patriótico, e a ferocidade com que combatiam, ocultava o medo que lhes rasgava as entranhas. Quando atingidos, surpreendiam-se ao pensar, num último e derradeiro alento, nas jovens esposas e namoradas que os esperavam. A Alemanha cobrava seu tributo e matava sua juventude.

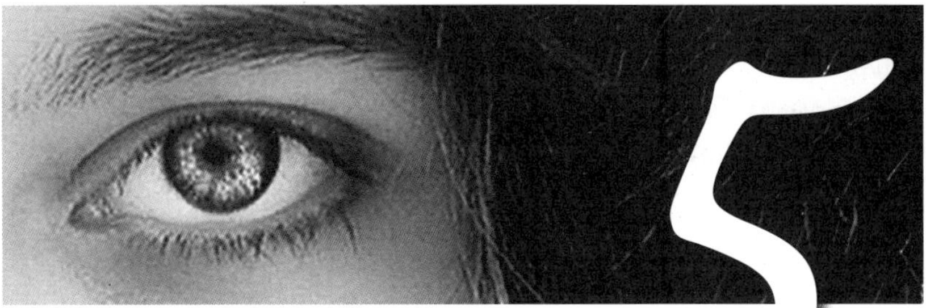

# 5

No gabinete do major oficial Herbert Renner von Mann, instalado num local onde antes da guerra funcionava uma Escola Técnica Agrícola, nos arredores de Berlim, um diálogo fanfarrão e nada militar era travado entre ele e outros três oficias que, embora de menor patente, faziam parte de seu círculo de amizades. A cobiça luzia nos olhares libidinosos dos presentes, e as gargalhadas ressoavam ao longe.

– Dizem que ela é a mais bela criatura que já se viu – dizia um oficial obeso e de olhos miúdos como olhos de suíno, cujos lábios descorados eram encimados por um espesso bigodão que pendia para os lados.

– Ouvi também dizer que a garota é uma doce avezinha canora. Quando a tiver em meus braços a farei cantar uma doce canção só para meus ouvidos. Bem suave, bem baixinho.

– Lá... lá... lá... lá, ri, lá, lá – a voz roufenha pertencia a um sujeito magro e sardento, de orelhas de abano e que a todo instante ajeitava a calça, puxando-a para cima, já que ela vivia ameaçando cair.

– E o pai, segundo dizem, é um simples sapateiro que presta serviço ao Exército. Será muito fácil para qualquer um de nós, ou mesmo todos, tomá-la para si. Basta saber agir. É só acenar com alguns francos e a avezinha cantará afinadinho, afinadinho – o gracejo, dito por um terceiro oficial que ostentava um bigode ralo e amarelado e que destoava de seu corpo baixo e atarracado, fez explodir nova onda de gargalhadas.

Herbert ouvia a conversa com um ar divertido e belicoso. Em sua mente perversa crescia o desejo de conhecer a filha do sapateiro. Já ouvira outros comentários a respeito da beleza da moça, mas não dera importância; mulheres não lhe faltavam. Era larga sua fama de mulherengo e gostava especialmente de mulheres bem jovens; elas exerciam um fascínio alucinante sobre ele.

Como a maioria dos outros colegas, estava sozinho em Berlim. Sua mulher e filhos haviam ficado em Colônia, onde residiam; assim, aproveitava-se desse fato para levar uma vida promíscua. A maioria de suas companhias femininas, porém, o eram por mero interesse próprio. Umas poucas horas ao lado do repugnante oficial, e alguma mulher alemã sorriria satisfeita na calada da noite. Suas dignidades haviam sido violadas, mas o que importava era garantir que seus pais, maridos, irmãos, filhos ou namorados não iriam ser despachados para o front.

– Ei, Herbert! Como é que é? Perdeu o interesse pelas garotas? – perguntou o sardento magrelo e orelhudo, puxando a calça para cima com as duas mãos. Ainda intrigado com o silêncio do colega, continuou: – Ei, cara, o que há?

– Será que o tomaram por cobaia e o fizeram eunuco ou será que se tornou pederasta? – pilheriou o sujeito do bigodão que pendia para os lados, cofiando-o com as duas mãos. Todos riram, menos Herbert, que continuava pensativo e silencioso.

Jogando displicentemente as mãos para o alto num gesto gracioso, o gordo arrulhou, revirando os olhinhos de porco, que brilhavam libidinosamente:

– Já que você não se interessou pela garota, posso lhe fazer companhia, meu bem – ao dobrar o joelho num gesto de continência, seu quepe caiu e todos riram.

Foi ouvido até o risinho esganiçado de Heins Kotake, ajudante-de-ordem do major que, sentado a uma secretária a um canto, datilografava relatórios com afinco. Apesar de aparentar dedicar total atenção ao trabalho, seus olhos se esgueiravam amiúde por trás das lentes grossas dos óculos de aros pretos e redondos e que lhe davam um ar abobalhado que se acentuava com seu andar ligeiro, que o fazia balançar para os lados por causa de um frenético manquejar, e pela boca que vivia sempre meio aberta. E mesmo Herbert, que tinha a mente obscena totalmente ocupada, traçando planos para abocanhar a filha do sapateiro, sorriu, explodindo um segundo depois:

– Soldado Heins Kotake! – bramiu, em sua habitual grosseria ao dirigir-se a subalternos.

O ajudante-de-ordem estremeceu; pensou que seu superior havia ouvido seu riso. Levantou-se rápida, mas desajeitadamente; o joelho, varado por balas russas, doeu; mas conseguiu pôr-se numa cômica posição de sentido e bateu continência:

– Heil, Hitler[5]! Sim senhor, senhor major oficial, desculpe.

– Informe-se quando vai sair nova remessa de botas para a oficina desse sapateiro! Vamos! Rápido, seu palerma! Isso é para ontem! – Herbert espumava de excitação. Tanto ouvira falar nos dotes da filha do sapateiro que estava curioso. Uma leve ereção o agitava, e suaves ondas de calor percorriam seu corpo.

– Sim senhor, senhor major oficial. Heil, Hitler! – Embora tivesse certa dificuldade para andar, o soldado bateu continência e voou porta afora. Trabalhando como ajudante-de-ordem do major Herbert vonn Mann, havia quase dois anos, conhecia bem as explosões de cólera dele, bem como as artimanhas de sua mente perversa e violenta.

– É isso aí, colega. Vamos agilizar as coisas – disse o magro sardento e orelhudo com sua voz roufenha, enquanto puxava a calça para cima num gesto grotesco.

Esfregando as mãos uma contra a outra, a demonstrar

**5 Heil Hitler:** quer dizer "Salve Hitler". Era uma forma nazista de saudar Adolph Hitler, que consistia em levantar o braço direito (NR).

satisfação, os olhos de suíno do gordo brilhavam maliciosamente:

– Será interessante. Quatro oficiais S.S. graduados vão fazer a entrega da próxima remessa de botas à Oficina de Consertos e Polimento de Calçados Zimmer; é muita honra para um simples sapateiro, não, caros colegas? – Novas risadas explodiram no gabinete enevoado pela fumaça dos charutos dos oficiais. Heins Kotake, ocupado em obter a informação pedida, perdeu a oportunidade de dar novo risinho.

Herbert levantou-se lentamente. Ajeitou a gola de sua grossa jaqueta militar e lançou um olhar gélido aos colegas que enregelaram e cujos risos morreram nas gargantas obscenas. Temiam as ondas de violência do major. Ele era um nazista no verdadeiro sentido da palavra; e para complementar seus temores, era superior aos demais na hierarquia militar.

– Ouçam bem, vocês todos! – exclamou Herbert, limpando os óculos. Sua testa lisa e suarenta brilhava e seus olhos redondos dançavam perigosamente. – Nenhum de vocês – continuou em tom imperioso: – bote um olho sequer em cima dessa garota. A partir desse momento, ela é propriedade privada! – Os três oficiais fanfarrões entreolharam-se seriamente, compreendiam que a brincadeira havia terminado para eles. – Compreenderam? – perguntou irado.

– Perfeitamente, major – responderam em coro.

– E agora, por favor, saiam de meu gabinete. Preciso ficar sozinho. Heil, Hitler!

– Heil, Hitler! – os três oficiais responderam a saudação nazista e saíram. Na porta esbarraram no afobado soldado Heins Kotake que, claudicando com toda velocidade que seu joelho ferido permitia, não conseguiu evitar o esbarrão:

– Desculpem-me, senhores oficiais – gaguejou, intimidado e sem entender as feições furibundas dos colegas de seu superior.

Quando saíra todos riam; o que teria acontecido em

sua breve ausência? Pena que não podia perguntar. Caso a resposta fosse um vigoroso pontapé, seu joelho varado a balas não o susteria de pé.

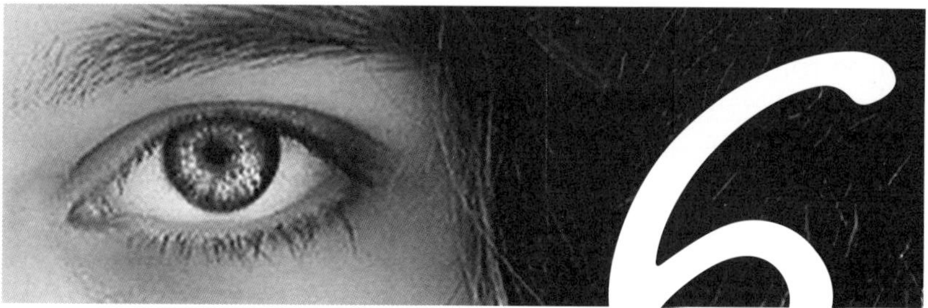

# 6

Alheia às misérias e atrocidades da guerra e sem poder imaginar o embate que havia sido travado havia apenas dois dias, naquele gabinete cujo dono sequer imaginava existir, Stef cantarolava uma marchinha alemã, enquanto imprimia toda sua força ao lustrar as botas que o pai consertava. Usava um simples vestido de lã xadrez, em vários tons de azul, que combinava harmoniosamente com seus olhos magníficos; a cabeleira dourada estava presa em um coque frouxo de onde alguns fios brilhantes escapavam com displicente rebeldia. Lançava olhares cheios de ternura ao pequeno Ulrich, que dormia a sono solto na rede que Adolph instalara para seu conforto na sapataria.

– Heil, Hitler! – a voz soou no momento em que seu dono entrava na oficina com a desenvoltura de quem está habituado a mandar. Pegos de surpresa pela visita inesperada, Adolph e Olga levantaram-se rapidamente e responderam a saudação nazista ao mesmo tempo em que seus corações quase pararam de bater.

O barulho dos motores que trabalhavam freneticamente havia abafado o tilintar do badalo e o intruso entrou sem ser anunciado. As divisas no uniforme negro mostravam tratar-se de um major oficial S.S. e o casal ficou de sobreaviso, não era comum freguês de tal patente na oficina.

Stef virou-se de súbito ao som da voz sonora e imperiosa. Ao se virar, seus cabelos soltaram-se e a cascata dourada caiu-lhe pelos ombros sedosos. Os imensos e lindos olhos, muito abertos, dardejavam o oficial com cintilantes raios azuis-prateados e um meio sorriso que bailava em sua boca cor de cereja, fazia-a parecer, embora trajada com simplicidade, uma deusa grega.

O major ficou petrificado com tamanha beleza. Aquele jeito de menina naquela voluptuosa promessa de mulher, deixou-o louco de desejo. Nada do que ouvira dizer a respeito da beleza da garota fazia jus àquela visão extremamente estarrecedora.

"Ela é linda", pensou o perverso oficial. "Muito linda. E haverá de ser minha. Quanto a isso não há a menor dúvida", concluiu o pensamento sórdido. Fitava-a afrontosamente, enquanto o funcionário do RAD (Serviço de Trabalhadores Alemães) descarregava as botas que havia trazido.

Os olhos assustados de Olga iam do visitante para a filha e dela para o marido. Tremia de raiva com aquele olhar insistente e libidinoso, sabia muito bem o que aquele modo de um homem mais velho olhar para uma jovem significava, e se desesperava.

Terminada a entrega, Herbert saudou o casal com um ligeiro aceno de cabeça e se retirou. Não sem antes lançar um olhar lascivo à jovem, que retribuiu o olhar com dignidade e altivez. Sua aversão por aquele sujeito que, por ostentar a patente de oficial S.S., achava-se no direito de entrar na oficina de seu pai e de afrontá-la com aquele olhar insistente foi instantânea e, como se fosse um aviso, pressentiu o perigo antes mesmo de tê-lo visto; apenas o som de sua voz arrogante a advertiu do perigo que aquele homem representava.

Depois que a funesta visita se foi, a família Zimmer respirou aliviada. Olga preparou um chá e serviu-o com strudel, a fim de aliviar a tensão.

Dali a alguns dias, Stef, como toda jovem alemã dos catorze aos dezoito anos, inscreveu-se na Juventude Hitlerista. Logo, descobriram sua aptidão para a música. Stef se apresentava em todos os encontros da juventude, nas festividades que o partido promovia para o bota-fora dos soldados que iam para o front, em jantares e coquetéis oferecidos a autoridades e oficiais de alta patente e continuava a cantar em festas particulares.

Sua primeira grande apresentação foi para um batalhão da artilharia alemã que partiria para a Rússia. Naquela noite, Stef exultou de alegria; seus pais quase morreram de medo.

Os soldados ouviram emudecidos a belíssima interpretação, e ficaram encantados com a beleza da dona daquela voz naturalmente afinada. Para os jovens soldados, que jamais retornaram da guerra, restou o consolo de, no último momento, recordarem a mais bela voz que alguém jamais ouvira. Stef foi aplaudida de pé, por vinte mil homens; sua apresentação eclipsou as demais apresentações da noite. Cantou com paixão; primeiro o Hino da Juventude, depois uma série de canções populares alemãs; finalizando com chave de ouro, interpretando magistralmente o Hino Nazista.

Stef cantava com grande desenvoltura e sua figura iluminava o palco, enchendo os corações dos jovens soldados de esperança. Estava linda. Possuído por um desejo insano que quase o levava à loucura, o major Herbert vonn Mann a observava e alimentava a paixão doentia que o estava consumindo e que já havia ultrapassado os limites da sanidade.

– Até breve, rapazes! Voltem logo! Eu os esperarei! Um beijo a todos! – Stef assoprou um beijo e deixou o palco emocionada. Mais de vinte mil vozes gritavam seu nome e os aplausos e ovações pareciam que nunca cessariam.

Contrariando a alegria de Stef, que aguardava os cumprimentos efusivos dos pais que a esperavam a um canto, eles a receberam sem a euforia tão esperada. Estavam, era óbvio, satisfeitos e orgulhosos com o desempenho dela, mas, por força das circunstâncias, naquele momento esses sentimentos deixavam um gosto amargo na boca. Temiam toda aquela publicidade em torno de Stef e daquele porco chauvinista S.S. que a vinha assediando sem tréguas. Enviava flores, convites para jantar. Mas Stef devolvia as flores e recusava os convites, educadamente.

Durante as longas noites de insônia, o casal Zimmer havia discutido muito sobre o fato de ser Stef, neta biológica de uma judia. Chegaram por fim à conclusão de que deviam mantê-la na ignorância. Acreditavam que a total falta de informação a respeito de sua verdadeira árvore genealógica a impediria de contradizer-se caso eles fossem apanhados.

Adolph e Olga viam, embora em outras ocasiões fossem se orgulhar disso, com grande pesar a filha ser cada vez mais solicitada pelo partido, e sofriam por nada poderem fazer a fim de impedir suas apresentações. Eram alemães e não podiam, pelo rigor do regime nazista, descumprir tais convocações; um bom alemão não faria isso; nem os Zimmers pretendiam transgredir tal norma.

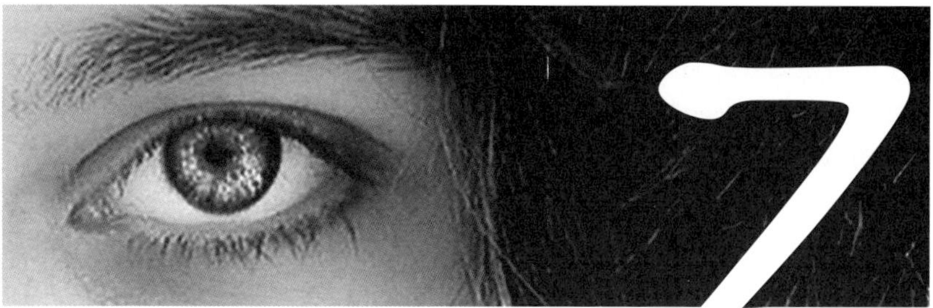

# 7

Como membro da Juventude Hitlerista, Stef era submetida a maciças doses da ideologia nazista e ficava indignada com as cegas obediências e devoções ao Führer e à raça ariana, que os monitores incutiam em suas cabeças.

Os jovens ouviam as instruções em absoluto silêncio, cada qual absorvendo à sua maneira o que ouvia. Stef se remexia inquieta em sua cadeira de madeira. Tudo era muito contraditório aos ensinamentos recebidos em casa. Seus pais sempre lhe ensinaram a igualdade, fraternidade e humildade; agora lhe diziam que nada disso tinha importância e que não havia de ser com essas fraquezas que se provaria a supremacia da raça ariana.

À noite, em sua casa e, longe de ouvidos indiscretos, discutia o assunto com os pais.

– Sabe, papai, gostaria muito de poder compreender o ideal nazista; o porquê dessa aversão por outros povos, especialmente pelos judeus. Sempre tive amigos judeus e nunca os julguei inferiores a mim. Quais fundamentos os levam a pensar serem os alemães a única raça pura e digna do mundo. Digna de quê, afinal?

Adolph, que sempre fora um homem destituído de preconceitos e que tinha amizades em todas as camadas sociais, compreendia a indignação da filha contra tais preceitos, mas, na Alemanha de Hitler, não se podia manifestar pensamentos contrários ao regime. Isto era considerado crime passível de punição com a morte.

– Isso para nós é de difícil compreensão porque não pensamos nem agimos como eles; não nos foi ensinado esse conceito de superioridade, daí surge nossa incompreensão. Mas esse é um segredo só nosso, Stef – alertou-a Adolph.

– Eu sei disso, papai. Mas é que é tudo tão injusto! Por que uma criança judia não pode freqüentar uma escola? Por que os bens que seus pais lutaram para conquistar têm de ser confiscados? Por que eles são presos!? Mortos!? – Stef beirava o descontrole.

– Ei, calma garota! Já que você não pode consertar o mundo, faça a sua parte com calma. É assim que as coisas funcionam – a aparente tranqüilidade do pai a deixava desnorteada:

– Papai! Você fala com essa tranqüilidade porque não é obrigado a escutar as coisas horríveis que os monitores nos dizem! Quando os ouço falando aquelas coisas horrorosas, tenho vontade de gritar-lhes na cara que tudo isso é um blefe! Que a mola mestre do ideal nazista é, na verdade, uma fome insana de poder! Que todos eles não passam de um bando de assassinos! Nojentos! Repugnantes! – Stef chorava, abraçada ao pai.

– Vá com calma, minha filha – interveio Olga. – Ouça tudo o que é obrigada a ouvir. Sempre calada. Não deixe que esses disparates afetem sua vida, por favor. – Olga estava preocupada. Os encontros na Juventude estavam abalando Stef. Ela sempre fora tranqüila e sorridente, mas agora vivia nervosa e ansiosa.

– Vocês pedem calma porque não sabem a orientação que nos foi passada hoje! Não sabem a podridão que fomos obrigados a ouvir! – sua magnífica voz tremia.

– Diga-nos, filha, o que aconteceu hoje para deixá-la assim tão irritada? – perguntou o pai, franzindo as sobrancelhas. Estava curioso em saber o que tinha deixado sua filha tão agitada.

– Ouçam, vocês dois! – exclamou Stef, afastando-se do pai e secando a face com as costas da mão. Estava estranhamente linda. Seus olhos brilhavam intensamente e os raios prateados dançavam incessantes. – Aquele crápula do Hitler agora inventou de nos mandar vigiar todos os membros de nossa família! Sim, cada filho deve vigiar seus pais e seus irmãos a fim de que eles se mantenham fiéis ao "Führer"! Fidelidade ao "Führer"!

– Stef.... minha filha...

– Não, mamãe, ainda não terminei, por favor! – Stef cortou Olga que, embora estarrecida, tentava amenizar a conversa. – O pior vem agora – limpou uma lágrima que rolou pela face sedosa e jogou a cascata dourada para trás –, muitos jovens, mamãe, estão dominados pelo que eles dizem e agirão estritamente como foram orientados! Isto é demais, mamãe! É demais! Eu já não suporto mais! – Stef gritava, abraçando a mãe e chorando arrebatada.

– Meu Deus, Adolph! O que é que se pode fazer contra isso? Esses nazistas não são gente! São monstros! Onde já se viu uma coisa dessas? Filhos vigiarem pais e irmãos! Isso é fomentar a guerra dentro de nossa própria casa! Que Deus tenha piedade dessas almas ferozes no dia do juízo final – disse Olga, chorando e abraçando a filha.

– Olga, minha querida. Algum dia isso tudo terá um fim; e quando esse bendito dia chegar, todos eles pagarão. Esteja certa disso. Haverão de dançar ao som das próprias bombas. Todos eles. No céu; na terra; no inferno; seja lá onde for! Deus fará justiça, confie em Deus, Olga, e então o sol voltará a brilhar.

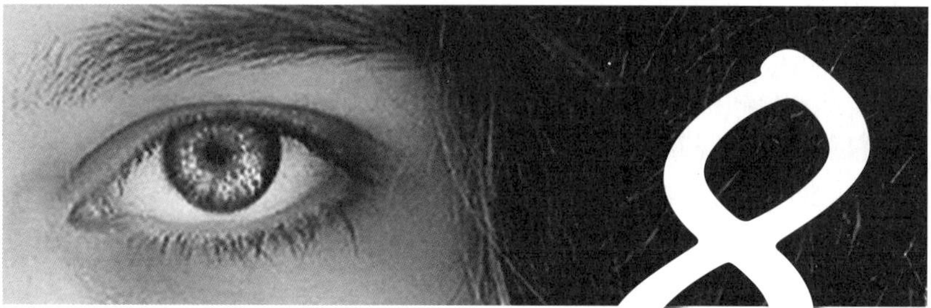

# 8

Os Zimmers viviam abarrotados de trabalho. Havia chegado uma enorme quantidade de botas para consertos e polimentos. Com a última remessa havia vindo, enviado pelo RAD, um rapazola magro e sardento para ajudar na oficina. Trabalhava com afinco, mas, muito calado, mantinha-se alheio a tudo o mais que acontecia a sua volta. Stef o conhecia das reuniões da Juventude e desconfiava daquele comportamento estranho, uma vez que, nessas ocasiões, mostrava-se muito falante e agia com desenvoltura; seu nome era Archie Fritz. Os Zimmers suspeitavam, muito acertadamente, que Archie fora enviado para vigiá-los, por esse motivo agiam com cautela e economizavam as conversas tanto quanto trabalhavam. A espontânea tagarelice de outrora havia sido substituída por olhadelas assustadas e cautelosas.

Já fazia quase dois meses que Archie Fritz trabalhava com os Zimmers quando, certa manhã, ao chegar à oficina estendeu a mão para Adolph:

– Herr[6] Adolph, mandaram-me entregar-lhe isto.

Adolph pegou o grande envelope lacrado com a suástica. Um tremor imperceptível percorreu-o; esforçou-se para não demonstrar o nervosismo:

– De que se trata, rapaz? – perguntou com aparente naturalidade.

**6 Herr:** tratamento alemão, o mesmo que senhor (NR).

– Não sei, herr Adolph. O monitor de meu grupo disse-me apenas que o entregasse em suas mãos; e é só o que sei – respondeu o rapaz evasivamente.

Sentindo um arrepio mortal perpassar-lhe as entranhas e, dando graças a Deus por Stef estar em uma reunião da Juventude, Adolph dirigiu-se para o interior da casa, onde Olga preparava o desjejum:

– Veja, querida, o que recebemos. Venha, sente-se; vamos ver já do que se trata – disse, sentando-se à mesa da cozinha e puxando uma cadeira para Olga; seu sangue gelou quando abriu o envelope:

– Meu Deus, Olga! Veja isto! Stef está sendo convidada para se apresentar em um jantar que será oferecido essa noite a oficiais de alta patente e funcionários graduados do governo.

– Que diferença faz, meu amor, se a platéia é composta por meros soldados ou oficiais de altas patentes? No fundo são todos iguais, não passam de um bando de fanáticos; e depois, seja para qual público for, ela se sairá bem, nossa filha é uma grande cantora – disse Olga bem-humorada, fazendo um arremedo de desprezo pelo nazismo.

– Mas esse jantar, minha querida Olga, será muitíssimo reservado. Além de oficiais e funcionários graduados do Reich, espera-se a presença do Führer!

– Não deixa de ser igual ou pior que os demais, meu querido, afinal ele é o pai do nazismo.

– Ah, não, Olga. Você não compreendeu ainda as implicações que isso nos trará. Sinto como se estivéssemos caindo em uma armadilha, compreendeu? Isso é coisa daquele nazista nojento do major! – Adolph espumava de raiva.

– Por Deus, Adolph! Eu não tinha visto a coisa por esse lado. É claro que você tem toda razão em se assustar! Afinal, não é para qualquer mortal estar presente num mesmo jantar em que o Führer vai dar o ar de sua graça.

– Vejo que compreendeu o perigo, Olga. Devemos ser prudentes e agir como se em nossos corações houvesse o maior dos entusiasmos. E agora, minha querida, ao trabalho! Archie Fritz nos espera! – Deu um tapinha amoroso no ombro da mulher e rumaram para a oficina, onde o rapaz trabalhava como se a vida toda houvesse feito aquele serviço.

Depois do jantar, Stef foi conduzida até o camarim por um ajudante-de-ordem; uma camareira a esperava para ajudá-la a se arrumar. O licor estava sendo servido e, enquanto as mulheres retocavam a maquiagem, os homens desfrutavam o prazer de longas baforadas de charutos no luxuoso salão de eventos do hotel. O espetáculo ia começar dentro de poucos momentos.

As pesadas cortinas de veludo vermelho abriram-se lentamente, a orquestra tocou as primeiras notas do Hino Nazista e Stef surgiu esplendorosa; usava um majestoso vestido longo de seda branca, e a cascata dourada parecia chuva de ouro em pó a lhe acariciar os ombros nus. Todos os presentes puseram-se solenemente de pé a fim de ouvir o Hino. Já nas últimas notas, Stef o viu. Hitler estava logo à frente do palco e fitava-a com ar grave; movia os lábios dissimuladamente a cofiar o impertinente bigode. Stef olhou intensamente para aquele homem que havia decretado a guerra e que se divertia em um hotel de luxo, enquanto as bombas explodiam lá fora, e sentiu vontade de se atirar sobre ele e de estrangulá-lo com as próprias mãos. O odioso Hitler! Tão perto... quase ao alcance de sua mão... mas, tão inatingível! Continuou cantando. Cantar era para ela, sua vida... sua alma... e nada, nem mesmo um maldito nazista chamado Adolph Hitler a faria perder o tom.

Apresentou um repertório variado e de muito bom gosto e por último o Hino da Juventude Hitlerista. Como sempre, foi aplaudida de pé; é óbvio que sem os urras e vivas dos jovens e entusiasmados soldados, mas sim, com grande e polida admiração. Até o Führer a aplaudiu entusiasmado. Estavam todos maravilhados com o desempenho da garota e profetizavam o seu futuro:

– Essa alemãzinha ainda haverá de levar o nome da

Alemanha para o mundo todo! Ela é divina! É a mais linda voz que já se ouviu! E o quanto é linda! Que olhos!

Quando bateram à porta do camarim em que ela se preparava para ir embora, Stef, pensando tratar-se da camareira ou do ajudante-de-ordem que a conduziria para fora do hotel, mandou que entrasse. Mas viu pelo espelho que havia se enganado; levantou-se rapidamente na tentativa de fechar a porta, mas uma bota lustrosa foi mais rápida e a impediu:

– Ora... ora...! Viva nossa avezinha canora! A filha do sapateiro! Com todo meu respeito, fraulein[7], você saiu-se muito bem. Lá fora não se fala em outra coisa.

Stef irritou-se. Aquele nazista repugnante já estava se tornando importuno. Apesar de ela não ter respondido a nenhum de seus bilhetes, devolvendo-os sem nem mesmo abri-los, e de não ter comparecido a nenhum de seus convites para jantar e de ter devolvido todas as flores, ele parecia não haver entendido sua repulsa e, ao contrário, apertava cada vez mais o cerco em torno dela. Bateu as longas pestanas e pousou os olhos muito abertos pelo medo que sentia, no intruso, que sentiu o impacto daquele olhar como se houvesse levado um tiro à queima-roupa. Os dois lagos azuis que eram os olhos de Stef, dardejavam o oficial e atingiam seu âmago com fulgurantes raios prata-azulados. Herbert sentiu ímpetos de agarrá-la à força e de possuí-la ali mesmo; como um animal, com selvageria. Mas, rendido pela doce ingenuidade que contrastava com a força que se desprendia daquele olhar penetrante, por algum mistério, usou de uma delicadeza que estava bem longe de possuir:

– Desculpe... Fraulein?

– Stef! Fraulein Stef Zimmer! – respondeu secamente. – E agora com licença, mas preciso ir.

– Como vai, Stef? – o oficial ignorou o pedido de licença

---

**7 Fraulein:** tratamento alemão, o mesmo que senhorita (NR).

e estendeu a mão peluda e de dedos curtos e grossos para a jovem. Com trinta e oito anos, Herbert era de estatura média e rija; um ralo e espetado topete castanho claro fazia as vezes de cabelo e combinava com o bigode, tão ralo e tão espetado quanto o cabelo. Seus lábios finos e descorados pareciam duas horrendas cicatrizes no rosto redondo e sulcado por marcas de varíola e destoavam do nariz adunco e das orelhas de abano. Por causa de uma miopia que o acompanhava desde a infância, adquirira o hábito de piscar incessantemente os olhos verdes e miúdos que se agitavam malignos por trás das lentes dos óculos de aro de ouro que pareciam estar sempre querendo saltar para fora das órbitas.

Ignorando a mão estendida, Stef respondeu secamente ao cumprimento e insistiu no pedido de licença para sair dali. Um instinto selvagem a alertava para o perigo que aquele homem representava:

– Vou muito bem, obrigada. E agora, com licença. – Tentou sair, mas foi impedida pela mão forte que segurava seu braço delicado, machucando-a.

– Calma, fraulein – por que tanta pressa? – o oficial estava a ponto de explodir de desejo por aquela jovem linda e teimosa; aliás, aquela teimosia era o que mais o excitava. Gostava de mulheres que se faziam de difíceis; elas, quando cediam, tinham muito que oferecer a um homem. – Bem, vamos lá. Eu a acompanho.

Stef tremeu. Será que ele ia afrontar seus pais que a aguardavam do outro lado da rua, impondo sua companhia funesta? Abrandou a voz ao recusar o oferecimento:

– Obrigada, major. Mas meus pais me esperam.

– Com que então, seus pais a estão acompanhando! Ora... ora, então a fraulein não pode aceitar minha companhia porque papai e mamãe a esperam... – riu debochado e rubro de raiva pela recusa.

– Sim, senhor. Quer dizer, não, senhor. Realmente, não saio sozinha. Meus pais me acompanham em todas as minhas apresentações; e não sei por que isso o diverte tanto – disse Stef, enfurecida com o sorriso debochado que dançava nos lábios finos do oficial.

– Sabe, Stef, não que seja divertido; é que não é natural seus pais agirem como seus guardiões, quando há tanto o que fazer pela Alemanha. Estamos em guerra, Stef, e quando precisamos do esforço de todos, não é muito inteligente da parte deles ficarem vigiando-a; deveriam fazer algo mais útil – rosnou perigosamente.

– Meus pais já fazem mais que o suficiente pela Alemanha. Consertam, forram e lustram botas de cedo à noite. Inclusive essa bota lustrosa que está usando deve ter passado pela Oficina de Consertos e Polimento de Calçados Zimmer. E agora, major, com licença, por favor, preciso ir! Passe bem! – Stef deu um puxão no braço, ergueu a cabeça com a altivez própria da sua idade e saiu a passos largos do camarim.

Herbert lançou um olhar maligno e cobiçoso para Stef, que se retirou bela e altiva. Ele riu consigo próprio e pensou: "Ah, minha doce pombinha... quero ver que rumo vai tomar toda essa imponência quando eu a tiver em meus braços. Ninguém deve jamais subestimar a persistência do oficial S.S. major Herbert vonn Mann! Espere e verá do que ele é capaz". Concluiu, retirando-se lentamente, cofiando o bigode espetado num gesto obsceno.

***

Pai e mãe aguardavam a filha com certa apreensão. Haviam visto o major chegar acompanhado por outros dois oficiais. E deduziram acertadamente que o detestável nazista ia tentar se aproximar de Stef.

Estavam do outro lado da rua, abrigados sob o que sobrara de um prédio de dois andares que havia sido bombardeado pelos ingleses, dias antes. A noite estava fria, e apesar dos grossos casacos, forrados com lã de ovelhas, ambos tiritavam. Embrulhado por várias mantas, Ulrich era apertado de encontro ao peito da mãe, e se mantinha aquecido. Foi com alívio que a viram surgir à porta do hotel, acompanhada por um soldado. Cruzaram a rua rapidamente e Adolph abraçou a filha aliviado, agradecendo ao jovem:

– Obrigado, rapaz. Heil, Hitler!

– Heil, Hitler! – respondeu uma voz vigorosa e cheia de devoção.

– Oh, papai! Conseguiram ouvir daqui? – Stef estava ansiosa, estar no palco para ela era a realização de uma satisfação: cantar! E ela o fazia como ninguém.

– Claro que ouvimos! Você esteve maravilhosa. Mas vamos indo que a noite está muito fria, e isso decerto não deve fazer bem ao pequeno – disse seu pai, referindo-se ao bebê que dormia nos braços da esposa.

Quando estavam a uma distância respeitável do hotel, e de ter se certificado de que ninguém os seguia, Stef explodiu:

– Como alguém pode ser tão grosseiro e antipático como aquele major o é, mamãe? Sujeito indecente! Imagine você, que ele teve o despropósito de, sabendo que não seria bem-vindo, ir ao meu camarim.

– E o que ele disse? – perguntou Adolph, contrariado.

– Ora, papai, não se faça de inocente! – brincou Stef. – Ele queria me acompanhar até em casa; e não gostou nem um pouco ao saber que vocês me esperavam – Adolph absorveu o impacto em silêncio, depois disse calmamente:

– Você terá de ser firme, Stef. Há qualquer coisa de ruim, de destruidor nesse homem. Tenha muito cuidado com ele, querida.

Não percebendo a preocupação do pai, Stef continuou indignada:

– É inacreditável, papai, mas ele me disse que vocês deviam fazer algo mais útil pela Alemanha em vez de me vigiar!

– Espero que tenha respondido à altura a esse crápula – disse Olga, trocando a posição do bebê de braço. Stef se entusiasmou. Gostava do humor da mãe:

– Mas decerto que respondi à altura, mamãe! Disse a ele que já faziam mais do que o suficiente, consertando e lustrando as botas do Exército; inclusive a que ele usava – Stef riu descontraída, seus belos olhos brilharam divertidos. – Vocês precisavam ter visto a cara dele quando eu disse isso, parecia que ia explodir de raiva.

Os três riram e Stef sentiu-se mais feliz. Havia já algum tempo que os pais viviam tristes e calados, e ela preocupava-se com o comportamento taciturno deles. Mas, ponderado como sempre, Adolph quebrou o encantamento. Apertando mais firmemente a mão de Stef, que vinha de mãos dadas com ele, voltou a adverti-la:

– Ouça, filha, você deve se esforçar o máximo possível, a fim de evitar o major Herbert. Não só ele, mas qualquer pessoa que não seja do nosso círculo de amizades. E mesmo essas requerem cuidado. Espero que você seja capaz de compreender o que quero dizer.

– Na realidade, papai, posso muito bem compreender seus motivos, seus medos, são os anseios comuns de quaisquer pai e mãe pelos seus filhos, por causa da guerra; mas o que não consigo realmente entender é o porquê de você e mamãe andarem tão preocupados ultimamente. Eu os percebo ansiosos; e a impressão que me fica é a de que algo mais além da guerra em vocês os preocupa. Eu não sei explicar, mas sinto isso em mim – desabafou.

– Bobagem sua, querida – disse Olga, com jovialidade e aparentando uma segurança enganadora. – O que nos assusta mesmo é a guerra, é o medo comum a todo ser racional em semelhante situação.

– Isso é o que vocês dizem – rebateu Stef com firmeza. – Mas o comportamento esquisito de vocês não diz o mesmo. Várias noites já a ouvi chorar; e papai também chorou outro dia!

– Não diga bobagens, filha – Adolph reduziu o passo; apesar do *blackout*, a noite estava clara. O céu azul, sem nuvens, estava repleto de estrelas e a lua cheia brilhava majestosa, iluminando as ruas frias de Berlim onde, com as sombras da família Zimmer, dançavam as sombras das árvores.

Stef insistiu:

– Por favor, papai! Por favor, mamãe! Vocês precisam confiar em mim; tenho o direito de saber o que está acontecendo! O que os atormenta? Talvez eu possa ajudá-los – disse Stef, apertando a mão fina e delicada da mãe que passara o bebê para os braços de Adolph.

O casal trocou um rápido olhar por cima dos ombros da filha, que ia entre ambos. Um medo intenso os consumia. Eram perguntas às quais não podiam responder, e Stef apertava cada vez mais o cerco.

– Continuo a dizer que é bobagem sua – disse Olga, que se mantinha calada e pensativa. – Na sua idade é comum fantasiar acerca de problemas inexistentes entre os pais; e depois, são essas atrocidades que enchem minhas noites de pânico – disse, apontando para uma imensa cratera que havia em um lado da rua, semicheia dos entulhos de uma casa bombardeada havia alguns dias, e onde antes vivia um casal de conhecidos seus que tinha morrido soterrado.

Foi com grande alívio que, ao dobrar a esquina, Adolph viu surgir a sua frente a casinha branca de janelas azuis; estendeu os olhos com prazer para o jardim e viu as tulipas amarelas sorrirem para as eras verdes que trepavam pela balaustrada da cerca. Sorriu satisfeito. Amava seu lar... ali se sentia seguro. Diante da casa, entregou o bebê de volta à mãe e, numa frágil tentativa de desanuviar o clima que ficara tenso entre eles, fez uma ligeira mesura para as duas mulheres de sua vida:

– Bem-vindas ao lar, minhas belas e distintas damas!

Apesar de ainda estar interessada no assunto que Adolph muito sutilmente interrompera, Stef não pôde conter o riso; o pai era realmente incrível. Olga não se deixou enganar e foi direto para o quarto do casal, não queria recomeçar o diálogo com a filha, era muito desgastante.

Mais tarde, aconchegada nos braços do marido, que também se deitara, voltaram a discutir o assunto:

– Ainda não sei o que faremos, Olga; mas temos de tomar alguma providência em relação à Stef. Ela não pode mais ficar em Berlim; o major vai acabar fazendo algum mal a ela – disse Adolph, estreitando a mulher nos braços.

– É o que tenho pensado também; mas não consigo imaginar um lugar que seja seguro. Está tudo tão difícil, tão confuso; oh, Adolph, abrace-me, por favor, abrace-me. Tenho tanto medo! – Olga tremia nos braços fortes do marido.

– Estive pensando no dr. Heinrich Chermanm, que tal lhe parece? – perguntou Adolph, referindo-se ao velho médico da família, que cuidara de sua mãe até seu último minuto de vida e que assistira aos nascimentos de Stef e Ulrich. – Ele agora está em Colônia e lá Stef estará a salvo não só daquele imbecil, como também desses bombardeios ingleses que parecem não ter fim – a Inglaterra dominava os ares e fazia freqüentes incursões a Berlim; não era ainda um ataque fragoroso, mas era intermitente, como chuva de inverno.

– Mas como, homem de Deus, você pretende despachar Stef para Colônia sem despertar suspeitas, ainda mais agora com Archie grudado em nós do jeito que está? – indagou suspirando.

– Aí é que está o problema, minha querida – Adolph acariciou suavemente os cabelos da esposa. – Devemos nos manter atentos a menor oportunidade que surgir e, quando isso acontecer, não podemos desprezá-la.

O casal sentiu a tensão aliviar com a solução encontrada. Ficaram durante longos momentos abraçados em silêncio. Os olhos fixos no vazio pediam aos céus que a guerra se findasse logo, e que os revigorasse na fé, pois só assim seria possível manter a sanidade naqueles dias difíceis.

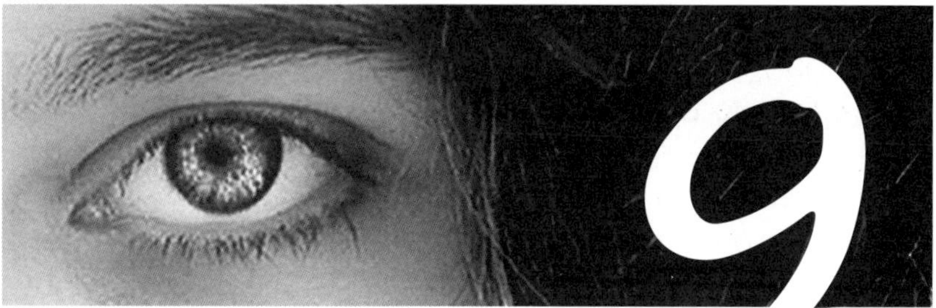

# 9

No Departamento de Investigação Genealógica Alemão, um funcionário examinava com atenção redobrada uma pasta que havia acabado de chegar. A inscrição "urgente" despertava interesse.

Desde o início da guerra, o serviço naquele setor se multiplicava dia-a-dia. Nunca antes houvera tantas investigações quanto agora. Diariamente, chegavam pastas e mais pastas dos mais variados setores, a serem investigadas; era serviço que se estendia até altas horas da noite.

Em virtude do grande volume de trabalho e, por ser um cargo que exigia extrema confiança e absoluta convicção nazista, por ser reduzido o número de funcionários operando no setor, as investigações transcorriam com lentidão.

Ao ser concluído, o relatório final devia constar: árvore genealógica do investigado e seu cônjuge (se casado), a ocupação e ideologia política e religiosa de seus componentes e de todas as pessoas de seu círculo de amizades; vida estudantil, possíveis envolvimentos com a polícia etc. Enfim, a vida da pessoa era devassada. Até o menor agito praticado por um adolescente em pleno gozo dos direitos de sua idade era levado em consideração e representava um ponto negativo no relatório. Era quase impossível escapar do crivo dos competentes e fanáticos investigadores. Uma verdadeira operação pente-fino era promovida em torno de um nome, nada ou quase nada escapava à minúcia das investigações; e quando um alemão, especialmente durante a guerra, recebia uma "visita" inesperada, altas horas da noite, percebia com pavor que seu nome havia passado pelo Departamento de Investigação Genealógica Alemão. Mas aí já era tarde demais para tentar qualquer coisa; como fugir, por exemplo.

O funcionário-chefe do departamento estava mais irritado do que o habitual naquela manhã. Sua úlcera o estava atormentando como nunca. Na véspera se banqueteara com salsichas e picles, regados com muita cerveja, e sofria as conseqüências da orgia. Massageava o estômago saliente, enquanto examinava a pasta que tinha nas mãos. Algumas raríssimas vezes o resultado de uma investigação decepcionava, mas, na grande maioria, os nazistas descobriam exatamente aquilo que desejavam saber: resquícios de comunismo, origem judaica, ligação com pessoas suspeitas, proteção a judeus, propaganda contra o governo etc.

Dono de uma mente privilegiada, ele gravava na memória, enquanto uma onda de gases borbulhantes se esforçava para sair pela grossa garganta, o que era importante não esquecer. Os gases saíram finalmente quando ele espalmou a mão gorda sobre a pasta e berrou alguns impropérios que saíram aos trambolhões com um arroto estrondoso:

– Então esses oficiais superiores não sabem como o departamento anda sobrecarregado de serviço! Claro que sabem, esses idiotas! Sabem, e esses imbecis ainda me mandam esses pedidos urgentes para atormentar minha úlcera! – O gordo estava possesso. Nova onda de gases subia e descia, procurando uma saída. Dobrou-se sobre o abdômen protuberante, comprimindo-o fortemente com as duas mãos a fim de facilitar a saída dos gases que ferviam dentro da cavidade estomacal.

– Mas ordens são ordens! – exclamou irritado, jogando a pasta sobre a escrivaninha de madeira que já estava acostumada ao mau humor gástrico do chefe. Esmurrou-a com raiva, e a grossa garganta despejou finalmente os gases e a sentença fatal:

– Ordens são ordens! E como bom e obediente cidadão alemão, lá vou eu, apesar desta úlcera infernal, saber o que é que iremos descobrir à respeito de herr Adolph Hanneke Zimmer! Heil, Hitler!

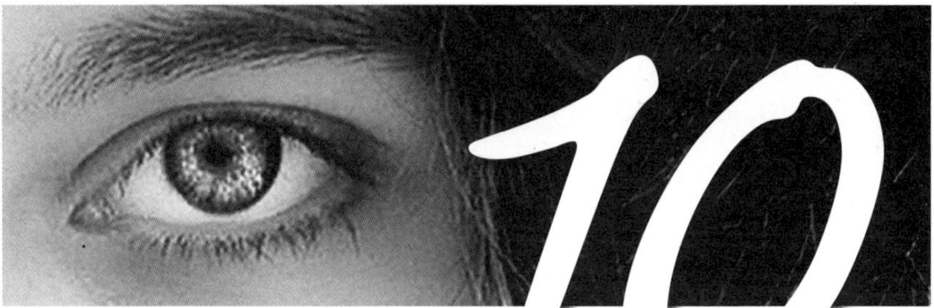

# 10

Na Juventude Hitlerista, Stef ia aos poucos se enturmando com os outros jovens. Eram amizades superficiais, uma vez que ela não compartilhava os ideais políticos da maioria; alguns deles deviam pensar como ela, mas quem se atreveria a dizê-lo? Coincidentemente, Archie e ela faziam parte do mesmo grupo e iam juntos para as reuniões. Caminhavam em silêncio, um ao lado do outro, e quando o encontro era um pouco mais distante, iam de bicicleta e Stef pedalava forte e corria à frente do rapaz a fim de evitá-lo. Não confiava nele; e temia que ele descobrisse seu repúdio ao nazismo.

Naquele fim de semana, o grupo ia acampar às margens de um dos muitos lagos existentes em Berlim. Nessas ocasiões, os jovens cantavam as canções da Juventude, o Hino Nazista e outras canções populares. Eram incentivados pelos monitores a praticarem sexo entre si, tudo a favor da proliferação da "louvável raça ariana"; e por conta disso alguns aproveitavam a ocasião e se divertiam mais intimamente.

Stef caminhava às margens do lago com outras colegas. Contemplava as águas límpidas que refletiam o pôr-do-sol, e se encantava com os marrecos que executavam à distância um gracioso balé. Ouvia com desinteresse o entusiasmo das colegas sobre quem dormiria com quem.

– Ah! Finalmente chegou o meu dia! – Suspirou uma rechonchuda alemãzinha de seus quinze anos, longas tranças negras e buliçosos olhos azuis. – Hoje vou saber o que é que tem o Hert, que tanto me fascina! – Suspirou novamente, levando as mãos ao peito e revirando os olhos audaciosos.

– Veja lá se não fazem muito barulho, hein? – exclamou, num gesto teatral uma jovem de cachos ruivos e sardas reluzentes que realçavam os olhos verdes e travessos. – Meu príncipe e eu estaremos bem ao lado de vocês! – riu debochada, jogando a cabeça ruiva para trás.

– Oh, noite que não chega logo! – tornou rindo uma boquinha juvenil que enfeitava o rostinho em forma de pêra de uma garota de cabelos cor de palha e olhos de um azul claríssimo, onde transparecia a curiosidade e animação pelo que pretendia fazer com seu namorado quando estivessem dentro do saco de dormir. – Ah, belos arianos serão concebidos esta noite! – jogou uma mecha de cabelo que lhe caía sobre os olhos claros para o lado e bateu uma mão contra a outra satisfeita. – Vou caprichar no meu! – brincou, virando-se para Stef e indagando curiosa:

– E você e Archie, Stef. Já se decidiram?

– Archie e eu? – Stef surpreendeu-se, nunca havia imaginado poder ser sequer amiga do rapaz, e as colegas já estavam pensando coisas. – Mas vocês não estão pensando que nós... que Archie e eu...

– Mas é claro que estamos pensando! – retrucou a aspirante a atriz. – Afinal vocês só andam juntos! Onde se vê um, se vê o outro. Como você explica isso? – perguntou.

– Se estamos sempre juntos é por força das circunstâncias, afinal, ele trabalha com meu pai. E depois, não devo explicação alguma a vocês! – Stef estava irritada. – Prefiro esperar pelo meu príncipe encantado, ele certamente virá ao meu encontro aqui na Juventude – disse cautelosa.

A aspirante a atriz era insistente e não compreendia aquele comportamento distante de Stef. Quando a maioria dos jovens ansiava por alguns momentos de intimidade, ela se mantinha fria, nem namorado ainda tinha. Quem ela pensava que era? Uma deusa grega, cuja beleza faz o mundo cair a seus pés? Isso é mitologia, pensou com inveja e voltou à carga:

– Certamente o que você quer é um príncipe lindo, rico e todinho só para você! Nem precisa ser alemão – disse com maldade –, seu procedimento é egoísta e esnobe, Stef. Aqui na Juventude todos sabemos uns dos outros, e posso lhe assegurar que isso é até muito excitante – provocou.

– Ora, vê se não me amola, sua despudorada – respondeu Stef, apertando o passo e deixando as colegas que riam à socapa para trás.

– Ei, turma! Abram alas que a santa pede passagem! – gracejaram as promissoras nazistas e futuras mamães, enquanto Stef se distanciava ofendida.

Nem todos os jovens praticavam sexo nos acampamentos. Uns por falta do parceiro desejado, outros por já o praticarem, independente das orientações recebidas ali, e alguns poucos, como Stef por exemplo, não o manifestavam nem em pensamento, por não compactuarem com aquela sordidez. Atribuíam sempre o não seguimento da norma, ao desejo de esperar por um parceiro ou parceira que pudesse ajudar a conceber um ariano mais puro e mais de acordo com os princípios nazistas.

À noite, Stef juntou-se aos que por algum motivo estavam desacompanhados e foram cantar em volta da fogueira, cujas chamas lançavam imensas línguas de fogo para o céu. Depois, já enfiada em seu saco de dormir, meditava sobre a volubilidade do comportamento das colegas. Criada no seio de uma família decente e feliz, não compreendia como alguém poderia querer ter um filho considerando apenas a raça a que este pertenceria. E o amor? E a felicidade do aconchego do lar? Será que nada disso, apesar de ser o que há de mais importante na vida de uma pessoa, importava?

Não. Ela não haveria de agir com tanta leviandade. Para Stef, um filho deveria ser desejado e amado, antes mesmo de ser concebido. "No dia em que tiver um filho", pensou, "haverá de ser concebido com amor, com ternura, num ato de entrega total e apaixonante. E nesse dia, serei a mulher mais feliz do mundo, e receberei flores e cumprimentos de um orgulhoso marido que me amará com a mesma cumplicidade de meus pais". Assim Stef adormeceu sob o céu pontilhado de estrelas.

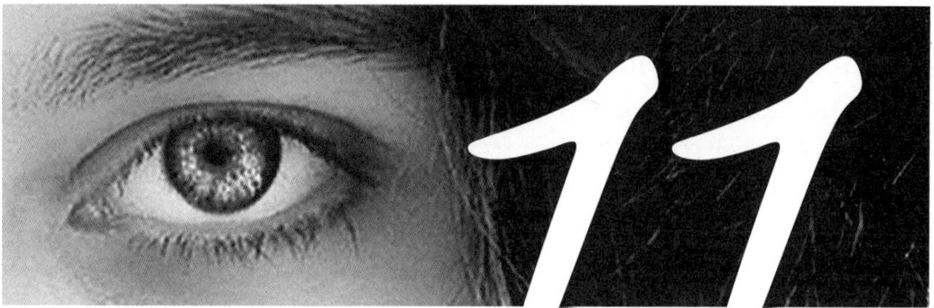

# 11

O dia ainda não havia clareado, e Adolph já tinha a boca cheia de tachinhas. O trabalho ia a todo vapor na oficina. Adolph e Archie trabalhavam calados. Não tinham o que falar um ao outro, além de coisas referentes ao trabalho. Desconfiado, Adolph ainda não havia conseguido digerir o fato de ter sido Archie o portador do convite para a filha se apresentar no jantar oferecido ao Führer, meses antes. Tinha por certo que havia sido maquinação do major, e achava que o rapaz o conhecia. Como não podia perguntar nada para não levantar suspeitas, optou por ignorar a presença dele e dirigir-lhe a palavra somente quando necessário.

Olga e a filha se ocupavam com o bebê e com os afazeres domésticos antes de partirem para a longa jornada de trabalho que se estenderia até a noite, na oficina.

Adolph ouviu, um instante antes de uma bomba explodir ali perto e abafar o som, o suave tilintar do badalo que anunciava um visitante. Um ligeiro tremor o assaltou. Era muito cedo para ser algum freguês; e ninguém mais costumava fazer visitas naqueles dias difíceis, especialmente àquela hora da manhã. Olhou rapidamente para o corredor; e Archie, cujos olhos remelentos haviam acompanhado a direção do olhar do patrão, viu o brilho feliz que quase o fez engolir as tachinhas, estampado no rosto dele.

Vergado pelo peso de seus oitenta anos de idade e claudicando levemente por causa de uma artrose, o dr. Heinrich

Chermanm vinha pelo corredor. Trajava um sobretudo de lã cinzenta, e cobria a cabeça branca com seu inseparável chapéu de feltro preto.

O sapateiro sentiu um frêmito de alegria percorrer-lhe a espinha dorsal. Mal podia conter a ansiedade que o dominava. Foi, pois, com indisfarçável satisfação que levantou de sua banqueta de trabalho indo ao encontro do médico:

– Ora, ora. Com que então herr doutor pôde acorrer ao meu chamado! – exclamou em voz alta, apertando a mão do médico e amigo de forma significativa. – Mas venha, doutor, vamos até em casa; Olga o aguarda, ela está debilitada e não está nada bem – piscou um olho para o médico, conduzindo-o de volta pelo corredor, indo em direção à casa.

Após cumprimentar mãe e filha, e dar um piparote no narizinho de Ulrich, que ria feliz, o médico, sentando-se numa cadeira, inquiriu o dono da casa:

– Pelo que meus velhos olhos vêem, meu caro Adolph, sua mulher está muito bem. Agora me diga, o que é que se passa por aqui? – indagou preocupado.

Adolph limpou a garganta, olhou bem fundo nos olhos do amigo e viu que podia contar com ele. Sempre tivera essa certeza.

– É aquele rapaz que o senhor viu lá na oficina, dr. Chermanm. Ele nos foi enviado como auxiliar pelo RAD, mas tenho lá minhas dúvidas de que tenha sido essa realmente a intenção. Ele trabalha direitinho, nunca faltou, mas, para mim, não passa de um olheiro; alguém que veio com alguma finalidade e... sinceramente, doutor, tenho medo do que penso a esse respeito.

– Certo... certo... com esses nazistas é sempre bom dormir com um olho fechado e o outro aberto, e com os ouvidos bem atentos. Certamente, não deve passar mesmo de um estúpido olheiro. Mas o que é que você pensa que tanto o intimida, meu caro? – o dr. Heinrich estava curioso, Adolph, que conhecia desde quando Anna o adotara, com menos de um ano de idade, sempre fora tranqüilo e despreocupado, o que seria tão grave para atormentá-lo a ponto de mandar lhe chamar, já que havia constatado que ninguém ali necessitada de cuidados médicos.

Adolph então o colocou a par das investidas do major sobre Stef, e do medo que sentia de ele inventar de investigar sua vida passada, a fim de forçar o romance indesejado. O velho médico rolava o chapéu nas mãos. Um frio imenso invadia sua alma. Stef! A garotinha que ele trouxera ao mundo; a garotinha crescera, e ele, só agora que ela era uma mulher ameaçada, se dava conta disso. "Meu Deus, como o tempo passa!", pensou recordando o dia do nascimento da garota. Adolph, porém, tirou-o daqueles pensamentos melancólicos.

– Mas me diga, doutor, que bons ventos o trazem a Berlim, quando o que todos mais querem é sair daqui? – Outra bomba explodiu; um pouco mais longe dessa vez. O médico levantou-se, puxou a cortina para o lado e espiou pela fresta da janela para ver se via onde a bomba tinha caído, depois disse aborrecido:

– Antes, diga maus ventos, herr Adolph, maus ventos – passou a mão pelos cabelos brancos e colocou o chapéu na cabeça: – fui convocado para trabalhar no Hospital Militar de Berlim para ajudar no socorro aos feridos na guerra. Isso não é um fato incomum, afinal sou um médico – disse, tirando e recolocando o chapéu, num gesto que demonstrava impotência.

– Mas então o que o preocupa, doutor? – perguntou Adolph, quase se esquecendo de suas próprias angústias. Apreciava muito a amizade que mantinha com o casal Chermanm, e as preocupações deles eram também suas.

– É minha velha, Adolph. Ela já quase não pode mais andar, está velha e doente, você sabe, coração fraco. Com o trabalho no hospital, não terei tempo para ir regularmente a Colônia, e trazê-la para Berlim, seria matá-la mais depressa – o médico encolheu-se, outra bomba explodira, dessa vez, do outro lado da cidade. – Ela não ia suportar este inferno.

– Compreendo... compreendo... – Adolph mal continha a ansiedade, esperava que a solução para o destino da filha estivesse para ser encontrada.

– E o que pensa fazer a respeito, herr doutor? – perguntou quase arrancando do médico a resposta que queria ouvir.

– É preciso encontrar alguém para ficar com ela em Colônia – Adolph susteve a respiração e o médico continuou cabisbaixo:

– Mas não é fácil encontrar uma acompanhante de confiança hoje em dia. As mulheres estão, a maioria delas, envolvidas em trabalhos voluntários para a Cruz Vermelha, ou insanas, choram seus filhos e maridos que jamais voltarão para casa – o médico retirou novamente o chapéu, passou a mão pela cabeleira branca e recolocou-o num gesto impaciente.

– O senhor já procurou alguém aqui ou em Colônia? – A mente do sapateiro trabalhava febrilmente.

– Já. Já procurei. Mas como eu disse, não está fácil. Frau[8] Hermínia quer que seja alguém que conheçamos bem; e aí é que está o problema, todas as nossas conhecidas estão, por algum motivo, indisponíveis, e ela se recusa a ficar com estranhos. Tem medo, sabe como é...

Adolph sabia realmente sobre medo; ele e sua mulher Olga, entendiam muito bem. Desde que a guerra explodira, esse era o sentimento que mais lhes fazia companhia. Limpou a garganta novamente e disse cheio de esperança:

– Ouça, dr. Chermanm – procurava as palavras – o que o senhor acha de Stef ir fazer companhia à sua mulher? Olga e eu ficaríamos muito orgulhosos de Frau Hermínia recebê-la como acompanhante. E depois, ela é de extrema confiança, afinal, vocês a viram nascer! – Pronto. Estava dito, suas mãos estavam geladas e úmidas, e todo seu corpo tremia.

O rosto do médico se iluminou momentaneamente, mas logo em seguida se anuviou:

**8 Frau:** tratamento alemão, o mesmo que senhora (NR).

– Ela é tão jovem para ficar presa à cabeceira de uma velha doente! E depois, pode fazer falta à Olga, aqui na oficina...

Adolph não deixou o médico concluir o pensamento. Tinha pressa em tirar a filha de Berlim. O major tornava-se a cada dia mais insistente, e isso colocava Stef em perigo constante.

– Escute, doutor, faça uma requisição ao partido solicitando uma ordem de viagem para Colônia em nome de Stef. Eles não vão negar isso ao senhor. Afinal, é por uma boa causa, ela cuidará de frau Hermínia, enquanto o senhor ficará livre para trabalhar despreocupado, como bom alemão que é. Quanto à oficina, Olga e eu daremos um jeito. E depois, tem Archie que, embora eu suspeite dele, não posso negar que não seja trabalhador.

O médico pensou por um longo momento e, levantando-se calmamente, tomou o amigo pelas mãos com profunda gratidão:

– Eu lhe agradeço muitíssimo, meu caro. Você nem imagina o peso que me tirou dos ombros. Mas só aceitarei esse sacrifício por parte de Stef para ajudá-lo a tirá-la das vistas desse major imbecil. Agora, com sua licença, mas preciso ir. É tudo muito urgente. Tenho de me apresentar pela manhã ao oficial-médico-chefe do hospital para acertarmos as devidas formalidades. E tratarei, ainda hoje, também, de obter a ordem de viagem para Stef.

Adolph respirou aliviado e despediu-se do dr. Heinrich Chermanm com grande entusiasmo. Todos os seus medos e os de Olga iam finalmente desaparecer.

No departamento encarregado de emitir permissões para viagens, tudo correu conforme o esperado. Uma ordem de viagem para Colônia, em nome de fraulein Stefhansenm Hanneke Zimmer foi expedida para dali a três dias. Embora muito minuciosos, nenhum funcionário do departamento associou o nome da passageira que ia viajar a fim de fazer companhia à mulher do médico do pronto-atendimento aos feridos na guerra do Hospital Militar de

Berlim, ao de Stef Zimmer, a garota da voz de ouro da Juventude Hitlerista.

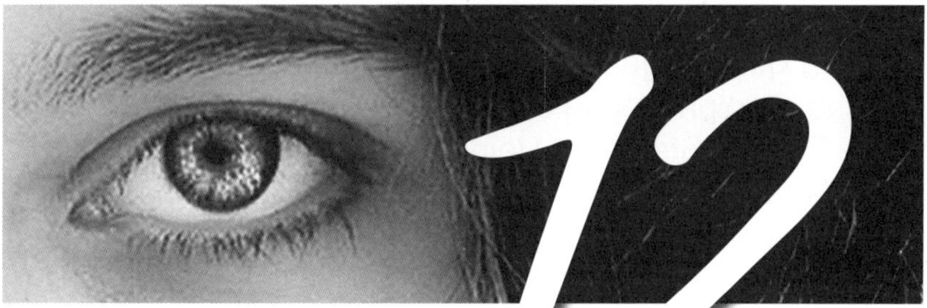

# 12

Naquela noite, a Oficina de Consertos e Polimento de Calçados Zimmer fechou suas portas mais cedo que o habitual. Usando como pretexto a doença de Olga, ao dispensar Archie mais cedo, Adolph subiu de dois em dois, os quatro degraus que davam para a varanda conjugada à cozinha em que Olga preparava um aromático ensopado de carneiro. As batatas coradas e o chucrute já estavam na mesa posta para três. No quarto, Stef tentava fazer o bebê dormir.

Adolph beijou suavemente os cabelos de Olga e, virando-a para si, estendeu-lhe a ordem de viagem que trazia no bolso:

– Olga, querida, olhe para isto! – disse eufórico.

Olga tomou o papel nas mãos e um calafrio a percorreu. Sabia ser a decisão mais acertada; mas ficar longe da filha... seus olhos encheram-se de lágrimas por uma saudade antecipada:

– Oh, Adolph! O dr. Heinrich conseguiu! Meu Deus, ele conseguiu! Mal posso crer.

– O que é tão inacreditável assim, que você mal pode crer mamãe? – perguntou Stef, entrando na cozinha e trazendo nos braços o pequeno que não quisera dormir. Ulrich já havia completado um aninho, mas era mimado como um bebezinho recém-nascido e relutava sempre em descer dos braços dos pais e da irmã mais velha.

Um jato de água fria caiu sobre o casal. Não haviam

ainda comunicado à Stef a intenção de afastá-la de Berlim; e agora que chegara o momento crucial, temiam a reação da filha. Adolph limpou a garganta e falou calmamente:

– Escute, Stef, o dr. Heinrich Chermanm foi convocado pelo partido para auxiliar no socorro aos feridos na guerra... ele virá para Berlim, vai trabalhar no Hospital Militar... e

– Mas essa é uma boa notícia, papai! – cortou Stef, com alegria. Ela gostava do velho médico, e depois já estava sentindo falta dos cuidados que ele tinha para com sua família. – Ele será muito útil aos feridos, é um excelente médico – disse sorrindo e erguendo o bebê no alto –, não é verdade, meu pequeno Ulrich – mimoseando o bebê.

– É verdade, o dr. Heinrich é mesmo um excelente médico e vai ser muito bom para os feridos poderem contar com sua experiência, só que... Stef? – Adolph gaguejou; não era fácil olhar para os olhos maravilhosos da filha, que sorria inocentemente para o bebê.

– Sim, papai – Stef continuava a brincar com o irmãozinho e não havia prestado atenção à feição perturbada de seu pai.

– O problema é frau Hermínia...

– O que tem ela, a frau está doente? – Stef pôs o bebê no chão e só então percebeu que havia algo errado. – O que foi, papai? O que há com a frau Hermínia? Seu estado de saúde piorou?

Olga olhava atentamente do marido para a filha e dela para ele. Como queria poder evitar o que o pai ia dizer à filha! Mas era impossível, a decisão já estava tomada; e qualquer coisa, por pior que fosse, seria melhor do que Stef ficar à mercê dos caprichos daquele nazista odioso. Naquele mesmo dia, ele a havia convidado para jantar em sua companhia e, como sempre, Archie havia sido o portador do convite que trazia uma ameaça velada como nota de rodapé. Dizia o seguinte: *"Cara Stef, um homem de minha posição não precisa correr atrás de jovens desarvoradas, pense nisso"*.

– Não, filha, a frau Hermínia continua na mesma... o

problema é que ela não pode ser trazida para Berlim, isso aqui a mataria mais depressa...

– Também penso assim, papai. Os ingleses estão cada dia mais ousados; e esses bombardeios não são realmente apropriados a alguém de saúde tão sensível quanto a dela.

– Ainda bem que você compreende isso, Stef, porque é preciso que alguém faça companhia à frau em Colônia e...

– Hum, hum... – murmurou Stef, novamente entretida com Ulrich e sem prestar muita atenção à conversa.

– E nós, quer dizer, seu pai e eu, decidimos que esse alguém é você, Stef! – cortou Olga seca, querendo abreviar aquela conversa dolorosa.

Stef foi tomada por um choque. Aparou o bebê que saltava sobre seu colo e virou-se para os pais. Os olhos magníficos adquiriram uma beleza selvagem e dardejaram os pais que não puderam sustentar a força daquele olhar e baixaram os olhos.

– Eu... mas, mamãe, o que é que vou fazer em Colônia? Eu nunca saí de perto de vocês! Eu não poderia ficar longe de Ulrich! – abraçou fortemente o bebê já sentindo a dor da separação.

– Calma, Stef. Frau Hermínia precisa de você, querida; e depois é só por algum tempo. É só até o dr. Heinrich arrumar outra pessoa de confiança – mentiu Adolph.

– Vocês devem ter perdido o juízo! – exclamou aflita. – E se cair uma bomba sobre nossa casa e vocês todos morrerem? O que farei?

– Bem, neste caso você estará a salvo – Olga forçou um arremedo de sorriso a fim de aliviar a tensão.

– Não, mamãe. Eu sinto muito. Tenho muita estima pelo dr. Heinrich e por frau Hermínia, mas não posso fazer o que me pedem. Não quero me separar de vocês, não agora; eu tenho medo! Medo! Será que é tão difícil assim entender isso? – Stef chorava abraçada à Ulrich, que não compreendia o que estava acontecendo.

– Não adianta discussões bobas, Stef, já está decidido

– interveio Olga com suas frases secas e curtas em situações como aquela. – Frau Hermínia a espera.

– Pois muito bem! Vocês terão de me obrigar a ir! Quero ver se serão capazes de tal loucura! – os olhos de Stef iam da mãe para o pai num apelo mudo e angustiado, a agitação da jovem tornava-os ainda mais belos, se é que isso fosse possível. O pai não se deixou levar pela beleza daqueles olhos expressivos que imploravam piedade.

– Pois bem, Stef, se é esse o problema, eu a obrigo! – disse num tom de voz que não deixava dúvidas sobre sua autoridade paterna, embora se sentisse morrer por dentro. – Eu a obrigo! – repetiu.

– Adolph! – surpreendeu-se Olga com o tom de voz agressivo do marido. – Também não é necessário que fale dessa maneira! – disse, pegando o pequeno Ulrich que, sem entender o que estava acontecendo, chorava a plenos pulmões nos braços de Stef que, em vão, tentava acalmá-lo.

– E tem mais, ainda não terminei – nem com a severa intervenção da mulher, Adolph abrandou o modo de falar, temia fraquejar. – Logo após o jantar, coloque algumas peças de roupas e objetos de uso pessoal em sua mochila de viagem; você parte ao alvorecer! Ah, e não se esqueça de separar uma roupa surrada de sua mãe e um xale para usar durante a viagem! Nem uma palavra mais; esse assunto está encerrado! – Adolph saiu da cozinha, batendo a porta com violência. Era preciso ser o mais enérgico possível naquele momento. Nunca havia agido daquela maneira com a filha e sentia-se culpado. Trancou-se em seu quarto para que a mesma não o visse chorar.

– Alvorecer? Oh, não! Por Deus, não! Por favor, mamãe, faça alguma coisa! Ajude-me! – Stef abraçou a mãe que se desembaraçou do bebê, pondo-o no chão.

– Psiu, querida – Olga levou o dedo indicador aos lábios num gesto significativo. – Você não ouviu o que seu pai disse? Vá pôr a mesa, por favor.

Stef afastou-se da mãe e mirou-a; chorava em desespero, e toda a angústia que sentia refletia-se nos olhos lindos que pareciam querer derramar todas as lágrimas do mundo:

– Mamãe... oh, mamãe... O que significa tudo isso? Por favor, confie em mim. Confie em mim, mamãe! – Olga morria por dentro; mas, mesmo morta e esvaziada, sorria para a filha querida. Era preciso que ela acreditasse que os pais não sofriam com aquela separação absurda, caso contrário, conhecia bem Stef e seu gênio resoluto e sabia que, não fosse dessa maneira, não viajaria, nem mesmo se fosse amarrada.

O jantar transcorreu num clima tenso e silencioso. Olga alimentava Ulrich, nem tentava comer; um enorme bolo estava engastado em sua garganta. Adolph ciscava o jantar com o garfo, e o saboroso carneiro se assemelhava à borracha velha temperada com fel, ao seu paladar; Stef nem se deu ao trabalho de servir-se. Grossas lágrimas rolavam por sua face dourada. Sentia que estava sendo excluída da vida dos pais, e um opressivo sentimento de autopiedade transparecia nos olhos lindos e tristes. Desistiu do jantar e foi para o seu quarto preparar a sacola. Sabia que não adiantava discutir mais; seria uma luta inglória, vira esta certeza estampada no semblante dos pais.

Deixando o bebê com o pai, Olga foi atrás da filha.

– Escute, minha filha... não nos queira mal, por favor. É para o seu bem; única e exclusivamente para o seu bem.

– Mamãe... eu não posso ir... Não quero deixá-los e a Ulrich... por favor...

– Eu compreendo, filha, mas...

– Eu amo vocês, mamãe... amo Ulrich! Será que não podem compreender ao menos isso? E Sieguilfichd? Eu o amo mamãe! Amo! Amo! Não, você não entende o... – a explosão de uma bomba a poucos metros dali abafou o resto da frase e atirou-as uma nos braços da outra.

– É claro que entendo, Stef, afinal, amo seu pai tanto quanto você a Sieg, e sei como o amor pode ser lindo, querida, mas agora vamos arrumar suas coisas e, por favor, filha, não se desespere assim, será por pouco tempo.

– Oh, mamãe... mamãe... eu não quero ir. Sinto tanto medo. Por favor, mamãe, não deixe papai fazer isso comigo! – buscando forças no fundo da alma, Olga afastou a filha suavemente:

– Não pense que seu pai e eu não estamos sofrendo também, Stef, mas é preciso que você vá, minha filha. Frau Hermínia precisa de você. E depois, será por pouco tempo; eu lhe prometo querida e... – outra bomba explodiu e Stef foi jogada sobre a cama. Tapou as orelhas com as mãos e sentiu que o mundo balançava com a força da explosão.

– E este inferno, que parece não ter mais fim! – gritou desesperada. Não acreditava que aquilo estivesse acontecendo com ela. Quando todas as famílias, por causa da guerra, estavam fazendo o possível e o impossível a fim de manterem-se unidas, seus pais a estavam abandonando. E bem agora que os ingleses, quase todas as noites despejavam bombas e mais bombas sobre Berlim. E se os pais e o irmãozinho morressem? E Sieg? Como ia ser sem ele? Pensar no namorado a fez sentir a cruel realidade da iminente separação, e dando vazão a todo o sofrimento que a invadia, atirou-se de bruços na cama chamando pelo nome do jovem que amava desesperadamente. – Oh, Sieg, ajude-me a compreender tudo isso, meu amor. Por favor, ajude-me! – uma nova onda de explosões sacudiu o quarto, Stef levantou-se de um salto e agarrou a mãe, que dobrava suas roupas, pelos braços:

– Mamãe, deixe-me olhar bem dentro de seus olhos... quero gravar sua imagem na retina, na memória... – Olga pensou que a filha estivesse delirando:

– Por que isso agora, Stef? – perguntou preocupada e tentando se desvencilhar das mãos longas e delicadas da filha que a seguravam firmemente.

– Não sei como explicar – Stef falava com suavidade. De repente sentira algo estranho, era como uma premonição. – Estou sentindo um receio tão grande que seria capaz de morrer de tanto medo. Não me deixe ir, mamãe, por favor, eu lhe suplico. Sinto que se eu me for, nunca mais a verei!

– Stef! – Olga colocou a mão na testa da filha para ver se ela não tinha realmente febre; achava tudo aquilo uma loucura, Stef devia estar delirando.

– É verdade, mamãe! Acredite em mim! Por favor, acredite em mim! Abrace-me! Abrace-me! – Stef abraçou a mãe com a força da paixão de uma mãe que abraça o filho em seu último minuto de vida; estranhamente, sentia que aquela era a última vez que a via... que ouvia sua voz... que a abraçava...

Mãe e filha sentiam, cada qual à sua maneira, a imensa falta que uma faria à outra; ficaram abraçadas em silêncio até que uma nova explosão as separou, arremessando-as uma para cada lado.

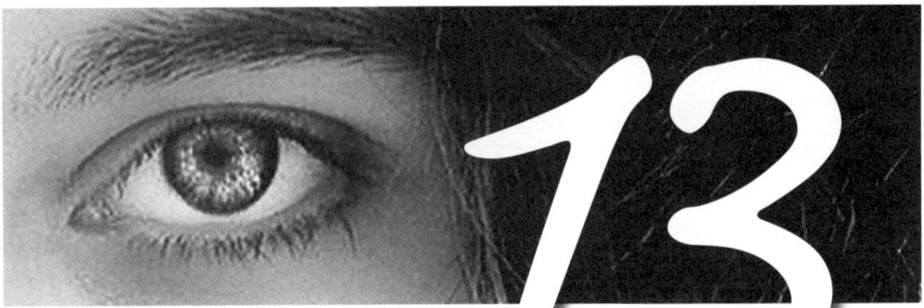

# 13

Quando cessou o bombardeio, Stef deitou-se. Na escuridão de seu quarto, pensava em como seria sua vida a partir daquele dia. A sensação de tragédia iminente ainda a incomodava. Ouvia os pais conversarem no quarto ao lado e, não sabia o porquê, mas tinha a sensação de que nunca mais os veria. Atribuía esse medo à brusca separação. Nunca havia ficado um dia sequer longe de casa; e aquela viagem inesperada devia ser a causa do sentimento de perda que a invadia, pensou aborrecida. Naquele mesmo dia, havia recusado mais um dos muitos e indecentes convites de Herbert para sair; e o fato de o oficial não lhe dar trégua, chegando mesmo a ser importuno com seu assédio nojento, a fazia pensar que talvez os pais tivessem razão em mandá-la para Colônia; esse pensamento amenizou seu aborrecimento. Cobriu a cabeça e procurou dormir, pensava em Sieg. Sua mente se desanuviou e Stef recordou-se do dia mágico em que o havia conhecido e dos dias felizes de namoro.

***

Sentada à beira do lago Müggel, Stef atirava pedrinhas na água e se maravilhava com as cores cintilantes das ondas que se formavam com o impacto e que rebrilhavam ao sol. Um bando de gansos cinzentos ciciava desconfiado na margem oposta. Um feliz abandono a envolvia. Não fosse a guerra, tudo estaria perfeito. Era jovem e linda; cantava divinamente bem e tinha uma família maravilhosa.

Sentiu, antes que ouvisse qualquer ruído, um vulto às suas costas. Virou-se subitamente; o sol arrancava faíscas dos olhos azuis-prateados que dardejavam o jovem de pé à sua frente. Avaliou o rapaz alto e bonito que a contemplava com um sorriso franco e amistoso nos lábios e, para sua surpresa, não sentiu aquela desconfiança que a assaltava sempre que deparava com algum estranho. "Deve ser novo no grupo", pensou presa aos olhos azuis que a fitavam com ar entre surpreso e divertido.

– Olá, posso sentar-me ao seu lado? – a voz era jovial e vigorosa.

Stef sorriu em resposta e voltou a brincar com as pedrinhas. O jovem sentou-se ao seu lado e a acompanhou na brincadeira. Ficaram longos momentos em silêncio. Tudo parecia simples e fácil. Eram jovens e a vida lhes sorria.

– Eu me chamo Sieguilfichd Enger. E você, como se chama? – perguntou o jovem, quebrando o silêncio mágico que os envolvia.

Stef não respondeu, tinha medo de acordar e ver que estava sonhando. Uma força superior à sua vontade a mantinha calada, era tudo muito lindo. O rapaz insistiu, era seu primeiro dia no grupo de Stef e, desde que haviam chegado um dia antes, vinha observando-a. Na noite anterior ficara embargado de emoção ao ouvi-la cantar em volta da fogueira, e agora que a oportunidade de conhecê-la pessoalmente havia surgido, não queria desperdiçá-la:

– Sabe, fraulein, desde que chegamos eu a tenho observado. Você é diferente das outras garotas. Gostaria de conhecê-la melhor...

– Se pensa em me enfiar à noite em seu saco de dormir, é melhor desistir – Stef se aborreceu, havia confiado que ele fosse diferente dos demais, mas via que se enganara. – Você pegou o bonde errado, garoto. Vá procurar outra para fazer seu ariano! E, por favor, vê se me...

– Ah, não. Você não me entendeu direito. Não é nada

disso, quero apenas conhecê-la – disse o jovem, sentindo que uma luz se acendia em seu cérebro.

Como Stef, ele também não compactuava com as orientações que incentivavam o sexo entre os jovens, acreditava no amor e esperava encontrá-lo. "Mas será que ela...", não concluiu o pensamento. Certas coisas são tão perigosas que não se deve nem pensá-las. Gostaria de ter alguém com quem pudesse falar francamente sobre seus medos, seus anseios e suas convicções; e se perguntava: "Será que posso confiar nela?". Tudo dizia que sim, e por esse motivo, ele voltou a insistir:

– Já me apresentei e não sei ainda seu nome – estava claro que sabia, mas queria ouvir ela própria pronunciar o nome que martelara sua cabeça a noite toda. Estava apaixonado por uma garota que havia visto uma única vez, e com a qual não havia trocado sequer uma palavra até aquele momento.

– Stef! Meu nome é Stef Zimmer! – a voz de Stef era pouco mais que um murmúrio, mas aos ouvidos do jovem apaixonado foi como um hino de amor. Demonstrou falsa surpresa ao falar com entusiasmo:

– Stef Zimmer! Mas então é você! Puxa, sinto-me honrado. Quando meu irmão foi enviado para a Rússia, você cantou no bota-fora dele. Nossa! Ele nem dormiu naquela noite! Passou-a toda falando em você, disse que você o havia feito esquecer-se de que ia para o front.

– Verdade? – Stef estava encantada com a simplicidade e objetividade do rapaz. Já estava acostumada a ouvir comentários favoráveis a seu respeito, mas não daquela forma direta e espontânea e sem bajulações. – E o que mais disse seu irmão? – perguntou descontraída.

– Que se morresse na Rússia, morreria feliz por tê-la visto e a ouvido cantar.

– Obrigada... Sieg. Posso chamá-lo assim? – Stef sentia-se à vontade.

– Claro. Claro. Nada me faria mais feliz.

– Você é muito gentil e espero que seu irmão não morra

na Rússia. Quero me tornar uma cantora de sucesso e espero que ele volte são e salvo para me ouvir cantar ainda muitas vezes. – Ambos riram com leveza. Uma brisa suave agitava os cachos cor de ouro velho de Stef que brilhavam intensamente; ela pensou por um momento e achou graça na confiança que aquele jovem despertava nela. Assustou-se quando a voz vigorosa a tirou de seu devaneio:

– Bem, espero que ele não morra mesmo por lá; vou escrever-lhe contando que a conheci. Sinceramente? Ele não vai acreditar!

Os olhares de ambos se encontraram e uma mágica ternura os envolveu. Um terno encantamento fazia a brisa mais suave; o verde dos arbustos que margeavam o lago mais intenso, e as cores do poente rutilaram nas águas límpidas como um lindo arco-íris. A guerra era algo distante de suas vidas, e seus corações pareciam querer saltar fora do peito. Finalmente, o encanto foi quebrado por Sieg, que se sentia embaraçado:

– Está na hora de nos juntarmos ao resto do grupo, Stef. Vamos lá receber nossa dose, caso contrário não nos tornaremos bons nazistas – riu, pegando sua mão e observando-a atentamente.

– É, vamos – falou Stef com displicência. – Afinal, somos jovens alemães e algum dia a Alemanha será governada por nós e temos de estar preparados para isso. Embora se no futuro for eu a governar o nosso país, as coisas serão diferentes... bem diferentes, Sieg – arriscou uma cartada, mesmo com certo receio.

Sieg sentiu uma leve agitação. Queria poder confiar na garota. Como queria! Sua convicção antinazista era um fardo muito pesado para ele carregar sozinho, e desejava poder dividir com ela o segredo que o sufocava.

Decidiu esperar mais um pouco para se abrir francamente e, puxando-a pela mão, ajudou-a a levantar-se.

Seguiram margeando o lago como se fossem velhos conhecidos. A cumplicidade do silêncio que os envolvia dispensava palavras. O tempo parecia ter parado e de repente era como se as misérias e desolação da guerra fossem um filme de ficção. O mundo, belo e pacífico, pertencia-lhes inteiramente e o cantar dos pássaros abafava o ribombar das bombas à distância.

A amizade de Stef e Sieg crescia a cada dia. Eles tinham muitas coisas em comum e partilhavam os mesmos sonhos e esperanças. Ficavam longas horas debatendo as atrocidades da guerra e, quando estavam a sós, falavam com franqueza sobre o assunto. Algo mágico e maravilhoso surgira entre ambos desde o primeiro momento em que haviam se conhecido, e uma força misteriosa os impelia a estarem sempre juntos; experimentavam as alegrias do primeiro amor e sentiam-se engolfados por um turbilhão de emoções até então desconhecidas; e apesar do olhar vigilante de Archie Fritz, que estava sempre por perto, tornaram-se companheiros inseparáveis. Não houve pedido oficial de namoro. Simplesmente, aconteceu.

A oportunidade do primeiro beijo surgiu de maneira inesperada. Certo dia, o grupo estava reunido para receber noções de primeiros socorros:

– Hoje vamos aprender como se faz respiração boca-a-boca – rosnou o monitor. – Escolham cada qual seu parceiro – completou com bravata.

Bastou uma rápida troca de olhar e Stef estendeu-se na grama verde. Sieg ajoelhou-se ao seu lado e fitou-a bem dentro dos olhos lindos e maravilhosamente azuis-prateados que chamejavam ao crepúsculo. Os corações juvenis pulsavam descompassados. Stef tinha quinze anos; Sieg dezessete.

– Pressionar o tórax! 1... 2... – berrou alto o monitor a fim de se fazer ouvir.

Os olhos de ambos, presos um ao outro, perdiam-se em sonhos. Um mundo de conto de fadas os cercava. Ele era o "príncipe" e ela a "princesa". Moravam num suntuoso castelo, pitorescamente encravado numa curva do Reno; e na varanda da frente, que dava para o rio que refletia a noite enluarada e o céu pontilhado de estrelas, cujo brilho era empanado pelos caças ingleses que passavam velozes, dançavam uma valsa de Strauss. Naquele momento, tiveram certeza de que se amariam para toda a eternidade. Estavam apaixonados!

– Encham os pulmões de ar! Assim! – a voz rouca do monitor parecia distante. Os olhares embevecidos estavam mudos. E quando Sieg depositou os lábios trêmulos sobre os lábios carnudos e vermelhos de Stef, um beijo doce e profundo os transportou ao paraíso.

Os namorados já não escutavam a voz do monitor que não parava de berrar instruções. Era como se ninguém mais existisse além deles. Estavam sozinhos no mundo; mas se bastavam.

– Eu a amo, Stef – murmurou Sieg com ternura.

– Eu também o amo, Sieg. Muito.

O momento era de pura magia e encantamento. Acostumados com cenas de amor explícitas, os demais jovens participantes do encontro não se davam conta de que, entre o casal que se beijava apaixonadamente, nascia uma linda história de amor, e como nos contos de fadas, ia durar para sempre.

– Um dia isso tudo terá fim, Stef – Sieg sussurrou baixinho em seu ouvido. – E então nos casaremos. Teremos uma porção de filhos. Bem longe desses nazistas.

Stef fechou os olhos e absorvia deliciosamente cada palavra do que o namorado dizia. Era contraditório, mas, em plena guerra, sentia que a vida lhe sorria. Sussurrou colando os lábios docemente nos dele:

– Será maravilhoso, Sieg... Fraulein Stef Zimmer se tornará frau Sieguilfichd Enger! Maravilhoso...

– Daqui a alguns meses eu irei para o front. Mas, quando toda essa loucura tiver fim... eu voltarei, querida. Espere por mim, porque... eu juro que voltarei para você.

– Esperarei, meu amor querido. A vida toda... se preciso for. Eu o amo.

– Repita isso, Stef. Por favor, meu amor, repita que me ama. Repita! Repita! – Sieg tremia ao pensar que teria de abandoná-la em breve e ir para a frente de batalha. – Repita, meu amor.

– Eu o amo, Sieg. Amo! Amo! Amo!

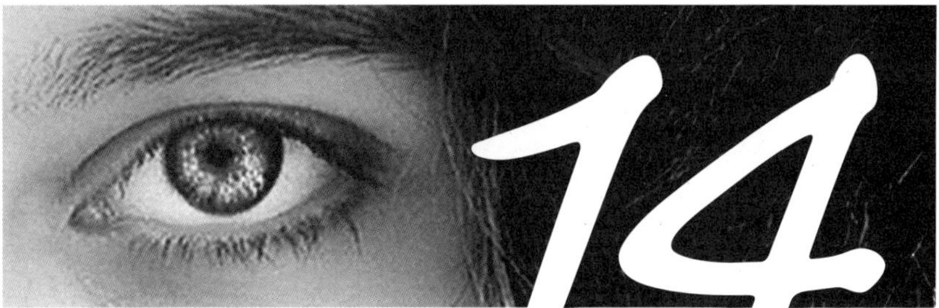

# 14

– Stef, minha filha, acorde. Vamos querida, faça um esforço. Já está na hora de se levantar. – Uma dor imensa oprimia o coração materno diante da fragilidade da filha adormecida, que se remexia inquieta no sono. Os cachos dourados estavam espalhados sobre o travesseiro e os lábios cor de cereja se destacavam na palidez do rosto abatido pela noite maldormida. Olga sentiu uma onda de ternura envolvê-la; quase fraquejou, depois, sacudiu a cabeça e, ajeitando os cabelos sedosos de Stef, chamou-a novamente.

– Stef, acorde garota! Já estamos atrasadas!

Stef acordou sobressaltada. Parecia que tinha adormecido naquele instante e já era hora de acordar. Olhou confusa para a mãe e bocejou languidamente, depois saiu debaixo das mantas ainda entorpecida pelo sono que sentia.

Olga corria agitada de um lado para o outro do quarto, ajeitando as coisas de última hora; e apenas para ter o que falar, disse:

– Seu pai já está pronto. Está a sua espera. Ande logo, vista-se rápido; já disse que estamos meio atrasadas. – Depositou as roupas que Stef ia usar durante a viagem sobre a cama, depois foi para a cozinha preparar o desjejum; trabalhava rapidamente, não queria pensar no último minuto.

– Eis aí nossa bela viajante! – pilheriou Olga quando Stef entrou na cozinha, rubra de indignação:

– Mamãe! Por que todo esse disfarce? – indagou,

abrindo a saia do vestido marrom escuro estampado com pálidas flores amarelas claro, fechado severamente até o pescoço.

– Não é disfarce algum, minha filha – disse Olga.

Chegando mais para perto de Stef, juntou seus cabelos dourados e prendeu-os à nuca, num firme coque, cobrindo-os com um velho xale cinzento que pertencera a sua mãe, e prendendo-o à frente com um broche de prata em forma de anjo, que Adolph lhe dera de presente quando Stef nascera. Olga falava suavemente:

– Acontece que você vai viajar na companhia quase que exclusiva de homens. E esta roupa apenas faz com que chame menos a atenção sobre si.

– Mas eu estarei acompanhada pelo dr. Heinrich! – retrucou Stef. – E isso para mim continua sendo um disfarce! – teimou.

– Stef, por favor... – interveio Adolph, que ouvira a discussão entre mãe e filha e resolveu acabar com aquilo de uma vez. – Vamos logo, Stef. Estamos em cima da hora. Coma seu desjejum e vamos embora! – falou com brusquidão. Tomando a sacola de Stef nas mãos, foi aguardá-la na sala da frente.

Ele abraçava e cheirava a sacola da filha, sentindo uma necessidade louca de abraçá-la, de não deixá-la ir; mas nada podia fazer. Tinha de ser forte e suportar a imensa dor que o fazia sentir vontade de gritar, mesmo sabendo que nem mesmo isso podia fazer para não despertar suspeitas, até o momento da partida da filha amada. Depois, então, poderia dar vazão a todo sofrimento e a toda agonia que o consumia.

Olga acompanhou pai e filha até o portãozinho de madeira. As tulipas, molhadas pelo orvalho, perfumavam a madrugada. Fitou com pesar os magníficos olhos azuis-prateados de Stef, e, sentindo o coração bater descompassado, abraçou-a demoradamente e disse com um profundo suspirar:

– Vá com Deus, minha filha...

– Beije todos os dias Ulrich por mim, mamãe.

– Beijarei, querida. Agora...vá.

A tristeza indizível as impedia de chorar. Pai e filha afastaram-se a passos lentos. Stef virou-se algumas vezes acenando para a mãe que, de pé na frente da casa, pensava estar sonhando um horrível pesadelo e, petrificada, correspondia aos acenos como um autômato. Quando ambos sumiram de suas vistas, tragados pela neblina, entrou na casa e chorou todas as suas dores.

Envoltos por um silêncio opressivo, Stef e o pai seguiam, perdidos, cada qual em seus próprios pensamentos. Stef ruminava a cruel exclusão. E Adolph sentia sobre os ombros o peso de se saber meio judeu naqueles sombrios dias de regime nazista. O silêncio foi finalmente quebrado pela voz de Stef:

– Papai, gostaria de despedir-me de Sieg.

– Ah, não Stef. Nós conversamos a esse respeito. Não é aconselhável que...

– Por favor, papai...

– Sinto muito, minha filha... mas não vai ser possível.

Stef então decidiu arriscar outro pedido, contava com a generosidade do pai:

– Escute, papai, se seguirmos pela rua que passa atrás da praça, iremos passar em frente à casa dele; eu quero ao menos poder olhar para a janela do quarto onde meu amado dorme, papai. Por favor, conceda-me ao menos isso – pediu cheia de esperança.

Adolph cedeu:

– Muito bem, se é isso o que quer, vamos lá. Mas será ainda mais doloroso para você, minha garota.

– Obrigada pelo conselho, papai, mas posso suportar mais essa dor.

Stef ficou parada diante da casa silenciosa. A voz de Sieg e seu rosto sorridente saltavam pela janela adormecida e mil pensamentos invadiam-lhe a mente conturbada:

"Você é minha garota, Stef. E eu a amo. E um dia será minha esposa... teremos uma porção de filhos..."

"Oh, Sieg... A frau Sieguilfichd Enger será a mulher mais feliz da face da terra..."

"Daqui a alguns dias eu irei para o front, querida... Mas voltarei... juro que voltarei..."

"Esperarei, meu amor querido..."

"Oh, Stef... Stef... minha querida... meu doce amor..."

A fim de por fim àquela tortura, Adolph pôs a mão sobre o ombro da filha e disse suavemente:

– Vamos filha, estamos nos atrasando.

– Sieg... – A jovem murmurou baixinho o nome do namorado. Grossas lágrimas queimavam-lhe a face lívida. Virou-se e seguiu de cabeça baixa, acompanhada pelo pai que sofria com sua dor.

Chegando à base militar de onde partiria o comboio no qual Stef viajaria, eles viram os carros que o compunham enfileirados e prontos para partir. Um cordão de isolamento, formado por jovens soldados, cercava os veículos. Haviam demorado mais que o esperado à frente da casa de Sieg, e agora corriam contra o tempo. Os nomes dos viajantes soavam por meio de um velho megafone. Adolph segurava a mão de Stef que apertava firmemente a sua, e procurava ver o dr. Heinrich Chermanm por entre a multidão que se acotovelava.

– Fraulein Stefhansenm Hanneke Zimmer. Carro 91!

Stef estremeceu. Voltou os olhos para o pai e implorou:

– Papai... não me deixe ir, por favor...

– Stef querida... não torne as coisas mais difíceis do que são...

– Mas... papai...

– Por favor, filha... será por pouco tempo... eu lhe prometo...

– Até quando ficarei lá? – Stef ainda nem partira e já tentava negociar com o pai sua volta.

– Creio que...

– Fraulein Stefhansenm Hanneke Zimmer! Carro 91! Última chamada! – o velho megafone estrugiu na madrugada. Stef agarrou-se ao pai:

– Por favor, papai... por favor. – Adolph fechou os olhos entorpecido pela dor.

– Ei, garota! – a voz jovial do velho médico trouxe-o de volta à realidade. – Venha logo! Vamos nos acomodar no carro, caso contrário ficaremos para trás! – Adolph afastou Stef de si, sentindo-se aliviado. Aquela agonia o estava abalando e tinha medo de fraquejar. Acompanhou-a e ao médico até a cabine de identificação, e ali se despediu dela apenas com um breve beijo em sua testa ampla e lisa.

Depois de carimbada a ordem de viagem, o dr. Heinrich tomou-a pela mão e a conduziu por aquela parafernália de homens, mulheres e crianças que corriam em direção aos carros, arrastando seus pertences e falando sem parar. Sua cabeça girava como um cata-vento e seu estômago embrulhava; quando se deu conta estava espremida na cabine de um velho caminhão ópel entre o motorista, um velho desempenado que espirrava muito; o médico e uma rechonchuda enfermeira de cerca de quarenta anos, chamada Ilse.

A enfermeira residia em Colônia e ia de licença para casa, após dois anos de trabalho ininterrupto no Hospital Militar de Berlim.

Adolph chorava copiosamente atrás da cabine de identificação. O seu mundo, antes tão lindo, estava triste e negro e parecia que ia desabar sobre sua cabeça. Cobriu o rosto com as mãos quando, daí a alguns momentos, levantando uma nuvem de poeira que se misturou à fumaça negra que saía dos canos de escape dos veículos, o comboio partiu ruidosamente. Quando o velho ópel passou por ele, viu o rosto agoniado da filha que buscava vê-lo. Escondeu-se para não ser visto, e ficou olhando o carro que se afastava levando embora sua filha querida. Temia não ter tomado a decisão acertada, mas, por outro lado, Stef estava sendo muito assediada pelo despudorado major Herbert vonn Mann, e ele, na condição de meio judeu, nada podia fazer para proteger a filha das investidas indecorosas do oficial. Suspirou resignado, assou o nariz e rumou para casa.

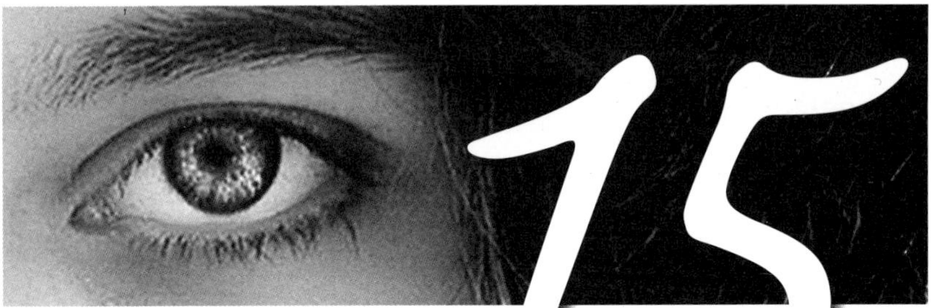

# 15

Os primeiros raios do sol de fim de inverno lutavam para rasgar a espessa neblina que envolvia a cidade. As últimas casas da periferia de Berlim iam ficando para trás e as primeiras edificações de Potsdam já podiam ser avistadas pouco à frente. Por medida de segurança, ao deixar Berlim, o comboio havia abandonado a Autobahn, moderníssima rodovia pavimentada, e seguia pela antiga estrada de terra batida que corria paralela a Autobahn e que estava tomada por velhos, mulheres e crianças que fugiam de Berlim em busca de um ilusório local seguro. Mulheres que já haviam pagado seu tributo à guerra, deixando filho ou marido enterrados em algum lugar desconhecido, arrastavam seus filhos pequenos e velhos andrajosos atrás de si. Algumas levavam pesados sacos às costas, e as que tinham mais sorte levavam seus pertences em carrinhos puxados à mão, aonde, invariavelmente, iam também um bebê desnutrido ou alguma pessoa idosa ou que não podia andar.

Alguns mais afortunados contavam com um veículo motorizado, mas nem sempre isso era de muita valia, pois, onde quer que o combustível acabasse, o veículo era abandonado e seus ocupantes juntavam-se à flagelada procissão. Muitos sucumbiam à viagem. A fome, a sede e as doenças matavam quase tanto quanto as bombas inglesas; e os corpos, cobertos com folhas de mato, eram deixados à margem da estrada. Não havia tempo para atos fúnebres, iam, todos, embotados pelo sofrimento infernal.

Passava um quarto das dez horas quando tudo aconteceu. O comboio já tinha passado por Magdeburgo, onde reabastecera e se aproximava de Brunswick. Stef primeiro ouviu o ronco longínquo de aviões e pensou tratar-se de patrulhas aéreas alemãs. Logo a seguir, porém, escutou o silvo alucinante das bombas que caíam e foi puxada violentamente para fora do veículo, pelo velho médico que, apesar da idade avançada, demonstrou bastante agilidade ao correr, abraçado a ela e à enfermeira em direção ao mato que ladeava a estrada.

Um átimo de segundo antes de ouvir o estrondoso fragor das bombas que explodiam sobre o comboio, Stef ainda divisou os caças ingleses no céu claro e sem nuvens. O motorista que havia corrido em direção oposta, foi engolfado pela imensa bola de fogo, fumaça e poeira que subiu pelos ares.

Escondidos no mato, o médico, a jovem, a enfermeira e mais alguns sobreviventes tremiam de medo. Quando já ia ao longe o barulho dos motores dos aviões inimigos, o médico levantou-se e disse com voz cansada:

– Bem, enfermeira Ilse, o dever nos chama. Temos responsabilidades para com os feridos sobreviventes. E você, Stef, deite-se um pouco e procure descansar – falou, indo pegar seu chapéu que estava caído a alguns metros de distância, coberto de poeira e fuligem.

– Vamos lá, doutor – disse Ilse, animada. Como enfermeira estava habituada a lidar com mortos e feridos e, embora tivesse sentido muito medo, quase nada mais a abalava. – Mas sou de opinião de que a garota deve nos acompanhar, toda ajuda será benéfica.

– Stef? Mas é pouco mais que uma criança! O que poderia fazer? E depois, prometi a seus pais que cuidaria bem dela. Não enfermeira, não vou sujeitá-la a isso – disse, batendo o chapéu e colocando-o na cabeça branca.

– Ela tem razão, doutor... talvez eu possa ajudá-los.

– Mas... Stef, e seus pais? O que vão dizer depois? Eu prometi a eles...

– Onde estão meus pais que não estavam aqui para me proteger, doutor? Por favor, diga-me o que devo fazer e eu o farei – a voz maviosa soava fria e destituída de emoção. Stef amadurecera cem anos em menos de um minuto, tempo que durara o ataque.

– Obrigado... Stef... e, por favor, minha filha... seja forte, sim?

– Eu o serei, doutor, não se preocupe – Stef aparentava a coragem e segurança dos muito jovens, e como a guerra durava já havia quatro anos, achava que já tinha visto todas suas misérias, mas nada a prepararia para o que veria a seguir.

Gemidos e lamentos misturavam-se ao horrendo crepitar das labaredas que lançavam longas línguas de fogo para o alto; os veículos se retorciam como carrinhos de brinquedo pisados por um gigante; e para todo o lado que se olhasse via-se, ainda em chamas, membros mutilados; o cheiro de carne humana queimada era insuportável. Doze dos vinte carros que compunham o comboio tinham sido atingidos, e calculava-se, entre civis e militares, haver morrido mais de cem pessoas.

Diante do horror dantesco, Stef fechou os olhos por um momento. Já estava até se acostumando com o barulho das bombas inglesas que atormentavam Berlim havia meses, mas seus pais sempre a haviam poupado da trágica visão de um local bombardeado. Um gemido a fez abrir os olhos e Stef olhou para a massa disforme que até momentos antes era um homem e que estertorava a seus pés. Virou os olhos para o lado e eles pousaram no corpinho mutilado de uma criança, cujos membros inferiores deviam estar jogados em algum lugar daquele inferno; fechando os olhos novamente, ergueu a cabeça para o alto e pensou: “Então isto é a guerra; Meu Deus... isto é monstruoso demais!”.

O médico, a enfermeira Ilse e mais alguns sobreviventes ocupavam-se em separar os vivos dos mortos. Enfileiravam os primeiros à beira da estrada para uma posterior avaliação. Era impossível prever quem sobreviveria; muitos feridos estavam em estado gravíssimo.

A enfermeira Ilse, já tendo recuperado seu autocontrole, retirou um lençol branco de algodão de dentro de sua sacola de viagem e o entregou a Stef, dizendo:

– Vamos garota! Mexa-se! Rasgue o lençol em tiras e vá torniqueteando os feridos onde for possível fazê-lo: braços, pernas, enfim – Ilse falava quase com rispidez, dando uma entonação profissional à voz –, você sabe o que fazer, afinal, sei que recebeu noções de primeiros socorros na Juventude. Vamos! Ande logo, não fique aí parada como se fosse uma lesma!

Saindo do torpor que a envolvia, Stef agarrou o lençol e pôs-se a rasgá-lo freneticamente em tiras de aproximadamente dez centímetros de largura. Fez quantas faixas pôde e, jogando-as por sobre o pescoço delgado, dirigiu-se ao primeiro ferido da fila macabra.

Era um jovem de uns vinte anos. Para ele, a guerra havia terminado meses antes, quando fora gravemente ferido no cerco ao gueto judeu de Varsóvia; voltava agora para casa, mas sua mão direita apodrecia em alguma esquina da capital polonesa. Segurava na mão que lhe ficara, um envelope pardo e cheio de selos que agitava ansioso para Stef, enquanto a voz pastosa pelo estertorar gemia agoniada:

– Fraulein... não me deixe morrer... por favor... pegue isto... entregue a ela... – a voz do jovem soldado alteava e abaixava de tom, enquanto o envelope cheio de selos dançava molemente no ar; via-se claramente ser aquele seus últimos minutos de vida.

Stef ajoelhou-se ao lado do moço que agonizava e sentiu um frio imenso lamber-lhe as entranhas ao examiná-lo mais detidamente; sua perna esquerda estava dilacerada, um profundo corte que ia da virilha até ao joelho, deixava músculos e nervos à mostra, que pendiam macabros para os lados e pareciam grossos lábios vermelhos. A artéria femural havia sido rompida e o sangue esguichava longe. Stef tomou duas tiras e fez um torniquete logo acima e outro logo abaixo do ferimento; depois, se houvesse tempo para isso, o doutor ou a enfermeira lhe aplicariam uma dose de morfina, a fim de aliviar-lhe a dor em seus derradeiros momentos. O envelope cheio de selos e manchado de sangue pendia molemente para o lado; Stef pegou-o e colocando-o no bolso do casaco, olhou mais uma vez para o moribundo, que exalava seus últimos suspiros; bateu as longas pestanas e se dirigiu para uma mulher que, misericordiosamente sem sentidos, estertorava. Algum objeto pontiagudo rasgara-lhe o ventre de um lado ao outro e suas vísceras jaziam ao seu lado sobre uma poça de sangue. Percebendo que nada mais era possível fazer pela bela mulher, fechou-lhe os olhos que apontavam para o céu e seguiu adiante com sua dolorosa tarefa.

Stef trabalhava como um autômato. Não chorava, não gritava nem se lamentava. Não sentia nada. Parecia esvaziada e destituída de qualquer sentimento; era como se a brutalidade do ataque a pessoas inocentes e indefesas a houvesse deixado embotada. O médico e a enfermeira e outros sobreviventes, que ajudavam no socorro, agiam da mesma maneira. A situação era desesperadora e exigia atendimento rápido e eficaz. Cada qual fazia a parte que lhe cabia e se falavam apenas o estritamente necessário. Era como se fosse algo preestabelecido, como se fizessem parte de uma equipe que sempre havia trabalhado em conjunto.

Faltava pouco menos de um quarto para as doze horas quando, apesar dos parcos recursos de que dispunham, o último dos feridos foi atendido. Agora era esperar pelo socorro que havia sido chamado pelo rádio de um dos carros que, surpreendentemente ficara intacto.

O dr. Heinrich e a enfermeira Ilse limparam seus rostos nas fraldas dos próprios casacos que usavam e que ficaram manchados de sangue, suor e poeira, e acomodaram-se no que sobrara do carro em que viajavam e cuja cabine, apesar de bastante danificada, conservara o banco, embora com alguns rasgões. Não havia mais nada que pudessem fazer pelos feridos, a não ser fechar os olhos daqueles que a morte, que rondava implacável, levaria antes da chegada do abençoado socorro. Convidaram Stef para o descanso, porém ela recusou educadamente o convite, preferindo ficar com uma garotinha de uns sete ou oito anos, que agonizava, chamando pela mãe que devia estar morta, já que não estava entre os sobreviventes.

Stef tomou protetoramente a mãozinha da criança cuja curta vida se esvaía entre suas mãos quentes e cheias de vida, e fitou aquele rostinho lindo e inocente que ia, aos poucos, adquirindo a beleza e placidez da morte. Quando um ligeiro tremor sacudiu o corpinho frágil da criança e sua mãozinha caiu para o lado, Stef fechou os olhinhos que brilhavam à luz do sol claro de inverno, e chorou. Chorou pela criança morta... por Sieg... e pelos pais e pelo irmãozinho que haviam ficado para trás. Chorou também por si própria, e pelo horror que presenciara naquela manhã e pela não compreensão das mentes primitivas que promoviam a guerra, e pelas milhares de vida, às vezes tão jovens quanto a daquela criancinha que morria diante de seus olhos. As freadas bruscas e as buzinas estridentes das ambulâncias que chegavam, tiraram-na daquele estado letárgico. Levantando-se de um salto, olhou ainda uma vez mais para a menina morta; sacudiu a cabeça e ajeitou o xale sobre os ombros indo ao encontro do médico e da enfermeira.

A remoção dos feridos foi feita com muita rapidez. O velho dr. Heinrich Chermanm e outros dois médicos, que haviam vindo com as ambulâncias, marcavam com um grande X, feito com mercúrio cromo, os que ainda viviam e que tinham alguma chance de sobreviver, os demais eram deixados de lado. A enfermeira Ilse, Stef e mais algumas enfermeiras recém-chegadas, imobilizavam-nos nas macas, e alguns homens e mulheres que haviam sobrevivido ao ataque e que estavam em condições de ajudar, colocavam-nos dentro das ambulâncias que partiam velozes. Quando a última das ambulâncias partiu, Stef foi tomada por um grande vazio. O silvo das sirenes das ambulâncias que se distanciavam martelava em seus ouvidos de forma infernal. Levou as mãos contritas ao peito, e toda tristeza e desolação da guerra a invadiram. Olhou para o jovem soldado da mão mutilada e da perna destroçada, que lhe implorara para que não o deixasse morrer e que ficara estirado à beira da estrada poeirenta. Sentindo as lágrimas que afloravam, Stef levou a mão ao bolso do casaco em busca de um lenço e, junto com ele veio o envelope cheio de selos e manchado de sangue que o rapaz lhe entregara, segundos antes de morrer.

Stef examinou os nomes do destinatário e remetente que constavam envelope:

Destinatário: Soldado Franz Helmer Chuster, Quartel-General da Ocupação Alemã, Varsóvia, Polônia.

Remetente: Amina Chuster, Berlinstrasse, 928, Colônia, Alemanha.

Pela data recente que constava nos carimbos do envelope, Stef deduziu tratar-se da última carta que o jovem soldado havia recebido. A caligrafia da remetente, embora fosse de uma delicadeza fora do comum, não possuía os floreios da juventude; este fato levou-a a perceber que a carta tinha sido enviada, não por uma namorada ansiosa ou por uma jovem esposa preocupada com o marido, como havia imaginado a princípio, mas sim por uma mãe que tinha o coração destroçado por causa do filho que lutava na Polônia e que voltava mutilado para casa. Stef guardou novamente o envelope no bolso do casaco, decidindo que ia pessoalmente levar a notícia da morte do rapaz a sua pobre mãe. Ela estivera ao seu lado em seu último instante de vida; ouvira suas últimas palavras; e sentia, com grande senso de nobreza, que devia isso ao soldado Franz Chuster e a sua mãe. Prendeu os cabelos que haviam se soltado e foi ajudar no sepultamento dos mortos.

O trabalho macabro era realizado com muita rapidez. As moscas não davam trégua e todos tinham pressa em acabar logo com aquilo. Braços, pernas, troncos e corpos completamente irreconhecíveis eram jogados sem cerimônia dentro de uma imensa cratera que a explosão de uma bomba havia aberto do outro lado da estrada. Documentos, ordens de viagens e plaquetas de identificação eram retirados para posterior identificação. Muitos mortos faziam parte da imensa procissão de civis que fugiam da capital e caminhavam ao lado do comboio no momento do ataque. Grande parte deles conseguiu fugir para as matas adjacentes, porém, os mais velhos e fracos e muitas crianças não tiveram a mesma sorte e pereceram com as explosões.

A notificação às famílias dos mortos seria feita dali a alguns dias. Um simples e frio telegrama, tarjado de preto, seria o portador da notícia cruel.

Ao ver o corpo do soldado Franz Chuster ser arrastado e lançado dentro da sepultura coletiva, Stef murmurou consigo própria:

– Então... isto é a guerra, soldado Frans Chuster! É morte... tristeza... mutilação... e destruição!

E como se os mortos pudessem ouvir, nesse exato momento, o toco de braço cuja mão havia ficado na Polônia, levantou-se para o ar, como a lembrá-la da promessa que ela lhe havia feito, e Stef reafirmou sua decisão:

– Vou ver Amina Chuster, soldado Franz; já que não pude salvar sua vida, devo-lhe ao menos isso.

# 16

Stef estremeceu violentamente a um toque suave em seu ombro. Despertou subitamente e seus olhos maravilhosos depararam com os do médico que a fitava com ternura. Atirou-se em seus braços chorando convulsivamente.

– Calma, fraulein. O pior já passou – dizia penalizado ao ver o medo estampado nos olhos prateados que brilhavam mais intensamente, ligeiramente escurecidos pelo horror.

– Oh, doutor... que coisa horrível!

– Procure esquecer, Stef, a guerra é assim. Impiedosa, cruel... e cenas como esta fazem parte de sua rotina.

– Mas isso é monstruoso... é... é... não tenho palavras! – o grito desesperado mostrava a confusão na jovem cabeça; Stef não imaginava que a guerra fosse tão cruel. Berlim vinha sofrendo ataques aéreos ingleses já havia algum tempo, mas os pais sempre evitavam que ela visse a destruição.

– Procure controlar-se, Stef. – O médico puxou-a pela mão ao mesmo tempo em que dizia: – Venha. Vamos até o veículo, precisamos nos alimentar.

– Só então Stef percebeu o adiantado das horas. Passava das dezesseis horas, e ela tinha no estômago apenas o desjejum tomado em casa por volta das três horas. Embora estivesse sem fome e nauseada, Stef o seguiu, sentia-se vazia e desolada. Seu estado era deplorável. Ornados por profundas olheiras, os magníficos olhos azuis-prateados estavam tristes e confusos e se destacavam na palidez mortal das faces e dos lábios cor de cereja, que estavam assustadoramente descorados... A cascata cor de ouro velho havia se desprendido de vez e ela estava suja e desgrenhada; o xale tinha virado ataduras e seu vestido estava rasgado e sujo de sangue.

Muito prático, o dr. Heinrich a conduziu até um jipe militar, cujo reservatório de água havia ficado milagrosamente intacto, e Stef lavou o rosto e as mãos, sentindo-se melhor depois disso. Acomodaram-se nos destroços da cabine do caminhão, onde a enfermeira os aguardava com um sorriso cordial:

– Bem, companheiros, vamos nos reabastecer! – exclamou, enquanto mordia uma coxa de galinha frita.

Olga havia preparado um saboroso assado de leitão, batatas coradas e a sobremesa preferida da filha: torta de maçã. Stef dispensou o leitão e as batatas e deu uma pequena mordida em uma fatia da torta; mas aquele pedacinho delicioso de sua sobremesa preferida ficou entalado em sua garganta. Sentiu-se nauseada, o cheiro da morte ainda impregnava o ar e, embora reinasse o mais absoluto silêncio, seus ouvidos sensíveis ouviam ainda o eco dos gemidos dos feridos no ataque. "Será que um dia poderei esquecer tudo isso?", pensou. Ofereceu as guloseimas aos dois companheiros de viagem e ficou surpreendida em como eles conseguiam comer tão tranqüilos quando, a apenas alguns metros dali, mais de uma centena de corpos jazia amontoado dentro da imensa cratera. Depois que o médico e a enfermeira se deram por satisfeitos, Stef guardou cuidadosamente a sacola das iguarias debaixo do banco e jogou a cabeça para trás, de encontro ao assento. Grossas e silenciosas lágrimas riscavam sua face branca e lisa. Preocupada com a palidez etérea da garota, a enfermeira sugeriu-lhe que tomasse uma dose de vinho, já que não havia nenhum medicamento à disposição:

– Vamos lá, fraulein. Tome. Isto vai fazê-la se sentir melhor – Stef olhou-a com estranheza, e a enfermeira se explicou:

– Não pense que o doutor e eu não lamentamos e não sofremos com o ocorrido, acontece apenas que, se os médicos e enfermeiros não se alimentassem após cada confronto com a dor e a morte, há muito que seríamos uma raça extinta – falou, acariciando as mãos delicadas da jovem.

O tom maternal de Ilse quebrou a resistência de Stef que, tomando a caneca com as mãos trêmulas, sorveu o líquido com sofreguidão.

A enfermeira Ilse tinha razão, desabituada ao consumo de bebidas alcoólicas, Stef sentiu um calor inesperado espalhar-se pelo corpo e atingir a cabeça, que volteou inebriada. Ilse tomou-a nos braços e, vencida pela fadiga e pelo vinho, a garota adormeceu quase imediatamente.

O médico e a enfermeira conversaram ainda durante algum tempo sobre a guerra e outras trivialidades, depois adormeceram. Não fazia o menor sentido ficarem despertos durante o dia. As ordens que vieram de Berlim pelo rádio eram claras e precisas: o comboio só devia prosseguir viagem após o anoitecer; e os veículos deviam manter os faróis apagados. Fora um erro aquela viagem à luz do dia, e esse erro ia ser corrigido. Esse fato não ia devolver a vida aos que tinham morrido, mas reduziria as chances de novos ataques aos sobreviventes.

Alguns homens do RAD, vindos de Magdeburgo, abriam a golpes de machado e logo à frente do local do atentado, um desvio à margem esquerda da estrada, cujo leito havia se transformado em uma imensa cratera por causa das explosões. Stef dormia, em vista das circunstâncias, um sono agitado e povoado por horríveis pesadelos: caças ingleses vinham em vôo rasante por cima do veículo; queria gritar e a voz não saía; seus olhos extraordinariamente belos não se desprendiam por um instante sequer daquela sentença de morte vinda do céu. Tentava gritar novamente, mas outra vez a voz morria-lhe na garganta e as explosões lançavam-na, em meio a uma bola de fogo, a vários metros de altura. Ajoelhava-se ao lado do próprio corpo e se assustava com as horrendas queimaduras que doíam muito; como não conseguia gritar, chorava desesperada e o pesadelo recomeçava.

Stef despertou por volta das dezoito horas. O sol já ia sumindo no horizonte, deixando atrás de si mais um dia de guerra, morte e destruição. Sentia todo o corpo doer terrivelmente. A testa ampla e lisa porejava suor e sentia os lábios entumescidos; os pés e as mãos formigavam desconfortavelmente, e a primeira impressão que teve ao despertar, foi de irrealidade. Confusa, não sabia ao certo onde estava nem se recordava do que tinha acontecido. Sonho e realidade se confundiam em sua mente conturbada. Sentiu um gosto amargo na boca quando despertou de vez e olhou no espelho retrovisor apalpando o rosto, os braços e as pernas para ver se não estava de fato toda queimada como no horrível pesadelo.

Ainda meio entorpecida, Stef assustou-se com o roncar dissonante do dr. Heinrich que, fatigado, dormia, e pensando tratar-se de novo ataque lançou um grito lancinante. O médico e a enfermeira, que também dormia recostada na janela do veículo, acordaram apavorados:

– Stef, minha filha, o que aconteceu? – indagou preocupado. – Vamos, menina, fale! O que houve? – repetiu a pergunta, abraçando-a delicadamente.

– Oh, doutor, que pesadelo horrível que tive.

– Calma garota, tudo vai ficar bem. Daqui a alguns minutos seguiremos viagem e tudo isso ficará para trás.

– Mas... e depois, dr. Heinrich? Tudo é muito cruel, muito desumano. Oh, meu Deus! – Stef tremia como um ramo de salgueiro açoitado pelo vento outonal; a ausência dos pais aumentava sua insegurança e o medo terrificante que estava sentindo.

Dotada de grande senso de iniciativa e, com a experiência que os dois anos de trabalho com feridos e traumatizados da guerra lhe conferiam, Ilse desceu do veículo e, tomando Stef pela mão, falou jovialmente:

– Vamos lá, colega, vamos procurar uma moitinha

porque a minha bexiga está quase a ponto de estourar. Ande, rápido! O comboio deve partir a qualquer momento e quero estar aliviada quando isso acontecer.

A fim de não assustar ainda mais Stef, a enfermeira teve o cuidado de evitar dizer "o que restou do comboio e dos que seguiam viagem nele".

– Vamos, sua mocinha molenga! Sua bexiga também deve estar estourando – arrematou, estalando um leve e ruidoso beijo na mão de Stef, que, por sua vez, seguiu-a aliviada ao constatar que a porta do veículo ainda podia ser aberta, e esboçou o que em outras circunstâncias, deveria ser um sorriso.

# 17

Em Berlim, nada seria noticiado sobre o ataque inglês ao comboio. A voz monótona que transmitia as notícias da guerra, anunciava somente as batalhas ganhas e os avanços das tropas nazistas. Os bombardeios e as vitórias dos ataques aliados que ocorriam longe dali, onde os olhos do povo berlinense não podiam ver, eram propositadamente abafados. Relatórios sobre tais incidentes eram trancafiados em negras pastas onde se lia "Confidencial", que eram guardadas em local de extrema segurança. As negras e sigilosas pastas só chegavam às mãos de oficiais do mais alto escalão do governo.

Adolph e Olga, portanto, ignoravam completamente o atentado ao comboio. Não faziam a menor idéia do que a filha adorada e sempre protegida havia passado naquele dia. Bem como não poderiam saber, naquele momento, que jamais a veriam novamente, nem ela a eles. O destino daquela família meio judia estava irremediável e cruelmente traçado.

Olga questionava o marido atemorizada:

– Adolph, meu velho, será que fizemos a coisa certa? Tenho tanto medo de nos termos enganado. Essa maldita guerra que parece não mais ter fim! Oh, meu Deus, desperte a Europa desse pesadelo!

Adolph sentiu-se penalizado diante do desespero da mulher. Ninguém mais que ele poderia compreender a dolorosa chama que queimava as entranhas de Olga. Era também o mesmo sentimento que o assolava: dúvidas, angústia e aquele medo desesperado de ter agido errado ao enviar Stef para Colônia e, ferindo mais fundo, a grande saudade que sentiam da filha e que aumentava a cada minuto.

Ao contrário de Olga, Adolph conseguia, por qualquer força misteriosa, dissimular aqueles sentimentos que o feriam tão profundamente. Aparentando uma inexistente tranqüilidade, encorajava valentemente a esposa:

– Olga, minha querida, sejamos sensatos. Não vamos sofrer por antecipação. Só Deus e o tempo dirão se agimos certo ou errado; de qualquer maneira, com Stef por perto, provavelmente seríamos descobertos. O major Herbert tornou-se um homem muito insistente; e isso podia ser perigoso, estávamos todos vulneráveis aos caprichos desse miserável.

– Você tem razão, querido, mas, ainda assim essa incerteza permanece em mim. Gostaria imensamente de estar bem longe daqui: América, Brasil... ou qualquer outra parte do mundo, menos na Europa.

– Esse é também meu desejo, querida, mas, uma vez que nada podemos fazer a esse respeito, devemos procurar nos adaptar da melhor maneira possível dentro das atuais circunstâncias. E para mostrar ao seu velho maridinho que é uma boa menina, que tal me preparar um suculento jantar? Estou faminto como um leão de circo de variedades.

Olga depositou o pequeno Ulrich no colo do marido e, beijando suavemente seus lábios, dirigiu-se à cozinha, onde preparou com soberba deliciosas costeletas de porco que mantinha conservadas em banha, purê de batatas e chucrutes. Preparou ainda um rico mingau de aveia para Ulrich, e duas maças recheadas com mel que assavam no forno enquanto ela alimentava o bebê. Os Zimmers ainda conservavam grande parte dos hábitos alimentares de antes da guerra. O trabalho árduo na sapataria rendera-lhes algumas economias que agora estavam sendo de grande valia. Impossibilitada pelas dificuldades ocasionadas pela guerra em adquirir calçados novos, a população vinha como nunca às oficinas de consertos de calçados, em busca de reparos para os gastos sapatos. Outra fonte de renda para os Zimmers eram os reparos e polimentos das botas militares, além dos francos que Stef recebia como pagamento de suas apresentações. Portanto, a família Zimmer não passava pelas dificuldades da maioria da população civil.

Adolph e Olga jantaram silenciosamente na grande mesa da cozinha. O fogo ainda crepitava no fogão à lenha, onde a água de uma grande chaleira de ferro, que Olga usaria após o jantar para lavar a louça, como fazia havia dezoito anos, desde que tinham se casado, entrava em ebulição.

Olga acomodou o bebê, que adormecera imediatamente após ter tomado o mingau de aveia, no bercinho de vime e sentiu grande saudade de Stef. Era o mesmo berço que ela usara quando bebê; com a diferença dos laçarotes cor-de-rosa, que haviam sido substituídos por fitas e laçarotes azuis de bolinhas brancas. Com a ponta do avental imaculadamente branco, enxugou uma lágrima que insistia em rolar face abaixo e retornou à cozinha. Adolph retirava a louça do jantar da mesa.

Limparam a cozinha em silêncio constrangedor, ambos sentindo imensa falta da filha e do matraquear incessante que a dominava nessas ocasiões:

"Hoje é papai quem lava a louça! Eu vou guardá-la", dizia sorridente.

Outras vezes, Stef fazia um beicinho encantador, e se saía com esta: "Papai, faça Ulrich dormir; eu enxugo e guardo toda a louça; que tal lhe parece, hein?". Era sempre assim, um empurrando para o outro a quase impossível tarefa de fazer Ulrich dormir. Ele era birrento demais, pesado demais e demorava muito a adormecer. Exigia sempre, em altos brados, que o mimassem no colo quentinho até adormecer completamente. Outras vezes, Stef fazia pequenas bolinhas com miolos de pão que ficavam desprezados sobre a mesa e as atirava nos pais:

"Segura essa, mamãe! Lá vai a sua dose, papai!". Até Ulrich entrava na brincadeira. Stef colocava algumas bolinhas em suas mãozinhas inquietas e incitava-o a atirá-las para o alto; grande parte delas, porém, ia parar dentro do pequeno estômago do bebê. A arrumação noturna na cozinha dos Zimmers, invariavelmente, transformava-se em uma alegre festa.

Adolph e Olga ficaram sentados durante longo tempo diante do fogão. O fogo morria lentamente e as chamas pareciam pequenas e flamejantes línguas vermelhas que iam aos poucos desfalecendo. Conversavam assuntos banais; evitavam, ambos, falarem na filha ausente. Passado algum tempo, foram para o quarto onde Ulrich dormia o doce e sereno sono dos inocentes.

Olga aconchegou-se nos braços do marido, e ele sentiu-se invadido por aquele desejo tão peculiar que a esposa lhe despertava. Mesmo tendo se passado tantos anos de vida em comum, a paixão entre ambos não havia arrefecido e Adolph pensou então que seria bom fazerem amor naquela noite. Talvez isso pudesse amenizar a dor pungente que a separação da filha lhes causava. Tomou Olga nos braços e amou-a suave e ternamente; como somente os muito apaixonados podem amar.

Olga entregou-se dócil e apaixonada ao marido; ela o amava profundamente, e sabia, com toda a certeza, ser plenamente correspondida. Beijaram-se famintos e perceberam com imenso prazer que estavam sequiosos um do outro. Amaram-se mais demoradamente que o habitual. Uma excitante e deliciosa confusão de braços e pernas, levaram-nos juntos e, com toda plenitude, ao clímax daquela paixão desenfreada e avassaladora que os consumia. Parecia que as dificuldades dos últimos tempos e, principalmente, a daquele dia fatídico, tinham reforçado os laços que os uniam.

Plenamente saciado, Adolph escorregou para o lado e beijou extasiado os cabelos e o rosto da mulher amada. Amor e magia transpareciam nos corpos suados e amarfanhados. Ficaram, depois, deitados em silencioso abandono; inebriados pela cumplicidade do cheiro almiscarado de amor que impregnava o aposento. Adormeceram com as mãos ternamente entrelaçadas e, enquanto lá fora a guerra espocava parecendo que o céu fosse desabar sobre o mundo e milhares de vidas se iam, Olga sonhava que estava no "paraíso".

Adolph e Olga caminhavam etéreos sobre as nuvens. Iam de mãos dadas e riam, purificados, o riso dos deuses. Uma suave e perfumada brisa agitava levemente os cabelos sedosos dela. Trajando uma longa e diáfana túnica tão alva quanto a brancura da neve, Olga ia de pés descalços. Adolph, como a mulher, ia de pés descalços e usava como ela uma longa túnica diáfana, porém, de um tom de azul celeste muito brilhante.

À frente de ambos, ornados por um halo de luz dourada e que brilhava intensamente, Stef e Ulrich saltitavam alegremente. Levavam pelas mãos duas crianças de sexo indefinido e suas risadas ecoavam pelo ar, sobrepujando o trovejar das bombas que explodiam na terra. Os pezinhos pequenos e delicados afundavam na nuvem fofa e deixavam à mostra as pegadas dos inocentes, cujas túnicas brancas eram salpicadas de pequenas estrelinhas e se agitavam à brisa celeste. Caminhavam todos com vagar e ouviam à distância o som encantado de trombetas e de vozes angelicais que os chamavam.

O sonho se afigurava tão real que Olga podia sentir o frescor e a maciez das nuvens sob os pés brancos e delicados; sentia também a roçagar-lhe a pele a suave e perfumada brisa celestial.

Estavam no paraíso...

Enquanto isso, aqui na Terra, as portas do inferno rangiam escancaradas trágica e traiçoeiramente para a família Zimmer.

# 18

A lua branca e rutilante iluminava completamente o leito da estrada que serpenteava através de grandes extensões de terras férteis. O ar estava impregnado pelo aroma suave das diminutas flores dos frondosos olmos que a ladeavam, lançando gigantescas sombras que, à guisa do vento que bafejava, executavam danças fantasmagóricas sobre o leito da estrada.

Os veículos, seguindo as instruções vindas de Berlim, conservavam os faróis apagados e o comboio, agora bem reduzido em número de carros e de seus ocupantes, arrastava-se gemente pela estrada. Ao perceber a aproximação do comboio, os refugiados que, aproveitando a cumplicidade e o frescor da noite, marchavam incansáveis, lançavam-se à margem da estrada em busca de proteção. Stef dormia a sono solto e as pestanas longas e douradas pendiam sobre as pálpebras arroxeadas que se destacavam no rosto terrivelmente pálido. A enfermeira Ilse a acariciava penalizada; era uma mulher experiente e se compadecia com o desamparo da garota que dormia em seus braços e que haveria de adquirir maturidade à custa de recordações cruéis daquele dia que jamais esqueceria.

A madrugada já ia alta e o médico-motorista lançou um olhar de esguelha para a face melancólica da mulher, cujo marido havia morrido na explosão. Ela se espremia calada entre Stef e ele, e não pronunciara uma única palavra até aquele momento. Na hora da partida do local do ataque, muitas pessoas pediram carona e os veículos estavam lotados, mesmo assim, o silêncio era gritante. Ninguém ousava falar. Estavam emudecidos pelo terror. Os veículos, em marcha reduzida, sulcavam estertorantes a ladeira esburacada que ia dar no sopé do morro. Para cima da estrada, um paredão recoberto por musgos, apontava para o céu, para baixo, a lua iluminava um verdejante vale, onde ao longe o gado dormitava indiferente sob as copas dos abetos. Lá embaixo, no fundo do vale e aninhada sob uma curva do Reno, que corria majestoso e pulsante de vida, dormia Colônia.

Stef abriu os olhos e sorriu, ainda meio sonolenta, para o dr. Heinrich, que substituía o motorista morto no ataque, e dividia sua atenção entre a estrada e garota. O médico sorriu-lhe em resposta, fitando-a atentamente. Era certo que um sono reparador aliviava certas tensões, mas a terrível experiência pela qual a jovem passara no dia anterior, fora demasiada traumática.

– Bom dia, doutor! Bom dia, enfermeira! E então, onde estamos? – indagou com um sorriso e jovialidade próprios de sua idade.

– Bom dia, minha filha! – respondeu o médico, tentando imprimir à voz a mesma jovialidade que ela. – Estamos quase em casa! – exclamou contente.

À luz difusa do amanhecer, Stef apreciava a paisagem que mudara completamente. A lua desmaiara ao longe e a luz da manhã incidia sobre os vinhedos que pareciam um imenso tapete verde picado aqui e acolá pelas propriedades rurais. Ao observar as camponesas que, ajudadas por velhos e crianças, executavam tarefas feitas antes da guerra apenas por homens fortes, Stef comentou:

– Essas mulheres, velhos e crianças que se movimentam incansáveis, não deviam executar trabalho tão árduo, deviam ficar imóveis e serem retratados. Isso aqui dá uma belíssima tela.

– É verdade, Stef. Esta é uma paisagem muito tranqüilizadora, sempre que posso venho aqui... mas veja, já estamos em casa – repetiu ansioso para ver frau Hermínia. Voltaria para Berlim no dia seguinte e só Deus poderia dizer quando ia obter uma licença, se é que pelo andar da guerra, fosse conseguir.

Olhando na direção que o médico indicou, Stef viu, logo à frente, a cidade que despertava para mais um dia de guerra. Sentiu uma pontada no peito quando os lindos e curiosos olhos azuis-prateados depararam com uma casa grande e avarandada onde tremulava uma bandeira nazista. À força de sua juventude, logo esqueceu o incidente e desceu entusiasmada do veículo, trocando endereços, agradecimentos e apertos de mão com a enfermeira Ilse. Tinham chegado em Colônia! Uma balbúrdia enlouquecedora cercava os veículos que haviam parado em meio a uma vermelha nuvem de poeira. Todos falavam ao mesmo tempo. Queriam notícias dos pais, filhos e maridos que deviam ter chegado no comboio. O que lhes tinha acontecido? Stef ficou a imaginar se Amina Chuster estava ali, entre a multidão enlouquecida, a esperar pelo filho que jamais voltaria da guerra. A fim de poupar Stef de mais aquele sofrimento, logo após o desembarque, o dr. Heinrich tomou-a pelo braço e se dirigiram para o ponto do bonde que deviam tomar, o mais rapidamente possível.

De pé no ponto, Stef colocou as mãos nos bolsos do casaco e sentiu o envelope cheio de selos a queimar-lhe a ponta dos dedos. Apertou-o fortemente e uma onda de profunda melancolia a envolveu, logo, porém, o sentimento opressivo cedeu lugar à luta para se manter de pé dentro do bonde apinhado de gente. Espremida entre mulheres, velhos, crianças e soldados, mal escutava o dr. Heinrich que quase gritava para se fazer ouvir através das vozes excitadas dos demais passageiros.

– Dentro em pouco estaremos em casa, Stef! A frau e eu moramos em uma campanha perto daqui. Você se dará bem com Hermínia, ela é muito divertida! – gritou.

– Disso não tenho dúvida, divertíamo-nos muito quando ela ia a Berlim!

Stef se esforçava para se fazer ouvir, o bonde balançava para os lados e as pessoas se acotovelavam espremidas.

– Lá em casa criamos porcos, galinhas, ovelhas e duas vaquinhas que são ordenhadas diariamente – o médico falava entusiasmado. Stef sempre se surpreendia com o ânimo dele, que já passara dos oitenta e agia como um jovem de vinte anos. – Você vai gostar!

– Mas isso é uma maravilha, doutor! Hoje em dia é um luxo possuir tantos bens, as coisas estão muito difíceis.

– E o que me diz você de uma pequena, mas produtiva plantação de repolhos, nabos, batatas e outros legumes e verduras, hein? – o médico piscou-lhe um olho.

– Pelo jeito vou ter muito que fazer por lá...

– Não. Não, Stef. Você não fará mais que fazer companhia à frau e lhe dar os remédios nas horas certas. Para o serviço da casa temos uma criada e a lida com os bichos e com a horta, é responsabilidade do marido dela.

O bonde, já quase vazio apitou, rangeu os freios bruscamente e finalmente parou no ponto final da linha. Stef e o médico puseram-se a caminho, tinham ainda uns mil e duzentos metros de caminhada pela frente.

À entrada da propriedade, um arco de madeira pintado de branco, derramava quase até a altura do portão, uma cascata colorida de madressilvas. Uma estradinha cascalhada e ornada em ambos os lados por perfumados lilases, que exibiam seus cachos roxos e brancos, levava à casa, situada cerca de cinqüenta metros adiante. O perfume das acácias nas floreiras da varanda era embriagador. Os lindos olhos de Stef brilhavam intensamente, detendo-se em cada detalhe daquele lugar maravilhoso.

Ela deixou que o médico se adiantasse e caminhou lentamente por entre aquela profusão de flores e aromas. Aspirou o ar puro profundamente e nesse momento, um melro cortou-lhe a frente. Stef pôde ver pela cor negra e reluzente de seu dorso e pelo tom amarelo-alaranjado de seu bico, que se tratava de um macho, a fêmea devia estar no ninho cuidando dos filhotinhos.

À frente da casa, uma senhora de cerca de cinqüenta e cinco anos os esperava. Enxugou as mãos no avental xadrez e desceu os quatro lances de escada que davam acesso à varanda, com um largo sorriso no rosto redondo e rosado.

– Oh, doutor! Que bom que chegou! Frau Hermínia não se cansa de perguntar pelas horas. Está ansiosa.

– Como está passando, Maria? – o médico apertou vigorosamente a mão rechonchuda da mulher e apresentou-a para Stef:

– Esta é Stef, Maria. É filha de Adolph Zimmer, lembra-se dele?

– Mas claro que me lembro! Quem haveria de se esquecer de herr Adolph?

Havia cinco anos, Adolph fora a Colônia comprar maquinários para a oficina e ficara hospedado na casa do médico por três dias. Nessa ocasião travou longas conversas com Maria e José, seu marido, e jogaram paciência juntos. Estendeu a mão para Stef e, puxando-a para si, abraçou-a efusivamente:

– Mas doutor, ela é tão jovem! O que aconteceu para você estar tão longe de casa e sem os pais, minha filhinha? Eles morreram atingidos pelas bombas? – perguntou querendo ser gentil e sem perceber a indiscrição.

– Não. Não, Maria. Meus pais estão bem vivos, apesar da guerra – Stef lembrou-se do ataque ao comboio e riu da ironia ao imaginar que ela é quem havia passado bem perto da morte; aliás, havia na verdade, lutado com unhas e dentes a fim de salvar algumas vidas, além da própria. – Acontece, Maria, que meus pais são velhos amigos do doutor e da frau e, como ele vai a trabalho para o Hospital Militar de Berlim, vim fazer companhia a ela.

– Oh, sim... claro. Claro. Mas venha, vamos entrando, como já disse: a frau Hermínia está ansiosa.

Stef contemplou a figura descarnada da frau Hermínia e ficou admirada com a vivacidade que transparecia nos diminutos olhos azuis que a sondavam por trás das lentes de grau e que denotava uma mente sã e equilibrada, apesar da idade avançada. A frau abriu os braços amistosamente:

– Olá Stef, seja bem-vinda, querida! Meu coração e minhas juntas andam me atrapalhando a vida ultimamente, mas me esforçarei para ser uma companhia alegre, espero não decepcioná-la – sorriu satisfeita com a escolha do marido. Ele gostava muito dos pais da garota e ela ficara feliz por tê-la como companhia.

Stef percebeu com prazer que sua estada em Colônia ia ser bem interessante. Frau Hermínia, apesar da doença e da idade avançada, era ainda a mesma mulher alegre e divertida que sempre fora. Pensou em Sieg e em sua família e sentiu uma ponta de tristeza a invadi-la, logo, porém, tratou de aquietar seus pensamentos. Ia ficar pouco tempo em Colônia, e não devia se preocupar com eles. Estavam seguros em Berlim. Stef sorriu de sua preocupação e foi para o quarto, que lhe havia sido destinado, desfazer sua sacola de viagem.

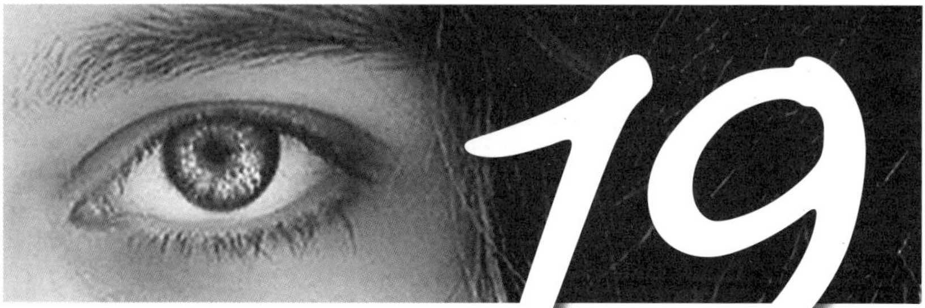

# 19

Um ruído semelhante ao reverberar gutural de placas metálicas ao serem viradas para dentro e para fora, bramia no céu escuro de Berlim, seguido de um lampejo incandescente que riscava a escuridão. O rugido ensurdecedor dos trovões confundia-se ao troar das bombas que explodiam à distância. Os passos incertos e nervosos o conduziam por um caminho que havia três dias hesitava em seguir. Ia tenso e meditativo. Vez por outra passava o dorso da mão pelos olhos, não que isso fizesse diferença, a chuva fustigante o mantinha encharcado até os ossos. Açoitados pelo vento enfurecido que assobiava sinistro, os galhos das árvores executavam danças mirabolantes.

Quem o visse passar, pensaria por certo tratar-se de um lunático. Caminhava desordenadamente e de cabeça baixa, as mãos metidas pelo bolso; afundava com indiferença as reluzentes botinas nos pequenos lagos que a água que caía do céu formava nas calçadas.

A mente desarvorada articulava mil conjeturas; no entanto, não se apegava a qualquer uma delas. O namoro entre ele e Stef durava havia seis meses. Tempo suficiente para, com Stef sempre presente, jovem, bela e estuante, parecer-lhe toda uma eternidade. E aquele súbito desaparecimento, sem se despedir nem deixar qualquer recado, estava levando-o à loucura. Não supunha ele, porém, que pelas horas mortas, Stef chorara diante de sua casa, num triste e silencioso adeus.

Certo é que razão e coração se fundiram e o levaram três dias após a partida da namorada à casa dos pais dela. Ia confrontá-los. Tinha de saber o que havia sido feito de Stef.

Quando o pequeno badalo anunciou o visitante, Adolph, que calcava a sovela metodicamente sobre um pedaço de couro, ergueu os olhos e o viu. Por uma fração de segundos, sentiu-se paralisado, depois jogou a sovela para o lado e foi ao encontro do rapaz encharcado.

– Meu Deus, Sieg! O que aconteceu para você sair com essa chuva? Vai menino, vai lá para dentro e peça a Olga uma toalha de banho para você se enxugar. Dentro de um segundo eu vou ter com vocês.

Adolph serrou os punhos e respirou profundamente, a fim de recompor-se do susto que a súbita aparição de Sieg lhe provocou. Depois de passado o impacto do primeiro momento, foi ter com o rapaz. Sabia de antemão que a conversa não seria conduzida com facilidade, o jovem estava sofrendo com a partida da filha e, apesar do grande amor que unia os dois, ele não podia relatar a Sieg o paradeiro de Stef.

– Sinto muito, herr Adolph, mas eu só posso supor que esteja a brincar comigo – Sieg tremia de frio e de raiva. – Stef não partiria sem que nos despedíssemos, não... ela não faria isso comigo! – Sieg levou ambas as mãos à cabeça num gesto claro de total desespero. – Por Deus, não posso sequer saber para onde ela foi?

– Escute Sieg – falou Adolph ponderado e sentindo-se mal com o desamparo do rapaz –, a nossa situação é... por assim dizer... bastante delicada. Por favor, não faça mais perguntas, não posso respondê-las.

– Mas, herr Adolph...

– Por favor, Sieg, se lhe for possível, espere por Stef... ela o ama muito.

– Ah! Já sei do que se trata! – as faces antes lívidas de Sieg tornaram-se escarlates. – É aquele miserável do major! Não é isso, herr Adolph?

– Sieg, por favor... – Adolph tentava acalmar o jovem, que estava furioso com a descoberta.

– Aquele crápula! Sempre atrás de Stef! Sempre a persegui-la! O grande porco chauvinista! Enviando-lhe bilhetinhos, convidando-a para jantares e agindo como um rapazola diante da primeira namorada!

– Sieg, por favor, acalme-se. Vamos conversar. Ela vai entrar em contato com...

– Ah, herr! Sinto ímpetos de esganá-lo! – a cabeça do jovem volteava e o sangue corria-lhe mais rápido nas veias. Tivesse Sieg, naquele momento, Herbert diante de si, iria estrangulá-lo com as próprias mãos.

– Calma Sieg, tenha calma, por favor. Você é inteligente e certamente compreende a situação – Adolph procurava as palavras adequadas à ocasião. – As coisas não são mais difíceis para você do que o são para Olga e eu e peço-lhe encarecidamente, para o bem de Stef e o seu próprio, aja a partir de hoje como se Stef lhe fosse completamente indiferente!

Sieg obtemperou indignado; seus olhos azuis pareciam dois lagos tempestuosos e quase saltavam para fora das órbitas. Não podia acreditar no que estava ouvindo.

– Enlouqueceu, herr Adolph? Só pode ser isso... deve ter enlouquecido completamente! Ignorar Stef? Não... não posso acreditar que esteja ouvindo um disparate desse.

Adolph tomou paternalmente as mãos do rapaz entre as suas e disse comovido:

– Conserve Stef em seu coração, meu rapaz e... espere por ela. Mas repito-lhe: aja como se ela lhe fosse completamente indiferente. E isto Sieg... é tudo quanto posso lhe dizer! – compreendendo a gravidade da situação, Sieg atirou-se nos braços do futuro sogro, chorando convulsivamente, as palavras saíam entrecortadas:

– Meu Deus, isso tudo é uma loucura sem limites! Oh, Stef... minha vida...

– Sieg, meu filho... vocês são jovens ainda e quando a guerra se findar, terão toda uma vida pela frente. Seja corajoso, garoto, pense em Stef, ela o ama e esperará por você, dure este inferno o tempo que durar! – concluiu Adolph, com a voz embargada pela emoção.

Era comovente presenciar aquela arrebatada demonstração do amor que o jovem nutria por sua filha, por outro lado, não sabia como lidar com a dor cruciante que sufocava o rapaz. Também ele, Adolph, sofria horrivelmente com a falta de Stef.

Agora, com passos firmes e resolutos, Sieg fazia o caminho de volta. A conversa com Adolph, fizera-o compreender que não tinha sido abandonado pela namorada e que tudo não passava de um artifício para afastá-la de Berlim e dos olhos malignos do major Herbert vonn Mann.

A chuva cessara. Os raios do sol rutilavam nos pequenos lagos deixados pela chuva tempestuosa. Milhares de flores e folhas jaziam espalhadas pelas ruas e calçadas, as cores vibrantes do arco-íris riscavam a limpidez do céu azul e os pássaros gorjeavam em perfeita sinfonia. Uma ilusória sensação de liberdade pairava no ar.

Quem o visse passar agora, ainda com as mãos metidas nos bolsos, as reluzentes botinas a chapinhar na lama, com o queixo anguloso quase a lhe tocar o peito másculo por causa da cabeça pendida, iria se surpreender.

O jovem que seguia já não era o mesmo que por ali passara antes do temporal, desarvorado e perdido em conjeturas, ainda a indagar de si para consigo o que havia sido feito de sua namorada. A firme pisadura de agora pertencia a um homem de apenas dezoito anos que iria conhecer as agruras da guerra mais de perto, dali a apenas quatro semanas.

No íntimo, Sieg sabia que o afastamento abrupto de Stef de Berlim dera-se apenas com o intuito de protegê-la, livrá-la do assédio constante e inoportuno do obsceno major. Contudo, ele captara algo mais nos olhos temerosos de Adolph. Supunha ter visto, em meio ao turbilhão de emoções, algo assim como se um medo maior estivesse a ofuscar o brilho dos olhos claros e sinceros do pai da garota.

De qualquer maneira, pensava Sieg, fosse lá o que fosse não parecia ser algo que devesse ser de seu conhecimento, afinal, espremera Adolph até quase o ponto de uma lavagem cerebral e não conseguira mais do que evasivas e a certeza redobrada de que Stef o amava e esperaria por ele. Além disso, o pensamento do jovem corria solto na tarde morna de inverno; a separação de fato entre Stef e ele, fora de dúvida e, por força da guerra, ocorreria dali a menos de um mês. Sua viagem precipitada, apenas abreviou o sofrimento de ambos. E o que mais o chocava era esse súbito e cruel adiantamento, e a forma dolorosa com que se deu. Sem beijos e abraços. Sem lenços brancos na estação. Sem um adeus sequer, apenas o vazio e a grande solidão que o consumia.

Sieg meteu as mãos mais fundo nos bolsos e estugou o passo, agitou a cabeça para desanuviá-la e a mesma posicionou-se ereta sobre o pescoço delgado. Já não lhe parecia tão importante saber o paradeiro de Stef. Ele ia para o front, e isso era certo, apenas não teria o privilégio de, como tantos outros soldados, ouvi-la cantar em seu bota-fora. Ela havia lhe prometido que cantaria como se fosse só para ele, como já havia feito em mágicas ocasiões às margens dos lagos berlinenses. E agora Sieg sentia-se decepcionado, mas haveria de levar para o front, gravado na memória, o eco de sua voz doce e maviosa. Quando a vontade de revê-la ficasse mais forte que a razão, bastaria que ele voltasse os olhos para dentro de si e a veria, bela e estuante de amor, aninhada em seu coração.

# 20

Adolph deitou-se silenciosamente ao lado da esposa, tomou-a nos braços e a estreitou ternamente. Um turbilhão de emoções o dilacerava por dentro. A hora tão temida havia chegado. Limpou a garganta e esforçou-se por parecer o mais natural possível:

– Olga, querida...

– Sim, Adolph, o que o preocupa? – Adolph apertou mais fortemente a mulher entre os braços. Aquela doçura, a suave melodia da voz de Olga o desarmava:

– Ouça, querida, primeiro foi Stef, agora é nossa vez – sopesou as palavras que saíam como fel de sua garganta –, é necessário que nos separemos – desabafou.

– Se faz necessário o quê? – Adolph sentiu a mulher retesar-se em seus braços, ignorou a interrogação e, dolorosamente calmo, porém implacável, prosseguiu:

– Ainda hoje, Olga. Ao clarear o dia você e Ulrich não deverão mais estar aqui. – Olga sentou-se na beirada da cama e tomou fôlego, estava transtornada.

– Eu exijo uma explicação, Adolph! E que seja bem convincente! Talvez você já tivesse essa loucura em mente quando despachou Stef para Colônia!

– Talvez você tenha razão, querida...

– Querida? Você fala em separação e me chama de querida? Vamos, diga-me de uma vez, é outra mulher? Preciso e quero saber a verdade. Nada além da verdade. Eu tenho esse direito! – contra sua natureza, Olga esbravejava.

– Não diga tantas bobagens, Olga. Quero apenas o seu bem, eu a amo muito.

– Oh, Adolph! Diga o que está acontecendo, eu preciso saber!

Adolph levantou-se vagarosamente, a verdade pesava-lhe como toneladas de chumbo no coração. Pegou um envelope pardo que jazia sobre o toucador e o depositou nas mãos da esposa, que o fitou sem poder compreender o significado da cruel realidade.

– Leia, Olga. Leia e saberá a verdade.

Olga leu e releu seguidamente o conteúdo da missiva. Tremia violentamente, o ar lhe faltava e um medo pavoroso a sufocava! Levou as mãos protetoramente ao ventre e voltou-se branca como cera para o marido. Pousou seus olhos alucinados de pavor nos olhos de Adolph e em desesperada agonia atirou-se em seus braços.

– Adolph! Oh, meu Deus... não... não, agora! – Olga chorava abraçada ao marido.

– Olga, querida, vamos agir com calma. Já esperávamos por isso, não temos por que perder a cabeça.

– Mas... Adolph...

– Ainda é início da noite, Olga, e ainda temos tempo para o que pretendo. Coloque algumas peças de roupa sua e do pequeno dentro de uma sacola, antes do alvorecer vou levá-los para algum lugar seguro.

– O que é seguro, Adolph, neste inferno? – Olga estava desesperada. – Não sairei daqui. Quero estar com você até o último minuto. Sou sua mulher e amo você! Será que não compreende?

– Olga, por favor, minha pequena, faça o que lhe estou pedindo, pense nas crianças – Adolph quase morria com o sofrimento da mulher. Culpava-se.

– Oh, não Adolph... deixe-me ficar com você... eu o amo, por Deus, eu o amo! Você é meu marido! É o pai dos meus filhos! Filhos... – ao pronunciar esta palavra Olga como que guinchou de dor, um estremeção a sacudiu e suas unhas bem cuidadas enterraram-se nas costas do marido.

– Olga, Olga minha vida... minha doce vida...

– Adolph... – a mulher tomou a distância de um braço do marido e, passando a mão pelos olhos azuis e lindos que choravam, arquejou com voz entrecortada:

– Eu... eu não queria que você soubesse dessa maneira mas... mas, vou ser mãe outra vez! Trago dentro de mim outro filho seu. Vamos fugir juntos, meu amor! Vamos! Por favor, Deus há de nos ajudar.

– Não, Olga, não é possível que isso seja verdade! Não agora. Por Deus mulher, como isso foi acontecer? – Adolph estava atônito. Um furacão assolava-o por dentro. Ia ser pai pela terceira vez e isso seria maravilhoso se não queimasse em suas mãos, uma intimação da Gestapo! Deveria apresentar-se às nove horas menos um quarto da manhã seguinte na Prinz-Albrech-Strasse, Quartel-General da temida polícia secreta alemã. Olhou para Olga, que se jogara aniquilada sobre a cama; lembranças remotas povoaram-lhe a mente agitada. Numa noite longínqua...

– Herr Adolph Hanneke Zimmer! Eu... você... bem, dentro de vinte e quatro semanas, seremos papai e mamãe! Que tal lhe parece, hein garotão? – Os olhos azuis brilhavam intensamente. Olga era linda e a gestação realçava sua beleza.

– Olga! Jura... jura por tudo que é sagrado que isso é verdade, querida?

– Juro... juro... juro...

Beijos e abraços coroavam a felicidade do casal. Adolph tomou a esposa nos braços e ambos rodopiaram cheios de alegria pela sala. A emoção insuperável do primeiro filho deixava-os extasiados e ambos choravam de felicidade.

– Eu a amo querida, amo... amo... amo... – Adolph quase gritava.

– E quando eu estiver inchada como uma abóbora gigante e me tornar disforme e pesada, diga-me, meu maridinho apaixonado, onde vai parar todo esse amor? – Olga ria com doce ironia. – Certamente, para alguma garotinha de cinturinha fina e pernas delgadas, não é assim?

– Ah, querida... quanta asneira! Você será a mais linda das grávidas e eu a amarei ainda mais. Muito mais, futura mamãe do meu filho.

Como a situação era diferente, então. Um jantar à luz de velas... Uma valsa de Strauss no gramofone... e entre risos, o pipocar do champanha borbulhante coroou a novidade do primeiro filho. Mas agora? Quinze anos depois? Em plena guerra? Oh não! Por Deus, agora não.

Olga sorria feliz e a lembrança de uma outra noite martelava a mente do sapateiro:

– Por que está assim toda bonita, frau Olga? Não sabe então que é a mulher mais linda de Berlim e que além de orgulho isso me enche também de ciúmes? – indagou Adolph brincalhão.

Olga havia preparado um soberbo jantar. O champanha descansava num balde de prata e um lindo arranjo de flores ornava o centro da mesa posta para três pessoas. Era ela a feliz portadora da notícia que naquela noite ia transmitir ao marido e a filha Stef, então com doze anos. Usava com muita elegância o seu melhor vestido de noite. Um modelo longo, em seda preta e brilhante que lhe caía perfeitamente bem, acentuando cada curva do corpo esbelto. Uma abertura lateral até ao alto da coxa, deixava à mostra um bom pedaço das pernas longas e sedosas, cujos pés ostentavam com desenvoltura finíssimos sapatos pretos bordados em strass. Trazia, ainda, jogada sobre os ombros nus, uma magnífica estola de pele de marta prateada.

– Vamos, querida, o que quer dizer tudo isso? A curiosidade está me consumindo – Adolph estava impaciente. – Vamos. Diga-me logo o que está acontecendo!

– E então, mamãe, a guerra acabou? Hitler capitulou? – cacarejando incessantemente, Stef vibrava de curiosidade. Nunca antes vira a mãe tão solene e possuída daquela aura bela e diáfana que a envolvia.

Olga convidou-os a sentarem-se à mesa:

– Sente-se, meu amor. Venha, Stef, sente-se você também. A surpresa é para os dois.

Todos sentaram-se à mesa. A luz das velas arrancava faíscas cintilantes dos olhos de Olga. As flores exalavam um perfume inebriante e a expectativa era geral. Ela então umedeceu os lábios pintados num tom suave, sorriu com ar misterioso e soltou a bomba:

– Bem, como vocês dois sabem, estive hoje pela manhã com o dr. Heinrich e... – os olhos de Olga reluziam de emoção. Tinha a voz embargada e olhava do marido para a filha, e dela para o marido.

– Fale, mamãe. O que foi que o dr. Heinrich falou que... – Adolph interrompeu Stef e, tomando as mãos de Olga por sobre a mesa, inquiriu ansioso:

– Por Deus, Olga! Diga de uma vez por todas do que se trata. Não nos torture assim, minha querida.

Olga sorriu.

– Stef fará treze anos daqui a seis meses e...

– Já sei! Ela vai falar sobre minha festa de aniversário, papai! – falou Stef ansiosa. Sonhava com sua festa de treze anos e já fazia planos para que esse fosse um dia inesquecível em sua vida.

– Nada disso, Stef, o que quero dizer é que... seu presente já está a caminho. Está aqui – Olga levantou-se e colocou as mãos sobre o ventre ainda liso.

– Adolph, querido, o dr. Heinrich disse que estou grávida. Nosso segundo filho deve chegar próximo ao aniversário de Stef! Talvez até no mesmo dia! – Olga exultava de emoção e Stef ria contente, satisfeita com a notícia. Sempre desejara ter um irmãozinho e agora seu sonho ia ser realizado.

– Mamãe! Que loucura! Que loucura! É demais!

Adolph levantou-se e tomou a mulher nos braços. Ergueu-a no ar e, como da vez em que recebeu a notícia da chegada de Stef, rodopiaram felizes. A estola prateada voou pelos ares e o casal rolou sobre o tapete felpudo da sala, aos beijos e abraços. O calor das brasas que ardiam na lareira aquecia os corações apaixonados. Stef observava-os fitarem-se embevecidos e esquecidos da vida. Preparou um prato para si, deu um boa-noite que não foi ouvido por nenhum dos dois e foi comer em seu quarto. Ao sair, escutou a voz do pai que dizia exultante de felicidade:

– Olga... oh! Minha caixinha de surpresas. Eu a amo... muito... muito...

– Oh! Adolph... meu amor... mais um filho...

– Não diga nada, minha querida... deixe-me saborear essa felicidade... mais um filho... Obrigado, Deus! Todos os dias de minha vida, obrigado!

Era perto do Natal de 1940, a população alemã ainda desconhecia os horrores da guerra que apenas engatinhava e acreditava que, pelas propagandas favoráveis do governo, o confronto devia terminar logo, sem causar maiores danos.

Mas agora...? Como um judeu pode sentir-se arrebatado de felicidade por um filho que vai chegar no auge da sanha assassina de Hitler? Quando o pequeno Ulrich fora concebido, a guerra durava já havia mais de um ano. Mas a situação era diferente. A certeza da vitória iminente equilibrava a sanidade nazista e não havia ainda aquela ferrenha perseguição aos judeus. Stef contava apenas doze anos e não sofria o assédio torpe e implacável do major oficial Herbert vonn Mann. Mas agora? À quem agradecer tal felicidade? A Deus? Onde estava ele para ouvir os agradecimentos de um homem arrebatado pela felicidade de ser pai? Certamente, não no céu europeu! Não sobre o mesmo céu que abrigava a cabeça assassina de Adolph Hitler! Desnorteado, o sapateiro alemão, meio judeu, ítalo-polonês, não sabia o que fazer:

– Olga... o que faremos agora? Já não consigo proteger a família que tenho... um filho agora, é tudo o que não posso! – disse, sentindo-se impotente.

– Sinceramente, Adolph, juro por Deus que não sei o que fazer! Minha cabeça está vazia. Parece que uma gigantesca mão arrancou tudo o que havia lá dentro. Mas não é preciso ter a cabeça no lugar para perceber que a persistência com que os ingleses vêm atacando Berlim e a duração dos ataques, que têm aumentado de forma espantosa, são sinais de que a guerra está perdida. Vamos tentar ganhar tempo.

– Tive uma idéia! – os olhos dele brilharam com a perspectiva de poder salvar a mulher e os filhos. – Vá para Colônia! É isso! Vá ficar com Stef! O dr. Heinrich não nos negará essa gentileza e frau Hermínia ficará muito satisfeita.

Pronto. Estava decidido. Olga iria para Colônia com Ulrich. Simples demais.

– Não quero ir, meu amor. Quero ficar ao seu lado.

– Olga, meu bem. Escute. O dr. Heinrich achará um meio de conseguir uma ordem de viagem para vocês. Por favor, querida, vá. Pegue Ulrich... e tire-o daqui. Direi aos animais da Gestapo, se perguntarem, que você me abandonou.

– Agora você vai me escutar, Adolph! – Olga estava apavorada com a possibilidade de acontecer alguma coisa ao marido, queria ficar ao seu lado, de qualquer maneira. – Se Stef existe, é porque o tive antes da Guerra e, se tenho à Ulrich, é pela mesma razão – levou as mãos ao ventre e prosseguiu emocionada –, e este bebê, que carrego dentro de mim, prova que ainda o tenho, e vou ficar ao seu lado!

– Olga, escute-me. Deixe-me falar uma coisa para você...

– Não me mande embora como fez com Stef, Adolph. Por favor, deixe-me ficar ao seu lado, sou sua mulher – Olga tentava convencê-lo.

– Você é impossível, Olga – disse ele com ternura, constatando que ela sempre conseguia o queria. – Vamos fazer o seguinte, você fica. Mas... caso eu fique preso, você e Ulrich partem para Colônia. Combinado?

– Adolph...

Os olhares de ambos se encontraram; nas retinas brilhantes, escurecidas pelo medo, transparecia um mundo de doces e ternas recordações. Abraçaram-se com sofreguidão, como se fosse o derradeiro abraço de suas vidas, sentindo o cheiro e o calor do corpo um do outro.

O sol colheu-os ainda despertos. Com as mãos fortemente entrelaçadas, os corpos rígidos pela tensão e os corações esvaziados pelo terror, procuravam não pensar no amanhã.

Viviam o presente. Este lhes pertencia... ainda.

# 21

O major Herbert vonn Mann esperava impacientemente em seu gabinete. Sua natureza grosseira fazia com que ele, a intervalos regulares, pateasse o salto do coturno lustroso no soalho encardido, assustando Heins Kotake que, sentado todo desconjuntado, por causa da perna que não dobrava, dava um salto na cadeira. Depois, olhava de soslaio para seu superior e prosseguia seu trabalho.

Quando o jovem foi anunciado, o ajudante-de-ordem foi despachado com um berro vertiginoso:

– Fora daqui! Anda, vá lavar a latrina! Verme inútil! E não ponha suas fuças na porta até que eu o chame! Anda, vá, asno manco! – os xingamentos ainda não tinham cessado e Heins Kotake já estava longe. Com uma rapidez espantosa para alguém que tinha uma perna dura, levantou-se, bateu uma continência cujo chefe, tal a rapidez com que isto foi feito, nem percebeu e disparou como um raio, claudicando pelo corredor. O distintivo em prata, concedido aos feridos na guerra, e que trazia no peito com indisfarçável orgulho, balançava, acompanhando o compasso de seu dono.

Sentiu alívio por ter que ir lavar a fétida latrina da base. Nessas ocasiões, era sempre melhor ser despachado como um asno manco e fazer o serviço sujo, do que ficar sob as vistas furiosas do major.

Mal Heins Kotake sumiu porta afora, a cara magrela e sardenta de Archie Fritz assomou no vão da porta entreaberta:

– Com sua licença, herr major...

– Entre de uma vez, vassoura ambulante! Não fique aí a me espreitar com essa cara sardenta! – O oficial estava nervoso e soltava fortes baforadas do cachimbo que apertava raivoso entre os dedos:

– Vá desembuchando, miserável... quero saber exatamente o que foi feito daquela prostitutazinha da filha do sapateiro! – O homem tremia de raiva. Segurou o jovem pela gola do casaco, sacudindo-o violentamente. Archie sentiu um ligeiro tremor percorrer-lhe as entranhas. Tinha apenas dezesseis anos e nenhuma experiência com homens do calibre do primo de seu pai, major Herbert vonn Mann. Nem como espião. Stef lhe escapara por entre os dedos e ele não vira. Mal se sustendo sobre as pernas, pôs-se em posição de sentido e bateu continência, suas mãos tremiam:

– Heil, Hitler! Herr major... – gaguejou.

– Vamos logo, seu imbecil! Cadê a garota?

– Desapareceu... – Archie levou a mão ao rosto que ardeu com a bofetada.

– Desapareceu como seu filho duma cadela? Ninguém desaparece assim, de repente, ninguém some no nada, seu imbecil! – O major estava vermelho de raiva, a boca em forma de cicatriz espumava, amassou a ponta do charuto num pesado cinzeiro de cristal e aproximou-se perigosamente do rapaz, que tremia como vara verde açoitada pelo vento. Segurou-o pelos ombros e disse bem próximo de seu rosto:

– Vamos lá, filhote de cachorro com cadela. Abra essa fuça. Quero saber: onde está Stef? – perguntou, atirando-o longe. Os olhinhos de porco piscavam irados. Archie limpou o sangue que escorria de sua narina na fralda da camisa surrada e levantou-se arquejante.

Suas faces estavam vermelhas e estriadas por causa das bofetadas, a cabeça rodopiava e um medo crescente o dominava. Falhara em sua missão. Pensava amedrontado, com vontade de esganar a garota quando a encontrasse: “Maldita Stef, onde essa idiota foi parar?”.

– Herr major... eu... quando fui para casa à noite, ela estava lá, ainda a vi antes de sair. No outro dia... bem, no outro dia ela havia sumido. Herr Adolph e frau Olga me disseram muito aborrecidos que a filha tinha fugido durante a noite. Estavam com os olhos vermelhos de chorar – falou a fim de dar credibilidade ao que dizia.

– Com quem essa prostitutazinha fugiu, seu idiota? Vamos, com quem?

– Ninguém sabe, herr major... só se sabe que não foi com Sieg, ele também está à sua procura.

– Escute aqui, seu moleque idiota. Você tem vinte e quatro horas. Nem um minuto a mais, para encontrar Stef – o dedo em riste roçava o nariz vermelho de sangue do garoto. – Falhe, Archie Fritz! Falhe! Falhe e o beberrão de seu pai vai perder a licença e voltará para o front; e a cadela que se diz sua mãe, ficará por aí, a fornicar com velhos sifilíticos ou com os cães vadios que ladram pelas ruas. Falhe, Archie...

– Herr major, por favor, não fale assim da minha mãe... o senhor é primo de meu pai, portanto, vocês são primos e...

– Primos? O oficial demonstrou espanto. Se em tempos de guerra não temos sequer pai e mãe, como podemos ter primos, seu idiota? Falhe dessa vez e você vai vê-la se transformar numa fonte ambulante de blenorragia. Sabe o que é isso paspalho?

– Não, herr major, mas pela maneira como falou, deve ser algo muito importante.

Herbert não suportou tamanha ignorância e despachou Archie Fritz com um tremendo pontapé. O jovem estava alarmado. O destino de seus pais pesava em suas costas magras. Com sua ida para a sapataria Zimmer, o pai, que lutava na frente ocidental, havia ganhado uma licença por tempo indeterminado e sua mãe estava prestes a dar à luz. Mas as ameaças do primo não deixavam dúvidas. Se falhasse dessa vez, seu pai não veria seu irmãozinho nascer. Coçou a cabeça ossuda e apertou o passo. “Onde estaria Stef?”, pensou. “Será que aquela idiota foi apenas dar um breve passeio ou será que sumiu para valer?", indagava-se, preocupado com sua situação: além das misérias naturais da guerra, ele ainda tinha a miséria suplementar de ter de encontrar uma garota foragida que devia estar nos braços de algum amante a ouvir o ribombar das bombas como se estivesse ouvindo uma canção lírica. Muito jovem, Archie não compreendia aquela paixão doentia que o primo nutria por Stef. Com tantas mulheres lindas em Berlim, ele não sabia o que o major vira naquela garota feia e sem graça. Maldita garota!

Mas o major oficial Herbert vonn Mann pensava de maneira diferente. Sentia-se tão atraído por Stef que, após a saída de Archie, desafogou o resto da ira que o consumia de forma nada convencional a um oficial. Mesas foram estupidamente esmurradas, cadeiras foram chutadas e o pesado cinzeiro de cristal foi espatifado contra a parede. Desejava-a com o instinto de um animal selvagem e, desde que a conhecera, ela vinha conseguindo escapar de suas garras e aquela resistência exacerbava seus desejos e o estava levando à loucura. Limpou o suor da testa com um lenço de bolso e discou um número de telefone. Antes que a pessoa do outro lado da linha se manifestasse, berrou ofegante:

– Major oficial Herbert falando!

Houve um ligeiro tremor do outro lado da linha e uma voz fina e desarticulada respondeu:

– Heil, Hitler! Herr major! Em que tenho a honra de servi-lo? – perguntou submissa.

– E então? O passarinho já cantou?

– Não. Espero-o dentro de quinze minutos. Mas não tenha dúvidas, abrirá o biquinho como uma linda avezinha canora. – A voz era jovial, mas respeitosa, e um tom ligeiramente amedrontado traía a jovialidade dela. Todos os que tinham de lidar com Herbert, faziam-no apenas por força das circunstâncias, mas mantinham-se sempre alertas para o perigo que aquele homem representava.

– Para seu próprio bem – bufou o major –, é bom que

ele cante tudo o que sabe. Do popular ao clássico. Espero seu telefonema dentro de uma hora. E espero ouvir uma bela canção.

Desligou o aparelho furiosamente e entregou-se ao prazer de um longo charuto. Do outro lado o aparelho foi desligado timidamente, a mão úmida e gelada acusava o medo de quem depôs o fone no gancho. Pequenos detalhes da guerra...

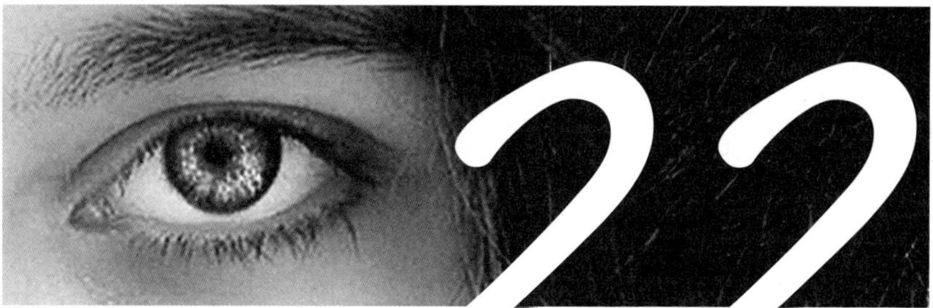

# 22

Os dias em Colônia corriam tranqüilos. Não fosse o movimento fora do comum na estação ferroviária, comboios chegando e partindo abarrotados de soldados, alguns, ainda quase crianças, de barbas imberbes e ostentando com orgulho o uniforme nazista e o vaivém de embarcações da marinha alemã, carregadas de armamentos bélicos que deslizavam suavemente sobre as águas verde-amareladas do Reno, não se diria que havia guerra. Mas a tranqüilidade era enganosa. As bandeiras nazistas, que tremulavam nos prédios de repartições públicas e bases militares, nos navios e no farol, e o ribombar ocasional de bombas à distância, traíam a paz aparente.

Embora a ausência dos pais e a saudade que sentia de Sieg fossem mortificantes, Stef adaptava-se bem à nova vida. Frau Hermínia era uma pessoa interessante e de fácil convívio. Travavam longos e sábios diálogos. Stef admirava-se pela inteligência e vivacidade dela que, muito perceptiva, disse-lhe certa tarde enquanto saboreavam deliciosos biscoitos com café:

– Stef, minha filha, você gostaria de aprender inglês? Eu poderia ensinar-lhe. Afinal, tempo é o que não nos falta – Hermínia sorriu com delicadeza.

– Aprender inglês, frau? De que me serviria isso? – surpresos e divertidos, os magníficos olhos azuis-prateados de Stef, dardejavam a anciã.

"Como é linda!", pensou frau Hermínia. "Meu Deus,

proteja-a das adversidades da guerra, meu Pai", apelou ainda aos céus antes de responder sabiamente:

– O futuro, querida. Pense no futuro. Só Deus sabe qual será o desfecho dessa guerra, devemos nos preparar para tudo.

No dia seguinte Stef receberia as primeiras lições de inglês. Duas horas do dia eram reservadas às aulas. Frau Hermínia, professora de nível universitário aposentada, mesclava as aulas de inglês com ativas lições de geografia, matemática e história mundial. Surpreendia-se com a grande capacidade de aprendizagem de sua pupila. Em poucos dias Stef já era capaz de reconhecer verbos e elaborar algumas frases na língua inglesa.

Stef estudava e quando concluísse o ensino médio, almejava entrar para a faculdade de história das artes. Mas, por força da guerra, esse sonho seria adiado. Escolas ocupadas e transformadas em hospitais ou bases militares e bombardeios incessantes foram algumas das razões que motivaram a evasão escolar européia naquele ano, mas Stef compensava essa falta dedicando total atenção às aulas. Nas horas livres, devorava a vasta biblioteca do casal Chermanm, ou dava longos passeios pela propriedade. Sempre acompanhada por Kabrum, cão pastor de excelente linhagem, pertencente ao dr. Heinrich e que se tornara seu companheiro inseparável. Stef e Kabrum passavam longas horas à sombra das videiras, brincavam de esconde-esconde e era aquela festa quando o cão a encontrava. Abanava a calda espessa e pulava, revirando os olhos e mostrando os dentes afiados, mas inofensivos. Gania feliz a lamber as mãos de Stef. Pressentia em seu instinto animal que Stef corria grande perigo e tornara-se um ouvinte calmo e sensível ao constante falatório da amiga:

– Sabe, Kabrum, algum dia você vai conhecer Sieg. Você gostará dele, tenho certeza. Ele é lindo, lindo. E é tão carinhoso para comigo... Sieg é meu amor, Kabrum, meu primeiro e único amor. Estamos separados apenas por causa desta guerra horrorosa, mas depois vamos nos casar.

Kabrum ouvia a esse e a outros desabafos de cabeça baixa e de olhos semicerrados. Não compreendia o que a garota falava, mas sentia pelo tom melancólico de sua voz que não era único em seu coração.

Certa tarde, Stef recebeu permissão de frau Hermínia para ir passear às margens do Reno. O tempo estava bom e as casas de vinho e cervejarias estavam abarrotadas de jovens soldados que se despediam de suas esposas e namoradas. Iam para o front e elas ficariam no cais do porto ou na estação ferroviária a acenar com um lenço branco até que seus homens sumissem de vista. Depois, voltariam para casa e se submeteriam à longa espera. O lenço branco usado na despedida colheria as amargas lágrimas.

Stef vagou pelo Reno algum tempo, depois desceu vagarosamente até a margem do rio. Levava Kabrum preso à coleira, e ele, deliciado com o passeio inesperado, saltitava feliz ao lado dela. Uma onda melancólica a invadiu ao contemplar as águas verde-amareladas que desciam mansas, formando suaves ondas que rebrilhavam ao sol. Lembrou-se de seu primeiro encontro com Sieg:

– Foi tudo tão inesperado, Kabrum. Eu estava sentada à beira do lago Müggel, e ele surgiu de repente! Parecia um deus grego. Louro, alto, bonito. E tinha um sorriso lindo! Senti na hora que podia confiar nele! – o cão emitiu um rosnado suave, parecia dizer que entendia o que Stef falava.

– Ah, kabrum... sinto tanta falta de Sieg... Será que ele já foi para a frente de batalha? Todos os dias, peço a Deus que proteja meu namorado contra as balas inimigas. – Fazia tempo que não recebia carta do namorado e as raras que recebia da mãe, eram breves e diziam sempre a mesma coisa. A tensão causada pela falta de notícias e a insegurança que sentia por estar longe de casa, explodiram num pranto sentido.

Desde que viera para Colônia, havia recebido uma única carta do namorado. Ela viera ter às suas mãos por intermédio dos pais que a receberam de Sieg, passando-a ao dr. Heinrich, que por sua vez a depositou nas mãos ávidas de Stef.

Sieg escrevera informando que já havia sido convocado. Aguardava apenas a chamada final, quando deveria apresentar-se ao seu comandante a fim de receber treinamento intensivo de guerra, apesar de já executar exercícios básicos na Juventude Hitlerista; depois, então, partiria para o front.

Falava também de seus anseios e temores, do medo que sentia de partir e algo ruim acontecer à ela. E ainda da grande saudade que o estava consumindo e do imenso desejo de revê-la, uma única vez que fosse, antes de partir para a frente de batalha. Finalizava a carta com uma promessa solene e apaixonada:

*"Eu voltarei, querida Stef... por Deus, voltarei. E quando toda essa agonia tiver passado... seremos então felizes. Muito felizes".*

O último parágrafo martelava a mente de Stef, uma saudade avassaladora queimava-lhe a alma. Ergueu os magníficos olhos azuis-prateados para o céu e murmurou entre lágrimas:

– E eu vou esperá-lo, querido Sieg... por Deus, vou esperá-lo. E quando toda essa agonia tiver passado, seremos então felizes. Muito felizes.

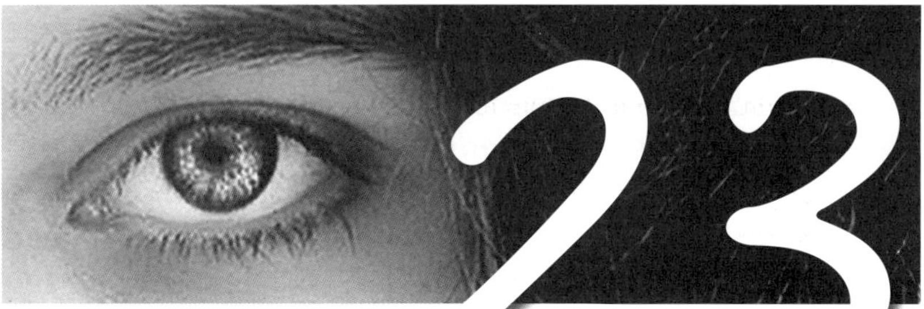

# 23

Olga amamentava o pequeno Ulrich quando ouviu o ranger do portão de entrada e o som de passos incertos que se dirigiam à porta da sala. Levantou-se apressada e abriu-a rapidamente, apertou o Ulrich contra o peito e recuou assustada para o lado. O vulto disforme e ensangüentado cambaleou vacilante e caiu ao chão. Só então Olga o reconheceu, sua voz pastosa e desarticulada balbuciava seu nome. Um grito abafado rasgou-lhe as entranhas:

– Adolph! Meu Deus! Oh, meu Deus! O que foi que aqueles assassinos fizeram com você?

Adolph gemia:

– Olga... ajude-me... eu... acho que estou morrendo – depois disso, um mundo de trevas o envolveu misericordiosamente.

– Assassinos! Miseráveis! Assassinos! Assassinos!

Olga estava paralisada pelo terror. Seus olhos azuis estavam fixos no marido e não acreditavam que fosse possível alguém sobreviver àquilo. Vendo que ele precisava de ajuda, reagiu àquele estado de incredulidade e, acomodando o bebê no sofá, tirou-lhe as roupas estraçalhadas e manchadas de sangue. Seu corpo estava coberto por hematomas. Limpou cuidadosamente os ferimentos com um pano embebido em água morna e cobriu seu corpo com um lençol limpo. Fazia pouco mais de doze horas que Adolph havia saído de casa para, cumprindo a risca as determinações da intimação, apresentar-se à Gestapo. Agora voltava humilhado e rasgado. O corpo coberto por ferimentos e o rosto disforme. “De que brutalidades mais serão capazes esses miseráveis nazistas?”, pensou, enquanto segurava a mão do marido que gemia inconsciente.

Olga tomou uma decisão, ia pedir ajuda ao dr. Heinrich. Pegou Ulrich nos braços, cobriu-o com uma capa de chuva e saiu às pressas pela noite escura. Chovia torrencialmente. O toque de recolher já havia soado e, para não ser vista pelas patrulhas, Olga esgueirava-se por entre escombros de prédios bombardeados.

O medo de perder o marido que tanto amava, deu-lhe força e coragem redobradas ao se dirigir à recepcionista do Hospital Militar:

– Por favor, preciso falar com o dr. Heinrich Chermanm.

– Sinto muito, ele está em seu horário de repouso...

– É um caso de urgência, frau. Leve-me até ele, por favor – o tom enérgico e premente da voz de Olga fez com que a recepcionista se intimidasse e não fizesse mais perguntas:

– Por aqui, frau, por favor. – Olga acompanhou a jovem por corredores frios e sombrios, sentia um frio percorrer-lhe a espinha dorsal, ao ouvir por trás de cada porta que passavam, os gemidos e lamentos dos feridos na guerra. O cheiro característico de hospital entrava-lhe pelas narinas dilatadas pelo medo.

Sobressaltou-se quando a recepcionista deu uma leve batida numa porta e, abrindo-a, anunciou-a polidamente, dizendo depois:

– O dr. Heinrich a espera, frau. Entre, por favor.

Olga agradeceu e entrou, fechando a porta. A força e a coragem adquiridas anteriormente a abandonaram e, quando se defrontou com a figura bondosa do velho amigo, toda dor, medo e sofrimento das últimas horas vieram à tona. Atirou-se nos braços do médico que esperava tudo, menos vê-la ali, àquela hora da noite e naquele estado deplorável:

– Olga! O que a traz aqui a essa hora? Com essa chuva? Você e o bebê estão molhados!

– Oh, doutor, ajude-nos. Por favor, ajude-nos.

– O que aconteceu, Olga? Vamos, fale o que aconteceu para deixá-la assim.

O choro assustado do bebê, que tremia de frio, misturava-se ao pranto angustiado da mãe. O médico e amigo de tantos anos sentiu-se constrangido.

– Olga! Fale-me de uma vez por todas o que houve! Fique calma, por favor. E diga-me o que houve, minha querida. Eu estou aqui para ajudá-la. Confie em mim.

– É Adolph, doutor. Ele precisa de ajuda. Oh! Doutor, vá vê-lo, por favor!

– Adolph? O que houve com ele? Foi ferido?

Um pensamento tenebroso passou pela mente do médico:

– Sua casa foi... atingida...

– Não. Não doutor, não foi bomba... foram eles... aqueles miseráveis da Gestapo. Adolph foi intimado e eles o torturaram, aqueles monstros nazistas! Oh, doutor, ajude Adolph... por favor, ajude-o. Eu não posso perdê-lo.

Ao ouvi-la pronunciar o nome da temível Gestapo, os músculos do velho médico se retesaram. Um pressentimento sombrio passou pela mente arguta. Sentiu que a vida do amigo que vira ainda bebê estava com os dias contados. Pediu a Deus que lhe desse força e sabedoria suficientes para salvar seu amigo e sua família daquele perigo. Afastou Olga delicadamente e limpou o suor frio que lhe porejava na testa.

– Olga, minha querida, onde está Adolph?

– Em casa, doutor. E precisamos nos apressar, ele está muito ferido.

– Ouça, Olga, façamos da seguinte maneira: vá para casa e fique ao lado dele. Eu vou logo em seguida, é só o tempo de preparar minha maleta.

– Vamos juntos, doutor. Eu o espero. Tenho medo que demore. Vamos juntos, por favor.

– Olga... ouça, creio eu que este não é o momento para sermos vistos juntos. Seja sensata e faça como estou lhe pedindo, é o melhor para todos, especialmente para Adolph.

– Está certo, farei como me pede. Certamente, o doutor está mais apto que eu a tomar qualquer decisão, estou descontrolada e com medo, muito medo.

– Olga, mantenha a calma, faça isso acima de tudo, é fundamental neste momento manter a calma. Agora vá, querida e... tenha cuidado, muito cuidado.

Ao chegar em casa, Olga percebeu de imediato que o estado de Adolph piorara. Uma febre altíssima o fazia delirar. A mulher ajoelhou-se ao lado do marido inconsciente e ficou atenta às palavras desconexas que ele dizia. Nada do que ouvia fazia o menor sentido, ou melhor, Olga tinha medo de compreender o delírio de Adolph. Ele falava em fuga, em paradeiro desconhecido, em filha e mulher desnaturadas e em lavar as mãos. Olga ouvia preocupada e relacionou a prisão e tortura de Adolph à partida de Stef. Três leves batidas à porta a fizeram levantar-se aliviada.

– Oh, doutor. Finalmente chegou. Entre, venha vê-lo. Depressa, ele delira de febre.

O médico adiantou-se alguns passos e deparou com o corpo disforme do amigo estendido no tapete da sala. Oh, meu Deus! A vasta experiência no trato com doentes e feridos e, especialmente agora com os feridos na guerra, não impediu que o dr. Heinrich sentisse uma pontada no coração ao ver seu estado lamentável.

– Por Deus, Olga, parece que passaram um tanque de guerra sobre ele! Covardes! Nazistas! Miseráveis! – desabafou. Depois retomou o bom senso. – Vamos ver o que se pode fazer por Adolph, não podemos perder tempo.

Num exame rápido e preciso verificou que, além dos hematomas e das fraturas expostas nos braços e pernas, Adolph tinha ainda algumas costelas e o nariz quebrados. O que agravava a situação era a impossibilidade de levá-lo para um hospital. Hospital algum afrontaria tão abertamente a Gestapo, recebendo como paciente alguém que saísse dali com vida. Adolph teria de ficar sob os cuidados da estafada Olga e ser medicado em casa.

– Vamos enfaixá-lo, Olga, providencie algumas tiras de lençol, amanhã trarei faixas apropriadas.

Médico e esposa uniram-se num esforço mútuo para salvar a vida do ferido. Quando ele já dormia, aliviado sob o efeito de sedativos e dos cuidados que recebera, o médico voltou-se para Olga:

– Vou deixar os medicamentos que ele precisa para você administrar, Olga. Virei vê-lo todas as noites, a essa mesma hora ou talvez mais tarde. Que Deus dê forças a ele.

Depois que o médico saiu, Olga caiu de joelhos diante do oratório que havia num canto da sala e rezou. Rogou a Deus e a Virgem Santíssima pela vida do marido adorado. Dolorosas e purificadoras lágrimas rolavam por sua face lívida, e ela suplicava para que aquele inferno tivesse fim.

***

Passaram-se três semanas até que Adolph fosse considerado fora de risco de morte, graças às miraculosas visitas noturnas do dr. Heinrich Chermanm e aos cuidados de Olga, que não medira esforços para vê-lo recuperado. A infecção estava sob controle e a febre cedera. As costelas e o nariz quebrados estavam se ligando bem e os edemas e hematomas tinham desaparecido.

Adolph já podia falar e Olga teve confirmada sua suspeita de que a causa da prisão e tortura do marido era mesmo a partida da filha. Não sabia ao certo se devia sentir alívio ou preocupação. Esta última, por confirmar de vez que o sentimento que o miserável major Herbert nutria por ela, era algo doentio e perigoso. A primeira, por significar que a origem ítalo-judaica do marido era ainda um segredo só deles. A situação era delicada e exigia tato.

Teriam de tomar uma decisão, só não sabiam ainda qual.

Se Adolph e sua mulher Olga pudessem imaginar a revolução que estava havendo no Departamento de Investigação Genealógica Alemã, em torno de seus nomes, depois de sua prisão, tomariam a decisão que se apresentasse mais imediata, ainda que o futuro mostrasse não ter sido a melhor. Herbert estava enlouquecido! Esperava ter notícias de Stef e os investigadores não tinham descoberto nada a esse respeito. A paixão insana que sentia por ela o levava a gritar com os funcionários:

– Vasculhem tudo! Tem de haver uma sombra negra na vida desse sapateiro idiota! Vasculhem tudo! Até o dia em esse idiota foi feito! E antes disso! – berrou como se isso fosse possível.

O investigador-chefe do departamento e, particularmente encarregado do caso, achava que sua úlcera ia explodir. A vida desse sapateiro parecia um livro aberto nos relatórios, e o major Herbert vonn Mann ainda não estava satisfeito, ao contrário, estava muitíssimo irritado. Descarregava sua frustração esmurrando a pasta e gritando com seus subordinados até quase o ponto de lhes estourar os tímpanos.

– Vamos, seus palermas! Quero saber tudo sobre a vida desse porco! Até o dia em que a porca da sua mãe foi emprenhada! Não é isso o que nos pedem? Vamos, seus palermas! Mexam-se! – Sua úlcera queimava como fogo e os gases trovejavam dentro do avantajado estômago.

Enquanto os ares esquentavam no departamento, Adolph recuperava-se cuidadosamente e preparava um plano de fuga. Sabia que essas investigações sempre acabavam por descobrir alguma coisa, por menor que fosse, sobre o investigado, e ele tinha muito que esconder: era meio judeu!

***

Era um plano simples, mas ousado. E se não desse certo, seria o fim, não havia meio-termo. Doutor Heinrich faria uma solicitação para buscar a frau que necessitava ser internada em um hospital, isso não lhe seria negado nem ele viajaria para buscá-la. O papel apenas justificava uma outra ordem que devia pedir dali a alguns dias para levar a esposa de volta à casa. O que também não lhe seria negado. Era um médico reconhecido e tinha muito prestígio no hospital. Mas quem viajaria sob os nomes de herr Heinrich Chermanm e frau Hermínia Chermanm, seriam: herr Adolph Zimmer e frau Olga Hanneke Zimmer. Quanto a Ulrich, diriam que ele havia sido abandonado aos cuidados do dr. Heinrich no hospital, que era órfão, filho de pais mortos durante a guerra, nos bombardeios.

Nesse meio tempo, a sapataria mantinha-se fechada. Tendo fracassado em sua missão de espiar Stef, Archie Fritz fora dispensado do serviço por Herbert. Quando completasse dezoito anos, iria se incorporar ao Exército Popular Alemão, aguardava para se apresentar.

No Departamento de Investigação Genealógica Alemão, já se sabia coisas interessantes sobre o sapateiro Adolph Zimmer. Sabiam, por exemplo, que em vez de ser registrado logo após seu nascimento, como a maioria dos bebês, esse documento foi feito quando ele já tinha quase um ano. E esse detalhe chamou a atenção do funcionário-chefe, e o levou a descobrir que o sapateiro era filho adotivo, o que fez aplacar a fúria de sua úlcera. Minuciosas investigações foram feitas também na Itália, de onde já se sabia que o bebê tinha vindo e, como sombras surgidas das cinzas, Lauro e Magda levantaram-se de suas sepulturas e deram seus depoimentos, selando a sentença de morte do próprio filho.

O major Herbert vonn Mann exultava de contentamento. Seus subordinados agradeciam o estado de espírito do superior: porém, com a derrota sofrida pelos japoneses nas batalhas de Midway e Mar de Coral, o ataque decidido e vitorioso das forças aliadas sobre alemães e italianos no norte da África, e com o avanço galopante dos Exércitos Soviéticos na frente oriental, que favorecia a ação militar de ingleses e norte-americanos na frente ocidental, não havia dúvida de que a Alemanha se via presa num círculo que se fechava. E isso o deixava como que possuído pelo demônio.

Jogou as pernas por cima da mesa e leu satisfeito o relatório:

– Então é isso, herr Adolph! Então o senhor é...

O oficial cofiou o bigode amarelo e mordeu a ponta do charuto, rolando-o entre os dentes. Releu satisfeito o último parágrafo:

Nome: Adolph Zimmer.

Nascido: Giuseppe Wladinov Baggio.

Filho biológico de: Lauro Baggio e Magda Vladinovina.

Nacionalidade: ítalo-judeu-polonês!

Pais adotivos...

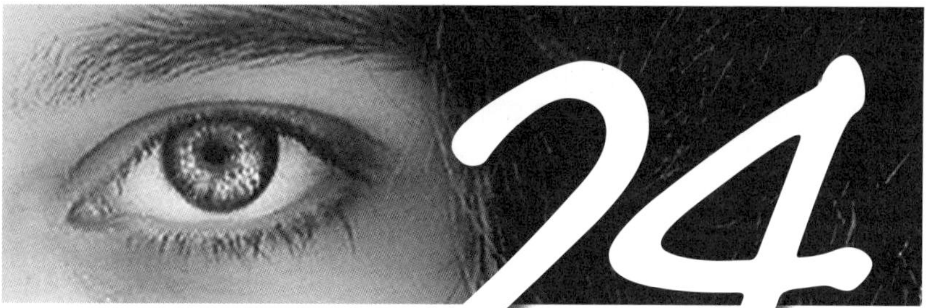

# 24

A princípio, Adolph pensou tratar-se de um sonho. Ainda não se recuperara dos traumas sofridos durante a sessão de tortura que sofrera na Gestapo e tinha pesadelos horríveis. Mas as batidas na porta eram reais. Três toques leves e um mais forte. Era o sinal. Abriu a porta rapidamente e o médico entrou, tirando o chapéu e entregando-o a Olga:

– Consegui, Adolph! Olhem, aqui estão as ordens de viagem! Já carimbadas e tudo! Vocês partirão daqui a três dias! – A alegria do médico era contagiante e Olga bateu palmas de contentamento:

– Oh! Doutor Heinrich! Graças a Deus! Já até sinto o roçar da liberdade em minha pele. Passou as mãos no rosto bonito, erguendo-as para o alto. Sentia vontade de gritar de felicidade. Três dias... apenas mais três dias e toda aquela angústia e sofrimento ficariam para trás. E ainda iam ver a filha!

– Iremos ver Stef, Adolph! – falava excitada.

– Calma, querida. Não se agite tanto. Em seu estado pode não fazer bem. – Pela primeira vez sentia-se feliz com o filho que estava a caminho. Havia uma luz no fim do túnel.

O velho médico e amigo se divertia com a ansiedade de Olga:

– Acho bom você ir se preparando para se transformar em frau Hermínia. O tempo é curto e a diferença de idade entre vocês duas é grande, não vai ser fácil envelhecer mais de trinta anos em três dias apenas – os três riram com a piada. Olga, que havia passado os últimos dias num estado de espírito melancólico e sombrio, assustou-se com o som do próprio riso. "É tão bom poder sorrir", pensou.

– Obrigada, doutor. Não sei o que faríamos sem sua ajuda.

O médico espalmou a mão, dispensando o agradecimento, e voltou-se para Adolph, que permanecera o tempo todo calado:

– Isso é para você, meu amigo. Afinal, o dr. Heinrich Chermanm não existe sem isso – brincou. E um sentimento desolador invadiu-o ao entregar seu inseparável chapéu de feltro preto e o velho sobretudo de lã cinzenta ao amigo que os recebeu comovido.

– Tem para você também, Olga. Olhe o que eu trouxe – disse, entregando-lhe um frasco de tintura para cabelos. Tinja suas madeixas e as de seu marido de branco. Assim vocês se assemelharão mais a um casal setentenário – riu divertido.

– Doutor... só uma pergunta...

– Fale, Adolph.

– Como faremos para embarcar? – Adolph, diferentemente de Olga, estava ansioso. Era mais ponderado e via o perigo de serem descobertos.

– Esta é a parte mais simples do plano, meu amigo. Quando chegarem à estação, apresentem as ordens de viagem ao funcionário do guichê, ajam com naturalidade e ele nem vai olhar para a cara de vocês. Depois é só embarcarem.

– Doutor, e se... e se algo der errado?

– Se isso acontecer, meu amigo, nós todos cairemos nas mãos da Gestapo. Aí então, não haverá salvação para nenhum de nós – dizendo isso, o médico abraçou o amigo e reteve-o num abraço forte e emocionado. As palavras ficaram presas na garganta.

– Oh, não. Isso não. Oh, Deus, por favor, não deixe isso acontecer conosco – após o rogo, Olga juntou-se aos dois homens. A luz difusa do candeeiro projetava as sombras do trio contra a parede pintada de branco.

***

Adolph estava naquele estado de semi-inconsciência entre o sonho e a realidade quando ouviu as primeiras batidas à porta. Despertou subitamente. Alguém estava batendo à porta violentamente. Não os três toques leves mais um forte combinados com o dr. Heinrich, mas pancadas insistentes e violentas. Levantou-se, apalpando o bolso do pijama onde repousavam tranqüilas as ordens de viagem. Caminhou sonolento até a porta de entrada que era aberta pela segunda vez naquela madrugada. Certamente, o dr. Heinrich esquecera-se de algum detalhe e devia estar apressado, por esse motivo não fizera uso do sinal combinado. Pensava Adolph uma fração de segundo antes de abrir a porta e recuar mortalmente pálido para o lado. Olga que vinha logo atrás levou a mão a boca e, abafando um grito de horror, parou petrificada no meio da sala.

Dois agentes da Gestapo, acompanhados por dois guardas S.S., entraram de armas em punho e varreram o ambiente com os potentes faroletes que traziam. O que parecia ser o chefe deles, empurrou o dono da casa contra um canto da parede e ordenou a um dos guardas que o revistasse. Adolph sentiu-se aniquilado. Lembrou-se dos documentos comprometedores que trazia no bolso do paletó do pijama. Fez ainda uma tentativa de tirá-los, mas foi contido pelo oficial nazista:

– Você é herr Adolph Zimmer? – inquiriu.

– Sim, herr oficial. Por favor, o que está havendo?

– Você está preso! – a resposta seca e dita sem qualquer preâmbulo, fez com que Adolph suspeitasse do motivo daquela prisão. Um sinistro arrepio percorreu-o de cima abaixo.

– Mas... – a interjeição de Adolph foi cortada pela voz aguda do guarda S.S. que o revistava:

– Ei, chefe, veja só o que eu encontrei com o sapateiro – disse, rejubilando-se como se tivesse encontrado um tesouro. Entregou cuidadosamente os papéis a seu superior que, após lê-los, dirigiu-se novamente a Adolph:

– O que significa isso? – questionou.

– Eu posso explicar, herr oficial – Adolph pensou rápido, talvez conseguisse ao menos salvar o médico. – O dr. Heinrich veio consultar minha esposa que parece estar perdendo o bebê e, ao sair, deixou cair esses papéis. Nem sei o que está escrito aí, herr oficial, mas assim que o dia clarear, vou até o hospital militar devolvê-los ao doutor.

– Isso vai ser impossível, caro Adolph – o oficial ironizava. – Você está preso e quando o dia clarear vai estar muito ocupado. Creio que não lhe vai ser muito fácil explicar como um alemão chamado Adolph Zimmer, pode também ser ítalo-judeu e se chamar Giuseppe Wladinov Baggio – dizendo isso o oficial fez um aceno sutil aos guardas S.S. que se acercaram do prisioneiro, algemando-o e levando-o, não sem uma inútil resistência, para um grande carro preto que estava estacionado à frente da casa.

Ao ver o marido ser levado, Olga investiu como um animal selvagem contra os guardas. Jogou os braços ao redor do pescoço do amado e pôs-se a implorar enlouquecida:

– Não! Por favor, não o levem! Vocês vão matá-lo! Ele não fez nada de mal! Por Deus! Não o levem... não façam isso conosco!

A barriga avantajada pelo adiantado estágio de gravidez não impediu que os braços da mulher fossem arrancados à força do pescoço do marido e ela fosse jogada ao chão com violência. Tentou erguer-se, mas uma lustrosa bota negra lançou-a de volta ao chão. Olga conseguiu por fim levantar-se, correu para a porta, mas o carro negro arrancava com velocidade. Ainda pôde ver a cabeça delgada do marido sobressaindo-se sobre as cabeças redondas dos guardas que o ladeavam no assento traseiro do veículo. Um grito horripilante cortou o silêncio da noite escura.

– Adolllllph! – os vizinhos que espiavam pelas frestas

de suas janelas, baixaram as cortinas e recolheram-se apiedados.

A dolorosa experiência vivida dias atrás, havia mostrado a Olga que, embora o momento fosse extremante desesperador, ela não podia dar-se ao luxo de entregar-se a sua dor. O momento exigia ação. E ela precisava agir. Era preciso salvar Adolph.

Pegou Ulrich no colo e saiu às pressas em busca da proteção do dr. Heinrich. Ele precisava saber, o quanto antes, que Adolph estava novamente nas mãos da Gestapo.

Evitando ser vista, Olga foi esgueirando-se junto aos muros e escombros e, ao aproximar-se do hospital, parou estarrecida diante da visão diabólica que se apresentou a seus olhos: o grande carro negro que levara Adolph e já sem ele, freava bruscamente diante da instituição. Os agentes da Gestapo e os guardas S.S., desceram e entraram imediatamente no hospital. Olga encolheu-se amedrontada por trás do monte de entulhos que lhe servia de proteção e ficou atenta ao menor ruído vindo daquela direção.

Sentiu o céu desabar sobre sua cabeça quando, poucos minutos depois, viu o médico ainda de pijama, sair algemado e escoltado pelos oficiais e guardas S.S., que o fizeram entrar no carro. O veículo passou por ela, sem que nenhum de seus ocupantes a visse.

Olga estreitou o filho nos braços e chorou desamparada. O que fazer agora? A quem recorrer? Não encontrou respostas para suas indagações. Estava completamente sozinha em um país onde a palavra de ordem era "guerra".

Aquela maldita guerra que ceifava vidas. Que separava as famílias. E que parecia não mais ter fim.

Levantou-se atordoada e lançando um olhar em direção ao hospital, viu, de pé, à porta, uma enfermeira levar a ponta do avental branco aos olhos. Parecia que chorava. E logo a seguir voltou-se e entrou no hospital, as portas duplas bateram atrás dela.

Embora o pequeno Ulrich caminhasse ainda a passos vacilantes, por causa da tenra idade, Olga, já sem força para carregá-lo nos braços, tomou-o pelas mãos e ambos dirigiram-se a passos lentos para a pálida claridade da rua que dormia silenciosa.

***

A inércia dominava Olga. Fazia oito dias que o marido e o médico haviam sido presos e ela não tinha qualquer notícia de ambos. Não fizera mais que cuidar das necessidades elementares de Ulrich e entregar-se a sua dor e à espera.

Passava as noites e os dias em constante vigília. Vencida pela estafa, caía, às vezes, em breves cochilos para logo em seguida despertar sacudida por horríveis pesadelos. Ela e a criança estavam estigmatizadas e completamente abandonadas. No dia seguinte à prisão de Adolph, um policial apareceu e pintou a Estrela de David na porta da casa. Aquele símbolo segregava Olga e Ulrich do convívio social. Todos tinham medo de aproximar-se da residência marcada.

Vizinhos e conhecidos sabiam da grande tragédia pela qual a mulher passava, mas, embora penalizados, nada podiam fazer para ajudá-la. Qualquer pessoa que se aproximasse daquela casa seria tida como "protetor de judeu", e a visão de um campo de concentração nazista, matava qualquer sentimento de solidariedade para com o próximo.

Era preciso possuir um elevado grau de sentimento humanitário para oferecer a menor ajuda que fosse a pessoas marcadas como Olga. E isso, era um privilégio reservado somente às pessoas despojadas de egoísmo, o quanto o era o dr. Heinrich Chermanm.

Olga não podia saber disso, mas, exatamente naquele momento, o velho médico e amigo de tantos anos era transportado como a um velho boi com outras centenas de prisioneiros, em vagões gradeados de um cargueiro ferroviário, usado para o transporte de gado. O ponto final da viagem era totalmente ignorado pelos miseráveis passageiros que sabiam apenas que seguiam viagem para um campo de concentração nazista. Só ao chegar, iriam saber exatamente onde estavam.

Era uma viagem mortalmente penosa. Muitos prisioneiros morriam de fome, frio ou eram pisoteados, quando já não mais agüentavam manter-se de pé, por outros companheiros de infortúnio. Na qualidade de médico, o dr. Heinrich tinha direito a alguns privilégios; um deles era o de viajar no vagão dos oficiais, ao que recusou prontamente. Ele queria estar ao lado dos flagelados companheiros que, cientes da necessidade de se ter um médico por perto, cuidavam para que ele tivesse um lugarzinho reservado num canto do vagão, bem como uma porção extra da ração diária de água e de alimentos que recebiam. Porções tiradas da minguada ração que os prisioneiros recebiam como forma de alimento. Embora aceitasse a gentileza, o dr. Heinrich dividia não só a sua ração, mas também essa extra, com os mais debilitados.

Adolph, porém, não teve a mesma sorte que o amigo, seu corpo descansava agora numa vala qualquer dos arredores da cidade de Berlim. Ele fora impiedosamente fuzilado na madrugada seguinte à sua prisão. A cruel sentença se fez cumprir imediatamente após ser julgado sumariamente pela mente insana de dois oficiais nazistas que, cumprindo ordens do major Herbert, ficaram indignados com a história do judeu que se fazia passar por um bom alemão.

Olga tomou conhecimento da morte do marido ao encontrar, numa manhã, a funesta notificação tarjada de preto na caixa de correspondência. A primeira vista de olhos que passou pelo papel, fez com que a pobre viúva, não querendo acreditar naquilo, pensasse tratar-se de uma brincadeira de muito mau gosto praticada por algum nazista fanático. Mortalmente pálida, Olga conferiu os selos e carimbos que estampavam o envelope e certificou-se de que seu marido havia sido assassinado da forma mais cruel e covarde possível. Uma dor lancinante a fez saber que Adolph jamais ia voltar para casa. Que seu sorriso franco e bonito estava morto e apagado, e que jamais voltaria a iluminar os seus dias. Soube também, com uma tristeza infinita, que nas noites enregelantes de inverno, não mais teria seus braços quentes a envolvê-la.

Num acesso de loucura desenfreado, a mulher correu para o quarto que havia partilhado com o marido por tantos anos e, abraçada a uma camisa sua, pôs-se a rolar de um lado para o outro na grande cama de casal onde tantas vezes haviam se amado. Entregue à própria dor, Olga não ouviu a leve batida à porta nem o som de passos no interior da residência.

– Era preciso avisar Stef. Mas como?

Como avisar a filha, que ela agora era órfã de pai? Que nunca mais ele ia acariciar seus cabelos dourados?

– Oh! Stef... Stef... eles nos tiraram seu pai. Aqueles assassinos... Covardes! Covardes! – descontrolada, Olga olhou para Ulrich, que alheio ao sofrimento da mãe, brincava inocentemente ao lado da cama.

– E você, meu pequenino? Que será feito de você, minha criança? Venha. Venha para perto da mamãe – Olga estendeu os braços para o filho que, atendendo aos apelos da mãe, aproximou-se, acariciando seus cabelos com suas mãozinhas rechonchudas. Tomando o filho nos braços, abraçou-o com ternura. Mas uma pontada aguda no ventre a fez lembrar-se de uma outra criança que trazia dentro de si. Levou as mãos ao ventre intumescido e um gemido sufocante saiu-lhe pela garganta enrouquecida:

– Oh! Meu filhinho! Meu bebezinho... você ainda nem nasceu e já é órfão de pai... você não vai conhecer seu pai, meu bebezinho... eles não quiseram que isso acontecesse. Aqueles monstros nazistas! Monstros!

Olga cobriu o rosto com a camisa do marido e pôs-se a chorar desconsolada. Um suave toque em seu ombro a fez erguer o rosto, assustada. De pé, ao lado da cama, estava a robusta enfermeira que ela vira chorar à porta do hospital por ocasião da prisão do dr. Heinrich Chermanm.

– Quem é você? Como conseguiu entrar? O que está

fazendo aqui? – terrivelmente abalada, Olga fazia uma pergunta atrás da outra.

– Calma, Olga, meu nome é Ilse. Bati à porta, mas como ela estava aberta e ninguém atendesse, resolvi entrar. Imaginei que iria encontrá-la nesse estado.

– Quem é você, afinal? E o que quer de mim? – Olga estava assustada.

– Eu sou enfermeira. Trabalho no mesmo hospital em que o dr. Heinrich Chermanm trabalhava. Foi ele quem me falou de você, estou aqui a pedido dele.

– Como pode estar aqui a pedido do dr. Heinrich se ele está preso? Vi quando a Gestapo o levou. A não ser que... ele foi solto, não é isso?

– Não, Olga. Infelizmente, não é isso. O dr. Heinrich, na verdade, foi mandado para um campo de concentração.

– Como assim! Como... campo de concentração?

– Deixe isso para lá, Olga. O mais importante agora é você tentar chegar em Colônia.

– Como você sabe sobre Colônia? – Olga estava desconfiada. Quem era aquela mulher? Como ela podia saber tantas coisas a seu respeito?

– O doutor falou-me a respeito de vocês e... parece que pressentia o que ia lhe acontecer, fez-me prometer-lhe que cuidaria de você.

– Você... sabia que Adolph e eu pretendíamos deixar Berlim às escondidas?

– Sabia, Olga. Eu sabia de todos os detalhes referentes à viagem. Entre o doutor e eu, existia uma grande e sincera amizade.

– E, Adolph, já sabe o que fizeram com ele? – Os olhos azuis marejaram e a voz sumiu.

– Sim, Olga, eu sei. E, infelizmente, entendo exatamente o que você está sentindo; logo no início da guerra fizeram o mesmo com meu marido. – A lembrança do falecido marido entristeceu a enfermeira que, para não ferir ainda mais a amiga recente e a si própria, mudou bruscamente de assunto:

– Você tem uma filha muito bonita, Olga. Sem falar em sua beleza interior, que é insuperável.

– De onde conhece Stef? – indagou Olga surpresa.

– Nós nos conhecemos quando ela foi para Colônia. Foi quando conheci também o dr. Heinrich. Viajamos no mesmo carro e vivemos juntas uma experiência inesquecível. Stef é uma garota muito corajosa!

– Mas, certamente você não veio até aqui apenas para falar da beleza e da coragem de minha filha ou da grande amizade que existe entre você e o dr. Heinrich. Por favor, enfermeira Ilse, diga-me logo o que a trouxe aqui, não sinta receio se for uma nova desgraça. Uma a mais ou a menos, é me indiferente.

Uma lágrima fulgaz rolou pela face corada da robusta enfermeira. Por Deus, como a guerra pode fazer um ser humano sentir-se assim tão vencido pela vida:

– Não, Olga, não é desgraça alguma o que me traz aqui. Ao contrário, trago-lhe um raio de luz. Quero ajudá-la e a Ulrich a saírem de Berlim.

– Você quer o quê? Ajudar-me e a Ulrich a sairmos de Berlim? Estamos marcados, não viu a Estrela de David que pintaram em nossa porta?

– Vi sim, Olga, vi, Olga. Vi. Mas isso não importa, sou amiga do dr. Heinrich e ele pediu-me que os ajudasse. E é o que vou fazer. Vou tirá-la e a seu filho de Berlim.

Olga resistiu. Não queria sair da cidade e deixar o marido ali. Disse atordoada:

– Não posso deixar Berlim, enfermeira. Não me peça isso, por favor. Não posso deixar meu marido. Preciso encontrar o corpo dele. Ele merece um enterro decente. Não, enfermeira Ilse, eu não vou deixá-lo.

– Olga, ouça-me, por favor. – Ilse passou o braço sobre o ombro da inconsolável viúva e disse: – Adolph morreu, Olga. Não era o que ele queria fazer, mas ele a deixou. Agora você precisa pensar em seus filhos, eles precisam de você. Stef, Ulrich e esse bebê que vai nascer, e que vai precisar de todas as suas forças, Olga.

Dizendo isso, a enfermeira lançou um olhar significativo à barriga volumosa de Olga e sem lhe dar tréguas, levou a mão à bolsa a tiracolo que trazia consigo, tirando dali um papel que pôs na mão de Olga.

– Tome, Olga. Essa ordem de viagem está em meu nome e de meu sobrinho, mas quem vai utilizá-la serão você e Ulrich. Esse é um pedido do dr. Heinrich e, por favor, Olga, não discuta mais. Vocês partem depois de amanhã ao escurecer. – A voz enérgica da enfermeira conferia segurança a Olga, que entusiasmou-se com a perspectiva da viagem. – Stef gostará muito de revê-los.

Olga ficou olhando arrebatada para o papel, compreendeu, após alguns momentos, que o melhor a fazer era ir para Colônia. Seus filhos haviam perdido o pai estupidamente e precisavam como nunca da coragem da mãe.

Olga levantou-se e jogando os cabelos para trás, estendeu a mão corajosamente à enfermeira e disse com voz firme:

– Sim, enfermeira Ilse. Eu vou ao encontro de minha filha. E juntos, Stef, Ulrich e eu, tornaremo-nos fortes o suficiente para esperar meu bebê nascer e pelo fim da guerra.

A enfermeira, que estava cheia de admiração por aquela mulher ainda jovem e recém-viúva, puxou-a para junto de si e abraçou-a longamente:

– Eu sabia que você não ia decepcionar seus filhos, Olga. Pense neles, apenas neles e então sua dor se fará mais amena.

As duas mulheres ficaram abraçadas por um longo tempo, a mistura de emoções era forte demais. A guerra destrói cidades inteiras, ceifa vidas e separa famílias, mas aproxima as pessoas na dor.

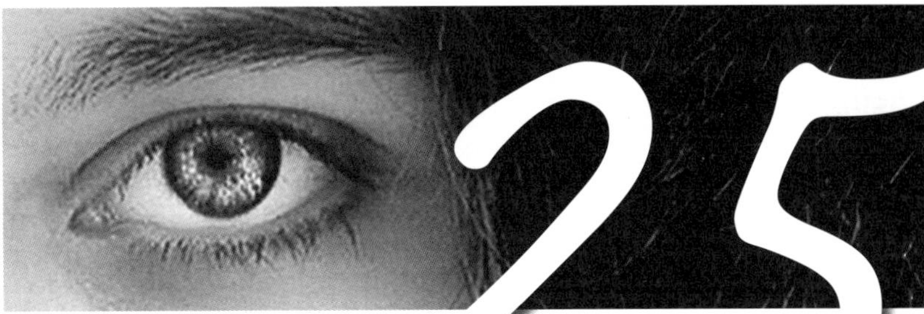

# 25

O trem militar ia abarrotado de jovens soldados alemães que seguiam para a França. Iam juntar-se ao esfalfado Exército Alemão que precisava de reforços para enfrentar os aliados quando eles invadissem a costa francesa, como era esperado.

O barulho monótono das rodas de aço contra os trilhos, também de aço, não diminuía a euforia dos jovens soldados que, ignorantes da terrível realidade dos fronts, sonhavam com as cobiçadas medalhas concedidas aos heróis de guerra.

– O jovem Sieguilfichd Enger chamava a atenção por seu ar distante e melancólico, que destoava completamente dos demais. Ia sentado junto à janela e aparentava estar adormecido, mas, na verdade, estava completamente desperto, apenas fazia uso desse artifício para dar curso aos seus pensamentos que corriam livres pela tarde ensolarada. Deviam chegar em Colônia no fim da tarde. Estava preocupado e queria ficar consigo próprio. Fora despedir-se dos pais de Stef e, apenas Olga apresentara-se à porta, mostrando-se amedrontada e receosa; nem o convidou a entrar. Recebeu-o à porta e, ao contrário das vezes anteriores em que ele ali estivera e que ela se mostrara risonha e falante, estava apreensiva. Parecia que sentia medo de alguma outra coisa além da guerra e fora de uma brevidade incomum. Relembrando o diálogo que tivera com a futura sogra, Sieg chegou à conclusão de que algo muito estranho estava acontecendo. Tentou imaginar o que poderia ser, mas, vencido pelas perguntas para as quais não tinha respostas, acabou adormecendo de vez. Despertou quando o trem já trafegava pelos vales verdejantes das imediações de Colônia. Percebeu de imediato que havia algo errado. A algazarra havia cessado e um segundo-sargento, trepado em cima de um dos assentos, passava instruções:

– ...e aqueles que não tiverem parentes ou amigos na cidade para acolhê-los, vão aquartelar-se nas casas das famílias colonienses. A cidade já foi avisada de nossa chegada. Será no máximo, dois soldados por casa...

– Ei, herr segundo-sargento! Nós podemos escolher casas que têm mulheres bonitas e descompromissadas para nos hospedar? Assim nossa breve estada em Colônia será mais divertida – arriscou um soldado, não sem temer uma reprimenda.

Ignorando o aparte fanfarrão do soldado, o segundo-sargento fez um breve esclarecimento, seguido de uma advertência:

– Nossa estada nessa cidade será por apenas quarenta e oito horas. Tempo suficiente para que sejam feitos reparos nos trilhos que estão danificados à altura de Bonn. – Omitiu o fato de os trilhos estarem danificados por ação de bombas aliadas e continuou: – E esperamos, portanto, contar com o bom senso de todos. Respeitem as mulheres. Muitas delas estarão sozinhas com os filhos menores em casa. Seus pais e maridos estão fora. Estão lutando em alguma parte pela grande causa. Se algum de vocês usar de qualquer intenção que não seja de amizade e respeito com as fraus e frauleins que os receberem, será rigorosamente punido. Agora, vamos, preparem-se para o desembarque, dentro de meia hora estaremos chegando à estação de Colônia.

Quando o segundo-sargento transpôs a portinhola que dava acesso ao outro vagão, Sieg acomodou-se junto à janela e retornou aos seus devaneios. Ia esperar que primeiro os companheiros de viagem se preparassem para desembarcar, preferia ficar por último, assim teria mais tempo para divagar.

O jovem queria estar a sós com suas meditações durante aquela última meia hora de viagem. Uma vez em Colônia, estaria numa casa estranha e sua natural polidez não lhe iria permitir tal isolamento.

Sieg fechou os olhos e viu Stef diante de si. Extremamente bela e sorridente. Uma pontada atingiu seu jovem e apaixonado coração.

"Oh! Stef querida... onde está você, meu amor? Onde? Que mal fizemos nós para estarmos assim separados? Eu estou indo para a França, minha querida, vou lutar numa guerra que não é minha e por um ideal que não é o meu. Mas... eu hei de sobreviver, minha amada... e quando eu voltar... esteja você onde estiver... hei de encontrá-la. E seremos então..."

O barulho do ranger dos freios contra as rodas de aço tirou-o de suas divagações. Um ordenança proclamava em voz alta:

– Colônia! Colônia! Mantenham-se em ordem para o desembarque.

Sieg recostou-se no espaldar do assento e correu os olhos com certa indiferença pelos companheiros que desciam do trem e eram recebidos com festa pelos moradores da cidade. A estação estava cheia de idosos, mulheres e crianças que esperavam os inusitados hóspedes com grande entusiasmo.

Voltou os olhos depois para o burburinho reinante na plataforma de desembarque e, com grande incredulidade, piscou-os repetidas vezes.

Aquela jovem loura e de cabelos esvoaçantes que se mantinha afastada à espera de seus hóspedes era Stef! Não podia ser miragem, ilusão de ótica, era Stef! A sua namorada! A jovem estava sentada displicentemente na mureta que circundava a plataforma e trazia firmemente preso à coleira um belo cão pastor.

Sieg colou o rosto contra o vidro da janela e fixou o

olhar na garota. A cabeleira dourada parecia uma cascata de ouro em pó e os olhos extraordinariamente lindos cintilavam como chuva de prata. Stef! Sieg não tinha mais dúvidas... Era mesmo Stef! Sentiu o coração disparar dentro do peito. As mãos geladas suavam e sua cabeça rodava como um redemoinho.

"Stef... Stef... oh, minha querida... finalmente a encontrei... que felicidade..."

Sieg observava a namorada que brincava ao longe com o cão. Não conseguia despregar os olhos do vidro da janela do trem. Tinha medo que se o fizesse, sua amada desapareceria. Quando viu, porém, que ela ia levantar-se, aquela sensação de abandono e desalento que o invadira durante a viagem desapareceu e ele voou para fora do trem gritando seu nome:

– Stef! ...Stef! ...Stef!

Já não se sentia alienado nem ia ter de sorrir forçado diante da gentileza de quem o hospedasse, tinha alguém muito especial para acolhê-lo em Colônia: sua namorada! Gritou mais alto para se fazer ouvir por entre o barulho da multidão:

– Steeeef! Steeeef! – Em vista do burburinho que imperava na estação, a intempestiva indisciplina do jovem soldado não foi vista por seu superior.

Stef brincava distraída com o cão e sobressaltou-se quando o par de botas negras e lustrosas juntou-se diligentemente à frente de seus pés. A visão daquelas botas reluzentes a fizeram recordar-se dos pais com melancolia. Acariciou a cabeça de Kabrum e levantou os maravilhosos olhos azuis-prateados, que atingiram em cheio o coração de Sieg.

– Stef! você... – Sieg pensou que estava sonhando. Era mesmo Stef.

– Sieg! não... não pode ser! – cerrou as longas pestanas, estendendo as mãos que tremiam. Ao sentir o toque conhecido da mão que apertava seus dedos, suspirou profundamente e abriu os olhos:

– Sieg! É você mesmo... não estou sonhando! – nos olhos lindos de Stef, mil perguntas, para uma única resposta: Sieg estava ali e isso era o que importava!

Sieg olhou para a namorada. Ainda persistia a sensação de que vivia um sonho. Mas era real! Stef à sua frente!

– Stef... – murmurou Sieg, sorrindo para a namorada. De repente estavam um nos braços do outro, chorando. Lágrimas de felicidade banhavam as faces juvenis.

Como os pais de Stef, quando sua mãe anunciava cada gravidez, rodopiaram felizes pela plataforma da estação. Parecia que não existia mais nada no mundo além deles. De braços abertos ao vento, Stef sorria feliz para o namorado. A guerra parecia não existir. E sobre o trovejar das batalhas, sobressaía-se o cantar suave dos passarinhos. Lindamente pregados nos dele, os olhos maravilhosos de Stef irradiavam a felicidade que sentia por estar suspensa no ar por seus braços fortes. Riam e choravam, tudo ao mesmo tempo.

Kabrum, arrastado pela corrente, acompanhava divertido o rodopiar dos namorados e sentiu-se decepcionado quando Sieg depositou Stef no chão. Aprovava o jovem. Instintivamente, havia pressentido ser ele o assunto sobre o qual ela tanto falava.

– Então é verdade... – falaram ao mesmo tempo e rindo por esse motivo. Stef ergueu o cão pelas patas dianteiras:

– Este é Sieg, Kabrum. Não lhe falei que ele era lindo? – disse sorrindo ao animal que abanava a cauda feliz e parecia compreender o que a garota dizia.

– Olá, herr Kabrum – brincou Sieg, passando a mão na cabeça peluda. – Você parece ser muito divertido. É seu? – indagou curioso.

– Bem, é e não é. Na verdade é do dr. Heinrich, mas como ele está em Berlim, eu o adotei. Ele não é uma graça? – perguntou, abraçando Kabrum que estava gostando de tantos mimos.

Stef olhou para Sieg, piscou marota e convidou-o a segui-la:

– Vamos lá, meu soldado lindo. Quero apresentá-lo a frau Hermínia.

Tenho certeza de que vai gostar dela.

Deixaram a estação que já estava quase vazia de mãos dadas e seguiram pela rua de terra batida que havia ao lado dos trilhos.

Vistos contra a luz do sol que incidia sobre eles, o cão e o casal, que caminhava a passos lentos, formavam um trio de irreal beleza. Agitada pelo vento que soprava cálido, a cascata de ouro em pó fulgurava ao entardecer.

***

– E meus pais, Sieg? – a pergunta pegou-o de surpresa. Sentiu o sangue gelar. O que dizer à ela? Que nada sabia a respeito de ambos? Olga fora tão misteriosa. Tentou ganhar tempo:

– O que há com seus pais? – respondeu com essa pergunta, enchendo Stef de indignação, ela esperava que ele trouxesse notícias, uma carta...

– Como, o que há com meus pais? Quero saber como estão! Como está Ulrich? ...Sieg! O que houve?

Sieg empalideceu, não sabia o que dizer. Sentia que a felicidade deles podia estar ameaçada. Lutando pela imensa alegria de poder passar quarenta e oito horas ao lado de Stef, falou cautelosamente:

– Acontece, querida, que nos últimos tempos estive muito ocupado com os treinamentos, e não os tenho visto... Da última vez em que estive lá, eles estavam bem. – Procurou ser o mais breve e claro possível. Não havia dúvidas sobre esse argumento, Stef era membro da Juventude Hitlerista e sabia como eram essas coisas.

– Ah, que pena. Estimava muito em saber notícias deles – pensou no irmãozinho e sorriu saudosa. – Ulrich... Sinto tanta falta dele! Você partiu sem se despedir deles? Oh, Sieg, você não fez isso, fez?

– Não, Stef. Na verdade, estive lá, mas não os encontrei

– muito mais simples que explicar um fato para o qual ele não tinha explicação.

– Como assim, não estavam? Onde eles poderiam ter ido? Estranho. E a casa, estava intacta? Não havia sido bombardeada? Fale, Sieg! Fale! – os longos cílios batiam apreensivos e as narinas afiladas tremiam ligeiramente.

– Claro que estava...

– Bombardeada?

Sieg riu, a fim de imprimir casualidade na conversa.

– Claro que não, Stef! Eu ia dizer que a casa estava intacta, mas você me interrompeu. Você se apavora facilmente. E depois, é muito normal eles fazerem um passeio.

– Passear com bombas caindo por todos os lados, Sieg? Eles não são loucos!

– Stef, querida. Ficarei em Colônia apenas quarenta e oito horas e não acho uma boa idéia passarmos todo esse tempo falando em seus pais. Que tal falarmos um pouco da gente? Nosso tempo é tão curto...

Stef calou-o com um leve beijo e seguiram rua abaixo. A presença de Kabrum os levou a dispensar o bonde, proibido para animais; por esse motivo foram à pé.

Frau Hermínia ficou muito satisfeita que o seu hóspede fosse Sieg.

– Então esse jovem bonito é Sieg? – perguntou sorrindo ao ser apresentada ao rapaz. – Muito bem. É muito bom que esteja entre nós, Sieg. Só você pode aquietar o coraçãozinho agitado de minha pupila. Seja bem-vindo, meu querido.

– Suas palavras muito me orgulham, frau. Stef é tudo quanto mais quero na vida – procurando vencer a timidez típica dos jovens, Sieg esforçava-se para manter o diálogo à altura de sua interlocutora. – Nós nos amamos, e quando a guerra acabar... bem, quando a guerra acabar nós vamos nos casar, não é assim, querida? – piscou um olho para a namorada em busca de seu apoio.

– Oh, sim. É claro. Já está tudo acertado com papai e mamãe, frau Hermínia. Sieg e eu seremos tão felizes quanto eles. E queremos ter um filho parecido com Ulrich! – os olhos magníficos brilhavam intensamente.

– Fico feliz que seja assim, crianças. Vocês são jovens e merecem viver toda a beleza desse amor.

Influenciada pela aura amorosa que se desprendia do casal de namorados, frau Hermínia refletiu um pouco e retomou a palavra:

– Pensando bem, Sieg, vou dispensar os cuidados de Stef durante sua estada aqui. Assim, vocês ficarão mais tempo juntos – dizendo isso a anciã sorriu maliciosamente. Sabia do grande amor que unia os dois jovens e ia fazer o possível e o impossível para alimentar esse amor nascido na guerra.

– Oh, frau... isso é divino! É o máximo que eu poderia desejar. Dois dias inteirinhos com Sieg... E eu que cheguei a pensar que jamais fosse revê-lo – emocionada, Stef cobriu o rosto enrugado da senhora de beijos. – Muito obrigada, frau Hermínia.

Enquanto Maria preparava o jantar, que consistiria em joelho de porco e purê de batatas, acompanhados pelo tradicional chucrute, Stef levou Sieg para passear pela propriedade. Mostrava os corações datados, com seus nomes entrelaçados e que ela havia feito nas cascas dos abetos em horas de muita saudade e solidão. Faziam planos para o futuro. A juventude de ambos lhes permitia sonhar em plena guerra.

Nos vinhedos, que ficavam um pouco afastados da casa principal, para os fundos da casa dos criados, sentaram-se no chão forrado de folhas caídas pelo vento. O sol, que morria no horizonte, entrava pelas parreiras e arrancava faíscas dos olhos azuis-prateados de Stef que chamejavam quando pousaram nos de Sieg e as longas pestanas bateram:

– Sieg, quero... quero que me possua. Quero ser sua... – os lábios cor de cereja tremiam de ansiedade. Nunca havia pensado que seria dessa forma.

Sieg surpreendeu-se. Não esperava essa atitude da

namorada e pensou que ela estivesse descontrolada. Pensou em Olga e Adolph. Eles confiavam nele.

– Não... Stef, vamos esperar o fim da guerra, aí...

– Aí o quê, Sieg! Aí então estaremos mortos! E de que adiantará ter esperado? Perdemos a guerra. A destruição de toda Alemanha é uma questão de dias! – Stef estava agitada. Os fulgurantes raios de prata de seus olhos refulgiam inquietos à luz do poente. – Quero ser sua, Sieg... agora.

Sieg quase não resistia ao apelo daquele olhar que varava sua alma e o fazia ficar paralisado, preso pela emoção do primeiro amor.

– Stef, não me peça isso... por favor. Juro-lhe como isto é o que mais desejo no mundo, meu amor. Mas não quero que seja dessa maneira. Como animais. Vamos esperar o fim da guerra...

– Oh, não, Sieg! Eu não quero esperar tanto tempo. Quero ser sua. Agora. Amanhã talvez seja tarde demais... por Deus Sieg, você pode nem mesmo voltar! – dizendo isso, Stef tomou a cabeça loura do namorado entre as mãos e ao colar seus lábios aos dele, foram tragados pelas ondas da paixão e rolaram sobre as folhas secas que estalavam sob seus corpos. Fizeram amor naquele momento mágico, entre o entardecer e o anoitecer. Quando se deitaram de mãos dadas, olhando para o crepúsculo, que abria suas cortinas para a noite que chegava, Sieg sentiu-se culpado:

– Perdoe-me, Stef... eu não queria, mas aconteceu. Estou me sentindo um...

– Não, Sieg. Eu não o perdôo.

Sieg arregalou os olhos:

– Mas, Stef...

– Não o perdôo, querido, simplesmente por não haver o que perdoar. Sinto-me a mulher mais feliz do mundo. Agora sou sua mulher... Sieg, sua mulher...

Dizendo isso, abraçou-o impetuosamente. Estava feliz. Não havia dúvida. E torcia para ter engravidado. Queria consumar sua felicidade com um filho.

Stef e Sieg viveram aqueles dois dias como se soubessem ser os últimos de suas vidas. Não desgrudavam um momento sequer um do outro, usavam de todo artifício possível para ficarem a sós e amarem-se à exaustão. Evitavam a todo custo falar sobre as atrocidades da guerra. Ela não falou sobre o ataque ao comboio. Sieg não lhe falou que a situação em Berlim era delicada. Que os ingleses haviam intensificado os ataques, e que a Rússia marchava sobre a Alemanha como um rolo compressor; e que franceses e americanos dominavam os mares. Eles também não mencionaram o imenso vazio que invadiria a ambos após a partida de Sieg.

Inebriados pela paixão vivida, dois dias depois, despediam-se na estação ferroviária. Unidos num abraço longo e doloroso rogavam para que o tempo parasse naquele momento, mas o barulho ensurdecedor das pessoas que se despediam dos soldados, tirou os namorados do mundo de magia e encantamento o qual haviam se entregado, trazendo-os de volta à realidade: era chegado o momento da partida. Apesar de terem permanecido juntos o tempo todo naqueles dois dias e de terem feito e falado tantas coisas, faltava ainda tanto a ser dito... Agora já não havia mais tempo. Os soldados já haviam embarcado. Sieg segurava a mão gelada de Stef pela janela do trem. Os olhos de ambos se buscaram, uma dor irreal transparecia nos olhares amedrontados e seus jovens corações batiam alucinados. Com a voz embargada pela emoção, Sieg gritou para a namorada:

– Cante uma canção, Stef! Cante, querida!

– Não posso... Sieg, não posso! – gritou em resposta. – Minha voz está presa na garganta!

– Por favor, querida, aquela canção! Aquela que você prometeu cantar só para mim!

– Não consigo... Não consigo! – Stef chorava. O ar lhe faltava, parecia estar vivendo um pesadelo. Aquela multidão barulhenta não a deixava escutar direito o que Sieg falava. O apito do trem soou pela segunda vez.

– Cante, Stef! Rápido, ainda dá tempo!

Aquele apelo desesperado rompeu seu mutismo e Stef cantou. Cantou como nunca havia cantado. E assim como os girassóis brotam no campo, os versos brotavam de sua alma jovem, atormentada pela dor cruciante. O burburinho cessou e as pessoas presentes à estação emudeceram diante da pungência daquela voz. O que só eles sabiam, é que ela cantava só para ele:

*– Vai... Vai... Vai*
*Meu valente soldado*
*Meu coração com amor o espera*
*Vai... Vai... Vai....*
*Meu valente soldado*
*És jovem ainda e sonha deveras*
*Teus sonhos não são utopia*
*O amanhã lhe dirá que não o são*
*Vai, meu valente soldado*
*Vai, mas fica em meu coração!*

O apito do trem soou pela terceira vez. Suas rodas rangeram e ele deslizou vagarosamente a princípio, depois em desabalada carreira sobre os trilhos.

Stef ainda tentou segurar a mão do namorado, mas não conseguiu. Corria paralela ao trem e não acreditava que o namorado estivesse partindo. Acenavam como loucos um para o outro e gritavam seus nomes e promessas de amor. De repente, seus braços penderam-se ao longo do corpo e Stef viu-se invadida por uma incrível sensação de perda. Seus olhos, espantosamente belos, fixaram-se no trem que levava Sieg e que sumia à distância, incrédulos. Os lábios trêmulos, entreabriram-se e as notas da canção que havia cantado para ele ecoaram dolentes pela estação que se esvaziava; as pessoas voltavam às suas casas. Os soldados haviam partido.

# 26

Olga olhou-se no espelho que ficava sobre o aparador e sentiu-se ridícula e humilhada. Era uma boa alemã, no entanto, tinha de se disfarçar daquela maneira para tentar salvar os filhos. Como não pudesse levar muita bagagem, para não chamar atenção, vestira muitos vestidos, uns sobre os outros. Ulrich, vestido da mesma maneira que a mãe, parecia bem mais gordinho do que realmente era. Virou de lado ajeitando o grande xale que lhe cobria os cabelos luzidios, tingidos de branco. Retorceu os lábios num esgar de tristeza. Estava inquieta. Esperava impaciente o escurecer, quando então ia partir para longe do inferno que era conviver com as recordações de Adolph. Tudo naquela casa o recordava. Em cada objeto que tocava, sentia sua presença e os momentos de felicidade que eles representavam.

Pousou os olhos no retrato de casamento e sorriu amarga para os noivos que sorriam felizes. Olhou confusa para seus olhos risonhos, não compreendia o fato de estar sobrevivendo à dor lancinante por tê-lo perdido:

– Oh, Adolph... Adolph... o que fizeram de nossa vida, meu amor? Por quê... por quê? – Olga suspirou. – Éramos tão felizes. E nossos filhos? Que será feito deles? Oh, Adolph... ajude-me a protegê-los, minha vida. Ajude-me.

Num ímpeto, lançou um olhar de despedida para o marido que lhe sorria do retrato, pegou o bebê no colo e deixou tudo para trás, fechando a porta resolutamente. Ao atravessar o jardim, agachou-se e, colhendo uma tulipa amarela, depositou-a na mãozinha rechonchuda do filho que sorriu feliz. Ao erguer-se, porém, seus olhos abriram-se desmesuradamente e ela ficou estupidamente paralisada pelo terror que a invadiu:

Saídos da escuridão, três homens encurralaram-na e ao filho, eram agentes da Gestapo.

– Aonde vai com tanta pressa, frau? – inquiriu um deles à mulher paralisada.

– Eu... eu... – a voz lhe faltou. Olga apertou o filho contra o peito, desesperada. Nunca antes havia sentido medo tão intenso. Sabia que era o fim. Aqueles homens trajados de negro desconheciam o significado da palavra piedade, mesmo para com uma mulher recém-viúva, grávida e trazendo nos braços um filho pequeno que chorava assustado, segurando a tulipa amarela na pequena mãozinha.

Fazendo um gesto impertinente com o dedo indicador, que ia dela para um dos guardas, o oficial que a havia inquirido falou com impaciência:

– Entregue a criança a um daqueles guardas e entre no carro da frente, você vai conosco! Vamos logo! – ordenou, apontando para os veículos que chegavam silenciosos.

O olhar esgazeado de Olga acompanhou a direção indicada pelo dedo e ela viu o carro negro que se aproximava com os faróis apagados frear diante de sua casa, com apenas um oficial ao volante. Quase imediatamente, outro carro, também negro e tão grande quanto o primeiro, parou atrás e dele saltaram mais dois guardas e um oficial, todos da famigerada S.S.

Uma dor insana invadiu o coração da pobre mãe. Ela apertou o filho mais fortemente contra o peito que batia disritmado:

– Não... – a voz estava rouca e as palavras, desarticuladas pelo medo brutal, não saíam. Arregalou os olhos cheios de pavor para o oficial e tentou implorar, mas foi interrompida.

– Vamos logo com isso, frau. Entregue a criança e entre no carro!

Olga gemeu como um animal quando, a um aceno do oficial, foi agarrada por dois guardas, enquanto um terceiro tentava arrancar Ulrich de seus braços. Travou-se uma luta desigual. O respirar ofegante dos contendores rompia o silêncio da noite. Olga tentava com ferocidade reter o filho nos braços, mas sabia que a batalha estava perdida. Beijava-o alucinada, enquanto implorava por uma piedade que não viria:

– Por favor! Olhem para nós! Que mal podemos fazer a alguém? – gritava desesperada.

De repente, Olga viu-se separada do filho e tinha as mãos vazias algemadas.

Ulrich se agitava e gritava feito louco nos braços do guarda S.S. que o levava e que o atirou dentro de um dos carros, que partiu velozmente. Ao passar por eles, o garoto colou o rostinho assustado contra o vidro traseiro do veículo e gritou pela mãe; firmemente presa à sua mãozinha, a tulipa amarela tremulava contra o vidro. Olga lançou um grito agoniado e batia impotente, com os punhos algemados contra a própria testa.

Os policiais que a ladeavam no assento do carro em que ia, fumavam tranqüilos e conversavam banalidades, enquanto Olga, que chorava incessantemente, sentia-se morrer. Sua dor era aumentada pela tortura psicológica que os policiais exerciam, dizendo coisas do gênero:

– Calma, mamãe. O Estado cuidará de seu filho melhor que você. Sua prisão mostra que não é uma boa cidadã alemã e, portanto, não pode ser uma boa mãe. – Riam divertidos com a desgraça da mulher. Até a achavam bonita, porém ela havia se confraternizado com um judeu. Pior que isso. Tinha se casado com o tal.

Ulrich tinha pouco mais de dois anos. Era ainda um bebê e exigia cuidados especiais. "Meu bebê. Meu pequeno Ulrich. Quem vai cuidar de você?" Olga se martirizava. Uma dor cruciante lhe varava o coração. Em silencioso pesar rogava a Deus que protegesse seu filhinho. Entregue a sua dor, ela não ouviu o veículo frear defronte ao Quartel-

General da Gestapo, na Prinz-Albrecht-Strasse. Intimada a descer, não se moveu. Estava embotada pela dor. Só pensava no seu filhinho e chamava-o pelo nome sem cessar, parecia estar perigosamente próxima a um estado de demência.

Tomando a desobediência como um caso propositado de rebeldia, um dos guardas arrancou-a a força de dentro do carro, arrastando-a para o interior do prédio sinistro e levando-a até uma sala nos fundos do corredor.

Olga foi brutalmente torturada por três guardas S.S. Não entendia por que os oficias que a interrogavam perguntavam tanto por Stef; ela queria saber era de Ulrich. Onde ele estava. Como estava. E quanto mais se mostrava confusa, mais era torturada. Seus olhos azuis e brilhantes estavam vermelhos e opacos e sua face clara exibia as marcas da tortura. Já próxima aos limites da sanidade, gemia repetindo o nome do bebê. Nada dizia sobre Stef, a não ser que ela havia saído de casa, não sabia se só ou acompanhada por alguém e que desconhecia seu paradeiro. Não se preocupava com Stef. Ela estava em Colônia com frau Hermínia. Estava em segurança, mas e Ulrich?

Vencida pelas torturas físicas e psicológicas e pelas fortes emoções pelas quais passara, pela madrugada, Olga caiu num estado de semi-inconsciência. Dos gritos pungentes restou apenas um gemido enrouquecido que continuava a chamar pelo filho incessantemente. Estendido no chão, seu corpo grávido parecia uma massa sanguinolenta.

Irritado com a mulher que parecia que ia morrer sem revelar onde estava a filha Stef, e com medo que isso acontecesse e ter de enfrentar na manhã seguinte a ira do major Herbert vonn Mann, o oficial chefe daquela monstruosidade, ordenou, já no fim da madrugada, que a levassem para o número quinze da Barnimstrasse, onde ficava o presídio feminino.

Durante o trajeto até a instituição, Olga recobrou a consciência e viu, pelos vidros pintados da ambulância, que a noite se findava. Lembrava-se vagamente do que havia acontecido, mas logo seus pensamentos eram desviados pela forte contração que sentia. Embora ainda não tivesse completado o ciclo normal de gestação, não resistiu às pancadas e tinha entrado em trabalho de parto durante a sessão de tortura. Olhou novamente pelo vidro, chamou pelo seu filhinho adorado e mergulhou num mundo de trevas onde as dores e as misérias da guerra eram suplantadas pela inconsciência.

Para maior temor dos algozes que a tinham torturado, a enfermeira do presídio que a examinou na chegada, constatou o adiantado e complicado trabalho de parto em que ela se encontrava. Seu estado era grave. Era preciso chamar o médico.

Ao fim daquela noite dramática e longa, Olga daria à luz, para surpresa do médico e da enfermeira que a socorreram, um lindo casal de gêmeos. Os primeiros raios do sol atravessavam as vidraças pintadas de preto da enfermaria do presídio, conferindo um ar irreal ao rosto pálido de Olga. E seria o início, suave, não fosse a guerra, da primavera de 1944, o momento em que, milagrosamente vivos e saudáveis, os gêmeos vieram ao mundo. E enquanto o mundo ouvia o grito pela vida das duas criancinhas, Olga lutava contra a morte.

Ao contrário dos irmãozinhos gêmeos, o pequeno Ulrich não veria aquele dia de primavera nascer. Desde que fora levado, o garoto não parara de chorar, gritando pela mãe. Os gritos incessantes e o choro inconsolável da criança frágil e indefesa, perturbavam o cochilo do policial encarregado de sua guarda. Irritado, o cão feroz esbofeteou-o tão violentamente, que o garoto foi lançado à distância. Ao cair, o bebê estremeceu e exalou o último suspirar de sua vida tão brevemente interrompida. Ulrich bateu a cabeça e teve morte instantânea.

Por uma dessas estranhas coincidências do destino, como o do pai, quando aquele dia de primavera rompeu, seu corpo jazia numa vala qualquer dos arredores de Berlim.

Na Estação Central de Berlim havia um movimento fora do comum naquele início de noite. O som do Hino Nazista e de marchinhas populares saía pelos auto falantes e ecoava pelos ares. De vez em quando, uma voz potente interrompia a música para incutir palavras de honra e coragem nos presentes.

Dentro de poucos minutos, um comboio abarrotado de soldados e oficiais do Exército Alemão deixaria a estação rumo à França. Levaria também alguns civis que tinham conseguido licença para viajar num vagão especial que seguiria viagem atrelado ao trem militar. Escondida por trás dos escombros de um prédio que tinha sido bombardeado havia alguns dias pelas forças aliadas, a destemida enfermeira Ilse, distante uns cinqüenta metros do portão principal de acesso à estação, observava atentamente a chegada dos passageiros. Olga estava se atrasando muito e ela estava preocupada com isso. Não pretendia, é óbvio, despedir-se publicamente da amiga e do pequeno, queria apenas certificar-se de que partiam em segurança. Daí então sua missão estaria cumprida, conforme prometera ao dr. Heinrich. O sangue gelou em suas veias quando ouviu o apito estridente. O trem já ia partir e Olga não chegara. Temeu que tivesse acontecido alguma coisa. Ela não ia desistir na última hora. Estava consciente de que se o fizesse poderia estar desprezando sua última chance de escapar. Tinha até pintado os cabelos de branco para aparentar mais idade. O apito soou novamente e a enfermeira ouviu o ruído característico das rodas do trem que partia sobre os trilhos.

Naquele momento, teve certeza de que uma nova tragédia tinha se abatido sobre a corajosa e recém-conquistada amiga.

Pensando no que poderia ter ocorrido, a enfermeira esgueirou-se junto à proteção de muros e escombros e, com uma rapidez espantosa, correu até a casa de Olga. Aquela angustiante sensação de tragédia e desgraça que a acompanhava desde que soara o apito do trem, materializou-se quando, a curta distância da casa, divisou três carros da Gestapo, estacionados à frente. Estacou de súbito, levou a mão à boca, sufocando o grito que ficou entalado na garganta:

– Oh, Deus... cheguei tarde demais!

O entra e sai de guardas e oficiais da Gestapo, na residência, deixava claro que nada mais podia ser feito pelos marcados moradores. A valente enfermeira fraquejou naquele momento. Levou as mãos contritas ao peito e, sentindo-se possuída por uma imensa sensação de vazio, murmurou com tristeza:

– Deus... Como eles podem ser tão desalmados? Era apenas uma mulher grávida e um bebê, indefesos, e estavam apenas tentando sobreviver a este mar de sangue. Oh, Stef! Você é apenas uma garota e agora está sozinha no mundo. Tão jovem e já entregue à própria sorte. Quanta injustiça! Oh, minha amiga Olga, cuidarei de sua filha... vou protegê-la. Nem que para isso tenha de sacrificar minha própria vida. Prometo-lhe isso, Olga. – Persignando-se, a enfermeira pediu clemência aos céus. Não fez perguntas, ela não precisava de respostas. A cena macabra que se desenrolava diante de seus olhos, falava por si: Olga e o bebê haviam sido capturados pela Gestapo!

Com a certeza da prisão de Olga, uma outra certeza tornou-se duramente óbvia para a enfermeira: também ela tinha de partir! Quando fosse encontrada, em poder de Olga, a licença especial para viajar para Colônia no trem militar, em seu nome, toda a polícia de Berlim seria acionada e ela seria procurada como uma proscrita. Refletindo por alguns rápidos momentos, chegou à conclusão de que seria muito arriscado voltar ao hospital. Ela teria de fugir dali mesmo, sem sequer olhar para trás!

O olhar da enfermeira caiu desesperançado sobre si própria e ela pensou que tinha sido inteligente de sua parte ter trazido consigo uma pequena sacola com alguns víveres, roupas e medicamentos de urgência, comprados com seus míseros e arduamente economizados marcos alemães. Com a Gestapo, nunca se sabia o que ia acontecer no minuto seguinte, por esse motivo tinha ido preparada para qualquer emergência. Como que para criar coragem, Ilse sacudiu a cabeça, tomou fôlego e encetou a empreitada: fugir da Berlim que a caçava como a um lobo raivoso.

Fugindo à caçada implacável, imediatamente, a enfermeira se embrenhou pelos arredores da cidade. Evitava correr para não chamar a atenção, mas andava o mais rapidamente que podia. Andou por becos escuros e mal afamados. Chapinhou às margens de vários lagos. Quando finalmente atingiu a mata que ladeava a estrada secundária que ia para Potsdam, a lua morria ao longe e as derradeiras estrelas refulgiam no céu infinitamente azul.

A fim de driblar o cansaço, repetia sem cessar os nomes das cidades pelas quais deveria passar em sua longa e penosa jornada: Potsdam; Brandenburg; Magdeburgo; Brunswick; Hämeen; Dortmund; Essem; Düsseldorf e, finalmente, Colônia! Sua terra natal. Sentia-se cansada e faminta. Pensou em parar um pouco. Apenas alguns minutos. Mas ainda estava perigosamente perto da cidade para dar-se a esse luxo. Resolveu que quando o sol estivesse a pino, descansaria sob o abrigo da vegetação abundante.

Os passos trôpegos da enfermeira a distanciavam cada vez mais de Berlim. Havia três semanas que caminhava mata adentro. Os sapatos havia muito tinham ficado para trás e seus pés, inchados e infeccionados, estavam em carne viva. Uma febre intermitente a estava aniquilando mais que a fome e a sede fustigantes. Os víveres tinham durado, a duras penas, apenas uma semana. Quando tinha sorte, conseguia comida com algum camponês. Mas, na maioria das vezes, alimentava-se com frutos silvestres, folhas ou brotos de mato e a sede era saciada em algum riacho que encontrava pelo caminho. Lambia o orvalho das folhas ao amanhecer e aproveitava também a água da chuva, ficava molhada e tiritava de frio, mas ao menos matava a sede. Suas vestes estavam sujas e rasgadas. A robusta enfermeira que fugia pelas matas definhava e seus olhos estavam rubros e brilhantes pela febre que a assolava.

Por causa dos conhecimentos que tinha com a prática em enfermagem, Ilse sabia que se continuasse o percurso pela mata, ia morrer como um animal selvagem. Sozinha e sem que ninguém jamais soubesse o que lhe havia acontecido. Por outro lado, a estrada oferecia o perigo de ser descoberta e morta pela Gestapo. Estava entre a cruz e a espada. Acostumada a lidar com a morte, a enfermeira lidava com a sua própria de maneira racional. Apoiou-se no galho seco, que utilizava para andar, e saiu para a estrada. Se ia morrer, a estrada ao menos a deixava vislumbrar uma esperança, por menor que fosse, de deparar com alguém que se dispusesse a ajudá-la e quem sabe notificar sua velha mãe, de que sua filha Ilse fora uma das milhares de milhares de vítimas da guerra.

O mais discretamente que podia, por causa de seus pés feridos, arrastava-se atrás de um grupo de pessoas tão esfomeadas e cansadas quanto ela, que fugiam para lugares que acreditavam seguros. Ao ver aquela mulher que se arrastava valentemente sobre seus pés enormes e purulentos, seus companheiros de viagem, fizeram valer a parábola que os movia para adiante: "Se dividires o que tens, não ficarás sem nada; mas sim, com a outra metade". E dividiram com ela seus parcos recursos: roupas, alimentos, remédios e, mais importante que tudo, amor e solidariedade. Ilse entusiasmou-se. Com sua fuga desesperada, havia se esquecido o que era amor e solidariedade e de como eles podem ser um poderoso aliado contra as misérias da guerra.

A enfermeira conseguiu marchar ainda por mais duas semanas. Ao cabo desse tempo, já não tinha mais força alguma. A febre intermitente já não cedia e a infecção se alastrara. Já no limite de suas forças, reuniu-se a outros companheiros que não estavam em melhores condições que ela e decidiram interromper a viagem a fim de recuperarem as forças e tentar combater as infecções que os estava matando. Desde que tinham partido de Berlim, havia pouco mais de um mês, tinham perdido três companheiros. Mas, diferentemente da grande maioria dos que morrem na guerra, eles foram sepultados com decência por seus companheiros, que até fizeram uma oração por suas almas. Seus corpos descansavam em covas, ainda que rasas, em algum ponto à beira da estrada. Os que ainda conseguiam pelo menos se arrastar, seguiram em frente, famintos e sedentos; doentes e feridos em sua dignidade pelas agruras da guerra.

Sem jamais pensar em se entregar ao sofrimento, a enfermeira Ilse, estirada sobre o solo úmido, orientava os menos castigados sobre a melhor forma de aliviar o sofrimento dos mais debilitados. Ela própria se encaixava na segunda categoria. A septicemia evoluía e, em conseqüência, a febre não cedia nunca. A dor lancinante que vinha dos pés, subia-lhe pelas pernas, dilacerando-lhe as entranhas.

Mas a valente enfermeira não se entregaria assim tão facilmente. Cerrava os punhos, rilhava os dentes e, buscando forças no mais profundo âmago de seu ser, lutava tenazmente para que a vida sobrepujasse a morte. Ela tinha que sobreviver! Por sua velha mãe. Que era inválida e totalmente dependente dela. Por Stef. Ignorante da tragédia que se abatera sobre sua família, a jovem ia precisar de muito amor e solidariedade para amenizar os traumas que certamente ficariam. Imbuída por esse altíssimo senso de responsabilidade com as duas criaturas indefesas, a corajosa enfermeira lutava contra a septicemia e a dor atroz. Contra a fome e a sede, desafiava as mentes insanas que promoviam a guerra sem pensar nas misérias trazidas às pessoas.

Uma semana depois de improvisado o miserável acampamento, a situação não estava melhor para os seus ocupantes. Um homem e uma mulher haviam morrido e, como ninguém estivesse em condições de sepultá-los, seus corpos repousavam sob folhas e galhos do outro lado da estrada. O cheiro de carne humana putrefada era insuportável.

Passaram-se oito dias. Milagrosamente, a enfermeira Ilse e alguns companheiros de infortúnio ainda resistiam. Viviam como animais. Mordiam pedaços de pau, a fim de suportar a dor cruciante oriunda das infecções que apodreciam seus membros e também para aliviar a fome torturante. Os corpos de um garoto de doze anos e de um velho tuberculoso descansavam junto aos outros companheiros mortos, do outro lado da estrada, sob as folhas mortas.

Numa noite, quando todos dormiam, o silêncio assombroso que até podia ser ouvido foi quebrado pela freada brusca de um carro na estrada e por xingamentos excitados. Os moribundos puseram-se de sobreaviso. Alguém os tinha denunciado! Só podia ser isso! Nada explicava um carro parar àquela hora da noite, num lugar ermo daquele e, por estranha coincidência, bem junto ao acampamento. Cochichavam inquietos. Alguns, antevendo o fim, choravam baixinho. Ilse acenou para um velho veterano da Primeira Guerra Mundial que ainda podia andar, embora com dificuldade, e ele se aproximou, agachando-se ao seu lado. Confabularam e chegaram à conclusão de que era melhor alguém verificar o que estava acontecendo. O próprio velho se encarregou de fazer a averiguação.

Ocultou-se sob as sombras protetoras da noite e, para espanto seu, deparou com um jovem oficial do Exército Alemão que viajava sozinho em um jipe militar. Inteligentemente, o velho veterano lembrou-se da odiada saudação nazista e, juntando os pés descalços, inchados e sujos, bateu continência:

– Heil, Hitler!

A sonora saudação surpreendeu o jovem oficial que se esforçava para trocar um dos pneus do jipe que havia furado.

– Ora, ora. Com que então me aparece um ajudante, seja bem-vindo, herr – respondeu o oficial, num tom amistoso, procurando angariar a amizade do velho e, conseguir com isso, um auxiliar para a troca do pneu, uma vez que não tinha habilidade para fazê-lo, pela sua inexperiência.

Com a mesma dubiedade de intenção usada pelo oficial, o velho veterano, embora um pouco arquejante, ajudou-o a substituir o pneu furado. Conversavam durante o trabalho e o velho ficou sabendo que o jovem oficial seguia para Colônia numa missão em caráter de urgência.

– Colônia... Meu Deus! Parece um sonho... Alguém viaja sozinho num jipe e ainda por cima vai para Colônia. Perdão, senhor, mas hoje eu e meus pobres companheiros vamos sair dessa sepultura. – O velho sofismava enquanto apertava os últimos parafusos. – Ou o jovem aí nos leva para Colônia, ou o matamos e tomamos-lhe o jipe.

Após a troca de pneus, o oficial passou em revista o miserável acampamento e seu jovem coração, ainda não atingido pelo incoerente fanatismo nazista, apiedou-se de seus habitantes. Refletiu por alguns instantes e chegou à conclusão de que se pisasse fundo no acelerador, poderia chegar em Colônia antes de o dia amanhecer. Assim sendo...

Num átimo de segundo, o oficial decidiu que levaria aquelas desafortunadas criaturas consigo. Os moradores do improvisado acampamento se aboletaram dentro do jipe e, ao surgir os primeiros raios de sol da manhã seguinte, Colônia recebia, fraterna e consoladora, aquelas almas penadas, oriundas das misérias da guerra.

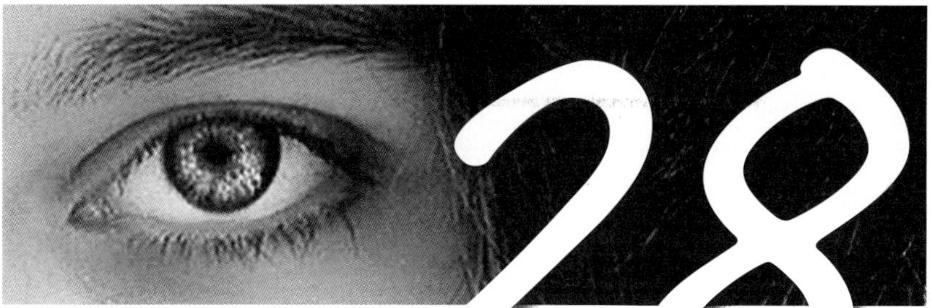

# 28

Stef aproveitava o dia de folga para dar livre curso à imensa saudade que sentia de Sieg e às doces lembranças que povoavam sua mente. Sentada à sombra dos vinhedos onde se entregara ao namorado pela primeira vez, Stef relia a carta que recebera dele, havia poucos dias. Acariciava, displicentemente, a cabeça peluda de Kabrum que fielmente se mantinha deitado a seu lado e lançava, de vez em quando, um cúmplice olhar a sua amiga.

O que Stef jamais poderia imaginar naquele momento de doce enlevo, era que os mesmos canais que haviam permitido que aquela carta chegasse às suas mãos, seriam os mesmos que iriam notificar o seu paradeiro ao persistente major Herbert vonn Mann. Não podendo se conformar com a insana recusa de Olga em fornecer o endereço da filha, o major ordenara que fosse feito um rastreamento em toda a correspondência do soldado Sieguilfichd Enger.

Tinha absoluta certeza de que agindo assim encontraria, por fim, a musa inspiradora de sua paixão devassa. Ignorava, porém, que uma bomba lançada pelos ingleses, que explodira sobre os trilhos da linha férrea, nas proximidades de Bonn, fora a causa do retardo da viagem de Sieg por dois dias, proporcionando o reencontro dos namorados, e que só por esse motivo o jovem havia descoberto o paradeiro de Stef.

Possuída por uma indescritível emoção e alheia à satisfação que a carta que lia e relia incontáveis vezes havia causado ao mórbido major e ao rumo que sua vida tomaria a partir daquele momento, Stef detinha-se atentamente aos trechos em que Sieg reafirmava o seu amor. Uma cálida onda de felicidade a invadia quando, demonstrando a retidão de seu caráter, ele falava de um futuro a dois e a chamava de: "minha bela e adorada esposa". Quase morria de felicidade em ser sua esposa, ainda que tivesse estado com o marido apenas umas poucas horas, antes que ele partisse para a guerra.

Quando da breve estada de Sieg em Colônia, Stef conversou com frau Hermínia a respeito da intimidade que havia se desenvolvido entre eles e de seu grande desejo de que aquelas poucas, mas tórridas horas de amor, pudessem presenteá-la com um filho. Os dois jovens iam se casar em um futuro que poderia se estender até sabe Deus quando e, preocupada com a possibilidade de a gravidez realmente se concretizar, frau Hermínia, sabiamente, fez vir um capelão até a propriedade e, na manhã em que Sieg prosseguiria a viagem, surpreendeu-os, casando-os antes disso.

Stef resplandecia no vestido de noiva que fora usado por frau Hermínia em seu próprio casamento, havia mais de cinqüenta anos. Como já tivesse trocado de roupa para a viagem, em vez de ostentar um garboso terno de casimira, o noivo trajava o funesto uniforme de soldado do Exército Alemão. Formavam um belo par: ele, alto e desempenado, louro, bonito e de cabelos cortados à moda militar, assemelhava-se a um deus grego. Ela, loura e linda, alta, esguia, dona de um par de olhos que de tão maravilhosamente lindos e brilhantes ofuscavam o brilho das estrelas mais brilhantes em noites de verão, e sua cascata dourada fazia inveja ao sol mais radiante.

A cerimônia foi realizada, tendo como aparato apenas um grande buquê de flores do campo, colhidas ali mesmo na propriedade, harmoniosamente disposto sobre a toalha branca e bordada de linho, que cobria a pequena mesinha encantadoramente colocada no jardim da residência. A conferir um ar de nostálgica beleza, dois antigos castiçais em prata de lei, ladeavam o vaso de cristal facetado. Presentes à cerimônia, estavam apenas a dona da casa, sua criada Maria e o esposo, Joseph Bremer. Embora nunca tivesse tido uma filha, coube a ele a honra de conduzir a noiva até o improvisado altar e entregá-la ao noivo. Tudo foi muito simples e rápido. Stef chorava a ausência da mãe, mas o pranto não lhe diminuía o brilho, ao contrário, elevava-o a ponto de se tornar quase irreal e de fazer com que uma deusa egípcia se sentisse feia e apagada diante de sua extraordinária beleza.

Perante as leis de Deus, Stef e Sieg tornaram-se de maneira simples e inesperada, marido e mulher. A cerimônia civil seria adiada para quando a guerra se findasse.

"Minha bela e adorada esposa"; Stef releu a terna frase mais uma vez e, embevecida pela emoção, não ouviu as passadas do caseiro que se aproximava e sobressaltou-se quando ele a chamou pelo nome:

– Frau Stephansenn Hanneke Zimmer Enger...

– Oh! José, é você! Estava distraída e me assustei. Algum problema? A frau Hermínia precisa de mim?

– Não, não é frau Hermínia, Stef. Tem lá uma mulher à sua procura...

– Procurando por mim? Quem pode ser?

– Bem, ela diz chamar-se Ilse. Enfermeira Ilse, para ser mais exato.

– Ilse? A enfermeira Ilse está aqui? E a minha procura? Oh! Joseph, por que você não disse logo quem era, homem?

A última interrogação Joseph ouviu quando Stef já passava por ele, seguida pelo cão, correndo feito um raio atrás da amiga. Não estava, entretanto, preparada para o que veria, estacou estarrecida. Os magníficos olhos brilhavam como nunca e os raios azuis-prateados perscrutavam a mulher sentada numa cadeira de rodas, com cerca de uns vinte quilos a menos do que quando elas haviam se conhecido e com as pernas finas dependuradas e faltando-lhes os pés; a enfermeira não era mais do que um pálido retrato da robusta mulher de outrora.

Stef enfiou os dedos por suas lindas madeixas douradas e as ergueu para o alto da cabeça num gesto descontrolado:

– Enfermeira Ilse, o que foi que fizeram com suas pernas? Onde estão seus pés? – perguntou incrédula. – Oh, Deus! Foi uma bomba, não foi? Essa guerra maldita! Guerra maldita!!! Maldita! Maldita! – Foi tomada por uma crise de histeria. A guerra estava destruindo seus sonhos, as pessoas que amava eram levadas, mortas, mutiladas...

– Venha comigo, minha menininha. – Frau Hermínia pegou Stef pelas mãos e a fez sentar-se no sofá.

– Sente-se um pouco, nós... Quero dizer, eu preciso falar com você – Stef ergueu os olhos para a anciã e vendo sua fisionomia espantosamente alquebrada, e as lágrimas que lhe desciam pelo rosto, sentiu-se estremecer:

– Frau! Você está chorando? O que aconteceu? – Stef pôs-se em pé num salto, olhava da enfermeira para a dona da casa e dela para a outra. Compreendeu que algo muito grave havia ocorrido.

– Fale logo, frau, por favor! Enfermeira Ilse, faça alguma coisa! A frau está chorando!

Emudecida, Ilse contemplava o desespero de Stef, sentindo uma pontada no peito ao vê-la desesperar-se por seu estado, com os pés amputados. Como dizer a ela que seu pai tinha sido morto e que sua mãe e o bebê estavam presos.

– Maria! Corra aqui! A frau está chorando! – totalmente fora de controle, Stef não podia crer que algo pudesse abalar frau Hermínia a ponto de levá-la às lágrimas.

Ilse calou a voz do coração e falou enérgica:

– Deixe que eu falo com Stef, frau Hermínia. Nós vivemos juntas uma amarga experiência e, creio por esse motivo, saberei lidar com a situação. Venha Stef, dê-me sua mão, por favor.

Stef sentou-se no assoalho e deitou a cabeça no colo

da enfermeira, que acariciando seus cachos dourados falou com delicadeza:

– Stef, querida. Precisa ser forte. Muito forte, para ouvir o que tenho para lhe dizer e saiba antes de tudo, que não está só, a frau e eu estamos com você, além de José e Maria. – Tentou acalmar a jovem mulher, antes de dar a notícia cruel.

Stef percebeu, pelo tom de voz e pelas palavras escolhidas com cuidado que alguma grande tragédia tinha acontecido. Passou a mão carinhosamente pelo ventre, e dedicando um pensamento ao marido, perguntou:

– Por que preciso ser forte, enfermeira Ilse? O que mais esses malditos fizeram além de terem arrancado seus pés? Não faça cerimônia. Depois de vê-la, creio que nada mais poderá me abalar.

A pontada no coração da enfermeira feriu mais fundo. Como explicar tamanha tragédia a uma mulher quase criança? Que ainda se assustava com apenas dois pés mutilados na guerra.

– Acho que agüento tudo o que vier, enfermeira Ilse – Stef falou com tristeza e resignação. As duas mulheres mais velhas trocaram um olhar significativo e a enfermeira, massageando levemente a cabeça dourada de Stef, prosseguiu:

– A Gestapo levou o Adolph, Olga e o bebê. Seu pai está morto. – Não havia por que prolongar aquela agonia; Ilse preferiu ser breve. Acreditava que esse era sempre o meio mais rápido de se aliviar uma tensão.

– Papai... mamãe... – a voz de Stef não era mais que curtos sussurros. A lembrança dos pais a fez recordar-se dos tempos em que formavam uma família. Sabia, porém, que nunca mais estaria segura e protegida sob suas asas, a guerra estraçalha as famílias, aniquila seus valores. Lembrou-se com pavor que a enfermeira havia mencionado o nome do irmãozinho caçula: – Ulrich! Enfermeira Ilse, o que aconteceu a ele? Por favor, conte-me tudo, de nada precisa poupar-me. Quero saber a verdade. Apenas a verdade.

A voz enrouquecida de Stef era de cortar o coração. Jamais Ilse ouvira alguém tão jovem expressar tamanha tristeza com tanta clareza e em um momento tão trágico de sua vida. Percebeu orgulhosa que Stef era mesmo tão forte quanto imaginara. Aquela guerra maldita, que não se findava nunca, não haveria de abatê-la.

– Não há muitos detalhes, Stef. Adolph morreu durante um interrogatório; logo em seguida prenderam Olga e Ulrich, não sei para onde foram levados. Após isso, fugi para cá. Fiquei internada num hospital e depois de receber alta, soube que minha mãe havia falecido. Assim, resolvi procurá-las.

Os magníficos olhos choravam. Invadida por um vazio que já estava acostumada a sentir, pensou que o mundo era um hospício, e que as pessoas estavam todas loucas. Fixou o olhar, que parecia o olhar de quem não podia acreditar em mais nada, na enfermeira.

– Não. É mentira. Não pode ser verdade. Papai... mamãe... Ulrich... Todos nas mãos da Gestapo – dizia baixinho, para si mesma, parecendo querer absorver tamanha desgraça. – Frau, diga que tudo isso é mentira, por favor! – falou repentinamente.

– Gostaria que fosse, Stef, mas, infelizmente, querida, não é. A enfermeira e eu daríamos tudo para poupar-lhe essa dor, mas...

– Mas por quê, frau? Por que prenderam mamãe e Ulrich? E por que mataram papai? Eles não fizeram nada, frau! Por que fizeram isso com eles? – indagou desolada.

Frau Hermínia e Ilse tentavam ser o mais delicadas que podiam, era um momento de muita emoção e sofrimento na vida da jovem Stef.

– Ouça, querida, em tempos de guerra – falou a frau, suavizando a voz –, não há respostas para suas perguntas; tragédias das mais dantescas acontecem e ninguém...

– Por que o dr. Heinrich não fez nada? Ele sempre nos ajudou! Ele é amigo de papai e mamãe! Por que não pediram ajuda a ele? Deviam ter feito isso, enfermeira Ilse –

Stef falava com autoridade. – É uma pessoa de confiança, e bom médico, curou minha garganta – era criança outra vez, apesar de parecer já ter vivido mil anos...

Molhados de lágrimas e espantosamente lindos, os olhos azuis-prateados de Stef dardejavam as duas mulheres e suplicavam respostas:

– O doutor... tentou isso, querida, mas a Gestapo o levou também – Ilse admirou a coragem da anciã.

– O dr. Heinrich? Preso? Meu Deus, mas isso é uma loucura! E para onde foi levado, frau?

– Não sabemos ainda, Stef – interrompeu a enfermeira –, mas não se abale, logo deve chegar carta dele e também de Sieg. Frau Hermínia já me contou que vocês se casaram.

– E o que vai ser de nós? Como podemos ajudá-los?

– Temos que aguardar notícias, Stef. O importante é nos mantermos unidas.

– E você, enfermeira Ilse? Para onde vai?

– Eu vou para...

Frau Hermínia não a deixou completar a frase:

– Você fica conosco, enfermeira Ilse. Somos três gerações brutalmente atingidas pela guerra e se nos unirmos na luta contra suas vicissitudes, certamente alguma de nós sobreviverá – dizendo isso, a dona da casa recuperou seu admirável autodomínio e pediu a Maria que preparasse um chá. Assoou o delicado nariz num fino lenço de cambraia de linho, bordado por ela, e reforçou o convite educadamente:
– Vai ser bom para você, enfermeira. Não vai estar sozinha e ainda poderá contar com a ajuda de Maria e José.

– Oh, não, frau Hermínia. É muita bondade sua, mas eu não posso ficar aqui, eu iria causar-lhes muitos transtornos, afinal, uma mulher que está alada a uma cadeira de rodas não é uma pessoa de grande valia. Principalmente em se tratando de uma emergência. Eu agradeço a sua gentileza, mas...

A anciã atalhou energicamente:

– Não, não. Não aceitarei que não fique aqui. Essa é

também sua casa a partir de agora. E depois, Stef precisa de você. E eu também. – Lançando um olhar de profunda gratidão a frau, a enfermeira anuiu. Era-lhe muito bem-vindo aquele oferecimento, a guerra pregara-lhe uma amarga peça quando de seu retorno a Colônia.

Deixada perto de um hospital, pelo jovem e piedoso oficial, na manhã em que chegaram à cidade, arrastou-se até lá, apresentou os documentos da mulher que tinha morrido durante a viagem e que descansava à beira da estrada, como sendo seus, e internou-se para tratar dos pés. Era tarde demais para tratamento clínico, e eles foram amputados. Ficou algum tempo internada e ao receber alta, rolou a cadeira de rodas doada pela Cruz Vermelha para a casa de sua velha mãe. Contudo, ela havia morrido num bombardeio. Morava próximo a uma base militar provisória, nos arredores da cidade, e sua casa foi atingida por uma bomba aliada que deveria ter caído sobre a base.

A enfermeira acreditava ter pagado parte de seu tributo à guerra quando, logo no início, seu marido havia sido morto. Mas agora, com a morte da mãe, via que o holocausto parecia desconhecer limites. A cor enegrecida dos escombros e o abandono reinante falavam da tragédia que havia ocorrido ali. Ficou por algum tempo olhando o que restara do que fora seu lar desde a sua mais tenra infância e, secando uma lágrima, fez uma silenciosa oração e rumou para a residência dos Chermanm.

A vida das três mulheres na propriedade era monótona e sem encantos. Cada qual buscava, a sua maneira, um modo de enfrentar aqueles dias sombrios. Inconformada com a morte do pai, e com a captura da mãe e do irmãozinho pela Gestapo, Stef acalentava a esperança de um dia poder ajudá-los, e também ao dr. Heinrich. Entregavase de corpo e alma à releitura da carta que tinha recebido de Sieg. Era a única coisa palpável que lhe restara dele. Desde que partira para a França, havia recebido uma única carta do marido, em resposta às muitas que lhe escrevia. Não sabia que eram interditadas em Berlim e que serviam como aditivo para a paixão doentia do major que as lia e relia como louco. Ele já havia solicitado licença para ir visitar a esposa e os filhos em Colônia... E aguardava apenas que ela fosse deferida.

Melhor preparada psicologicamente e, calejada por seu trabalho no hospital, a enfermeira lutava contra a apatia reinante. A cadeira de rodas rangia o dia todo pela casa, e Maria já se habituara a atender seus pedidos. Ainda bem que alguém resistia, pensava, confiante na enfermeira.

Ativa e perspicaz, Ilse passava longas horas conversando com Stef, motivando-a a conservar a fé. E dedicava especial atenção à frau Hermínia, que enfraquecia e vinha apresentando lapsos de esquecimento. Pesarosa pela sorte do marido, que tinha sido enviado para um campo de concentração nazista, perdera sua peculiar e contagiante vivacidade e definhava. Desesperançada, frau Hermínia Chermanm não desejava mais continuar a viver e apenas seus princípios religiosos a impediam de dar cabo da própria vida, que se foi numa tarde fria e de sol claro.

Stef depositou um cacho de lilases brancos sobre a terra fofa da sepultura e apoiou-se sobre o encosto da cadeira de rodas da enfermeira. As lágrimas que se congelavam em suas faces pareciam cristais de gelo, e os primeiros flocos de neve caíam sobre a tosca cruz de madeira.

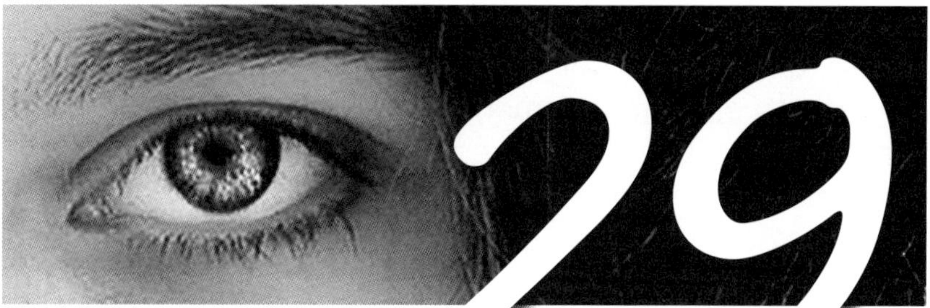

# 29

A vida de Olga no presídio feminino da Barnimstrasse era uma sucessão de dias monótonos e noites insones. Os últimos dias, ela os vinha vivendo em crescente expectativa. Os gêmeos tinham apenas quatro meses de vida e, contra toda sua força de vontade, seu leite estava secando. Quando recobrara a consciência, três dias após o traumático parto, a enfermeira-chefe a havia notificado de que ficaria com os bebês apenas enquanto eles fossem amamentados, ou até que completassem seis meses de idade. Olga martirizava-se com aquilo. Na esperança de reter a seiva abençoada, e assim mantê-los pelo máximo de tempo possível consigo, engolia voraz a ração especial destinada às prisioneiras que amamentavam: uma tigela de aveia, uma caneca de leite e um pedaço de pão, servidos pela manhã.

Olga usava de um artifício que a poupava de outros sofrimentos além dos quais já sofria. Devido à brutalidade das torturas que havia sofrido nos porões da Gestapo, e mesmo na Barnimstrasse, e aos traumas do parto complicado, tinha adquirido uma amnésia a qual, nem os médicos nem a enfermagem do presídio, que estranhavam aquela prisioneira desmiolada e que desempenhava e muito bem seu papel de mãe, sabiam que já havia se recuperado. Não tinha como saber se agira certo ou errado e, na dúvida, resolvera ficar calada.

Uma coisa estava clara para ela, quando era levada à

Gestapo, para depor, e nunca tinha nada de novo a acrescentar, exatamente por ser uma débil mental, a pressão e as torturas eram mais amenas do que no dia em que fora presa. Buscavam-na no presídio, faziam-lhe as mesmas perguntas e, vendo que não havia progresso, davam-lhe uns bofetões e alguns pontapés, e despachavam a "louca desvairada" de volta para a Barnimstrasse.

Os gêmeos já emitiam os primeiros grunhidos e, contra todas as expectativas, eram fortes e saudáveis. Quando estavam a sós, Olga brincava e conversava muito com eles. Queria gravar cada instante que passavam juntos na memória. Nesses momentos, a dor pela família destroçada era amenizada pelos risos e gritinhos dos bebês.

Nas longas noites de solidão, deitava os bebês, um em cada braço, e pensava em Ulrich, cujo destino desconhecia. Quando perguntava pelo filho que tinha sido arrancado de seus braços, as enfermeiras riam e ordenavam-lhe que se ocupasse com os gêmeos.

Olga brincava de bater palminhas com os gêmeos. Era o dia do sexto mês de aniversário dos seus bebezinhos, e seu coração de mãe estava apreensivo. O barulho de chave girando na fechadura, àquela hora da manhã, fê-la sobressaltar-se. Agarrou os bebês rapidamente e virou-se para a porta. O ar lhe faltou. Pela segunda vez, sentia a dor cruel de ter um filho arrancado dos braços. E dessa vez eram gêmeos... ainda tão bebezinhos.

Acompanhada por dois guardas S.S., fortemente armados, e por uma enfermeira do presídio, a policial foi seca:

– Vista os gêmeos. A enfermeira vai levá-los.

Olga recuou para um canto da cela e apertou os bebês que choravam assustados. Seus olhos azuis estavam escuros pelo medo, dor e desespero que a invadiam. Não havia nada que pudesse ser feito, a não ser abraçá-los, cheirá-los e beijá-los feito louca. Tinham lhe tirado a todos que amava, primeiro Stef, depois Adolph, depois seu filhinho Ulrich; e ainda o dr. Heinrich, só lhe restava os gêmeos e iam levá-los também!

– Não! – o grito parecido ao bramido de um animal ferido saiu rouco e desarticulado. – Vocês não podem levá-los! São meus filhos! Deixem-me ficar com eles, por favor! Por favor! Sou mãe deles!

Os invasores contemplavam divertidos a tentativa inútil da prisioneira em querer resistir à ordem. Impacientemente, a policial bateu o salto da bota no soalho:

– Prisioneiras não são mães nem têm filhos, Olga. Você sabia que seria assim. Agora, deixe de cena e entregue as crianças.

Olga lutou valentemente contra a enfermeira e os guardas que avançaram sobre ela. Mas foi facilmente vencida e, enquanto seu corpo deslizava molemente para o chão, caindo ao lado do catre, o choro dos bebês ecoava pelos corredores do presídio feminino da Barnimstrasse.

***

O dia se findava quando os portões do Campo de Concentração e Extermínio Nazista de Ravensbrück abriram-se para deixar entrar o carro que trazia a nova detenta. Devia ser uma presa especial para vir sozinha, e não nos transportes coletivos de prisioneiros.

Ravensbrück...

O som estridente da sirene despertou as prisioneiras do Campo de Concentração de Ravensbrück, situado a dez quilômetros de Fürstenberg, pequena cidade com cinco mil habilitantes, no norte do país.

Eram quatro e meia da manhã. As prisioneiras levantaram apreensivas, arrumaram as camas e varreram o chão dos grandes alojamentos que abrigavam em torno de trezentas mulheres cada um.

No dia anterior havia sido promovida uma verdadeira faxina no campo: alojamentos haviam sido caiados, a cozinha fora lavada, as fossas das latrinas haviam sido esvaziadas e desinfetadas, os alojamentos das guardas e médicos S.S. tiveram seus pisos e móveis polidos, o imenso pátio havia sido varrido e as enfermarias tiveram seus lençóis trocados.

Já passava da meia-noite quando as presas puderam se deitar. Seus corpos magros, doloridos e cheios de cicatrizes remexiam-se inquietos no catre duro.

Solenes e angustiosas promessas eram trocadas na escuridão dos barracões. Sussurros temerosos quebravam o silêncio espectral da noite. Uma russa comunista que dividia a cama com uma polonesa também comunista, cutucou a companheira nas costelas esqueléticas e disse baixinho:

– Camarada Marta Kaskovitz, está me ouvindo?

– Sim, camarada Svetlana Nikorovina, estou ouvindo, mas fale baixo, alguém pode nos ouvir.

– Camarada Marta Kaskovitz, acho que amanhã serei chamada para a viagem – disse a russa numa voz que mais se assemelhava a um gemido.

A polonesa levantou a cabeça e perguntou:

– O que a faz supor essa fatalidade, camarada? Ouviu algum comentário a esse respeito?

– Não. Não ouvi nada, mas aconteceu uma coisa. Ontem desmaiei à beira do lago, o médico-chefe ia passando e viu, ainda deu-me um chute na costela a fim de que eu me reanimasse. Agora deve estar pensando que eu não sirvo mais para o trabalho pesado e, francamente, já não tenho força alguma – reclamou a russa.

– E o que você espera que eu faça, camarada Svetlana Nikorovina? Exceto o comandante, os médicos e as guardas, ninguém aqui tem mais força alguma. Somos todos uns mortos-vivos, caminhamos e trabalhamos ainda, sabe-se lá por qual mistério.

– Ouça, camarada Marta Kaskovitz, o nome e o endereço de mamuska estão escritos aqui, neste pedacinho de papel, guarde-o consigo.

– Diga-me, camarada Svetlana Nikorovina, o que você quer que eu faça com isso?

– Se amanhã meu nome constar da lista de chamada e

você conseguir de alguma maneira sobreviver a este inferno, vá vê-la, por favor. E diga a mamuska que meu último pensamento foi para ela.

– Certo, camarada Svetlana Nikorovina, farei isso, caso eu sobreviva. Se acontecer o contrário e eu perecer, procure meu marido e meus dois filhos. Eles foram mortos ou estão presos em algum campo, o nome deles é...

Tanto a russa quanto a polonesa, não tinham mais que trinta anos. Mas um ano de Ravensbrück, havia feito das duas jovens mulheres, duas velhas carcaças humanas. Seus cabelos estavam brancos e ralos, as faces encovadas e podia-se contar as costelas finas sob a pele desidratada e enrugada do corpo sulcado pelas marcas da varíola contraída no campo.

Por todo o campo outras promessas eram trocadas. O mesmo acontecia também nos alojamentos das prisioneiras judias, que ficava a certa distância dos blocos das comunistas.

No imenso pátio, as prisioneiras organizavam-se numa fila mais ou menos ordenada. Os chicotes das guardas encarregavam-se de mantê-las em pé e com as mãos cruzadas no alto da cabeça. As mulheres tiritavam de frio. A chuva fina de inverno castigava seus corpos magros, vestidos apenas com o uniforme do campo. Lágrimas de dor e revolta misturavam-se aos pingos incessantes da chuva fria.

Sempre atentas ao menor sussurrar, as temíveis guardas perambulavam entre as prisioneiras, puxavam seus cães ferozes e não permitiam qualquer troca de palavras entre elas. Qualquer uma que quebrasse o regulamento, exporia todas a severos e desumanos castigos.

O som estridente de buzinas no portão de entrada para o campo tornou as guardas mais atentas e fez com que um arrepio gelado percorresse as prisioneiras.

O portão foi aberto e os caminhões entraram. Chegavam carregados e não voltariam vazios... as prisioneiras que fossem chamadas para entrar em quaisquer dos caminhões jamais seriam vistas.

Após as formalidades de praxe entre os recém-chegados e a oficialidade do campo, um gordo oficial nazista subiu no pequeno tablado instalado no pátio, de megafone na mão. Pela indumentária do gordo, as detentas deduziram tratar-se de um oficial médico.

Uma lista preparada anteriormente pelo médico-chefe do campo lhe foi entregue e a chamada para a morte começou. As prisioneiras sufocavam-se de pavor.

O oficial médico levou o megafone à boca e berrou:

– As que forem sendo chamadas, que entrem nos caminhões sem qualquer alarde. Qualquer resistência e será pior para todas.

Olhares amedrontados voltaram-se aos caminhões que estavam estacionados ao lado do tablado. As portinholas de suas carroçarias, recobertas com lona escura, estavam escancaradas e lembravam a porta do inferno. De cada um dos lados da precária escada de madeira, que dava acesso ao interior dos caminhões, postavam-se dois guardas S.S. armados.

– Aquelas cujos nomes não forem chamados dirijam-se imediatamente ao trabalho. Heil, Hitler!

– Heil, Hitler! – responderam as prisioneiras em uníssono e muito contra a vontade. Alguém que está num campo de concentração nazista não é, certamente, um simpatizante de Hitler.

– Atenção! – berrou o gordo, separando as sílabas das palavras acentuadamente, impondo assim mais terror às miseráveis detentas:

– Marla Bergmamm, número 45586! Irena Viskorova, número 36990! Sonja Norokovina, número 8507!

Olhares amedrontados pousavam de esguelha na cerca de arame farpado, eletrificada... Estava tão próxima... Era só correr ao encontro dela e abraçar a morte rápida que acenava dali. Tinha-se que ser rápida e boa das pernas. Mas quem era boa das pernas em Ravensbrück?

– Magda Kortinovisk, número 70483! Natasha Norokovina, número 48519!

Pelo menos Natasha Norokovina e sua amada filha Sonja entrariam juntas no caminhão que as conduziria à morte.

A chamada prosseguia implacável. Os caminhões já estavam abarrotados. Muitas das mulheres morreriam asfixiadas durante sua derradeira viagem.

– Nina Tesslar Padrovinova, número 39745! Saara Raquel Schativitz, número 82132! Marlena Petrovina, número 63978!

...A cerca eletrificada tão próxima, mas, se não conseguisse alcançá-la a tempo, o fim seria ainda mais pavoroso. Exibindo presas afiadíssimas, as bocarras escancaradas dos cães serviam de advertência a quem tivesse tal pensamento.

– Ingrid Chermanm, número 65222! Maria Vonnberger, número 71430! Svetlana Nikorovina, número 153881!

Marta kaskovitz, que estava logo atrás de Svetlana, viu sua companheira de catre e de lutas políticas deslizar lentamente para o chão enlameado. As demais prisioneiras que estavam mais próximas à esquálida Svetlana Nikorovina, ignoraram-na prudentemente e fixaram a atenção no gordo que continuava a berrar:

– Svetlana Nikorovina! Apareça, porca comunista! – a cara do gordo estava vermelha de raiva.

Temendo os horríveis castigos que sofreriam, caso permanecessem caladas, algumas prisioneiras, em vozes sumidas, indicaram ao médico nazista o local onde jazia o corpo da pobre Svetlana. Ela estava morta.

– Guardas! Joguem essa porca russa dentro do caminhão! – ordenou furioso.

Dois guardas saíram alvoroçados detrás do tablado, e Marta Kaskovitz ficou olhando o corpo da companheira Svetlana Nikorovina ser arrastado e jogado dentro do caminhão que transbordava de condenadas. Estava morta.

– Todas ao trabalho! A chamada acabou! Heil, Hitler!

– Heil, Hitler! – responderam as vozes aliviadas das prisioneiras que estavam molhadas, tremiam de frio e tinham os braços dolorosamente entorpecidos pelas horas que tinham ficado erguidos sobre suas cabeças atormentadas. Haviam perdido o parco café da manhã, composto de um pedaço de pão duro e meia caneca de um aguado café de cevada, mas estavam vivas, ainda...

Em um canto, de onde não podia ser vista, Marta Kaskovitz ficou olhando os caminhões que partiram, chapiscando lama para todos os lados. Levou a mão ao bolso do uniforme e sentiu o pedacinho de papel que Svetlana havia lhe entregado na noite anterior, envolto em um pedaço de plástico; duas grossas lágrimas rolaram por suas faces encovadas.

***

Olga não tomaria conhecimento da primeira chamada da morte que ocorrera no campo, após sua chegada. Estava no "Bunker".

O comandante do campo franziu o cenho ao ler em vermelho e no alto da ordem de transporte de prisioneiras a sentença fatal: "casada com judeu". Sentia-se enojado nessas situações, não compreendia como uma alemã podia deitar-se com um judeu, ou vice-versa. Enraivecido, havia decretado que ela fosse imediatamente levada para o Bunker. Nome dado à cela solitária onde as detentas ficavam de castigo. Alguns dias ali, passados a pão e água e a uma sopa rala a cada três dias, seriam o suficiente para mantê-la na linha e prepará-la para o trabalho forçado no campo. Além de acabar com aquelas idéias antipatrióticas de confraternizar-se com judeu.

Por três semanas consecutivas Olga penou na cripta escura. Invariavelmente, todos os dias e à mesma hora, dois guardas entravam na minúscula cela trazendo o cavalete de madeira, com tampo côncavo e correias nos quatro pés, usado como instrumento de tortura pelos nazistas. Olga era então colocada nua no sobre ele, imobilizada pelas correias e absurdamente torturada. A honrada esposa e primorosa mãe era açoitada e violentada pelos guardas, que se revezavam na cruel empreitada. Seu corpo, lanhado, ardia como fogo e ela sentia sua alma despedaçada.

Quando, finalmente, foi tirada da solitária e viu o sol pela primeira vez, após vários dias de trevas, estava esquálida, desnutrida e uma grossa crosta cobria os ferimentos de suas costas e pernas. Sua mente milagrosamente lúcida, embora todos a tivessem como uma débil mental, perguntava-se entontecida o porquê de tanta desumanidade. Não sabia onde estava.

Tendo tido os seus lindos cabelos cortados humilhantemente bem rentes à cabeça, Olga recebeu o uniforme do campo: saia, casaco e turbante listrados de azul e cinza. Recebeu também um triângulo numerado, de cor preta, que deveria ser usado preso ao braço e que era destinado às presas indesejáveis ou anti-sociais tais como ciganas, homossexuais e doentes mentais que se aboletavam no bloco onze do campo.

Olga foi mandada, após um rápido e parco desjejum e um longo e tedioso sermão nazista passado por um dos oficiais do campo, para o trabalho que lhe havia sido designado naquele dia. Com outras companheiras e sob os olhares atentos dos temidos guardas S.S., que traziam consigo ferozes cães pastores, descarregariam dez vagões de carvão polonês. Os vagões estavam atrelados a um trem cargueiro que fazia a linha Oranienburg/Neustrelitz, cujos trilhos passavam por trás das casas da oficialidade do campo.

O trabalho árduo e sem pausa para descanso fez com que os delicados dedos de Olga, desabituados àquele tipo de serviço, e enregelados pelo frio, ao fim do dia estivessem em carne viva e sangrando. As gotas de sangue que pingavam das pontas de seus dedos, em contato com o ar gelado, congelavam e pareciam pedrinhas de rubi, espalhadas pelo chão coberto de neve.

Essa demonstração de flagelo, não abrandava, contudo, o coração endurecido das ambiciosas guardas S.S. que as vigiavam durante a jornada 12 horas de trabalho ininterrupto. Olga soube então, da forma mais dura possível, onde se encontrava. Ela estava no campo de concentração nazista de Ravensbrück.

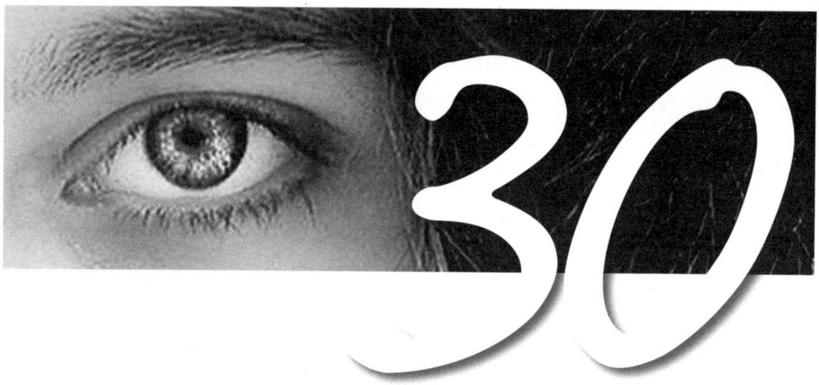

# 30

O inverno chegava ao fim e as brasas crepitavam na lareira. No aconchego da grande sala de estar, Stef e a enfermeira Ilse tricotavam roupinhas de bebê. O sonho de Stef se realizara e ela estava na vigésima semana de gestação. O ventre liso e macio se distendia e a barriga levemente arredondada já evidenciava o estado de graça da jovem mulher.

Depois da morte de frau Hermínia, Stef, Ilse, Maria e José decidiram que deviam continuar a residir na herdade. Talvez um dia o dr. Heinrich Chermanm pudesse retornar ao seu lar...

Cuidavam da casa, das plantações e dos animais como se fossem seus. Tudo era minuciosamente anotado, para o caso de o dono da casa voltar. Uma vez ao mês, José ia até o centro de Colônia em busca de alimentos não perecíveis. Trocava tudo o que podia: galinhas por açúcar, verduras por linhas de lã e sabonetes, frutas e banha por remédios e cereais, manteiga por tecidos etc. Esperavam assim vencer os duros tempos da guerra.

Ao escutar o patear de cavalos no pátio, Stef sobressaltou-se e a agulha de tricô caiu ao chão. Olhou rápido para a enfermeira e pelo olhar de espanto, percebeu que ela também ouvira o ruído.

– Quem pode ser, enfermeira? – sussurrou.

– Não tenho a menor idéia, Stef. Em todo o caso, como José está em Colônia e Maria na horta, vou eu mesma ver quem é. Vá para seu quarto e fique em silêncio. E, por favor, não saia por nada deste mundo.

– Enfermeira...

– Sim, Stef.

– Eu... Eu tenho medo – Stef tremia dos pés à cabeça. Seus nervos, abalados pelos vários traumas sofridos, estavam à flor da pele.

– Ora, menina. Vamos! O que é isso, agora? Provavelmente é o carteiro ou algum vizinho em busca de auxílio. Talvez possa ser notícias do dr. Heinrich. Venha até mim, venha querida.

Stef dirigiu-se até a cadeira de rodas da enfermeira que, tomando as mãos da jovem mulher entre as suas, disse ternamente:

– Vá para seu quarto, meu bem, e me espere lá. Não precisa ter medo, creio que nada de ruim pode nos acontecer mais.

– Oh, enfermeira Ilse, não sei o que seria de mim sem sua ajuda. Eu lhe sou muito grata – dizendo isso, Stef inclinou-se e beijou a testa de Ilse carinhosamente, depois foi para seu quarto.

Limpando uma cálida lágrima que lhe rolou pelo rosto ao receber o terno beijo, Ilse impulsionou a cadeira de rodas, que saiu rangendo em direção à porta de entrada da casa.

Ao ouvir o barulho do ferrolho na porta, o asqueroso major limpou a garganta e ajeitou os ombros do negro dólmã. Esperava ver uma Stef linda e esfuziante abrir-lhe a porta. Mas todo o discurso que havia preparado meticulosamente, morreu-lhe na garganta ao ver a mulher se esforçar para levar a cadeira de rodas até a frente da casa. Miraram-se por alguns segundos com tanta intensidade que, os segundos pareceram horas. Sem poder imaginar o que um oficial S.S. pudesse querer com aquela visita inesperada, Ilse ficou de sobreaviso.

– Em que posso servi-lo, herr major oficial? – Soube da patente pelas divisas no dólmã.

– Chame Stef. Quero falar com ela.

O major foi de uma secura sem limites, recebeu, porém o mesmo tratamento na voz firme de Ilse que, instintivamente, farejou o perigo que aquele homem poderia representar e não se intimidou.

– Aqui não tem ninguém com esse nome. Moramos aqui, apenas meu criado, sua esposa e eu.

Herbert riu com cinismo, e ignorando a observação da mulher sobre os habitantes da casa, prosseguiu teimosamente:

– Bem, enfermeira Ilse – disse, separando acintosamente as sílabas das palavras enfermeira e Ilse. – Seja inteligente. Basta apenas que eu gire a manivela do meu aparelho e toda Berlim entrará em polvorosa por sua causa. Você tem muitos amigos por lá... E alguns deles sentem muito a sua falta. Acho até que se eu fizer uso deste aparelhinho pequeno e falante que trago no alforje, você e sua pupila estarão presas em menos de dez minutos.

O sangue gelou nas veias da enfermeira. Então aquele crápula era o major Herbert vonn Mann. Ele e sua mórbida paixão eram os causadores de toda a tragédia que vinha se abatendo sobre a despedaçada família Zimmer. Ilse não se deixou trair pelo medo agonizante e retorquiu com ar de desentendida:

– Creio que está mal informado, herr major. Eu sou frau Hermínia Chermanm e já lhe disse que aqui não tem...

– Minha fonte de informação é absolutamente segura, enfermeira, para clarear-lhe a memória, ela se chama Sieguilfichd Enger. Mas não se preocupe, não farei uso do aparelho. Não sou tão carrasco assim, quero apenas que diga a Stef que trago notícias de frau Olga, e somente as transmitirei a ela própria. – Os olhos miúdos brilhavam maliciosamente, mas Ilse não se deixou abater em absoluto pela ameaça velada, e respondeu com firmeza:

– Já disse que aqui não tem ninguém com esse nome, e não tenho, portanto, a quem transmitir seu recado. E agora, com sua licença...

– Bem, enfermeira. Estamos com alguma dificuldade de compreensão, em todo o caso, diga a Stef que voltarei amanhã. Ah, a essa mesma hora.

Dizendo isso, o crápula cuspiu para o lado, puxou as rédeas do animal e saiu sem se despedir.

A enfermeira mal respirava. Então era ele. O crápula. O obsceno. O maldito. E ele as havia encontrado. Que fazer agora? Virou a cadeira e entrou na casa. Esperava que Stef estivesse no quarto e pretendia recompor-se do susto que passara antes de ir ao seu encontro, mas ao abrir a porta espantou-se ao vê-la, em pé, no centro da sala, mortalmente pálida. Stef atirou-se nos braços que se abriram para ela:

– Oh, enfermeira Ilse! Aquele homem é o major Herbert vonn Mann. É ele! – Stef estava desesperada. Tinha lutado tanto pela sua liberdade e agora ele a havia encontrado:

– E agora, enfermeira? Que vai ser de mim? E meu bebê? – Levou as mãos protetoramente ao ventre entumescido. Stef sentia como se o mundo fosse desabar sobre sua cabeça. Toda segurança que havia conquistado nos últimos tempos desapareceu, e um medo, maior do que todos que já havia sentido, invadiu seu jovem coração materno.

– Calma, meu bem. Antes de tudo, é preciso manter a calma. Essa agitação não faz bem ao bebê. E, Stef... ele disse que vai voltar amanhã...

– Não! – o grito aterrorizante ecoou pela casa. – Não! Enfermeira Ilse, por favor... Amanhã! Não... Não posso sujeitar-me aos seus caprichos. Isso vai contra todos os meus princípios. Sou uma mulher casada e amo meu marido! Oh, Sieg...

– Calma, Stef. Ele só retorna amanhã. Por essas horas... e a essas alturas, estaremos muito longe daqui...

Stef estava apavorada. Tinha mais medo de Herbert do que da guerra em si. Se morresse num bombardeio, não seria a única nem tampouco o alvo principal, mas sua situação era diferente. Ela era a caça, ele, seu implacável caçador, mas, diante das palavras da enfermeira, sentiu que uma luz brilhava no fim do túnel.

– Como assim, distantes? O que você pretende fazer, enfermeira? Acho que não entendi direito. Como assim longe?

– Temos de fugir, Stef.

A calma que transpareceu no tom de voz da enfermeira fez Stef perceber ser esta uma decisão irrevogável e que Ilse devia ter previsto essa possibilidade e até já ter um plano de fuga elaborado.

– Fugir? Como assim? Fugir para onde? – O coração de Stef batia descompassado e seus lindos olhos brilhavam intensamente, parecendo duas grandes luas azul-prateadas a chamejar na noite escura, deixando transparecer a tempestade que lhe envolvia a alma.

– Vamos esperar José chegar. Falarei com ele, iremos para Mainz, ele tem um irmão que possui uma herdade lá.

– Está delirando, enfermeira Ilse. Como pensa que chegaremos lá? Não podemos usar ônibus, trem ou qualquer coisa parecida, sequer poderemos usar a estrada, rio ou ir pelos ares! – Stef estava apavorada. Pensava no bebê. Deixar a segurança daquela casa e ter de fugir como uma proscrita a deixava indignada, mas sabia que nada podia fazer. Só pedia a Deus que aquele inferno tivesse fim.

– Vejo que começa a raciocinar, garota. Não podemos realmente dispor de nenhum desses meios de transporte. Por esse motivo, iremos pelo mato. A pé. – A enfermeira limpou a garganta e prosseguiu como se não houvesse percebido o medo estampado nos olhos chamejantes que se destacavam no rosto pálido da jovem: – Chegaremos lá, não se preocupe.

Ilse demonstrava uma aparente tranqüilidade. Não queria assustar Stef, mas sabia que a situação era delicada. Tinham sido descobertas, não podiam permanecer ali por mais que o estritamente necessário. Girou a cadeira de rodas dizendo casualmente:

– Enquanto esperamos, vamos preparar as sacolas de

viagem – rolou a cadeira em direção ao seu quarto. – Stef, leve algumas roupinhas para o bebê, e para você apenas uma troca de roupa e um agasalho, temos de levar víveres que pesam. Sem contar que em algumas ocasiões terá de me ajudar.

Stef tremia ao dobrar o casaquinho branco bordado com delicados carneirinhos que pastavam felizes. Levou-o ao rosto e sentiu o cheirinho gostoso de roupinha de neném. Era injusto o que lhe estava acontecendo. "Meu bebezinho", pensou. Depois, dobrou-o com ternura e o colocou dentro da sacolinha de tecido que frau Hermínia tinha feito para o bebê. Fora um dos primeiros presentes que ele ganhara da frau. A bolsa era de lãzinha xadrez, vinho e creme, e em cada um dos quadrados a frau tinha aplicado figuras de bichinhos, ursinhos, borboletas etc.; e florzinhas.

Stef depositou as duas sacolas sobre a mesa da sala e olhou para a enfermeira que esperava diante da lareira. Ilse se comoveu. Os lindos olhos azuis-prateados pediam socorro. Estendeu os braços e Stef veio em sua direção, parecia uma criança desamparada. Uma aura mágica e silenciosa tomou conta da sala; palavras eram desnecessárias, ambas sabiam que o que as esperava dali por diante lhes podia custar a vida.

***

Maria as encontrou abraçadas e tomadas pela emoção. Pareciam mãe e filha num momento de extrema comunhão espiritual. Parou na soleira da porta admirando o quadro. Trazia na mão direita um maço de legumes. Ficou meio confusa; ao sair para a horta, deixara as duas mulheres sentadas na sala, em perfeita harmonia, faziam bordados para o bebezinho; e aquela cena comovente a inquietou. Ao perceber a presença da criada a enfermeira afastou a garota para o lado e, com uma agilidade espantosa, recompôs-se, colocando Maria a par da visita inesperada que tinham recebido. A criada não acreditava no que estava ouvindo.

Pensava que tudo estivesse bem e que ali Stef estava em segurança. A enfermeira era determinada e não deu tempo a Maria para se lamentar. Tinha acontecido e pronto! Agora era fugir. E o mais rápido possível.

– Maria, todo dinheiro que houver na casa e jóias, entregue metade a Stef, ela pode precisar. A outra metade fica para você e José irem fazendo suas despesas. Maria estava cada vez mais pasma:

– Mas...

– Rápido, Maria – Ilse a interpelou com firmeza. – Stef e eu temos pressa. É só o tempo de José chegar, eu lhes passar algumas instruções e partiremos. – Inconformada a mulher ainda sugeriu:

– Por que vocês não se escondem lá no barracão das videiras. Naquele em que frau Olga e herr Adolph iam ficar, se tivessem chegado até aqui? Eu cuido de vocês, levarei comida todas as noites e...

– Obrigada, Maria, mas temos que partir. É perigoso ficarmos. Stef e eu pretendemos chegar até Mainz, e uma vez lá, veremos o que o irmão de José nos vai dizer.

Os dias de fim de inverno ainda eram curtos, e por volta das dezessete horas já estava escurecendo. Tiritando de frio, Stef relutava em deixar o aconchego do ambiente morno e acolhedor para sair para um mundo desconhecido.

Inconformado com o destino das duas criaturas e preocupado com os perigos que as mesmas enfrentariam, José insistia em que devia acompanhá-las na perigosa aventura na qual iam se lançar.

– Não, José – Ilse compreendia a preocupação do caseiro, mas mantinha sua posição. Não havia outro meio. Todos não podiam partir juntos. José e Maria tinham de ficar. – Por favor, José, faça como eu lhe disse. E Maria...

– Sim, enfermeira Ilse.

– Coloque flores frescas todos os dias na sepultura de frau Hermínia e, por favor, cuide bem de Kabrum. Em relação à casa, nem lhe preciso fazer recomendações, confio em você.

– E se ele voltar? – as vozes de Maria e José soaram juntas. A pergunta saiu meio temerosa, eles temiam o que pudesse acontecer a Stef, era uma boa menina, e eles a queriam bem; ela era a alegria da casa com sua juventude e espontaneidade.

A despedida foi curta e dolorosa. Todos se esforçaram a fim de evitar chorarem e não torná-la ainda mais difícil. Pressentindo que talvez não fosse mais rever sua amiga, Kabrum gania triste, amarrado ao pé da mesa da cozinha. Fora preciso prendê-lo, para que não saísse atrás de Stef, que beijou sua cabeça peluda e, sem olhar para trás, saiu para a claridade da noite fria, empurrando a cadeira de rodas da enfermeira Ilse.

Evitando o portão frontal da propriedade, que poderia estar sendo vigiado, as fugitivas saíram pelos fundos da casa, atravessaram a horta e as videiras e, em poucos minutos, embrenharam-se na mata em direção ao Reno.

Não tinham ainda andado duas mil jardas quando perceberam a aproximação da patrulha. Ilse aguçou os ouvidos treinados pelas intempéries quando de sua penosa viagem de Berlim a Colônia, e não teve dúvidas: estavam cercadas! Ergueu a mão para trás e apertou a mão gelada de Stef. A cadeira rangeu ao parar e Ilse disse corajosamente:

– Fuja, Stef! Deixe-me aqui e corra até a margem do rio, siga ladeando-o, algum pescador haverá de lhe ajudar... Fuja! Vá, corra! Corra, Stef!

– Está louca, enfermeira Ilse? Como poderia deixá-la? Não! Eu não posso fazer isso! Não posso. Eles vão matá-la! Não me peça isso, por favor.

– Vamos, menina, coragem! Salve-se! Eu me agüento, agora vá, Stef, por favor, corra! Faça o que estou pedindo, corra! Fuja Stef! – Ilse implorava, sabia que estavam cercadas e, pior, sabia o que ia acontecer a Stef.

– Fuja enquanto é tempo, Stef! Pense no bebê! – apelou para o senso materno da jovem.

– Alto lá! Fiquem onde estão! – berrou uma sonora voz saída das sombras.

O som potente e ameaçador da voz levou a enfermeira ao desespero. Na guerra vira coisas cruéis e doía-lhe especialmente imaginar aquela menina ainda quase criança e grávida, nas mãos sujas de um nazista. A voz nas sombras bradou novamente e um medo agonizante invadiu Stef que se agarrou às mãos protetoras da enfermeira, que se livrou dela com um safanão e a empurrou para trás, impulsionando a cadeira em direção de onde viera a luz enquanto gritava:

– Fuja, Stef! Por favor, fuja!

Um potente facho de luz varreu a noite gelada no momento em que Stef agarrou no espaldar da cadeira de rodas e gritou, puxando-a para trás na tentativa de freá-la:

– Enfermeira Ilse! Não seja louca! Venha comigo! Por Deus, venha comigo! Não me deixe só! Não faça isso! É uma loucura!

Stef foi jogada ao chão pela enfermeira que olhou para trás e apelou ainda uma vez enquanto se distanciava:

– Fuja Stef! Pelo amor de Deus, fuja! Olga e Ulrich precisam de você! E o bebê também! – dizendo isso, acelerou a cadeira.

Ao ouvir os nomes da mãe e do irmãozinho uma luz se iluminou na mente de Stef, mas foi a menção ao filho que a atirou para a frente, numa fuga desesperada. Atraindo a atenção da patrulha sobre si, Ilse dava cobertura à fuga da jovem, que de lábios cerrados para abafar o grito que teimava em sair de sua garganta amedrontada, corria sem rumo certo. A sacola de víveres tinha ficado para trás, e ela corria como louca pelo mato, agarrada à bolsinha do bebê.

Stef ouviu latidos de cães e tiros e olhou para trás no momento exato em que a enfermeira tombou para a frente baleada. Vislumbrou a cadeira que rolava vazia, como que conduzida por um fantasma, encosta abaixo; abafou um grito e continuou correndo agarrada à bolsinha do filho.

Ilse foi encontrada já sem vida pelos componentes da patrulha que saíram no encalço da outra fugitiva que, demonstrando estar muito viva, corria veloz pela mata. Stef corria, saltava, caía, levantava e caía de novo para novamente se levantar e correr cada vez para mais longe dos latidos dos cães e dos gritos dos homens que se embaraçavam com suas botas pesadas e ficavam cada vez mais distantes. Para sua sorte, demonstrando ser um indivíduo completamente obtuso, o oficial chefe da patrulha, composta por quatro homens, ordenara que um deles ficasse com os cães vigiando a morta; alguém poderia surgir do meio da mata em defesa das duas mulheres, ao passo que a que escapara era apenas uma jovem indefesa, "presa fácil", pensou.

Ao deixar naquela manhã a propriedade, o astuto major que estava em Colônia de licença, previu a possibilidade de uma fuga e organizou uma patrulha de emergência para vigiar a casa e seus habitantes. Alegou, ao requisitar a patrulha, tratar-se de pessoas contrárias ao regime e inclusive suspeitas de proteção a judeus. Ao deixar os homens, a ordem foi clara e irrefutável: a garota deveria indubitavelmente ser capturada viva, a aleijada e quem mais estivesse por perto, sumariamente eliminados.

Stef corria desenfreada. O medo a impelia cada vez mais para adiante. Sempre agarrada à bolsinha do bebê, não sentia o frio cortante a queimar-lhe a pele macia nem os galhos que rasgavam suas vestes e sua própria carne.

"Correr! Correr! Correr! Cada vez para mais longe de seus perseguidores", esse pensamento era a força vital que fazia com que suas pernas se movessem com tamanha destreza e velocidade. Ao divisar as águas do Reno, que cintilavam à luz do luar, seu coração se encheu de esperança. "Por Deus, tenho de conseguir chegar até o rio", pensou, "então estarei salva." Quando por fim atirou-se na água gelada, os gritos dos soldados que a perseguiam não era mais que um eco à distancia. Passou a alça da sacola pelo pescoço e travou uma nova luta pela sobrevivência, agora contra as águas do Reno. Já quase não tinha mais forças; ora nadava, ora se deixava levar pela correnteza e quando se deixou cair, prostrada e arquejante ao chão, pensou que não teria forças para resistir por um minuto a mais que fosse. Sua roupa rasgada e molhada colava no corpo jovem e ela tremia de frio. O vento cortante doía-lhe na pele ferida, porém ela não se importava com isso. Estava salva. E isto era o mais importante. Apertou a bolsinha molhada do bebê contra o peito e sentiu-se quase feliz. Abriu os lindos olhos e espreitou a claridade da noite. Estava num pequeno cemitério particular que guardava os restos mortais da monarquia que dantes habitava os vários castelos da região do Reno e que havia sido alvo, meses antes, de violentos ataques aliados. Havia a suspeita de ali serem armazenados equipamentos bélicos alemães.

As sepulturas bombardeadas formavam imensas crateras, os aristocráticos ossos dos cadáveres ali sepultados em tempos de paz, jaziam agora, e sem a menor cerimônia, espalhados por todos os lados.

Stef se arrastou para dentro de uma das crateras e ficou na escuta. O silêncio de morte era cortado apenas pelo som dos animais noturnos e pelo som de sua própria respiração ofegante. Deitada de costas, contemplava a lua branca que passeava no céu infinitamente azul e carregado de estrelas. Uma tristeza indizível a assolava.

Vira a enfermeira tombar e nada pudera fazer por aquela mulher que era quase como sua mãe. Ilse dera a própria vida por ela, e isso ela nunca haveria de esquecer. Levou o dorso da mão à boca e, premendo-o com os dentes, chorou abafando os soluços.

Chorou desconsoladamente até que, vencida pela fadiga, medo e tensão das últimas horas, adormeceu. Seu corpo jovem era sacudido a intervalos regulares por soluços infinitamente tristes e desolados.

Como era de se esperar em tal circunstância, o sonho de Stef foi povoado por horríveis pesadelos. Os cães latiam muito perto e de suas bocarras vermelhas e arreganhadas, escorria uma baba espumosa. Os homens gritavam muito e o barulho de tiros era infernal. Acordou sobressaltada e ficou pensando em como a vida era boa antes da guerra. Tinha pai, mãe, irmão, uma casa aconchegante; agora era diferente, tinha medo, e não tinha nada nem ninguém, estava completamente sozinha no mundo. "Não, estou enganada, tenho meu filho", pensou. "Meu bebê. Meu bebezinho." Passou a mão pelo ventre e ficou imaginando quando aquele inferno ia ter fim. Pediu a Deus que fosse logo. Queria que seu filho nascesse num mundo diferente daquele. Num paraíso, onde não houvesse guerras nem as atrocidades e as perseguições advindas dela; um lugar onde os homens houvessem transposto os limites da violência e alcançado, afinal, um mundo de paz.

***

Havia já três dias que Stef habitava o cemitério bombardeado. Aquela profusão de ossos humanos e bolos de cabelos sem vida já lhe eram familiar. Seus perseguidores haviam perdido sua pista e, por grande ironia do destino, era naquele lugar fantasmagórico que ela se sentia segura. Tudo, porém, estaria muito bem, não fosse a fome, a sede e o frio torturantes, companheiros de crime da guerra, e que a estavam matando tanto quanto esta poderia matá-la, apenas de forma mais lenta, cruel e solitária.

Pela manhã, ainda antes de o dia clarear de vez e aproveitando os últimos resquícios da cumplicidade da noite, Stef se arrastava para fora do túmulo que lhe servia de abrigo e se dispunha a cavoucar a terra fofa em volta das sepulturas em busca de raízes para mastigar. Lambia o orvalho das folhas e das lápides e voltava depois para dentro da sinistra morada, onde passava a maior parte do dia em total inércia.

Para atrair o sono benevolente, à noite, sufocada pelo ar úmido e cadavérico do túmulo, Stef acariciava o ventre entumescido e, maravilhada pelo milagre da vida, conversava com o filho que crescia dentro de si:

– Sabe, meu bebê, nós agora estamos sozinhos. Somos agora apenas você e eu. Temos de lutar um pelo outro, seja forte e resista, meu pequeno. Será por pouco tempo, eu lhe prometo; bem, meu pai me disse isso certa vez e, nunca mais o vi, mas com você será diferente, farei tudo para protegê-lo. O papai do céu vai nos ajudar e essa guerra horrorosa vai acabar logo, e seu papaizinho então haverá de voltar para nós. Acho até que você já terá nascido quando isso acontecer. Quero ver o papai jogá-lo para o alto e chamá-lo de meu filho. Ele vai ficar muito orgulhoso de você.

Caía a noite do quinto dia quando, já debilitada e, consciente de que o frio, a fome e a sede eram assassinos tão frios e impiedosos quanto a guerra, Stef decidiu abandonar o cemitério. Vasculhou a memória em busca de algum conhecido que a pudesse recolher. Não havia ninguém em quem pudesse confiar tão plenamente a ponto de, nas circunstâncias em que se encontrava, pedir guarida. Pensou em se apresentar como criada em algum castelo da aristocracia da região, mas, uma jovem suja e rasgada, grávida e sem referências, levantaria por certo, muitas suspeitas entre a nobreza.

Quem a visse, não haveria porque não supor tratar-se de uma judia renegada, uma comunista fugitiva ou coisa parecida. Era comum, durante a guerra, homens destituídos de pudor, recolher sob sua proteção jovens judias, comunistas, ciganas, prostitutas etc. e depois as matar ou abandonar em lugares ermos e distantes, sem que as jovens tivessem a quem recorrer em busca de seus direitos. Não havia lei que protegesse essas pobres almas, caçadas sem trégua.

Stef já quase havia se entregado ao desespero quando uma centelha lhe iluminou a mente:

– Frau Amina Chuster. Sim!

Ela ficara tão grata àquela jovem que lhe havia trazido a última carta do filho morto, que lhe havia assistido em seus últimos momentos de vida que, tomada de emoção, falou: – Minha filha, na guerra pode acontecer de às vezes nos encontrarmos em situações desesperadas. Espero e desejo de todo coração que isso não lhe ocorra, mas se assim o for e você precisar de ajuda, seja lá de que forma for, sabe onde me encontrar. – Stef então secara as lágrimas que banhavam o rosto enrugado da mulher, beijara-lhe a face pálida e, pensando em como aquela pobre mãe haveria de suportar as amargas e longas horas de solidão para conviver com a perda do filho querido, prometera voltar.

Stef não pôde deixar de prometer a si própria, visitar regularmente frau Amina, e de cumprir depois com primoroso zelo, a promessa feita em tão emocionada ocasião.

A noite estava escura como breu, Stef saiu do cemitério bombardeado e se pôs a caminho, indo em direção a Colônia. Ao chegar à cidade teria de contorná-la cuidadosamente andando por entre os vinhedos e se esgueirando até a casa de Amina Chuster, que felizmente ficava numa área isolada da periferia da cidade. Calculava que, se apertasse o passo, estaria em Colônia antes de o dia raiar. Era preciso ir pelo mato que ladeava a estrada e ter muito cuidado, havia muitas patrulhas noturnas e ela sabia que seu perseguidor não abriria mão assim tão facilmente de sua presa. Rejeitando-o, ela havia ferido o seu orgulho de macho, e isso o tornava duplamente perigoso.

Havia momentos em que pensava que não fosse conseguir. Mas quando o cansaço ameaçava abatê-la pensava na mãe e no irmão prisioneiros, no seu filhinho que ainda nem tinha nascido e se enchia de ânimo. Pensava no filho que, sentindo os anseios da mãe, mexia-se constantemente em seu ventre. Uma estranha e poderosa força a empurrava para a frente. Na escuridão da noite, a jovem não dava trégua aos pés inchados que doíam nem ao frio martirizante que a atormentava e se esforçava por suportar a dor feroz do estômago vazio que protestava pela fome torturante.

Tiritante e esfomeada, Stef caminhou a noite toda. Seus cabelos estavam encharcados pela neve que caía intermitentemente e a roupa molhada grudava no corpo gelado. Aliviava a sede sugando as madeixas molhadas e mordia os lábios para suportar a fome e o frio.

Ainda estava escuro, mas a noite já chegava ao fim quando Stef chegou aos arredores da cidade adormecida. À distância, a imponente torre da catedral aparecia difusa sob a neblina. Orientando-se por ela, seguiu contornando a cidade. Passou por debaixo de cercas de arame, saltou valas e muros; e seu coração pulou dentro do peito quando avistou a casa de frau Amina Chuster sob a claridade daquela manhã de fim de inverno que se iniciava. Observou as imediações atentamente, depois se arrastou por debaixo da cerca de arame farpado que circundava a casinha, engatinhou por entre uma pequena plantação de repolhos e atingiu a porta da cozinha. Aliviada por se sentir em segurança, Stef fechou os olhos e respirou fundo antes de bater à porta:

– Frau Amina Chuster. Frau. Sou eu... Stef. Frau, abra a porta, por favor, preciso de sua ajuda. Frau abra, por favor.

Stef batia com insistência, mas o silêncio espectral era assustador. Estranhou não obter resposta. A frau nunca saía. Não tinha aonde ir. Tinha que estar em casa. A não ser... Afastou o pensamento funesto e bateu novamente:

– Frau Amina abra, por favor, está frio aqui fora e eu preciso de sua ajuda.

O silêncio que veio lá de dentro feriu os ouvidos sensíveis de Stef que se inquietou ao se recordar de uma conversa que tivera com a frau, em certa ocasião.

– Aqui nasceram meus filhos. Aqui fui feliz com Félix, meu marido; e aqui perdi minha felicidade para a guerra. Agora só me resta esperar a morte. Aqui.

Stef insistiu mais uma vez; como não obteve resposta e temendo que o dia que já começava a clarear a viesse surpreender desprotegida do lado de fora da casa, resolveu forçar a porta. Esta rangeu e a jovem se assustou com o ruído. Surpreendeu-se ao perceber que o ferrolho não estava passado. Passou o dedo pela pequena fresta e a velha tramela de madeira deslizou para baixo, fazendo com que a porta se escancarasse com um rangido que se misturou ao grito de um pássaro que passou num vôo rasante. Stef se encolheu de medo, depois, espichou o pescoço e perguntou baixinho:

– Ei, tem alguém aí? – Um silêncio aterrador fazia seu coração pulsar descompassado. O odor estranho que pairava lá fora era sufocante ali dentro. Um arrepio de medo percorreu sua espinha dorsal. Stef entrou cautelosamente, fechando a porta. Tapou as narinas com os dedos indicador e polegar e chamou novamente pela frau. Sua voz não era mais que um sussurro a cortar o silêncio tétrico e aterrador. A suave claridade do alvorecer lhe permitia mover-se sem embaraços na quietude da casa abandonada. Passou os olhos pela cozinha desprovida de conforto e sentiu saudades do aconchego da grande cozinha da casa de seus pais em Berlim. Vasculhou a pequena sala e achou melancólicas as cinzas desmaiadas na lareira. No quarto que pertencera aos rapazes, duas camas de solteiro forradas com acolchoados de retalhos, lembravam os moços mortos na guerra. Stef se recordou da voz de Franz Chuster, dizendo em seu derradeiro momento que não queria morrer. Virou-se bruscamente e foi para o quarto da dona da casa.

Abafando um grito, que teimava em lhe sair pela garganta, Stef levou a mão à boca, petrificada ante o horrível espetáculo que se apresentava diante de seus olhos estarrecidos: estirado na pobre cama de madeira, em adiantadíssimo estado de decomposição, estava o corpo de frau Amina Chuster. Ao morrer, a solitária mulher deveria estar com o braço esquerdo pendido para o lado, pois um toco de osso que ia até a beirada da cama e um montículo de ossos que jaziam no chão ao lado dela, indicavam isso. Os cabelos estavam embolados e sem vida por trás do crânio branco e liso. Um rosário de contas pretas, enroscado por entre os finos ossos da mão direita, que repousava sobre o peito da morta, escorregara pelas costelas finas e o brilho de suas contas reluzentes parecia pontinhos negros entre o amarelo dos vermes que ondulava sobre os restos de carne putrefada.

De olhos fixos no cadáver decomposto, Stef foi se aproximando lentamente da cama. Os vermes e micróbios que fervilhavam nas partes internas do corpo onde ainda restava alguma víscera faziam seu estômago revirar. Presos ao corpo já quase devorado por inteiro, seus magníficos olhos revelavam a tristeza indizível e a desolação total pela morte solitária da amiga. Era a guerra. E morria-se de todas as maneiras.

– Oh, frau. O que foi que lhe aconteceu? Oh, Deus, o que faço agora? – Stef cobriu o rosto com as mãos e chorou. A guerra havia levado seu último alento. Agora ela e o bebê estavam completamente sozinhos no mundo e entregues à própria sorte. Não tinham ninguém mais a quem recorrer em busca de ajuda. Soluços desesperados sacudiram violentamente o corpo grávido da jovem. Uma tristeza indizível a envolvia. Chorava por tudo o que estava acontecendo na Europa e pelas vítimas inocentes da guerra. Talvez se ela soubesse o quão suavemente se dera a morte da frau, não sofresse tanto. Ela simplesmente tomou o rosário, deitou-se e, na mais absoluta solidão, deixou-se morrer. Não sem antes, porém, ter feito uma oração para Stef. Depois encomendou sua alma aos céus e ficou deitada, à espera da morte benevolente. Não tinha mais motivos para viver.

Passado o impacto da comoção, Stef voltou à vida. Um potente chute dentro de sua barriga a fez ver que, enquanto a vida fenecia em frau Amina Chuster, milagrosamente, extuava naquele pequenino ser que lutava vigorosamente para sobreviver. E era ela, abaixo de Deus, a responsável por aquela sobrevivência. Acariciou o ventre na tentativa de acalmar o bebê, secou as lágrimas com as mãos e, lutando contra o odor cadavérico que lhe fazia enjoar o estômago, foi para a despensa, em busca de alguma coisa para comer. Era preciso se alimentar, senão por ela, que preferia estar morta a tantas intempéries, pelo inocente bebê que queria e merecia viver.

No rústico guarda-comida de madeira, encontrou umas batatas podres, um pão embolorado e uns biscoitinhos de nata, velhos e ressecados, os quais ela havia levado para a frau, quando de sua última visita. Maria tinha feito a iguaria especialmente para frau Amina. Como uma benção do céu, viu dependurado num arame passado por cima do tosco fogão de pedras, um pedaço de toucinho defumado. Seus olhos famintos cintilaram ao ver aquela preciosidade que, provocantemente, deixava pingar de quando em quando, gotinhas rançosas de gordura envelhecida. Espichou a língua para fora da boca e deixou que uma daquelas gotinhas lhe caísse sobre ela, degustando vagarosamente a guloseima.

Sentada sobre um baixo tamborete de três pernas que estava a um canto da cozinha, Stef saciava a fome enlouquecedora. O jejum de cinco dias lhe ordenava que devorasse tudo o que de comestível por ali houvesse, ainda que fossem batatas podres, pão bolorento e toucinho rançoso. Mas a prudência e o pensar no filho que, sentindo a debilidade da mãe, contorcia-se em seu ventre, diziam à ela que se alimentasse por partes.

A lembrança das verdes cabeças de repolho que vira na horta que ficava nos fundos da casa fazia com que sua boca se enchesse de saliva. Mas decidiu esperar pela noite para ir buscar o legume verde e fresquinho, seria por demais arriscado ir até a horta em plena luz do dia, por ora tinha de se contentar com o pão seco e com gosto de mofo. Raspou a casca preta esverdeada pelo bolor, atirando-as sobre as cinzas do fogão, e comeu bebericando goles de uma água salobra e viscosa que retirou de uma moringa que estava sobre um aparador a um canto da sala. A visão estonteante das verdes cabeças repolhudas voltava constantemente a sua mente e lágrimas de miséria e autocomiseração lhe rolavam pela face, enquanto fazia um esforço supremo para ignorar o odor cadavérico que vinha do quarto ao lado e engolir o pão e as batatas podres. Por último, arrancou uma lasca do toucinho, afastou os ovos de moscas com a faca e o mastigou lentamente para tirar o gosto de coisa velha da boca. Depois, estirou-se sobre o tapete defronte a lareira, onde as cinzas continuavam desmaiadas, e ficou a pensar em como seria a sua vida agora que frau Amina também estava morta. Rebuscou a memória e percebeu que todos os que poderiam ajudá-la tinham morrido na guerra impiedosa. Assassina cruel, tinha lhe roubado todos a quem amava, "mas, ainda assim, não me deixarei sucumbir", pensou antes de bater as longas pestanas em profunda reflexão.

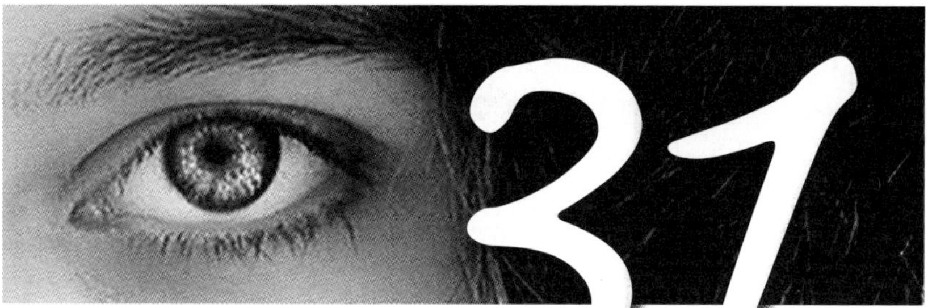

# 31

Na França, os membros do empertigado movimento nacionalista contra o invasor resistiam tenazmente à ocupação alemã. Sangrentas batalhas eram travadas entre resistentes e invasores. No sul do país, o general Pétain assistia impassível à derrocada do povo francês. Uma vez que os resistentes faziam oposição também ao seu governo ditatorial, para ele tanto se dava a parte que saísse vitoriosa dessas batalhas; alemães invasores ou franceses resistentes. Ambas as partes eram, a seu modo de ver, seus inimigos comuns. Embora por covardia e sede de poder, tivesse se submetido aos alemães, entregando-lhes de mão-beijada grande parte do território francês, desmobilizando suas forças militares e pagando diariamente a título de indenização, altas somas à Alemanha.

Pétain sequer cogitava aliar-se aos resistentes, no esforço patriótico de livrar seu povo do inferno nazista. Com seu governo instalado em Vichy, sul da França, a bem da verdade, quem governava eram os alemães, que farejavam resistentes bem como judeus. Pétain jamais iria perdoar o general De Gaulle por ele tê-lo abandonado e se tornado, mesmo do exílio, líder absoluto do movimento e ser, ainda, respeitado e admirado pelo mundo, principalmente pelos resistentes que cresciam vertiginosamente em número, coragem e determinação.

Muitos dos jovens soldados invasores admiravam a coragem e o patriotismo dos membros do movimento.

Surpreendiam-se pela maneira como homens, mulheres e crianças, unindo suas forças, agiam de modo quase suicida, porém, com prudência, guardavam essa admiração só para si. Manifestassem tais idéias e seriam, sem a menor contemplação, filhos mortos fora de casa, distantes de suas mães, esposas, irmãs e namoradas.

Sieguilfichd Enger fazia parte da anônima legião de admiradores dos feitos dos resistentes. Ao passear em seus dias de folga, pelas ruas de Bordeaux onde, apesar de a cidade ficar em território pertencente à zona livre, estava aquartelado, lançava olhares por sobre os cartazes de propaganda da resistência e sentia seu estômago revirar quando seus olhos deparavam com as duas longas mãos que saíam de algo indefinido, mas que sugeria serem braços a comprimir a garganta de um homem em agonia; por baixo da estampa, a frase de repúdio aos invasores: French Resistance – Helps Throttle The Boche. Sieg notava em alguns de seus colegas, o mesmo olhar de admiração pelos resistentes e a mesma expressão de desprezo por si próprio e de ódio por quem os havia obrigado a ser aquilo em que haviam se transformado: feras opressoras!

Mas a grande maioria dos soldados nazistas, fanáticos e adeptos entusiasmados de Hitler, descaradamente arrancavam os cartazes e com eles faziam picadinho, que atiravam para o alto para depois obrigar algum francês que ocasionalmente passava pelo local a apanhá-los. Ao som de grosseiros risos de escárnio, o cidadão era obrigado a jogar os diminutos pedaços de papel sobre a própria cabeça, enquanto dançava ao ritmo das gargalhadas. Sieg abominava essas brincadeiras que considerava de péssimo gosto e sempre encontrava um meio de não participar da farra. Mas prudente, também não tentava impedi-las, seria levantar suspeitas sobre suas idéias; apenas as ignorava seguindo adiante, indignado com o comportamento dos companheiros. Distraía-se olhando para as moças francesas e comparando-as a sua Stef. “Stef...”, pensava nessas ocasiões “quando será que tornaremos a nos ver?”.

Durante a penosa marcha pela mata gelada, Sieg antevia já os rostos anônimos dos jovens que teria de matar naquela madrugada para continuar vivendo.

Não fosse por Stef e pelo filho que juntos haviam concebido, teria deliberadamente deixado que a primeira bala inimiga que viesse em sua direção atingisse o alvo. Era por natureza um jovem alegre e firme de caráter, sensivelmente temente a Deus, e aquela matança desenfreada o estava enlouquecendo. Era matar. Matar. Matar. E matar ou morrer. Mas ele não podia morrer, tinha prometido a Stef, na estação ferroviária de Colônia que voltaria; e pretendia fazê-lo. A fim de manter a sanidade, obrigava-se a, mesmo no instante em que seus dedos comprimiam o gatilho da metralhadora, não tirar a jovem esposa do pensamento. Somente ela e a lembrança dos breves momentos de felicidade plena que haviam partilhado em Colônia, faziam com que ele não enlouquecesse diante daquela carnificina.

Nos abrigos improvisados, com recuo de aproximadamente cem metros das margens do oceano, uma centena e meia de membros da resistência aguardavam em absoluto silêncio. Imbuídos de coragem, sustinham a respiração à espera do sinal que deveria vir do mar. Esperavam receber, vindo de Londres e enviado pelo chefe exilado general De Gaulle, um suprimento de armas e munições naquela madrugada. Também deveriam tentar interceptar um navio da marinha alemã que, indo em sentido contrário, levava para Londres o mesmo tipo de carga que esperavam receber, e que deveria passar pela costa francesa, exatamente no ponto em que se encontravam os resistentes ao fim daquela longa noite de espera.

Foram destacados para aquela operação cento e cinqüenta homens e mulheres dos mais corajosos e destemidos entre os membros do movimento. E ali estavam eles, ocupando aos pares as trincheiras úmidas ao pé da mata; tinham os olhos pregados na escuridão do mar e ignoravam o perigo mortal que lhes rondava a retaguarda. Como a uma insidiosa e cruel serpente, e tão silencioso e traiçoeiro quanto o próprio réptil pode ser, um batalhão inteiro do 5º Regimento do 9º Exército Alemão, indo em direção ao mar, serpenteava mata adentro, fechando um semicírculo sobre o grupo de resistentes. À frente, o mar, com os perigos das embarcações inimigas; às costas, a morte espreitava pelas armas dos soldados alemães. Mas lá, como em toda parte do mundo, bem no seio do movimento nacionalista contra o invasor, também havia traidores; e a operação foi delatada.

Os oficiais que comandavam o cerco assassino já comemoravam a vitória entre si. Entusiasmados pela surpresa do assalto, sequer contavam com alguma baixa. Tinham plena certeza de que ao fim do combate, a praia não seria mais que um cemitério a céu aberto, reservado, porém, com exclusividade aos bravos resistentes ali sitiados.

Passava um quarto das duas horas da madrugada. Um silêncio apavorante e cortado apenas pelo som dos animais noturnos invadia a mata. Os homens, sitiantes e sitiados, mal ousavam respirar. De repente, vinda do negrume do mar, uma luz piscou três vezes seguidas; daí a alguns instantes que pareceram ser uma eternidade, a luz voltou a piscar novamente e, como dantes por três vezes consecutivas.

Um frenético e silencioso movimento se iniciou na mata silenciosa. Os resistentes foram aos poucos saindo de seus abrigos e, arrastando-se pela praia deserta, rumavam em direção às águas, levando atrás de si barcos infláveis que seriam usados no recolhimento das armas. Um... dois... dez... cinqüenta... em questão de poucos minutos quase todos os destemidos resistentes rastejavam pela areia branca da praia. Apenas uns poucos deles ficaram na retaguarda dando cobertura aos demais.

Um som seco cortou o silêncio terrificante. Era o sinal de que o assalto ia começar. Os resistentes sequer tiveram tempo de recuar ou mesmo de ver de que direção partia o ataque, antes que uma saraivada de balas e granadas de mão caísse sobre eles. Cortados ao meio, e jogados aos pedaços para o alto, a maioria deles não teve conhecimento do porquê da morte cruel que se lhes estava arrebatando a jovem vida.

Passada a surpresa inicial, a resistência ferrenha dos franceses deu lugar, apesar do número desproporcional de combatentes de um lado e de outro, a uma renhida batalha. Percebendo que estavam mortalmente cercados, lutavam ferozmente, sabiam que a batalha estava perdida para eles, mas nem por isso iriam deixar que aquele se tornasse um combate inglório. Ao contrário, lutavam para abater o maior número possível de alemães. Quando um companheiro caía, outro lhe arrebatava a metralhadora e seguia atirando, atirando e atirando, até a última bala, quando então, se vivo ainda, lançava-se sobre o pescoço do primeiro alemão que deparasse pela frente, estrangulando-o com as próprias mãos para depois tombar orgulhoso, estraçalhado por uma rajada de metralhadora e com um riso heróico nos lábios exangues.

Sieguilfichid Enger não dava trégua ao gatilho de sua metralhadora. Sua posição ocupava uma das pontas do semicírculo e ele lutava desesperado para atingir a outra ponta que já estava na beira d'água. A estratégia era fechar os franceses num círculo mortal, quando então várias granadas seriam lançadas no centro, transformando a praia numa arena sangrenta. Qualquer coisa que se movesse na areia e a potente arma de Sieg cuspia fogo. Já nem olhava os pedaços dos inimigos voarem pelos ares; era desumana a lei da sobrevivência. Quando o companheiro que ia a sua frente caiu varado de balas, talvez até mesmo alemãs, ele não teve tempo para se desviar do corpo que tombava despedaçado e rolaram juntos pela areia tingida de vermelho. Desvencilhando-se do abraço, Sieg arrebatou rapidamente a arma do companheiro morto, limpou a papa de areia ensangüentada do rosto na manga do uniforme e, para sua surpresa, percebeu que o tiroteio havia cessado e ele ainda estava vivo.

Seu batalhão havia passado semanas aquartelado no

espaço reduzido da quadra de um ginásio de esportes, à espera das palavras do resistente delator, que viria informar a hora e o local exatos do ataque. Gastaram uma noite e um dia de penosa marcha pela mata gelada e ficaram horas parados e em posição de rigidez absoluta à espera do sinal de ataque, e ao final das contas, uma vez iniciado, o assalto todo não durou mais que uns poucos minutos. A praia fora varrida pelo pipocar das metralhadoras e pelos tiros de fuzil e granadas de mão alemãs e francesas. A morte rondava por todos os lados. Na terra e no mar. Uma bateria alemã de morteiros de longo alcance atingira em cheio o navio inglês, provocando uma estrondosa explosão, e o que restara ardia em chamas que revoluteavam sobre as ondas revoltas, iluminando os pedaços dos corpos de seus ocupantes que ondulavam sobre as águas. Não houve um único sobrevivente entre os tripulantes do navio.

O ar estava impregnado pela fumaça, pelo odor acre de pólvora queimada e pelo cheiro adocicado de sangue humano. Os corpos de cento e quarenta e nove franceses resistentes e sete soldados alemães jaziam sem vida na areia branca da praia.

Sieg abriu os olhos momentaneamente e, correndo os olhos pelo céu carregado de nuvens escuras, assombrou-se por ter saído vivo da refrega. E por estar apenas com os ombros doloridos pelos coices da metralhadora e, assombro maior, por não ter se afogado naquele mar de sangue em que havia se transformado a praia. Ainda que não tivesse visto os rostos dos resistentes que acabara de matar, macabramente eles dançavam diante de seus olhos alucinados.

Na luta pela sobrevivência nos países ocupados, Sieg, bem como os demais invasores, haviam se convertido em verdadeiras feras humanas. A ordem que vinha de Berlim era clara: não deixar vivo sequer um único resistente. Não havia outra lei na guerra, era matar ou morrer. Tinha-se que lutar até a última bala e depois até o último homem e resistir até o último sopro de vida.

Bem ao lado de Sieg alguns soldados e oficiais alemães formavam um pequeno círculo. As negras bocarras dos canos das armas apontadas para um homem que, ajoelhado no centro e tendo as mãos atadas às costas, chorava implorando misericórdia. Era o delator. Como o homem falasse em francês, Sieg não sabia exatamente o que se passava, mas sentiu um frio na espinha ao ouvir o homem ser interpelado asperamente por uma voz que falava em alemão, já ouvira aquilo antes...

Sabia que o delator francês ia morrer e, como sempre acontecia após algum combate, ou em horas solitárias, fechou os olhos e pensou em Stef:

"Oh! Stef... quando será que este inferno terá fim? O que se passa na mente desses loucos que ordenam essa matança desenfreada? Oh, querida... é tudo tão desumano... tão cruel. Espere por mim, minha adorada... eu hei de sair vivo desta maldita guerra... e então vou precisar de você para sobreviver às terríveis lembranças que sei, vão me perseguir para sempre...".

Os pensamentos de Sieg eram às vezes interrompidos pelas ásperas indagações em alemão e pelo apelo lamurioso do francês delator que ainda permanecia ajoelhado no centro do círculo, tendo as mãos atadas uma a outra às costas. Implorava piedade e prometia novas informações. Mas o sinistro diálogo não conseguia por fim às suas divagações e os pensamentos de Sieg iam longe, para Colônia, Alemanha. Estavam fixos em Stef. Era a única forma que ele encontrou para sobreviver. "Oh, Stef... minha doce esposa... eu aqui mato homens, mulheres e crianças que não fazem mais que lutar em defesa de seu país, de seus direitos e de suas próprias vidas. Mato jovens, Stef. Jovens tão jovens quanto você e eu... Por Deus, querida, espere por mim; depois disso eu jamais poderei voltar a dormir em paz, se você não estiver ao meu lado."

A áspera voz alemã soou alta e irritada; o francês tentou erguer as mãos atadas para o alto pedindo clemência, mas não conseguiu e se pôs a lastimar seu destino, enquanto os pensamentos de Sieg continuavam na esposa e no filho. "Minha jovem e doce esposa, obrigam-me a matar homens, mulheres, jovens e até criancinhas. Criancinhas tão inocentes quanto o nosso filho que está para nascer..." Sieg sabia que ia ser pai. Maldosamente, o major Herbert vonn Mann fez chegar até suas mãos uma única carta dentre as muitas que Stef lhe havia enviado. Alimentando seu mórbido sadismo, deixou que seguisse seu destino a missiva em que Stef, cheia de amor e tomada de emoção, anunciava a gravidez tão desejada. "Nem mesmo sei, querida, por que tenho de matar, matar; eu nunca quis matar alguém, Stef. Por Deus, não sou um assassino. Eu não sou um assassino!"

O filho de Stef e Sieg só não ficou órfão de pai antes do nascimento, porque o estrépito da metralhadora que calou o francês delator abafou o grito do jovem soldado alemão, que abriu os olhos a tempo de ver o corpo do homem tombar sem vida, partido ao meio.

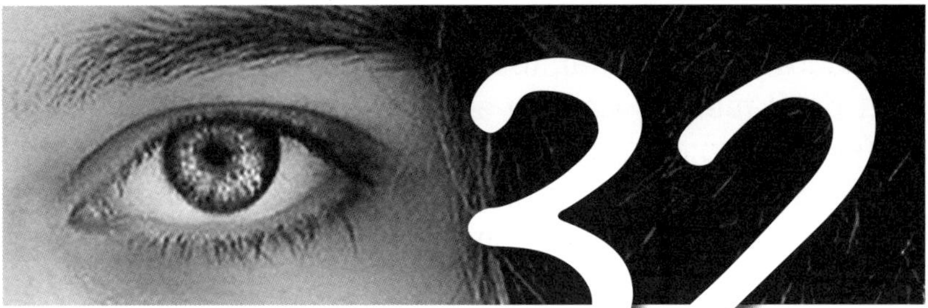

# 32

Os raios do pálido sol que havia há muito custo conseguido romper a espessa neblina, rutilavam na superfície congelada do lago Schwedt.

Podia se avistar à distância os telhados das casas da pequena aldeia de Ravensbrück, ainda adormecida àquela hora da manhã. A torre da igreja matriz se sobressaía por cima dos telhados avermelhados.

Um bloco de presas judias, tendo entre elas Olga Hanneke Zimmer, fortemente vigiadas pelas guardas S.S. e seus ferozes cães, trabalhavam no descarregamento de pedras de carvão. Tinham as mãos dilaceradas pela lida com as pontiagudas pedras e da ponta de seus dedos pingavam gotas de sangue que escorriam sobre a água, tingindo-a de vermelho.

Trabalhavam com a água até a altura dos joelhos, porém, impiedosamente, eram terminantemente proibidas de matar a sede atroz que as consumia. A língua fazia-se túmida e os olhos marejavam ante a terrível provação de se estar a morrer de sede, mesmo trabalhando metidas até aos joelhos no frescor daquela água gelada e cristalina.

Para ludibriar a sede enlouquecedora e esquecer, ainda que por alguns segundos, a dor lancinante que fazia latejar os dedos feridos, Olga espichou os olhos para além do lago e contemplou a exuberante beleza da baía que o circundava e se perguntou se seus olhos seriam tão azuis quanto o azul das águas que ondulavam a brisa da manhã.

As guardas não faziam muito caso a essas escapadas de olho de Olga, afinal, todos no campo a tinham como a uma débil mental. Era ela a idiota que fazia a alegria da oficialidade do campo.

Ordenavam-lhe que dançasse nua sob o batuque da chibata e ela dançava revirando os olhos ritmicamente. Que cantasse ao limpar com as mãos nuas as escarradas da parede, e ela entoava propositadamente o Hino Nazista, parodiando-o. Todos riam e ela ganhava algumas chibatadas como prêmio. Olga buscava em seu alheamento ouvir qualquer menção sobre o paradeiro de Ulrich, dos gêmeos e de Stef. "Afinal", pensava ela "não existem segredos que não possam ser segredados ao pé do ouvido de uma louca". Tudo o que ouvia, porém, eram chacotas referentes a seu estado demente e aos planos de deixarem-na viver por mais algum tempo a fim de diverti-los. O que ninguém podia supor, nem mesmo a própria Olga, era o quão perto ela estava da barreira que separava a mente sadia da insanidade.

Naquele dia especialmente, dando trelas a sua condição de insana, ela negligenciava o trabalho. Deixava que preciosas pedras de carvão caíssem na água, lambuzava o rosto com o sangue que se lhe escorria pela ponta dos dedos dilacerados, fazia micagens às guardas e companheiras e imitava o som do latido dos cães que, fortemente presos às coleiras, mostravam-lhe irritados as presas assassinas, na tentativa de chamar a atenção sobre si, enquanto algumas de suas companheiras aliviavam a sede molhando os dedos e lambendo-os rapidamente.

O dia seguinte era dia de receber e de escrever cartas. Algumas presas eram, sem qualquer critério para merecimento, agraciadas com esse privilégio; e Olga fora informada pela direção do campo de que, embora nunca recebesse qualquer correspondência nem tivesse a quem escrever, faria parte, no dia seguinte, do grupo de contempladas. Era evidente a zombaria que havia por trás desse consentimento, afinal, não é comum, nem mesmo num campo de concentração nazista, ver uma demente entretida a escrever cartas para alguém.

Olga sabia do propósito zombeteiro da oficialidade ao terem-na incluído na lista das que, no dia seguinte, iam ter o privilégio de ter nas mãos esquálidas um toco de lápis e um pedaço de papel em branco. Mas esta era dentre todas, a menor das dores e humilhações pelas quais vinha passando sob o jugo nazista. Não se importava que zombassem dela. O que ela esperava, na verdade, era poder driblar a severa e, por outro lado, galhofenta vigilância que as guardas exerciam sobre as presas no momento em que elas estavam escrevendo suas cartas, e escrever, afinal, uma carta para Stef. Era preciso que a filha soubesse de seu destino e do de Ulrich, como também, da existência dos gêmeos, coisa que ela ainda não tinha conhecimento. A própria Stef em si, não causava maiores temores a Olga que, sem saber da tragédia que havia se abatido sobre a filha, a acreditava em segurança com frau Hermínia. Queria apenas pô-la a par de seu destino e do dos irmãos. Obviamente, Olga não pretendia entregar sua correspondência às guardas. Seria delatar o endereço da filha. Pretendia guardá-la consigo e, quem sabe um dia, enviá-la para Stef. Olga vivia atenta a qualquer possibilidade nesse sentido.

As presas escreviam freneticamente no reduzido pedaço de papel. Histórias de dor, crueldade, humilhações e indizíveis sofrimentos eram sublinhados nas entrelinhas. Era preciso racionar as palavras e o assunto a ser escrito. O número de linhas era limitado. Uma só sílaba a mais que o permitido pela direção do campo e lá se ia a carta para o cesto de lixo, fazer companhia às muitas outras que, por cruel capricho, lá estavam. E qualquer menção, por menor que fosse sobre o que ali se passava e castigos horrendos seriam infligidos à infratora.

Trazendo os cães firmemente presos às coleiras, e atentas sobre o que era escrito e ao que se cochichava, as guardas caminhavam por entre as presas. Vez por outra, sob a acusação de alguma palavra indevida, tomavam o papel e o toco de lápis de alguma infeliz que de pernas bambas ante o castigo esperado, via ir para o lixo sua única chance de fazer saber aos entes queridos que ainda vivia. Quando chegavam diante de Olga, as guardas riam da incoerência de seus rabiscos e dos muitos pedaços em que ela havia transformado o lápis e o pedaço de papel, que já era pequeno. Riam a bandeiras desfraldadas e espalhavam o terror fazendo um ou dois cães lamberem Olga pelas pernas, braços e rosto. Olga prendia um pedaço de lápis entre os dentes e se esforçava por conter o pânico. Uma louca não pode ter esse tipo de sentimento... Quando os cães a deixavam em paz, ela enfiava alguns pedaços da madeira do lápis nos ouvidos e nas narinas e gargalhava, atirando para o alto, bolinhas feitas com os pedaços do papel. As gargalhadas ressoavam tétricas pelo triste pavilhão.

Quando se findou o tempo permitido às presas para escreverem e as guardas passaram recolhendo as lamentosas missivas, não havia muito o que recolher das mãos da detenta Olga Hanneke Zimmer. Alguns minúsculos e mascados pedaços de papel. Umas poucas lascas do que fora um toco de lápis e um olhar confuso ao ser questionada pelas cruéis mulheres:

– Vamos lá, idiota! Entregue logo a carta! Fazendo segredinhos sobre o que escreveu ao namorado, hein? Quem sabe se o diretor do campo não faça vir um fotógrafo até aqui e da próxima vez você possa mandar uma foto sua inteiramente nua para ele! Com toda essa pelanca que você traz sobre os ossos, sua foto vai ficar linda, princesinha Olga! – riram e depois a deixaram em paz.

As guardas recolheram as cartas das prisioneiras e o que restava do material que havia sido entregue a Olga, ordenando-lhes que voltassem ao trabalho. Rindo da demente que havia mascado lápis e papel, artigos de luxo, num campo de concentração, retiraram-se.

O eco do riso zombeteiro ecoou ainda por algum tempo nos ouvidos daquelas almas penadas, seus últimos vestígios foram dissipados pelo trabalho pesado.

Na escuridão reinante, por debaixo dos lençóis, Olga desenrolava e alisava com as mãos, os pequeninos pedacinhos de papel que conseguira surrupiar à severa vigilância das guardas. Alisou cuidadosamente um a um e, reservando o que deduziu pelo tato, ser o menor deles, juntou-os todos, enrolando-os cuidadosamente.

Embrulhou o grafite que havia tirado do lápis no pedaço de papel que deixara a parte e, enfiando o pequeno embrulho no canudinho que fizera com os papéis, respirou aliviada.

Guardou aquela preciosidade no cós da calcinha e se acomodou para dormir. Nos dias subseqüentes àquele, ela haveria de simular uma devastadora diarréia.

Uma vez que pudesse estar a sós na fétida latrina e por lá poder se demorar, haveria de escrever o que tanto desejava e precisava escrever a filha. Ainda que fosse com o grafite nu e tendo apenas os joelhos ossudos como mesa, ia escrever a carta que, bem sabia, se a mesma caísse nas vistas da oficialidade do campo, iria lhe custar os mais horrendos castigos, senão a vida: ia escrever uma carta relatando toda verdade a Stef!

De retorno ao cemitério bombardeado, Stef dormia o sono dos inocentes. Vencida pelo medo e cansaço da longa caminhada pela noite gelada, adormecera instantaneamente. Embora sua musculatura fosse jovem e rígida, ela a tinha toda dolorida pelo esforço sobre-humano que fizera para sepultar sozinha, frau Amina, e se remexia inquieta no sono.

Nos três dias que passou na casa da frau, Stef encontrou nos fundos do quintal uma horta tomada pelas ervas daninhas, mas por sorte algumas cabeças de repolho ainda resistiam ao ataque e a jovem se fartara com a hortaliça.

Como que por milagre, Stef encontrou abandonado na plantação, um velho enxadão enferrujado, o que lhe deu idéia para o problema que a estava angustiando no momento: o que fazer com o corpo da dona da casa que apodrecia sobre a cama.

Cavou por dois dias seguidos um buraco ao lado da cama da morta. A terra escavada era retirada com uma pequena bacia esmaltada em branco com minúsculas florzinhas coloridas nas bordas e que servira para Amina fazer sua higiene matinal por longos anos.

Havia momentos em que a estafa causada pelo despreparo para aquele tipo de trabalho quase a fazia desistir de seu intento, porém, uma passada de olhos pelo corpo putrefato que jazia estirado na cama ao lado, dava-lhe mais força e determinação; e, como um autômato, cavava sem pensar no cansaço e nos músculos que reclamavam. De vez em quando passava a mão na barriga a fim de verificar se o bebê estava bem e para fortalecer o sentimento de que não estava tão completamente só no mundo, tinha alguém, tinha seu filho que crescia dentro de seu ventre. Possuidora de uma fé inabalável, Stef cavava e rezava; finalmente a cova rasa foi aberta.

Cuidadosamente, a garota juntou as pontas do lençol que estava estendido sobre o fino colchão de paina onde a frau repousava, e, unindo-as à altura da cabeça e dos pés de seu corpo, atou-as uma à outra, formando uma estranha trouxa. Puxando, ora por uma das extremidades da trouxa, ora pela outra, Stef foi aos poucos a fazendo deslizar para cima de um acolchoado de lã que ela havia estendido sobre dois pedaços de corda no reduzido espaço existente entre a cama e a improvisada sepultura.

Quando os pés do cadáver saíram fora da cama, um leve estalido denunciou que eles tinham se separado das pernas. Contendo a custo a náusea resultante do forte odor que emanava do corpo, num puxão ela fez com que o mesmo seguisse o destino dos pés. Envolvendo o acolchoado sobre a estranha trouxa, Stef amarrou-a com as cordas e, sentando-se na beira da cama, respirou fundo e empurrou-a com os pés. Um baque surdo fez a jovem estremecer. Fechou os olhos e encomendou aquela pobre alma aos céus.

Não gastou mais que uns poucos minutos para cobrir a sepultura. Tudo foi tão amargamente doído que, ao depositar o ramo de mato verde sobre a terra fofa, Stef se sentiu esvaziada; incomodava-a não sentir a mesma pungência de quando do funeral de frau Hermínia Chermanm. Agora era diferente. Ela estava só com sua dor. Não podia contar com o conforto de Maria e José Bremer nem chorar abraçada à enfermeira Ilse; como também não tinha mais Kabrum para afagar-lhe a cabeça peluda. Era uma outra situação, e até mesmo o singelo buquê de tílias brancas fora substituído por um ramo de folhas de mato verde.

Stef encheu o grande tacho de zinco com água e, embora esta estivesse incrivelmente gelada, desfrutou com deleite o prazer de um bom banho. Habituada a banhos diários, sentia falta desse luxo desde que abandonara a casa de frau Hermínia e o saber ter que mais uma vez abandonar o conforto de uma casa com direito a banho completo, a fez entrar com prazer redobrado na água gelada. Ensaboou o corpo jovem com languidez, sem se importar que, em vez de um perfumado sabonete, estivesse usando uma pedra de sabão ressequido e mal cheiroso que encontrara na despensa da casa. Terminado o banho, enxugou-se vigorosamente com uma toalha feita de saco de açúcar que retirou de dentro de um velho baú que ficava no quarto da falecida e, sentindo-se revigorada, vestiu um vestido surrado que retirara do mesmo lugar.

Stef fechou a porta e saiu para o frio da noite escura. Andou alguns passos e parou olhando para trás. O negrume da noite era tão medonho que ela mal divisou as paredes pintadas de branco da casa. Lágrimas de solidão e desamparo afloraram nos olhos magníficos que brilhavam na escuridão.

Por causa do toque de recolher a noite estava deserta; fazia frio e as estrelas brilhavam timidamente no azul do céu sem luar. Tudo corroborava para aumentar os melancólicos sentimentos de derrota, tristeza e solidão que a envolviam; acariciou a barriga e um medo imenso a invadiu:

– Oh, Pai... serei eu vencida? Por meu filho, dai-me forças – lindamente levantados para o céu, os magníficos olhos rasgavam a escuridão e estavam pousados numa estrela solitária que brilhava à distancia. – Não permita que eu sucumba... por favor, não me desampare a mim e ao meu filho, ajude-nos, Senhor.

Sentindo-se confortada, Stef secou com as costas da mão as lágrimas que formavam cristais de gelo em sua face e, ajeitando a cabeleira dourada que se agitava sob o vento cortante, marchou em frente. Deus ia com ela, nada, nem ninguém poderia macular esta verdade ou abalar sua fé.

As mesmas ruas, vielas, os mesmos olmos e abetos e os mesmos vinhedos das cercanias da cidade e a mesma trilha no meio da mata, por onde ela passara três dias antes, viam-na agora de volta. Vinha modificada, expressada em seu rosto lindo e jovem, uma angústia indescritível que a fazia parecer ainda mais jovem e desamparada.

Destituída da esperança de poder permanecer sob a proteção de frau Amina Chuster, Stef, tomada de uma débil ilusão de que Maria e José estivessem vivos e de que pudesse buscar abrigo nos braços deles, chegou a pensar, ao sair da cidade, em passar pela propriedade dos Chermanm. Estirou a vista para a vastidão dos vinhedos que cercavam a herdade, e ficou em dúvida, felizmente essa idéia foi banida de sua mente por um anjo bom e, decidida a chegar, mesmo sozinha à casa do irmão de José, em Mainz, seguiu em frente com determinação.

Stef foi poupada de ver as conseqüências da tragédia que se abatera sobre a propriedade dos Chermanm e de seus moradores. Enraivecido por ter Stef lhe escapado por entre os dedos, e sem que o casal de caseiros relatassem o seu paradeiro, o major ordenara que se ateasse fogo a casa e se divertira com os gritos do casal que morreu carbonizado. Numa ferrenha investida contra os assassinos incendiários, Kabrum foi morto com um tiro entre os olhos. Seu corpo, estrategicamente jogado bem no centro da entrada da propriedade, sob o arco de flores, falava da sanha assassina que habita o coração dos ímpios.

Stef contava chegar ao cemitério que lhe servira de abrigo da vez anterior, até o nascer do sol e ali passar o dia sob o abrigo de algum jazigo ou cratera, retomando a marcha ao cair da noite seguinte. O que lhe dificultava a caminhada era o pesado saco de repolhos que levava às costas e do qual ela não podia se desfazer; a fome mata tanto quanto as bombas.

Como da outra vez em que ali estivera, ao chegar ao cemitério, Stef se arrastou para a proteção de uma cratera se jogando ofegante ao chão. Os primeiros raios do sol incidiam sobre seu rosto belo e extremamente pálido; e ela pensou que o bom filho à casa volta; o fugitivo retorna ao local que mais lhe parece seguro, e ela estava de volta à segurança dos jazigos e crateras do cemitério bombardeado... Sentindo uma tristeza indizível e povoada por lembranças cruéis, destituída do sopro de esperança que a havia levado até a casa de Amina Chuster, as lágrimas afloraram abundantes em seus olhos chamejantes.

O mundo dos sonhos se misturava à realidade na mente conturbada de Stef. A dor nos músculos de todo seu corpo a fazia gemer e ter a sensação de estar desperta, mas uma doce e embriagante sonolência a tragava para o mundo dos sonhos. Uma grossa lágrima rolou para o lado e o corpo jovem sacudiu com um forte soluçar quando as longas pestanas bateram, fechando-se de vez. Seu último pensamento foi imaginar ter visto seu bebê sorrindo a lhe estender os bracinhos roliços como os de Ulrich.

***

O sono era tão profundo que Stef não conseguia sair daquele estado de entorpecimento que invade a todos que, adormecidos no ápice da fadiga e do desespero, são subitamente despertados.

Os latidos dos cães penetravam em seus ouvidos e ela pensava estar sonhando com Kabrum. Sentia a língua morna e entumescida e a mente embotada. Tinha a sensação de estar sendo vítima de um horrível pesadelo onde o riso cristalino do filho se misturava ao ganido estridente dos cães. Lutava para despertar e sair daquele embotamento, queria abrir os olhos, mas as pálpebras pesavam tanto que sentia como se suas lindas e delicadas pestanas fossem barras de ferro fundido. Stef gemia e balbuciava palavras ininteligíveis e, lindamente entreabertos, seus lábios carnudos e rosados deixavam à mostra a carreira de dentes brancos e perfeitos que rebrilhavam ao pôr-do-sol, como um rico colar de marfim.

Lembrou-se do filho e uma suave expressão de beleza angelical iluminou seu rosto. Passou a mão pelo ventre inchado e um débil sorriso a fez parecer ainda mais linda, se é que isso era possível. Sorriu docemente. Adormecera vendo o filho sorrir para ela e estava imaginando que a guerra é que era um pesadelo e que a realidade era a ventura daquele sorriso inocente que a embalara ao adormecer.

O bafejar dos cães era morno e suas línguas ásperas e molhadas deslizavam rapidamente pelos braços, pernas e pelo rosto de Stef, causando-lhe uma sensação de formigamento. Talvez, se as línguas caninas fossem macias e usadas com suavidade, a jovem grávida tivesse se sentido protegida com a calidez daquele hálito tépido e não tivesse despertado tão apavorada.

A primeira imagem com que Stef deparou ao abrir os olhos foi com o sinistro par de olhos negros que cintilavam assustadoramente a menos de um palmo de seus próprios olhos e com a língua vermelha do cão que, numa rápida esticada para fora da bocarra cheia de dentes afiados e assassinos, roçou em seus lábios juvenis.

Paralisada de terror, Stef abafou o grito que assomou em sua garganta e, um átimo de segundo antes de poder divisar a figura funesta do cavaleiro que, sorrindo cinicamente, agitava um rebenque para o alto, sua mente foi varrida pela sua terrível condição de fugitiva que sabia ser aquele seu algoz.

A dura realidade fez com que o chão sumisse sob seus pés e o céu desabasse sobre sua cabeça. Torturada pelo medo, arregalou os lindos olhos e dominada pelo pavor e repulsa pelos cães que a lambiam por todo o corpo, ficou pregada no chão, sentindo o coração quase a lhe saltar pela boca. Ansiosamente, levou as mãos ao ventre numa vã tentativa de proteger o bebê.

A posição submissa, somada ao extremo pavor que a dominava e que seria suficiente para tornar a expressão de qualquer ser humano grotesca, não lhe roubou um milésimo sequer de sua estonteante beleza. Ao contrário, os cabelos em desalinho, os lábios carnudos e rosados, sensualmente entreabertos, e os olhos desmedidamente arregalados e fixos nos cães, faziam dela a imagem viva de uma deusa grega e desafiavam os pincéis do mais renomado artista.

O ódio fulminante que dardejava nos olhos de Stef teria matado Herbert se isso fosse possível. Ele, porém, não se abalou. Olhava-a com uma leve onda de excitação e uma curiosa sensação de indefinição em relação ao sentimento que nutria por aquela jovem amedrontada e subjugada, caída a seus pés. Sentiu vontade de protegê-la, de cobri-la de beijos e carícias...

A expressão de cinismo desapareceu de seu rosto e uma sombra opressiva toldou-lhe a visão. Era-lhe totalmente incompreensível o estranho poder que aquela jovem judia, em qualquer que fosse a circunstância, exercia sobre ele. Ricamente produzida a cantar nas solenidades do partido, pacata donzela a manejar a sovela na oficina do pai, e agora ali, desalinhada e amedrontada e ainda assim a exercer o mesmo fascínio sobre ele. Um homem feito, viril, bem-posicionado, oficial S.S., acostumado a ter as mais belas mulheres e pertencentes às mais altas camadas sociais. Mas diante de Stef e de sua aparente fragilidade, sentia-se fraquejar. Olhou para o rosto perfeito e percebeu que o pavor realçava ainda mais sua beleza indescritível; quase sentindo o calor e a maciez dos lábios jovens e carnudos, sentiu vontade de beijá-la daquele até o último pipocar de bombas.

Habituado, porém, a ser sempre o dono da situação, não levou mais que poucos segundos em suas divagações e se recompondo de sua fraqueza, trouxe de volta aos lábios finos o riso sarcástico dos arrogantes. Apertou os olhos miúdos de porco e olhando para Stef que, imobilizada pelos cães, não movera um só músculo, disse com escárnio:

– Muito prazer em revê-la, fraulein Stef Zimmer. Como vai passando a “Miss Soberbia”?

Sem esperar pela resposta, o homem fez com que a

pomposa montaria avançasse um passo à frente e voltou à carga:

– Ou muito me engano, ou a fraulein não é muda. Se bem me lembro já até lhe ouvi esganiçar em algumas ocasiões. Aliás, possui um ganido até aceitável. E então? – indagou soberano, tendo como resposta o silêncio absoluto da jovem que tremia de medo.

A crueldade do nazista desconhecia limites, óbvio que ele sabia o que a estava deixando paralisada e muda, mas somente após alguns minutos de tortura, que para Stef pareceram uma eternidade, o sórdido oficial a tiraria daquela situação aflitiva:

– Creio saber o que a impede de falar comigo, avezinha canora – o tom era sarcástico e os lábios finos esboçavam o que ele imaginava ser um sorriso.

Cada segundo gasto com aquela conversa fiada significava para Stef um sopro de esperança. Talvez chegasse alguém. Ou acontecesse um milagre. Tremendo de pavor, ela mal conseguia respirar, as patas dianteiras do cavalo quase roçavam em seu pé esquerdo e ela não ousava mexê-lo, para não aguçar a curiosidade do animal e também para não despertar a atenção dos ferozes cães que bafejavam sonoramente, deitados ao seu lado.

– São meus cãezinhos de estimação que a estão assustando, fraulein Stef? – perguntou por perguntar. – Veja, fraulein, como as patas do cavalo estão próximas de seu pezinho! – exclamou com zombaria. – Oh, um passo mais e o seu pezinho de anjo seria esmagado! – riu alto, puxando as rédeas com brutalidade ao fazer o animal recuar um passo e patear na terra coberta de entulhos da cratera, levantando uma poeira cinza avermelhada.

À espera do pior, Stef fechou os olhos. O oficial nazista fez estalar para o alto o longo chicote que trazia na mão direita; obedecendo ao comando, a montaria levantou as patas dianteiras e movendo rapidamente as orelhas, rodopiou, plantando as quatro patas a uma distância assustadoramente próxima a ela. Os cães, imediatamente após o estalido do chicote, saltaram como um raio, ficando perfilados ao lado do cavaleiro, exibindo suas presas afiadas. A visão das três bolas pretas e peludas que rosnavam ameaçadoras era aterrorizante. O sol da manhã não aquecia Stef, que tinha o inverno dentro de si e que tremia, gelada de medo.

– Levante-se, Stef! Heil, Hitler! – a voz de taquara rachada soou alta, produzindo eco à distância, os cachorros se deitaram calmamente e, sentindo imenso alívio, Stef obedeceu a ordem. Sentou-se com as pernas cruzadas e retirando os cabelos do rosto, olhou para Herbert, que estremeceu ao receber o impacto daquele olhar único.

– Está melhor assim, minha doce fugitiva?

– O que faz por aqui, major Herbert? – Stef assustou-se com o tom da própria voz. A incerteza do que iria lhe acontecer quase a fazia desejar estar morta. Não fosse o bebê... Pensou na mãe. No pai. Em Ulrich. E Sieg, como estaria? Seus pensamentos, que corriam a uma velocidade de anos-luz, voltaram-se para o filho que se remexeu inquieto dentro de seu ventre; "meu filhinho...", pensou, antes de ser interrompida pelo som cortante da interpelação:

– Cabe a mim o direito a essa e mais algumas perguntinhas, fraulein. Indago, o que faz você em Colônia? Por que fugiu de Berlim, Stef? Será que não vê que essa sua fuga impensada custou a vida daquela enfermeira, e que você poderia ter evitado essa "tragédia"? – ironizou, arqueando as sobrancelhas. – Não que eu me importe com isso, mas a você deve importar, afinal eram amigas.

– O que quer de mim, major? Por favor, deixe-me em paz. Deixe-me em paz, major Herbert – estranhamente calma, Stef tentava ganhar tempo. Sua voz soava baixa e suave, parecia o doce cantar de um passarinho; Herbert quase desfalecia de paixão.

– Vim exatamente lhe trazer a tão sonhada paz, Stef. Vou protegê-la. Você vai embora comigo.

– Não! Por favor, não. Deixe-me ir. Preciso encontrar minha família! Por favor, major. Por favor.

– Para que todo esse drama, Stef? Por acaso não sou tão atraente quanto seu namorado? É claro que sou até mais! E você vai viver junto a mim, Stef. A partir desse momento você é minha mulher! – dizendo isto, o nazista, numa velocidade espantosa, saltou da sela, jogando-se sobre a jovem; ambos caíram para trás, numa luta desigual.

A luta era feroz, em determinado momento, atingido pelos corpos que rolavam sem tréguas, o fardo de repolhos que descansava a um canto se rompeu, e as cabeças verdes rolaram para o fundo da cratera. Stef ainda conseguiu pegar uma, que esmagou na cara do adversário, mas isso não arrefeceu os ânimos obscenos de Herbert. Ao contrário, quanto mais a jovem resistia, mais ele se sentia enlouquecido pela paixão. Sua respiração era ofegante e sua voz saía entrecortada:

– O que quero de você, sua prostitutazinha, ainda não adivinhou? Quero você, Stef! Você! Inteirinha para mim! Só para mim! Assim, meu amor! Assim!

Não fosse sua preocupação maior em se defender do ataque e Stef teria vomitado de nojo dos beijos asquerosos que o oficial dava por todo o seu corpo, enquanto tentava subjugá-la completamente. Resistia lutando bravamente; mordia, arranhava e dava socos e pontapés enquanto tentava tomar a arma de seu atacante, um punhal cujo cabo de madrepérola reluzia a intervalos. O major oficial S.S., Herbert vonn Mann, parecia ter enlouquecido:

– Como desejei tê-la em meus braços, Stef! Parece loucura, mas hoje você vai ser minha. Minha. Minha.

Stef gritava a plenos pulmões. Ninguém a ouvia. Os mortos não ouvem e não tinha alma viva por perto, além do cavalo e dos cães que descansavam ali, alheios à cruel batalha que se travava entre o oficial e a judia.

– Quem você pensa que é para me rejeitar, sua porca sapateira? Resista bastante, resista. Fico mais louco com isso, sua vagabunda! – Herbert tentava imobilizar a jovem, prendendo suas mãos atrás das costas, e quando o nazista conseguiu isto, Stef gritou desesperada:

– Sieggggg! Sieeeeeg! Ajude-me!

Ferido em seu orgulho de macho, ao ouvi-la chamar pelo nome do namorado, Herbert perdeu a razão, desferindo-lhe várias bofetadas. Vencida na luta, agora silenciada, o único som que Stef ouviu foi o de seu próprio vestido sendo rompido, antes de penetrar num estado de semi-inconsciência. O cavalo deu um relincho que não foi ouvido por nenhum dos contendores.

Um filete de sangue escorria dos lábios feridos de Stef. Dos olhos semicerrados saíam grossas lágrimas que rolavam com lentidão por sua face pálida, a denunciar seu estado, a barriga proeminente reluzia apontada para o céu.

Os olhos miúdos do major nazista brilhavam libidinosamente. Mantendo a jovem firmemente presa sob seu corpo, desfrutava com prazer cada segundo a iminência de ter seus desejos saciados. Passou a língua pelos lábios ressequidos de excitação e deixou os olhos ávidos passearem com indecência pelo corpo grávido e seminu da garota indefesa. O passeio obsceno começou pelo rosto jovem e belo que, apesar dos traços juvenis, era estranhamente sensual; vagou pelo colo liso e sedoso, parando nos seios rijos a registrar cada detalhe das curvas suaves e sedutoras. Embriagado pela paixão desenfreada que o consumia, Herbert não percebeu que Stef tinha recuperado a consciência e não sentiu o estremecimento que a percorreu quando seu olhar maligno pousou sobre seu ventre entumescido:

– Ora. Ora. Então a virgenzinha está prenhe... Sua porca judia! Fazendo-se de difícil para mim e de barriga cheia! O mundo se acabando em guerra e esta prostituta tem o desplante de se embuchar! Você não passa de uma prostituta, Stef! Prostituta, ouviu? Prostituta! – Herbert espumava de raiva. Sua mente perversa delirava ao imaginar Stef sendo possuída por outro que não ele. Com crueldade, ele a estocava e sentia um prazer imenso nesse ato sórdido. Stef, sentindo-se sufocar com a violência das investidas, implorava por piedade:

– Major Herbert, por favor. Por favor, tenha piedade desse anjo que trago dentro de mim... – não completou a frase. Embrutecido pela paixão e pelo ciúme, Herbert a possuía com uma selvageria que se igualava à própria selvageria da guerra.

Cada estocada era para Stef como se um punhal em chamas a estivesse penetrando, queimando suas entranhas e matando suas ilusões. De lábios e olhos cerrados, Stef se resignava àquela tortura. Para poder ter forças para suportar tamanha violência, concentrou os pensamentos em Sieg. A lembrança dos momentos de ternura e do grande amor que partilhavam eram o único consolo para a selvageria de que estava sendo vítima naquele cemitério bombardeado e abandonado.

Herbert babava lascivo e grunhia como um porco, porejando suor por todos os poros. De punhos firmemente cerrados, Stef tentava conter a náusea que sentia. Não queria, além daquela tortura bestial, ser ainda espancada por sujar o dólmã onde reluziam as insígnias do major oficial S.S.

Quando tudo terminou e Herbert rolou completamente saciado para o lado, Stef sentiu-se suja e esvaziada. Parecia que nunca mais ia conseguir fazer amor com Sieg. Tinha medo de que ele a considerasse suja demais para o amor. Sentindo-se invadida pela dolorosa impressão de que nunca mais ia conseguir se livrar das negras lembranças daquele dia ensolarado, fechou os olhos e se entregou à inércia da desesperança.

***

Stef esfregou vigorosamente o corpo dolorido e cheio de hematomas com um pedaço do vestido rasgado na contenda. Vestiu outro que tinha trazido de reserva e encarando Herbert que ajeitava as calças, perguntou de súbito:

– E então, major oficial Herbert vonn Mann, que misérias mais você pretende agora fazer comigo? – a voz firme e altiva ocultava o medo e a náusea que a envolvia.

– Ora, o que é isto agora, fraulein? Por que toda esta animosidade? Não vai me dizer que não gostou, vai? Todas as mulheres que tiveram a honra de serem por mim possuídas, gostaram. Você não seria exceção – riu sarcástico, afivelando o cinturão com displicência. Olhou longamente para aqueles olhos lindos que o fitavam e divertiu-se intimamente com a inocência que viu estampada neles. Uma leve ereção o envolvia novamente quando ela, fazendo menção de se retirar, voltou à carga:

– Posso ir-me agora?

– É claro que não – esbravejou. – Já lhe disse que vou levá-la comigo. É surda ou não entende alemão? É, talvez você só consiga compreender iídiche, mas eu não falo essa língua, ela é tão podre como qualquer um que a fale.

– Por que você me persegue assim, major? Já não basta o mal que me causou e a minha família? Ainda quer mais? – Stef estava quase a ponto de perder o controle.

– Diga-me uma coisa, minha pombinha, o que a faz pensar que lhe quero fazer algum mal? O que acontece é que desde que a conheci está havendo um tremendo mal-entendido.

– Como assim mal-entendido? – Stef se encheu de esperança.

– Ora, pombinha. São tempos de guerra, e em tempos assim, as pessoas precisam se divertir para fugir aos temores, e eu não sou exceção. E você... bem, você vai ser minha diversão. E sinta-se orgulhosa disso, afinal, não é todo oficial S.S. que não é tão seletivo quanto eu a ponto de aceitar uma judia para seu divertimento.

– Mas isso é deplorável! Sou gente! Um ser humano! Tenho sentimentos! Não sou brinquedo, major Herbert! Não sou brinquedo para diverti-lo! – a jovem gritava de indignação, ao passo que Herbert ria calmamente a cofiar o bigodinho indecente:

– Ora, fraulein. Deixe de histeria. Seja boazinha para seu salvador e você vai ver que a vida pode ser um eterno mar de rosas. Mesmo em tempos de guerra.

– Está muito enganado, major. Embora eu seja ainda muito jovem, a guerra e as pessoas nela envolvidas estão duramente me ensinando que a vida não é, nunca foi nem nunca será esse mar de rosas que apregoa. Ao contrário, e especialmente em tempos de guerra, a vida é na verdade um mar de lamas negras e espinhosas, que fazem emergir a natureza mais ínfima das pessoas. E é por tudo isso, major, que homens como você proliferam durante as guerras. São ratos delas! São a escória da guerra! Abusam da patente que deviam honrar! Ratos! Escória!

O oficial surpreendeu-se com a firmeza e coerência das palavras da jovem. Espantou-se com o poder que a guerra tem de transformar doces e sonhadoras mocinhas em mulheres amadurecidas e realistas em tão curto espaço de tempo. Ele ainda se lembrava dela como a doce e delicada filha do sapateiro e de seu cantarolar suave ao manejar a sovela ou polir as botas. Sentia ainda a aura virginal que cintilava nos olhos azuis-prateados que agora dardejavam o ódio mais intenso que alguém podia sentir. Estranhamente, uma leve pontada tocou-lhe o duro coração. Tinha esposa, um filho e, ironia do destino, uma filha poucos dias mais velha que Stef, e embora de maneira diferente, quase tão linda quanto ela. Os cabelos negros e lisos de sua filha contrastavam maravilhosamente com seus imensos olhos azuis. Era a seu modo, uma beleza sem par, juntas, Stef e ela, formariam uma bela dupla. Mas Stef não era sua filha, e os tempos eram de guerra...

– Com que então, além de ser extremamente apetitosa, minha pombinha também sabe falar. Mas isso é maravilhoso. Vai falicitar e muito nossa convivência – riu divertido.

– Vamos direto ao que interessa, major Herbert. O que vai fazer comigo agora? – indagou secamente.

A resposta também seca e curta a fez estremecer:

– Vou levá-la comigo para Berlim!

– Ber... Berlim? – Stef levou as mãos ao ventre e sentiu uma fisgada que a fez sufocar. Ia ser entregue à Gestapo!

O ardor que sentia no meio das pernas e que lhe queimava as entranhas se intensificou, sangrava...

Berlim! Gestapo! E ela achava que já tivesse sofrido o suficiente com as sevícias do oficial, tentou negociar sua vida, precisava proteger o filho e tentar recuperar sua família, seu marido...

– Não faça isso conosco, major. Meu bebê ainda nem nasceu. Por favor, deixe-o nascer.

– Teme ser punida por sua origem obscura, minha pequena judia?

– Judia??? – incrédula, Stef arregalou os belos olhos. – Judia? Você não sabe o que está falando, major Herbert. Sou uma jovem alemã, protestante e...

– Até que você representa bem, Stef. É realmente uma boa atriz. Mas judia-protestante nem no mundo da ficção daria certo. Sem dúvida, o sapateiro a treinou bem no que se refere a ocultar sua verdadeira origem.

– De que é que você está falando, major? Eu não compreendo. Como assim, sua "verdadeira origem"?

– Começo a crer que realmente não sabe ainda que é uma judia, Stef.

– Judia? Judia? Eu? Judia. Não pode ser! Você está mentindo! Só quer me assustar ainda mais, sabe o quanto Hitler persegue os judeus e inventou essa história para me atormentar! Chega! – Stef caiu de joelhos e começou a esmurrar o chão pedregoso coberto de entulhos.

Herbert chegou à conclusão de que ela ignorava mesmo sua origem judaica. Ajoelhou-se a seu lado e pôs a mão em seu ombro. Teve então um gesto inesperado. Contou a Stef toda a verdade sobre o nascimento de seu pai e falou dos riscos que corria na condição de meio judia, enquanto durasse a guerra. Stef ficou chocada. Era uma notícia surpreendente.

"Papai era filho biológico de uma judia-polonesa com um cristão-italiano convertido ao judaísmo", pensou, tomando consciência de que estava nas mãos daquele homem.

De um momento para o outro havia sido completamente

aprisionada por suas garras assassinas. E isso representava o despertar do sonho de encontrar seus entes queridos e de refazer a vida depois da guerra. Seu corpo jovem foi violentamente sacudido pelo pranto que brotou desesperado, como as águas tempestuosas de uma corredeira.

– Não pode estar fingindo, Stef, e eu a quero ainda mais. Vejo que não sabia que estava contaminada. Seus pais tiveram vergonha de lhe revelar o segredo sujo do sapateiro, o que quer dizer que a considero meio alemã.

No momento mais crucial de sua jovem vida e pela pessoa que menos esperava, ela soube que seus avós biológicos eram ítalo-judeus-poloneses. E que ela e seu bebê eram... Sentiu a terra fugir sob os pés. Sufocada pela revelação, comprimiu as duas mãos fortemente sobre o ventre:

– Meu filho... judeu... na Alemanha Hitlerista.

Subitamente, começou a compreender o comportamento estranho dos pais nos dias que antecederam a tragédia que despedaçou sua família. Os sussurros pelos cantos. Os soluços da mãe no quarto ao lado do seu. Os longos suspiros do pai e aquela explosão certa noite quando ela cantarolava debruçada nas pernas dele. Agora tudo estava claro para Stef. A sua própria e inusitada ida para Colônia. A prisão e morte do pai. O dr. Heinrich, também preso. Até mesmo Ulrich e sua mãe! E a enfermeira Ilse? Sua fuga desesperada de Berlim! Sua morte injusta! Maria e José Bremer! Frau Amina! Todos! Todos lhe foram roubados!

– Nãããããão! – o grito lancinante saiu sem que ela pudesse conter. Era demais para suportar em silêncio. – Berlim... Gestapo... – balbuciou, antevendo os horrores que ainda tinha pela frente. Aprumou a cabeça dourada sobre o pescoço delgado e acariciou o ventre com ternura, fora vencida; sentiu o bebê se agitar e disse antes que fraquejasse: – Estamos prontos, major Herbert vonn Mann. Meu bebê e eu. Vamos então.

– Admiro sua coragem, Stef. Mas não pretendo entregá-la à Gestapo. Como já lhe disse, vou levá-la comigo. Ficará no sótão de minha casa. Ninguém a encontrará lá.

– A troco de quê vai me proteger, expondo-se dessa forma? A você e a sua família. Mulher e filhos – Stef queria ter certeza de que estava tendo uma chance de escapar da Gestapo. Só que a condição para isso a fazia preferir ir parar nas mãos da polícia secreta alemã, com todos seus métodos de tortura e de morte lenta. Tremia ante a expectativa de ter de conviver com aquele homem. Ser obrigada a saciar seus mais devassos caprichos. Insistiu para ser entregue:

– É melhor fazer as coisas de acordo com as regras do partido, major...

– Repito, você vai ser a minha diversão predileta durante a guerra.

– Isto pode lhe custar caro...

– Ninguém vai saber disso, Stef. A não ser você e eu. E além de sua desfavorável condição de judia, sua mãe e seu irmãozinho estão presos em algum campo de concentração e só esperam o fim da guerra para se juntarem a você... e por esse nobre motivo você não vai fazer nenhuma besteira, como tentar fugir, por exemplo..

– Você me dá asco, major Herbert.

– E você me enlouquece. Judia. Mas calma, ainda não terminei. Olhe para essa sua barriga nojenta e pense no bastardo que está aí dentro e no pai dele que está na França, divertindo-se com alguma francesinha, e vai ver que não pode mesmo pensar em nada mais a não ser em se tornar uma amante fogosa e bem-disposta para mim.

Stef baixou os olhos para a barriga no momento em que o filho deu um estremeção. Sentiu novamente a fisgada, mas não deu importância ao fato; pensava em que argumentos usar contra alguém que faz chantagem até mesmo com um bebê que ainda nem nasceu. Tornou a insistir:

– Mas alguém pode desconfiar de eu estar escondida lá e...

– Não, Stef. Minha casa não é muito freqüentada e depois, por que alguém haveria de desconfiar de que o major oficial Herbert vonn Mann, esconde em seu porão uma linda judia? Nem mesmo minha esposa, que vez por outra aparece por lá para me encher o saco, poderá suspeitar de que minha amante dorme no sótão de sua própria casa, enquanto ela dorme no quarto principal da casa, ao lado do maridinho. – Riu da própria piada e continuou impiedoso: – E pela parte que lhe toca, acho que é inteligente o suficiente para se manter calada nessas ocasiões. Ela nunca fica mais que um dia.

Stef compreendia que não tinha saída. Que estava à mercê da paixão devassa e caprichosa daquele homem. E que a vida das pessoas que mais amava e que ainda estavam vivas, estava em suas mãos. Seu rosto estava branco como cera. Rogando forças ao filhinho que se remexia inquieto, enunciou sua sentença e seu desejo de sair logo do cemitério:

– Vou com você, Herbert. Se este é meu quinhão, haverei de ter forças para suportá-lo. Agora vamos. Este lugar é muito sombrio.

Cada vez mais admirado com a coragem e dignidade daquela jovem, filha de um simples sapateiro judeu, Herbert chegou quase a sentir pena por ver tanto talento desperdiçado numa judia. Pensou até que gostaria de ajudá-la; não fosse a paixão desenfreada e possessiva que nutria por ela, talvez até a abrigasse com desinteresse, mas aquela judia mexia muito com ele e o deixava confuso e incapaz de raciocinar com coerência, o que não era mesmo habituado a fazer.

– Você me espera aqui, Stef. Sinto muito, mas vou ter de deixá-la atada a alguma árvore. Partiremos ao anoitecer. Virei buscá-la. Vou até Colônia dar a busca por encerrada. Para feliz coincidência, minha licença termina hoje e de qualquer forma eu teria de me apresentar em Berlim, amanhã.

Stef sentiu uma pontada no peito ao saber que um dia apenas fizera a diferença entre o inferno e o paraíso. Um dia. Por mais um dia ela estaria livre daquele demônio. Suspirou resignada.

– Major, poupe-me a mim e a meu filho de mais essa tortura. Não é preciso que me amarre a nada a não ser a minha palavra. Não vou tentar fugir. Eu o esperarei, palavra de judia – Stef, ao contrário do que se poderia esperar em relação a sua origem, sentiu certo orgulho ao empenhar a palavra de um ser considerado inferior, segundo a concepção nazista.

Ambicioso, corrupto, abusivo da autoridade que suas patentes e a condição de guerra lhe conferiam e habituado a lidar sempre com gente da própria espécie, o major desconhecia a honradez e dignidade das pessoas simples e se sentia chocado com as palavras da jovem judia. Coçou a cabeça, preocupado:

– Stef... o bom senso me manda deixá-la amarrada, em segurança. Você já me causou muitas complicações e não sou muito tolerante com surpresas desagradáveis. Preste atenção: o menor deslize seu, por menor que seja, e sua mãe e seu irmãozinho enfrentarão sérias dificuldades. Sem contar que você e seu bastardinho serão caçados a tiros, entendeu?

É claro que ela entendia e mais claro ainda, tinha consciência da responsabilidade que pesava sobre seus jovens ombros, ou melhor, sobre seu corpo jovem. Achou desnecessária a advertência:

– Deixe o bom senso de lado, major Herbert. Onde estava ele quando você me possuiu à força, como um animal raivoso? Quando prenderam e assassinaram papai? E quando levaram mamãe e lhe arrancaram dos braços o seu filhinho? Onde estava o tal bom senso daqueles que praticaram essas barbáries e de quem as ordenou? Ou seja, onde estava seu bom senso naquele momento, major Herbert vonn Mann? E de que serve isso agora, quando me tem indefesa em suas garras assassinas e pode fazer de mim e de meu filhinho o que bem entender sem que ninguém ouse vir em nosso socorro? Deixe de dizer ironias, major, e vá de uma vez dar por encerrada a grande caçada à judia e ao seu bebezinho!

A jovem tremia da cabeça aos pés. Queria poder matar aquele homem com as próprias mãos, no entanto, coisas da guerra, tinha de se deitar com ele, comportar-se como uma amante gentil e obedecer às suas ordens. À beira da histeria, quase perdendo todo o autocontrole que lutara para adquirir, partiu para cima do boquiaberto oficial e de punhos cerrados, pôs-se a esmurrá-lo no peito:

– Não! Terá de me matar antes de conseguir me amarrar, major! Bom senso! Bom senso! E o animal que me fala disso é o mesmo que me persegue há mais de um ano! É o mesmo que destruiu minha família! Quem você pensa que é para falar em bom senso, major Herbert! Você não passa de um assassino! Criminoso de guerra! Você é um porco chauvinista! Porco! Assassino! Você me dá nojo! Nojo! Nojo!

Sem dizer palavra, o oficial se afastou lentamente da jovem desesperada. Saltou sobre o animal e, com voz calma disse antes de partir:

– Obrigado, Stef. Nunca antes alguém tinha tido a coragem de dizer tudo o que realmente sou. Pena que isso não muda nada. Em minha vida, só me ensinaram a ser tudo o que você me disse e algumas coisas mais e, ainda piores, para sua informação. Ajeitou o quepe e partiu a galope; os cães corriam fazendo festa atrás do cavalo.

Stef ouviu o trote do cavalo que se afastava à distância e não se moveu do lugar, estava petrificada com seu descontrole, sem saber que tinha aguçado ainda mais os instintos mais primitivos do lascivo oficial, pensava, ao contrário, ter exposto seu plano ao perigo. Com o belo rosto voltado para a impiedade do céu azul, chorava desesperada. O desamparo, a solidão e o medo que a invadiam, somados à grande e avassaladora dor que a assolava eram demais para uma jovem sensibilizada pela gravidez. O pranto carregado de um sofrimento atroz, quase a sufocava. A dor lancinante pelo muito que a guerra lhe roubara, era refletida nos altos e pungentes soluços que ecoavam pelo cemitério abandonado sem que ninguém a pudesse ouvir. Eram tempos de guerra. E em tempos de guerra, ninguém ouve as dores de outrem, está cada um cuidando de suas próprias dores. Cada qual chora suas perdas, sozinho, envolto na cruciante solidão que as guerras impõem às pessoas.

A febre era tão alta e as dores tão fortes que Stef delirava. A dor horrenda que partia do ventre era tão violenta que era como se dali partissem milhares de punhais em chamas que, rasgando e queimando, atravessavam-lhe o corpo todo. Branca como cera, a jovem transpirava profusamente. Prostrada na cama do minúsculo porão, nos momentos em que recuperava a consciência seus olhos varriam as quatro paredes em busca de ajuda. Mas ninguém a podia ajudar. Ninguém nem mesmo sabia que ela estava escondida naquele minúsculo subterrâneo nem que era amante daquele crápula.

Desde que chegara a Berlim, Stef notara que algo não ia bem com o bebê. Pensara, a princípio, que sua fuga alucinada, o esforço sobre-humano para sepultar frau Amina, a brutal sevícia de que fora vítima e a fatigante viagem no jipe que sacolejava pelos buracos da estrada secundária fossem a causa das fortes fisgadas que sentia no ventre e da total imobilidade do bebê. Mas com o passar dos dias, a dor aumentou gradativamente, culminando com aquela febre alta e persistente, o que a fez reconhecer que seu estado era grave. Mais que isso. Gravíssimo. Não temia por si. Pessoalmente, nada mais poderia lhe causar mais mal do que as angústias pelas quais vinha passando. Temia pela mãe e pelo irmãozinho que estavam nas mãos dos nazistas. Temia pelo marido que sequer sabia por onde andava e, acima de tudo, por seu filhinho querido, o qual ainda nem tinha nascido, mas que ela já amava com todas as forças de seu jovem coração.

Além das dores, da febre e de sua preocupação com o filho, tinha ainda que suportar as libidinagens do lascivo major. Sua paixão doentia desconhecia limites e a submetia aos seus mais devassos caprichos. Obrigando-se a conter as fortes náuseas, deixava-se possuir com resignação, sem demonstrar o menor sentimento que fosse do extremo ódio que sentia.

Para suportar as sevícias, virava o rosto para o lado e de olhos cerrados pensava firmemente em Sieg, e lhe pedia perdão. Além de ser estupidamente aviltante e doloroso, aquilo tudo era enojante e hediondo, mas era também a única arma de que dispunha para preservar a própria vida e tentar salvar a de sua família. Quando a guerra se findasse, talvez pudesse recolher os pedaços do que restasse de cada um deles e, juntos, retomar a vida através dos escombros.

Com os olhos fixos no alçapão de onde pendia uma escada de madeira, imaginava como tudo seria diferente se não fosse aquela maldita guerra que parecia nunca ter fim. Sentia saudades da vida simples e feliz que tinha vivido com os pais e das ternas tardes em que ela e Sieg haviam passado juntos, dos passeios de mãos dadas às margens dos lagos de Berlim...

Embalada por essas doces lembranças, foi novamente tragada pela febril inconsciência e não viu, por esse motivo, a porta do alçapão ser violentamente aberta, nem os dois pares de olhos que a fitavam aflitos: um embaciado pelo medo desesperado de perder sua pupila, o outro, tomado pelo medo de perder a amante indócil.

Nada naquele velho magro e pálido que descia a escadinha rangente lembrava o outrora rechonchudo dr. Heinrich Chermanm. As misérias vividas no campo de concentração onde era prisioneiro deixaram suas marcas no corpo esquálido e na face pálida e encovada do médico, que caminhava com certa dificuldade.

Reconhecendo de imediato a gravidade do caso, o velho médico não perdeu tempo. Seu experiente olho clínico lhe dizia que sua pupila corria sério risco de morte. Fez-lhe um toque vaginal, mediu a temperatura e, ao lhe auscultar o coração, intimidou-se com a pulsação fraca e desordenada. Segurou a mão gelada da moça entre as suas e fechou os olhos por um momento. Sentiu o velho coração confranger. "Stef... minha filha, o que fizeram com você..."

– E então, doutor? – a voz rude e impaciente trouxe-o de volta à realidade.

– O bebê está morto, major – disse com certa apatia.

– Isso é irrelevante, doutor. Era apenas um judeu bastardo. Quero saber dela. Só isso me importa – o medo de perder Stef o fazia suar frio. Amava-a com ímpetos de uma violenta tempestade e a idéia de perdê-la o transfigurava.

– Ela está morrendo de septicemia. É preciso transportá-la com urgência para um hospital. Stef terá de ser submetida a uma cirurgia para retirada do feto, caso contrário, morrerá.

– Isso é impossível, doutor! O senhor sabe tanto quanto eu que Stef é uma judia! Como posso levá-la a um hospital? Serei fuzilado se for descoberto e... ela será morta! De qualquer forma a perderei, será que não vê isso? – Herbert tremia convulsivamente. Não temia a morte por fuzilamento por dar proteção a uma judia, mas o medo de perder o objeto de sua paixão devassa o deixava fora de controle.

– Major Herbert vonn Mann... – o médico media cuidadosamente as palavras –, desculpe, mas foi o senhor quem a colocou nesta situação; agora trate de tirá-la ou a perderá realmente.

– Isto está fora de cogitação! – sentindo-se impotente, o oficial espumava de raiva.

Doutor Heinrich suspirou profundamente. Amava aquela menina como a uma filha muito querida. Pobre Stef. Ia morrer à míngua diante de um médico. Passou a mão pela cabeça branca e com a voz sumida pela emoção, falou resignado:

– Sendo assim, caro major, ficaremos os dois sentados aqui, à sua cabeceira vendo-a morrer. A não ser que ocorra um milagre, é só o que nos resta fazer. E já que milagres não acontecem, vamos nos sentar e esperar. Ela não deve demorar a morrer.

Dizendo isso, o médico espalmou desconsolado as mãos. Somente Deus e ele próprio sabiam o quanto havia lhe custado proferir a sentença cruel. Mas tinha de ser realista. Não havia nada que se pudesse fazer por Stef, a não ser retirar o bebê que já putrefava dentro dela. Stef. Ele a vira nascer. Cuidara de seus resfriados e outras doenças infantis como um médico competente e com o cuidado de um pai amoroso; viu-a nascer e sofria por vê-la morrer e ele ter de assistir àquele espetáculo tétrico sentado numa cadeira sem nada fazer a não ser segurar a mão que desfalecia sob a sua. Perdido em pensamentos, sobressaltou-se quando a voz de taquara rachada soou estridente:

– Aí é que você se engana, doutor. Milagres acontecem, sim, e você vai praticar um agora mesmo. Vai curar Stef. Sim, senhor, dr. Heinrich, o senhor vai curar Stef! Ou isso, ou morrem todos os que tiverem a menor ligação ou parentesco com ela, entendeu?

É claro que o médico entendia. Aquele homem tinha perdido a razão. Tinha se tornado ainda mais perigoso do que já era. Tomado de ira, falou indignado:

– Seja coerente, major. Acha que fico feliz vendo Stef morrer sem nada poder fazer? Stef é para mim como a filha que não tive, major! Não! O senhor não sabe o que significa isso para me falar em milagre. Acha que se isso fosse possível eu não o faria? – virou de costas para que o major não visse o sofrimento estampado em seus olhos.

– Pois trate rapidamente de aprender a fazer milagre, doutor! Quero Stef curada. Caso contrário...

– E de que maneira o senhor pensa que vou poder fazer isso? Só uma cirurgia de urgência poderia salvá-la! – virou-se com brusquidão para o oficial que mordia nervoso o bigode. – Stef está morrendo! Olhe para ela!

Ambos olharam para a jovem que gemia. As faces avermelhadas pela febre contrastavam assustadoramente com a palidez de seu rosto.

– Ela está morrendo diante de nossos olhos – tornou o médico com imensa tristeza.

– Fique com ela, doutor. Vou providenciar os materiais para o senhor operá-la aqui.

– Idéia brilhante, major. É nossa única chance. E por amor a ela, não demore – disse o médico ao entregar uma longa lista ao major.

Quando a cirurgia terminou, o doutor e o major respiraram aliviados. Apesar do seu estado desesperador, Stef resistira. Gemia e se debatia e ainda delirava. Mas o feto tinha sido retirado e a hemorragia estava sob controle. O milagre tinha acontecido. Agora era esperar.

***

A longa vigília à cabeceira de Stef, durava havia oito dias. Houvera momentos em que o velho médico quase perdia a esperança. Mas a jovem lutava bravamente pela vida e, contra as todas expectativas, recuperava-se. Como que atendendo a um mudo pedido do dr. Heinrich, o major Herbert só aparecia o estritamente necessário e ficava apenas por uns poucos minutos no porão. Ele tinha acabado de sair naquele dia, quando o médico foi surpreendido pela voz ainda debilitada de Stef:

– Meu filho...

– Calma Stef. Está tudo bem, minha menina – o médico quase chorava de alegria. Sua menina estava fora de perigo.

– Doutor Heinrich? O que aconteceu? Onde estamos?

– Psiu. Não fale nada, querida. Você precisa descansar – sua voz tremia de emoção. Olhava para Stef com ternura e afagava suas mãos mornas e pulsantes de vida. Era extremamente gratificante poder sentir que a vida lhe sorria outra vez.

– Doutor... – Stef passou a mão pela barriga lisa e vazia e sentiu um arrepio percorrê-la. – Meu filho. Cadê meu filho, doutor? Onde está ele? – sua voz soava estridente e seus lindos olhos estavam amedrontados. O médico fez uma leve pressão sobre a mão dela que subitamente ficou gelada sob a sua.

– Stef, minha filha. Está tudo bem. Por favor, querida, não se agite...

– Onde está meu filho? O que fizeram com ele?

A hora mais crucial na vida de um médico é ter de informar a uma mãe que seu filho querido está morto. Mas todos acabam se acostumando com este momento crítico de sua carreira, e o dr. Heinrich não era exceção, estava habituado a isso. Mas desta vez era diferente.

– Por favor, doutor, o que aconteceu com o meu bebê? Ele está morto, não está? Fale a verdade, fale! – Paralisado pela compaixão, o médico a olhava sem encontrar as palavras para dar-lhe a triste notícia. Diante do silêncio do médico Stef compreendeu a verdade cruel.

– Oh, não! Ele era tudo o que me restava. Oh, Sieg. Nosso filho está morto! Morto! Oh, não!

– Stef querida...

– Eu também quero morrer, doutor! Quero morrer...

– Você tem de ser forte, Stef. Pense em Sieg. Agora mais do que nunca vocês têm de se unir... Tem também Olga, Ulrich, eles precisam de você. Por favor, minha filha, seja forte.

Stef ouvia o médico como se ele estivesse a milhares de quilômetros de distância. Uma tristeza indizível a invadia. Seu filhinho. Não conseguira protegê-lo. Parecia que ia enlouquecer de dor.

– Ele matou meu filhinho, doutor. Aquele major assassino matou meu filhinho. Assassino! Assassino! – Stef gritava desesperada. Aflito por causa dos seus gritos que podiam ser ouvidos por alguém que passasse na rua, o médico tentava acalmá-la.

– Stef, por favor, querida, chore, minha filha, extravase

sua dor, mas chore baixinho. Alguém pode ouvi-la e aí, sim, tudo estará perdido de vez. Pense em Olga, Ulrich e em Sieg. Por favor, querida, eles só têm a você. Terá de ser forte, menina.

A jovem aos poucos foi se acalmando. Embora estivesse sofrendo, sabia que o médico tinha razão. O seu filhinho morrera. Mas havia ainda os outros. Voltou os olhos vermelhos de chorar, mas, ainda assim lindamente belos para o médico, e disse com a voz carregada de uma dor infinita:

– Meu filhinho, eu não pude protegê-lo, doutor, deixei que o matassem...

– Tenho uma surpresa para você, Stef.

– Uma surpresa? Os olhos ainda úmidos brilhavam estranhamente.

– Sim. E, em vista das circunstâncias, eu diria que muito boa até. Tome. Trago-lhe isto – falou cheio de mistérios lhe entregando um macinho de pequenos pedaços de papel que tirou da bainha puída de sua calça.

Stef abafou um grito ao reconhecer a caligrafia da mãe.

– Onde está ela, doutor? Como isso foi parar em suas mãos? – os olhos reavivaram. Uma carta da mãe. Nunca imaginara que isso seria possível. Não enquanto a guerra durasse.

– Não faça tantas perguntas, Stef. Leia logo, enquanto estamos a sós.

– Uma carta de mamãe. Mal posso acreditar.

O médico observava atentamente o semblante de Stef enquanto esta, mortalmente pálida, lia e relia a carta, detendo-se em alguns trechos. Então o major, apesar de tudo não mentira. A mãe estava viva. E ela tinha mais um irmãozinho e uma irmãzinha. Fechou os olhos e por um breve momento imaginou como seria a carinha deles. Depois pensou em Ulrich. Ela só informava que ele tinha ido para um orfanato, mas não falava qual. Leu e releu os pedacinhos de papel várias vezes e depois se voltou para o médico, agitando os papeizinhos no ar:

– Como isso foi possível, doutor?

– É uma longa história, Stef. Quando fui preso me mandaram para o Campo de Concentração de Nuremberg. Fiquei lá uns três meses e uma noite me buscaram e me levaram para Ravensbrück para ajudar no combate a uma epidemia de tifo que assolava o campo.

– E então... – Stef estava impaciente.

– Certo dia eu fui atender a uma emergência na enfermaria das judias e lá deparei com Olga. Ela estava em crise. Era segura por três guardas S.S. e dava muito trabalho, recusava-se a ser medicada.

– Como assim em crise? Mamãe nunca teve problemas. E pela carta ela parece estar em seu juízo perfeito, apesar de tudo – Stef estava curiosa.

O velho médico esboçou um leve sorriso:

– Olga estava bem, Stef. Ela jogou uma cartada final. Sabia que eu estava no campo e simulou a crise para ver se me chamavam. Por esse motivo não queria ser medicada. Esperava que chamassem o médico – ambos riram da coragem e do senso de humor de Olga.

– Essa é mamãe. Ainda é capaz de fazer parar a guerra – Stef pilheriou. Mas logo uma dúvida a preocupou: – Só não entendo por que fizeram a vontade de mamãe, doutor, quando o mais natural seria que a matassem de vez. Isso é o que esses nazistas mais sabem fazer – falou, referindo-se ao filho.

Percebendo a referência ao bebezinho morto, o médico começou a falar por que atenderam a manha de Olga naquele dia.

– Acontece, Stef, que quando foi presa, Olga ficou muito abalada e passou alguns dias desorientada. Quando recuperou o juízo percebeu que sua dificuldade, em vez de comover a direção do campo, a divertia. Resolveu, assim, tirar partido da situação, fingindo que ainda não estava bem. E assim vai sobrevivendo. É poupada de muitas coisas, afinal, diverte a todos e não faz mal a ninguém.

– E como foi resolvida a história da crise de mamãe? E

a carta, como foi isso possível? – Stef estava intrigada, um meio sorriso iluminava o rosto juvenil.

– Ah, Stef – animou-se o médico, vendo o interesse trazer novamente cor àquele rostinho que tanto amava. – Foi até divertido. Naturalmente, fiz-me de bravo e a arrastei pelos punhos até o leito mais próximo. Fui até aplaudido por tê-la dominado sozinho. Depois, foi só pedir às guardas que providenciassem algumas ataduras para eu atá-la à cama e tivemos a oportunidade de ficar a sós. Ela trazia a carta escondida na bainha da saia. O resto é fácil imaginar... – riram descontraídos. Afinal, a carta chegara às mãos de Stef também escondida numa bainha, a da calça do doutor. Logo, porém, o semblante da jovem se turvou. Os lindos olhos se apertaram e ela indagou preocupada:

– Viu-a novamente?

– Não.

– Doutor...

– Sim, querida.

– Se... Se a vir novamente, por favor, doutor, ela não precisa saber como vivo realmente. Nem do bebê... Invente uma bela história e a faça acreditar nisso...

– Não encha essa cabecinha linda com tantas preocupações, minha menina – disse o médico, alisando a cabeleira dourada de Stef. – É claro que se a rever, saberei o que dizer para ajudá-la a reunir forças para sobreviver a Ravensbrück.

– Mamãe é insuperável, não, doutor? Admiro sua coragem. E como ela está reagindo a tudo isso, realmente? – Uma dor indizível apertava o jovem coração de Stef que ainda não podia crer que tudo aquilo estivesse realmente acontecendo. Devia ser um pesadelo. Apenas muito longo.

– As feridas são muitas e muito profundas, Stef. Mas Olga é forte e corajosa. – Não teve coragem para contar à filha que a mãe, na verdade, estava meio perturbada e intercalava momentos de lucidez com delírios ininteligíveis, embora estivesse simulando uma crise mais violenta no dia em que lhe entregara a carta. Interrompeu o que estava dizendo, dando uma piscadela marota para a jovem, que ouvia atentamente. – Você puxou a ela. E ainda bem que é assim, porque vai precisar de toda sua força e coragem para resistir, Stef...

– Não sabe o que é se submeter ao major, doutor. Antes eu tinha um motivo que me ajudava a suportar essa monstruosidade, tinha meu bebê... Mas agora é tudo tão sem sentido... – Stef falava com simplicidade. Parecia que sempre discutira aqueles assuntos com o médico. A guerra desnuda as pessoas...

– Lembre-se, há os outros, querida. Eles precisam de você, Stef – disse o médico, referindo-se a sua mãe e irmãos e a Sieg, seu marido.

Apertaram-se as mãos e o velho doutor compreendeu que aquele aperto de mão representava para aquela família destroçada a esperança de conseguir sobreviver à guerra. Stef empenhava, naquele gesto firme, sua palavra de mártir.

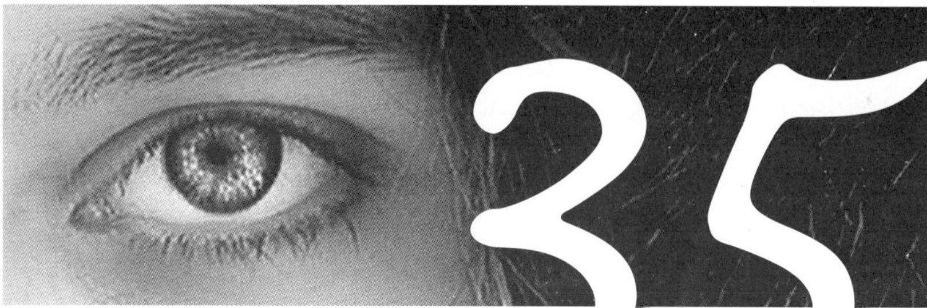

# 35

Dois dias depois de Herbert ter comunicado ao médico que o buscaria na noite do segundo dia, Stef e ele ainda conversavam. Tinham muitas coisas para falar um ao outro. Por sorte, Herbert não tinha aparecido naqueles dias a não ser para se certificar da recuperação de Stef e para comunicar que na noite seguinte buscaria o doutor para levá-lo de volta ao campo. Dormiam pouco para passar o máximo de tempo juntos. Sabiam ser aquela uma oportunidade rara e que talvez nunca mais se repetisse e não queriam desperdiçá-la.

Culpando-se o tempo todo pelas desgraças que tinham acontecido na vida do médico por tentar ajudá-la, Stef lhe contou em detalhes a morte de frau Hermínia, o ataque à sua propriedade, sua fuga com a enfermeira Ilse e a morte dela. Com José e Maria Bremer não sabia o que tinha acontecido. Mas o médico imaginava...

– É tudo culpa minha, doutor. Nunca vou me perdoar...

– Estamos em guerra, Stef. E as coisas mais absurdas acontecem em tempos assim. Até temos sorte. Some o número de pessoas de nossas famílias! Veja quantos de nós estamos vivos! A maioria Stef! É muita sorte! Pense nisso!
– Visto sob esse prisma, o dr. Heinrich tinha razão, pensou a jovem, embora sofresse muito por mais essa culpa.

Refletindo sobre esse modo de ver a guerra, Stef tirou dos ombros o peso de também se culpar pela tragédia que tinha se abatido sobre sua família. Carregava o trauma de pensar que se não fosse ela, o major não teria por quem se interessar e nada daquilo estaria acontecendo. Por outro lado, não fosse a condição da guerra, ela não seria uma perseguida nem ele teria o direito de decidir sobre a vida dela...

A noite da partida do dr. Heinrich chegou mais rápido do que esperavam. Stef olhou para o montinho de terra fofa num canto do subterrâneo, onde o amigo tinha enterrado seu bebê. Tinha ficado sabendo o quanto isso custara ao doutor. Tinha sido humilhado e até tinha levado alguns safanões. Mas conseguira deixar mãe e filho pertos um do outro. Comovida, agradeceu o gesto solidário:

– Obrigada, doutor. Nossas vidas se parecem muito. Sepultei frau Amina sozinha. E sozinho, enterrou meu filhinho. São interessantes as peças que a vida nos prega.

– A vida, Stef...

Um barulho na fechadura do alçapão fê-los emudecer. Era chegada a hora fatal. Uma pontada atravessou o velho coração do médico e os lindos olhos de Stef se levantaram amedrontados. A portinhola se ergueu e a cara nojenta do major oficial Herbert vonn Mann se assomou no pequeno vão. Stef se atirou desesperada nos braços do seu velho protetor:

– Não me deixe aqui sozinha com ele, doutor! Por favor, não vá embora! Não vá! Não me deixe! – um medo pavoroso do que a esperava a fez perder o controle. Tomada pelo pânico, os dentes brancos e brilhantes batiam uns contra os outros, enquanto o doutor se esforçava para tornar aquele momento o menos doloroso possível:

– Stef, minha filha, nós já conversamos sobre isso. Você prometeu, lembra-se?

– Não me deixe, doutor, por favor. Ele não ousaria me tocar em sua presença – aquela inocência comoveu o velho amigo que a estreitou ternamente nos braços enrugados:

– Tenha calma, menina. Tenha calma. Um dia tudo isso vai ter fim e...

– Tem quinze minutos para por juízo na cabeça desta

porca judia, doutor! Aí, então, partiremos! – A voz tétrica cortou o aposento como o som do vôo de uma ave agourenta, enquanto a portinhola bateu violentamente.

O doutor Heinrich aproveitou a oportunidade para tentar acalmar a jovem. Sabia que nada podiam fazer a não ser obedecer e que quanto mais fáceis as coisas transcorressem, mais chances ela teria de continuar viva e poder assim tentar resgatar sua família:

– Stef... minha filha. Você sabe que isso é impossível. Por favor, querida, o major é um homem irracional e, por mais que me doa o que vou lhe dizer, não resista a ele. Sei que seu fardo é muito pesado, mas, dentre milhares de jovens, você pelo menos tem uma chance de sobreviver. Ínfima. Mas tem. Pense nisso. Perdoe-me, querida, mas seja gentil, ou ele poderá feri-la ainda mais.

– Mais ainda, doutor? Esse homem estraçalhou minha vida como nem a guerra conseguiria fazê-lo! Sou órfã de pai e devo isso somente a ele! Se mamãe e meus irmãozinhos são prisioneiros num campo de concentração, também é obra desse maldito! E Sieg na França? E o meu bebê? O meu bebê! – A beira da histeria, Stef clamava por justiça: – Não é justo! Não é justo! O que foi feito de José, Maria... e a enfermeira Ilse, frau Hermínia, o senhor próprio, doutor? Esse homem é um assassino sanguinário! É um... a não! Não vou conseguir nunca ser gentil com esse demônio! – quase gritava.

– Calma, Stef. Por favor, procure se acalmar. Você é esperta o suficiente para saber que essa é a melhor maneira de você enfrentar essa dificuldade e manter esse crápula sob domínio. Ele é louco por você, e vai querê-la viva. De uma forma terrivelmente destrutiva, mas ele a ama. Use isso a seu favor. – Foi então que Stef disse algo que jamais imaginara poder dizer, não fosse a situação em que se encontrava:

– Esse amor maldito o levará à morte, doutor. Vou matar o major Herbert vonn Mann! E com as minhas próprias mãos! – A calma e segurança com que as palavras foram proferidas fizeram o dr. Heinrich acreditar que realmente Stef fosse tentar aquela loucura. Estava desesperada, e as coisas não eram fáceis para ela. Duvidava que ele próprio tivesse a força e determinação daquela jovem quase criança ainda. Tentou dissuadi-la:

– Tenha cuidado com o que vai fazer, Stef. Um homem como ele pode cometer as piores barbáries, caso se sinta rejeitado ou em situação de risco...

– Nada pode ser mais bárbaro do que ele já me fez, doutor...

– Pode sim, minha filha. Além de Olga e das crianças, ainda existem você e Sieg, que são jovens e têm toda a vida pela frente. Depois da guerra, vocês ainda poderão ser felizes...

– Felicidade... esse é um sonho que foi riscado de minha vida, doutor. Ainda que eu sobreviva, nada mais terá sentido. Toda vez que olhar para mamãe, vou me culpar por tudo o que lhe aconteceu... Quando vir a tristeza estampada nos rostinhos de meus irmãozinhos, vou saber que não aprenderam a sorrir por minha causa. Ninguém aprende a sorrir num campo de concentração nazista, dr. Heinrich... E quando pensar no que lhe aconteceu? O que vou fazer com os meus fantasmas? – Stef achava que ia enlouquecer.

– Pense em Sieg, Stef – o médico ponderou.

– Sieg... Não posso macular seu nome pensando nele. Acredita realmente que ele poderia me perdoar depois dessa nojeira que estou vivendo? Não, doutor. Ele é meu marido e eu o amo, mas não sou mais digna sequer de pensar nele...

– Sieg a ama, Stef. Ele nada terá de lhe perdoar. Terá apenas de compreendê-la.

– Como isso pode ser possível, doutor. Eu teria de ser franca com ele. Não poderia omitir nada do que me aconteceu durante sua ausência; e como ele poderia compreender que sua mulher dormia com outro, enquanto ele lutava na França? – Stef sentia-se enojada ao pronunciar essas palavras. O doutor insistia na compreensão do jovem marido que lutava na França:

– Sieg a ama, Stef. E o amor traz a compreensão de que vocês vão precisar um para com o outro.

– Acredita mesmo no que está dizendo, doutor? – Stef queria crer que aquilo fosse possível. Amava o marido e sonhava com o fim da guerra para juntos tentarem reconstruir suas vidas. Seu espírito jovem não queria perecer entre os escombros da guerra, mas ressurgir das cinzas em busca de um lugar ao sol.

– Pode acreditar que é assim, minha menina. A guerra nos coloca em situações às vezes tão constrangedoras, que só mesmo a força de um grande e verdadeiro amor para trazer a compreensão necessária para suplantar essas vicissitudes – Stef, aquiesceu. Se o que contava era o amor, isso, ela e Sieg tinham o suficiente para enfrentar qualquer holocausto.

– Acho que tem razão, doutor. Sieg e eu nos amamos muito. É tudo tão lindo e puro entre nós... Fomos tão felizes em Colônia. – Perdeu-se em pensamentos. – A guerra ribombava por todos os lados e tudo o que ouvíamos era a melodia suave do nosso amor...

– E é em nome desse amor, Stef – o médico aproveitou a deixa para reforçar seu pedido – e na esperança de reviver essa felicidade, que você vai usar a sabedoria para carregar essa cruz, minha filha.

– Oh, doutor...

– Nas horas mais difíceis, quando os espinhos ferirem mais fundo, feche os olhos e pense nas flores do amanhã. Quando a guerra se findar, elas haverão de desabrochar.

Stef levou a mão enrugada do médico aos lábios e beijou-a com ternura e gratidão:

– Obrigada, doutor. Papai, em toda sua bondade não teria encontrado melhor forma de me ajudar. Eu haverei de encontrar forças para viver o meu quinhão da guerra. Mas uma coisa eu juro ao senhor, a cada toque desse maldito em meu corpo, haverá de se acumular em meu coração tão intenso ódio e repúdio quanto essa paixão devassa que o domina. E uma hora esse ódio não caberá mais dentro de mim, e então o matarei – o brilho estranho que chamejava nos olhos lindos de Stef dardejava um ódio assassino e não deixava dúvidas, ela ia viver para aquele momento.

– Stef...

– Boa noite, doutor.

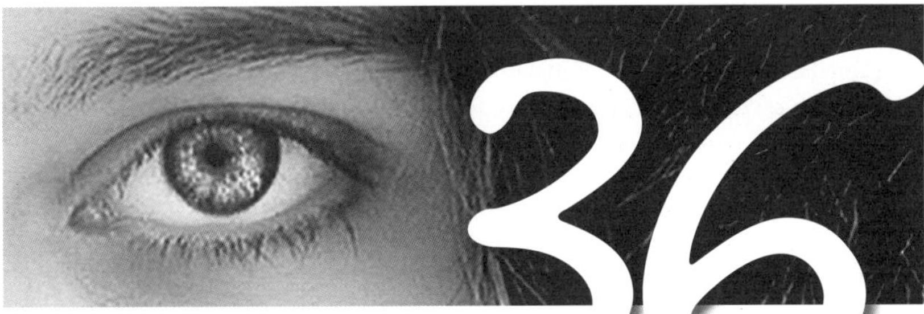

# 36

O golpe foi rápido e seguro e denotava frieza e determinação. O único som que se ouviu foi um fraco gorgolejar. Arremetida pelas costas, a longa e afiada lâmina perfurou o pulmão e traspassou o coração da vítima, que parou de pulsar instantaneamente. Como estivesse ajoelhado, o homem, como se relutasse em tombar inerte, estremeceu ligeiramente e caiu lentamente para a frente. Ao ser retirada e limpa no sobretudo do próprio morto, a finíssima lâmina rebrilhou a luz da lua e de um pequeno orifício jorrou um filete de sangue que lhe escorreu pelas costas formando uma poça escura no chão.

O blackout não impedia que a vida noturna de Berlim fervilhasse entusiasticamente. Nos porões e subterrâneos o tilintar de copos e o som abafado de risos se misturavam ao som de valsas e marchinhas e ao vozerio dos soldados e oficiais que se divertiam.

Embora a prostituição fosse proibida pelo regime nazista, os prostíbulos proliferavam por todos os cantos da cidade. A maioria das profissionais do sexo de antes da guerra ou tinha morrido ou estava encerrada por trás de arames farpados dos campos de concentração.

Moças solteiras, pertencentes a respeitáveis famílias, e distintas mães de família faziam suas vezes. Assoladas pela fome que matava seus irmãozinhos e filhinhos pequenos, tanto quanto a guerra matava seus pais e maridos, essas mulheres se entregavam a uma das poucas fontes de renda existentes durante a guerra. Muitas dessas infelizes riam fácil nos braços de algum nazista, enquanto o telegrama tarjado de preto lhes ardia no seio, queimando seus corações desesperançados.

No fim da madrugada, quando a chave girava na fechadura de suas casas, pequenas boquinhas se abriam felizes e mães e irmãs pensavam que tinha valido a pena. Pelo menos de fome seus pequenos não iam morrer naquele dia.

Ao dobrar a esquina, o automóvel negro, que deslizava pelas ruas de farol apagado, deparou com uma jovem de saia muito curta, que se encolheu contra a proteção de um muro. Depois que o carro passou, ela sacudiu a cabeça e seguiu seu destino.

Imersos em seus próprios pensamentos, os dois ocupantes do veículo, que iam em silêncio absoluto, não se preocuparam com a presença da jovem que lançou olhares esperançosos em direção à eles. O motorista comentou com desdém:

– Berlim está cheia dessas aí. Seus homens lutam no front pela grande causa e com a "célebre" desculpa da fome essas desvairadas se divertem por aí – cofiou o bigode com os lábios, olhando a moça pelo retrovisor.

– Discordamos quanto ao que as leva a agirem assim, major Herbert, nada mais na vida pode divertir essas mulheres. Ainda que vivam mil anos, nunca poderão esquecer o muito que a guerra lhes roubou. Pode apostar, jamais conseguirão esquecer...

– Será mesmo, dr. Heinrich? – questionou o motorista.

– Não tenho a menor dúvida. Gostaria muito de poder ajudá-las, mas, infelizmente, sou apenas um velho que se despede deste mundo dando voltas de carro pela noite berlinense – disse dr. Heinrich, sentindo um forte pressentimento de que não veria o dia amanhecer.

O dois homens se fitaram longamente. O major tinha de admitir: aquele homem lhe causava grande admiração. Não fosse ele um traidor, protetor de judeus e poderia ocupar posto importante dentro do partido.

– É muito perspicaz, doutor, é lamentável que um talento como o seu seja desperdiçado na proteção de seres inferiores. Não fosse essa mácula, e poderia ter sido um proeminente médico da sociedade berlinense.

– O senhor quer dizer da oficialidade nazista, não, major? De qualquer forma, obrigado. Mas me sinto muito feliz de ter sido apenas um modesto médico em Colônia.

Um silêncio opressivo voltou a reinar entre os dois passageiros. O carro rodou por mais algum tempo e, quando estacionou numa área escura e afastada do centro da cidade, o médico já sabia o que lhe ia acontecer. Nunca acreditara que saísse vivo daquilo. Poupando-se à humilhação de ser convidado a descer do automóvel, abriu a porta e saltou, imitando o motorista.

– Por aqui, doutor – Herbert indicou com a cabeça a margem oposta da estrada. Doutor Heinrich caminhava com lentidão. Os passos que o levavam à morte eram lentos, porém, firmes. Muitos milhares de pessoas inocentes estavam morrendo, pensou, ele não seria exceção. Ia até aliviado. Afinal, pensava em se reunir a sua velha e querida frau. Preocupava-o apenas, Stef. Carregava a tristeza de não poder ajudá-la. Contava com sua coragem e paciência para que pudesse sobreviver. Embora não acreditasse que a jovem fosse tentar fazer qualquer besteira, acreditava que o major fosse poupá-la, precisava lembrar de lhe pedir isso, pensou. Talvez até a tratasse bem, se ela cooperasse com seus atos sórdidos. Era cruel, mas era imposição da condição de guerra. Não se havia nada a fazer. Nos últimos dois dias que passara com ela, tentara inutilmente demovê-la da idéia de matar Herbert. Podia ainda ouvir a voz serena afirmando:

"Não se preocupe, dr. Heinrich. Não vou fazer nada levianamente. Quando o tentar, vou estar segura de que o conseguirei. Nem que seja a última coisa que eu faça".

"Que Deus a proteja, minha filha."

"Obrigada, doutor." Os magníficos olhos se levantaram e duas grossas lágrimas riscaram a face lívida. Ajoelhada à beira da sepultura do filho, Stef parecia a própria Virgem Maria. Abraçaram-se comovidos.

– Ajoelhe-se. – A ordem, curta e seca foi dada no momento em que uma bomba explodiu à distância. O major tremeu enraivecido. E o médico respirou aliviado. Era meados de abril de 1945 e o cerco russo se fechava sobre Berlim. Cada bomba explodida trazia o fim da guerra mais para perto e encurtava o sofrimento de Stef. Era só uma questão de dias, acreditava.

– Malditos russos. Ainda vamos acabar com todos eles! – Nervoso, o major Herbert vonn Mann precisava acreditar numa vitória que estava cada vez mais distante do sonho alemão. Fazia parte do seleto grupo que tinha acesso direto ao "Führer", e os olhares temerosos dos outros oficiais durante as reuniões, não deixavam dúvidas. Todos eles compartilhavam a idéia de que a Alemanha devia se render. Apenas Hitler não acreditava que estivesse derrotado e insistia que havia ainda uma possibilidade.

Parecia um louco em sua persistência de ordenar que se lutasse até ao último homem. As bem-sucedidas estratégias do início da guerra tornaram-se inoperantes e o Exército Alemão estava em frangalhos. Faltava tudo aos soldados: roupas, remédios, mantimentos, munições etc.; e a população clamava pelo fim da guerra. Hitler sentia-se traído e não recuava um milímetro de seus planos absurdos, mesmo reconhecendo que de todos os homens que o cercavam, apenas Goebbels e ele acreditavam vencer a guerra. Herbert estava temeroso. Pensava em fugir. Muitos estavam fazendo isso. Mas ele teria de partir em sigilo, pois pensava levar Stef consigo. Perguntou impaciente:

– Algum pedido, doutor? – A mão que empunhava o punhal tremia ligeiramente. Mas a voz rouca e firme não denotava isso.

– Stef. Cuide bem dela, major – não levantou a cabeça. Pensou em pedir também por Olga e pelas crianças... e por Sieg. Mas Stef cuidaria disso, sabia que podia confiar nela. Embora tivesse apenas dezessete anos, tinha amadurecido muito nos últimos três anos da forma mais dolorosa que pode acontecer. Ainda podia ouvi-la implorar para saber do filhinho morto:

"O bebê. De que sexo ele era?"

"Stef..."

"Por favor, doutor. É importante para mim..."

"Do sexo masculino...". Os olhares se cruzavam. Stef queria saber mais:

"Como era ele?". Um brilho celestial a envolvia e sua voz soava como notas angelicais: "Tinha lindos olhos, azuis iguais aos seus..."

"Gostaria de lhe ter dado um nome..."

"Fiz isto por você, Stef..."

"E..."

"Dei-lhe o nome de Sieguilfichd. Sieguilfichd Enger."

"Obrigada, doutor. Eu não teria pensado em outro nome, além deste..."

Uma ardência nas costas embotou-lhe os pensamentos. Chamou pelo nome da jovem, mas a voz ficou presa na garganta que gorgolejava cheia de sangue. O longo punhal tinha entrado até o cabo de madrepérola, onde a odiada suástica cintilava a luz da lua que ia alta no céu carregado de estrelas.

# 37

O ano de 1945 se iniciou com a virada da guerra a favor das forças aliadas. Embora o ministro da propaganda nazista, general Joseph Goebbels, afirmasse o contrário, as tropas alemãs agonizavam em todos os fronts. Na frente oriental, os Exércitos Soviéticos avançavam sistematicamente. Simultaneamente, o cerco se fechava com a penetração de ingleses e americanos pela frente ocidental. Um grande tentáculo fechava suas garras sobre a Alemanha nazista.

Na Itália, o nazifascismo perdia forças desde 1943, quando, em plena greve operária, os Exércitos Anglo-Americanos, com total apoio da população civil, que os via como seus libertadores, invadiram o país. Com a queda do primeiro ministro italiano, Benito Mussolini, o novo governo, Marechal Badoglio, presidente do conselho fascista, nomeado pelo rei Victor Emanuel, assinou um armistício secreto com os aliados, permitindo-lhes seu desembarque na Calábria, onde enfrentariam alguns focos de resistência alemã nos Montes Apeninos. Mas os alemães rechaçaram o ataque e, poucos dias depois o líder fascista foi libertado e retomou o poder, o que não impediu que a luta antifascista prosseguisse. No ano seguinte a Itália receberia, sob o comando do General Mascarenhas de Morais, cerca de vinte e cinco mil homens da FEB, Força Aérea Brasileira. Pressionado pelo povo brasileiro e pelo governo americano, Getúlio Vargas, que tinha dado mostras de ser simpatizante do regime nazista, ao entregar Olga Benário, comunista alemã presa no Brasil e mulher do brasileiro Júlio Prestes, em adiantado estado de gestação ao governo alemão, decidiu-se a enviar a ajuda. A participação da FEB teve suma importância nas sangrentas batalhas de Monte Cassino e ainda na tomada de Monte Castelo, destacando-se brilhantemente nos duros combates de Montese e Fornovo.

Ainda em 1943, mais precisamente em fevereiro, os alemães seriam massacrados no desfecho final da grande batalha de Stalingrado. Mantida havia quase dois anos, sitiada pelos Exércitos de Hitler, Stalingrado ressurgiu das cinzas e homens, mulheres e crianças pegaram em armas e lutaram ombro a ombro com os valentes soldados do Exército Vermelho. A cidade, que agonizara durante os dois anos mais longos de sua história, ressurgia vitoriosa dos escombros e respirava aliviada. Essa vitória permitiu aos russos avançarem em direção à Alemanha, expulsando pelo caminho, os Exércitos Alemães que ocupavam a Polônia, embora tenham negado ajuda aos judeus do gueto de Varsóvia, Tchecoslováquia, Hungria, Bulgária, Áustria e Romênia, facilitando assim a ação militar dos ingleses e norte-americanos nas frentes ocidentais. A avalanche soviética faria com que as três forças se unissem como aliados naturais na luta contra o nazismo.

O cerco se fechava gradativamente em torno da Alemanha de Hitler. As tropas nazistas recuavam. Soldados e oficiais do Exército Regular Alemão desertavam e se entregavam às tropas aliadas, muitos deles, inclusive oficiais S.S., fugiam para outros países ou praticavam suicídio. Estava muito próximo o fim do holocausto promovido pela mente diabólica de Hitler e apenas ele não acreditava nisso. Exceto alguns Exércitos que, movidos pela mão de ferro e pelo fanatismo de seus comandantes, ainda resistiam em alguns flancos, o que restava de suas tropas não fazia mais que tentar salvar a própria pele.

O ano de 1944 marcou ainda a história da guerra com o famoso "DIA D". No dia seis de junho desse ano, inicia-se a grande ofensiva pela libertação da França. Após maciços bombardeios, milhares de soldados e pára-quedistas americanos, ingleses e canadenses, sob o comando do General Dwight D. Eisenhower, desembarcaram, por céu e mar, na costa da Normandia, norte da França.

Os invasores se organizaram e, após uma rápida e ostensiva insurreição, ocorrida em agosto, já em setembro, a maior parte da França estava livre. O povo cantava a Internationale pelas ruas e o jovem soldado do Exército Regular Alemão, Sieguilfichd Enger, havia sido feito prisioneiro dos americanos, quando eles invadiram Bordeaux.

Gravemente ferido na refrega, Sieg era um dos poucos sobreviventes de seu batalhão. Por quatro longos e angustiantes meses, lutara contra a morte.

1945, porém, colheu-o plenamente recuperado. Tinha perdido a mão esquerda, e cocheava ligeiramente, mas, exceto os pesadelos que atormentavam suas noites, fisicamente, estava bem. Tendo perdido o contato com Stef e com seus familiares, esperava poder contar com a benevolência americana para tentar encontrá-los.

Alheio a tudo o que se passara em Colônia, após sua partida, exceto a gravidez de sua jovem esposa, Sieg se esforçava por manter a sanidade com a falta de notícias e acalentava o sonho de poder voltar para casa quando a guerra acabasse. Parecendo pressentir a desgraça que se abatera sobre Stef, sentia um vazio opressivo a anuviar-lhe a mente e a premir-lhe o coração. Vivia possuído por um desejo insano de arrebentar as grades que o mantinham prisioneiro e correr em direção a sua amada.

Como Sieg nunca simpatizara com o regime nazista, colaborava o mais que podia com os americanos. Informava o local exato de Quartéis-Generais localizados em Berlim e imediações, bases militares e pontos vitais de armazenamento de suprimentos. Queria acabar logo com aquilo e não poupava informações. Acreditava que agindo assim voltaria mais depressa para casa. Cada notícia que recebia sobre uma nova vitória aliada vibrava como se fosse o mais entusiasmado soldado americano. Pensava em Stef e lhe dizia em pensamento: “Falta pouco, meu amor. Falta pouco”.

Presa no subterrâneo havia quase seis meses, Stef não pudera sentir o cálido desabrochar da última primavera. Tudo ainda era inverno em seu jovem coração. Seu décimo sétimo aniversário seria dali a alguns dias, e ela, alheia ao tempo e a tudo o que se passava fora daquelas paredes úmidas, não se tinha dado conta disso.

Para sua surpresa, e sem que ela pudesse atinar o motivo, Herbert vonn Mann, tinha tido seus desejos libidinosos arrefecidos nos últimos dias. Embora agradecesse a paz que estava tendo naqueles dias, questionava-se o porquê daquele comportamento estranho.

Logo após a partida do dr. Heinrich Chermanm, e até bem poucos dias antes, era comum, a qualquer hora do dia ou da noite, o major irromper no pequeno cubículo e submetê-la aos seus mais devassos caprichos. Outras vezes, quando dispunha de mais tempo, levava-a para o grande quarto de casal no piso superior e ali passavam a noite. Nessas ocasiões, tendo saciado seus mais ínfimos desejos, sentava-se completamente nu à cabeceira da cama, e assoviava alegres marchinhas, enquanto fazia anotações em um bloco de papel. Stef virava para o lado e fingia dormir.

Contrariando, porém, toda expectativa, nos últimos dias, Herbert, raramente descia ao porão; e quando isso acontecia, sentava-se na única cadeira que havia ali e, denotando grande preocupação, ficava um longo tempo em absoluto silêncio. Comprimia a cabeça com as mãos, e suspirava profundamente a intervalos regulares. Stef quase se consumia de curiosidade. Tinha esperança de que aquela mudança benéfica de comportamento tivesse algo a ver com o fim da guerra. Se assim o fosse, sua liberdade estava mais perto do que imaginava. Como que fazendo eco aos seus pensamentos, uma bomba explodiu não muito longe dali. Havia dias que ela ouvia ocasionalmente, o ribombar de bombas à distância. Mas aquela tinha explodido quase dentro de Berlim, pelo barulho estrondoso. É o fim do holocausto e a Alemanha está perdendo a guerra. "É o fim!", pensou. "É o fim." Olhou para o homem pálido e imerso em conjeturas, sentado à cadeira, ele mal parecia ter ouvido a explosão. Outra bomba explodiu. E o homem não moveu um só músculo do corpo rijo. Outra explosão. Mais perto desta vez. Stef teve certeza de que aquelas explosões significavam o fim para a Alemanha nazista e tremia de alegria, vibrando em silêncio: "Oh, Deus, não permita que eu esteja enganada. Mamãe... Ulrich. Os gêmeos... irei afinal conhecê-los". Tudo parecia tão fácil... A imagem do marido adorado veio à sua mente. "Oh, Sieg. Sieg, meu amor, enfim juntos..."

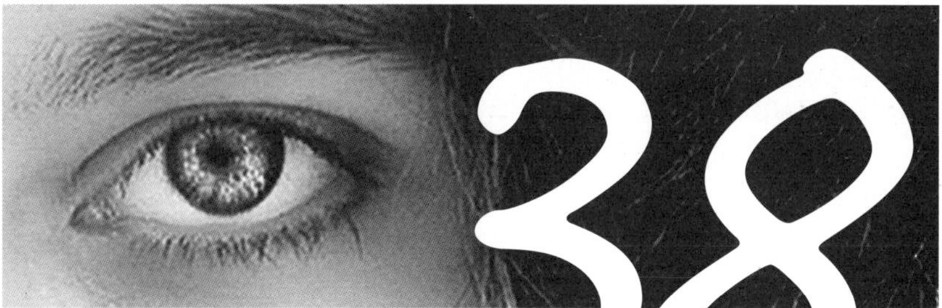

# 38

A rotina no Campo de Concentração de Ravensbrück havia meses tinha sido alterada. Inquietas, as presas presenciavam a forma radical com que velhos hábitos eram modificados. Toda produção do campo se revertia unicamente a bens destinados ao esforço de guerra e tudo parecia girar com muita pressa. As mulheres designadas para trabalhar na indústria instalada dentro do campo, faziam-no sob o olhar severo e mais vigilante do que nunca das guardas S.S. A ração diária de alimento, que já era pouca, tinha sido reduzida e ao menor sinal de fadiga a sentença de morte era decretada. As pobres infelizes enrijeciam as pernas magras e trincavam os dentes na tentativa de manterem-se de pé durante a árdua e longa jornada de trabalho forçado. Somente a fé e a esperança de que aquelas mudanças significassem o fim próximo daquele inferno as mantinham eretas.

As dantes ocasionais chamadas para a morte eram agora parte da rotina diária do campo. A maquiavélica cerimônia, que obrigava as prisioneiras a ficarem enfileiradas no pátio gelado, com as mãos cruzadas sobre a nuca, foi abolida. As escolhidas para o banho letal nos chuveiros de onde saíam gases venenosos, não precisavam mais viajar para Bernburg em busca da morte. Morria-se ali mesmo em Ravensbrück. A fim de não perder tempo nem desperdiçar o escasso combustível, Himmler, dando curso à sanha assassina nazista, havia mandado construir, em

1943, uma câmara de gás e um forno crematório dentro do campo e eles operavam a todo vapor nos últimos dias. Assim, a matança se havia simplificado, agora as "escolhidas" eram apenas designadas para realizar um trabalho mais digno e leve e ninguém perguntava o porquê de, uma vez tendo transposto as enormes portas das novas instalações do campo, elas nunca mais voltarem...

Olga assistia ao corre-corre daquela gente sem poder compreender o que se passava. Todos corriam muito. Gritavam muito. E ela não sabia o motivo. Ouvia as mulheres falarem em fim e ela não sabia fim de quê. Esforçava-se para entender o que poderia ser tão importante a ponto de excitar suas apáticas companheiras, que nunca riam nem se interessavam por nada. Pensou que pudesse ser por causa dos homens. O tempo não contava para Olga; os homens estavam instalados havia dois anos num bloco que ficava entre os almoxarifados da S.S., e viviam separados das mulheres e crianças. Imaginava que talvez fosse o fim daquela separação absurda, pensava, espichando os olhos em direção ao bloco das crianças que ficava numa área isolada bem ao fundo da Siemens, a fábrica que operava dentro do campo.

Olga tinha a vaga sensação de que devia ter marido e filhos naqueles blocos que só podia ver à distância e que eram separados entre si por cercas de arames farpados eletrificadas, iguais as que circundavam o campo. Mas ao pensar nisto, um negro vazio tomava conta de sua cabeça que martelava angustiada, e ela desistia de pensar.

Naqueles dias, Olga tinha sido esquecida pela oficialidade e pelas guardas, que não dispunham de tempo nem de ânimo para se divertirem com uma desmiolada, e vagava como um autômato pelo campo. Nada do que ouvia fazia o menor sentido. Palavras como "Paz", "Liberdade" e "Vida" eram ditas com emoção e exerciam o poder de uma descarga elétrica entre as demais presas, mas fugiam totalmente à compreensão daquela mulher, cujo olhar perturbado perdia-se num mundo de trevas. Alheava-se em seu mundo e achava graça da confusão que reinava em Ravensbrück.

Em Berlim, bombardeios e fogos de artilharia castigavam a cidade. Stef se encolhia a cada novo estrondo. Para abafar o som dos estrondos, cobria a cabeça com o travesseiro feito de penas de ganso e rezava sem parar.

Completamente sozinha, Stef, lutava contra a morte. O ar dentro do abrigo estava praticamente irrespirável. Parte de uma das paredes de alvenaria que forrava a cavidade subterrânea desmoronara com a explosão de uma bomba e a nuvem de pó que se levantara a estava sufocando. Olhava desesperada para a porta do alçapão que, trancada pelo lado de fora, a condenava a morrer sufocada. Queria correr, fugir daquele inferno, ver o que estava acontecendo. Deduzia, cheia de esperança, que a Alemanha estivesse perdendo a guerra e isso a mantinha em constante estado de alerta. Mesmo quando soava o alarme anunciando o fim do ataque, não conseguia dormir. Dava breves cochilos, mas ao menor ruído despertava assustada.

Pelos seus cálculos, havia mais de sessenta dias que os bombardeios tinham começado, e Berlim não podia resistir por muito mais tempo. Esse pensamento ganhou força quando começaram também os fogos de artilharia. Imaginava, pelos destroços que entulhavam o porão, os estragos que os ataques deviam estar causando à cidade. Havia dias em que a chuva de bombas durava o dia todo para a noite reinar o mais absoluto silêncio, quebrado apenas pelo estalido das línguas de fogo que se erguiam por todos os lados. E já ao despontar o dia, os berlinenses eram despertados pelo troar das bombas que caíam do céu por longas e angustiantes horas.

Ao contrário do efeito desesperador que o ribombar contínuo das bombas causava na maioria da população, Stef rejubilava a cada estrondo. Rezava para que assim o fosse cada vez com mais intensidade. Uma bateria de bombas. E outra. E outra... E a guerra chegaria ao fim. Havia dado muito de si à guerra e percebia desalentada que nada mais poderia lhe ser tirado. Tinham lhe tirado tudo o que tinha de mais importante...

Tentava limpar a sepultura do filho que estava coberta de entulhos quando foi atirada violentamente sobre a cama. As bombas estouravam bem perto desta vez. Numa estratégia que depois se mostraria ter sido infalível na tomada de Berlim, os aliados escolhiam um setor da cidade e o bombardeavam até a devastação total. Naquelas horas de ataque setorizado parecia que o inferno tinha aberto suas portas. O barulho das explosões, de vidro se quebrando, das edificações que ruíam sob o impacto das bombas e dos gritos desesperados das pessoas que corriam como loucas, era desesperador.

Passaram-se mais de duas horas até que o trovejar alucinante das bombas cessasse. Durante o primeiro minuto de silêncio, após o bombardeio, Stef manteve-se imóvel na cama. Os ecos das explosões ainda reverberavam em seus ouvidos quando o apito da sirene que anunciava o cessar fogo tocou. Arrastou-se até a escada que levava ao piso superior e que inexplicavelmente se mantinha de pé e galgou até o topo, os degraus de madeira rangiam sob seu peso. Forçou a porta do alçapão, contudo ela resistiu. Estava firme. Expiou por uma fresta aberta ao lado do encaixe da portinhola e se assustando com o que viu, achou que era um milagre que não tivesse morrido soterrada. Paredes, móveis, janelas etc., tudo era um amontoado só. Apurou os ouvidos e o som de vozes, gritos e apito de sirenes das equipes de socorro eram apavorantes. Desceu cuidadosamente os degraus da escadinha, afastou alguns pedaços de reboco de cima da cama, sacudiu o lençol para dissipar o pó e se deitou pensativa.

Não tinha a menor idéia do que lhe ia acontecer dali por diante. Da casa só restara o subterrâneo, e era fácil deduzir que seu teto, que havia sofrido várias rachaduras, logo viria abaixo. O bombardeio tinha sido impiedoso; e ela lamentava que o dono da casa estivesse ausente. Não era possível que alguém escapasse à devastação que vira pela fenda. Consolava-a saber que talvez ele pudesse ter morrido no trajeto ou em outro canto qualquer. Procurando manter toda a calma possível, traçava planos. Esperava conseguir resgatar sua família e tremia ante a possibilidade de rever Sieg. "Sieg... quanto tempo, meu amor...", pensava com o coração cheio de saudades.

Em Ravensbrück, as últimas nuances do perfume da primavera que se findava, não eram suficientes para abafar o odor fétido dos milhares de cadáveres que putrefavam ao tempo. Sitiado havia dias pela 49ª Divisão de Infantaria Russa, o campo agonizava. Num último e cruel ato, o comandante ordenara que se matassem tantos prisioneiros quanto fosse possível. Homens, mulheres e crianças morriam aos milhares. E como o crematório não atendesse à demanda, os corpos eram amontoados em grandes valas e depois incendiados ou ficavam espalhados pelo campo. Uma sinistra nuvem pairava sobre o campo. Amedrontados, os moradores da pequena aldeia de Ravensbrück, que ficava do outro lado do lago Shwedt, que separava a aldeia do campo, fingiam não perceber o cheiro de carne queimada e trancavam as portas de suas casas a fim de abafar o som das explosões das granadas de mão que eram lançadas sobre as edificações. As companhias de combate S.S. e os pelotões de choque que viviam aquartelados dentro do campo resistiam ao ataque, mas seus homens tombavam sob as mortíferas línguas de fogo que partiam das metralhadoras russas que matraqueavam sem parar.

Na agonia do corre-corre sob fogo cruzado, as prisioneiras se espantavam ao ver criancinhas seminuas correndo entre elas e, sem entender o que crianças faziam num inferno daqueles, pegavam na mão da criança mais próxima e continuavam a correr.

Tomadas pelo medo e livres da vigilância das guardas que, na fuga tinham deixado abertos os portões que separavam os alojamentos das crianças, elas corriam desesperadas em direção aos alojamentos das mulheres. Os pequenos olhinhos brilhavam de pavor, enquanto os bracinhos esquálidos eram agitados para o alto. Suas gargantas ressequidas gritavam pela mãe que não sabiam onde estava.

Um menino de uns cinco anos passou zunindo à frente de Olga, que estava sentada sobre a mureta do canteiro de flores que ficava na frente da enfermaria. Seus olhos se cruzaram rapidamente e ela sentiu como se conhecesse o garoto. Alguma coisa lhe dizia que ele, ou outro garoto como aquele, houvesse feito parte de sua vida. Ficou olhando-o sumir por trás dos barracões e rebuscou a memória, sentindo-se repentinamente muito cansada. Tentou se erguer para alcançá-lo, mas um violento empurrão a jogou para trás.

O sangue morno brotou-lhe do peito estraçalhado. Os olhos azuis arregalaram instantaneamente e ela teve, um átimo de segundo antes de morrer, consciência de quem era e de toda a tragédia que lhe havia acontecido. Levou as mãos ao peito ensangüentado e, num derradeiro esforço, pensou em pedir ajuda. Mas seus lábios exangues apenas murmuraram o nome de Stef, e ela não se recordou mais dos outros filhos; já era tarde demais. Toda tristeza do mundo se refletia naqueles olhos azuis, desmesuradamente abertos, que surpresos, fitavam o céu azul. Eram as primeiras horas da manhã de trinta de abril de 1945, e Olga Hanneke Zimmer não ia poder se rejubilar com a beleza da cavalaria russa que, apenas algumas horas depois, libertaria o Campo de Concentração de Ravensbrück.

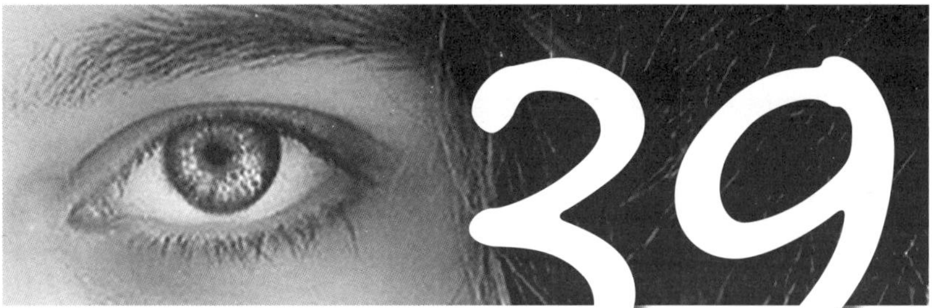

# 39

Deitada em silêncio, Stef sobressaltou-se ao ouvir a porta do alçapão ser aberta bruscamente. Pelo clarão que entreviu quando a mesma foi erguida, percebeu que ainda não tinha anoitecido. Intrigou-a o fato de o major estar ali àquela hora. Desde que se iniciara o ataque contra Berlim, ele só aparecia altas horas da madrugada. Herbert fechou a portinhola e desceu a escada rapidamente. Ofegava, demonstrando nervosismo. Jogou o fardo que trazia consigo sobre um monte de entulhos e sentou-se na cadeira, cobrindo o rosto com as mãos. Stef olhou-o de soslaio. Percebeu que aquele homem estava acossado e uma dúvida a atormentava: "O que poderia tê-lo deixado naquele estado?". Levantou-se lentamente e se aproximou com cautela. Conteve a náusea que a invadia e tocou gentilmente em seu ombro:

– Major Herbert... está tudo bem?

Herbert reagiu instantaneamente. Aquela carícia tão ardentemente desejada e nunca antes sentida o trouxe de volta à realidade. Levantou os olhos para Stef e, colocando a mão sobre a dela, indagou, sem poder acreditar no que acabara de ouvir:

– Stef, você... você está falando comigo!? – exclamou Herbert, perguntando admirado.

– Sim... – a resposta curta foi acompanhada de uma leve e delicada pressão no ombro masculino. O homem estava a ponto de desfalecer de incredulidade. Esperava tudo de Stef, até mesmo uma tentativa de fuga, menos aquilo.

– Por quê, Stef? O que significa isso? Eu... eu não sei o que pensar...

– Então não pense. Se quiser, apenas me diga o que o aflige e tentarei ajudá-lo – a aparente serenidade da garota, antagonizava com a erupção vulcânica que a agitava por dentro.

– Ajudar-me? – Perplexo, Herbert se levantou e, sem perceber o ódio e desprezo contidos no lindo olhar de Stef, fitou os belos olhos azuis-prateados dela, que chamejavam intensamente. Tremia de paixão.

– Acho que vou enlouquecer. – De pé. Frente a frente. Olhos nos olhos. Num momento, mediam-se como feras acuadas, no outro, estavam ternamente abraçados; lá fora, soldados russos combatiam os últimos focos de resistência nazista.

Abalado pelos acontecimentos das últimas horas, e desconcertado com o que acabara de acontecer, Herbert perdeu o controle e sem compreender o porquê, chorava convulsivamente. Stef mantinha-se aparentemente serena.

– Não se aflija assim, major. Por favor, desabafe. Fale o que o está preocupando. Talvez eu possa ajudá-lo – insistia com delicadeza. Precisava saber o que realmente estava acontecendo lá fora. E somente ele poderia satisfazer sua curiosidade.

– Como pode me oferecer ajuda, depois de tudo o que lhe fiz, Stef? – afastou-a de si, segurando-a pelos ombros.

– Não pense mais nisso, major Herbert. É passado. Não importa mais. A guerra está se findando e não vale a pena remoer o passado. Pense que novos dias virão...

– Não para homens como eu, Stef. Eu estou sozinho agora. O covarde se suicidou. Suicidou-se, Stef! Ele se matou! O covarde! – Sacudia-a violentamente pelos ombros e uma morna esperança aquecia o coração juvenil.

– Pare, major Herbert! De quem você está falando, afinal? – Stef desprendeu-se do abraço asqueroso e deu

um passo atrás. Os lindos olhos brilhavam intensamente.
– Fale de uma vez, Herbert. Quem se matou?

– Um traidor, que se chamava Adolph Hitler, Stef! Ele nos traiu! Incitou-nos a lutar até ao último homem e não teve a decência e coragem de ser ele próprio esse homem! Traidor!

Stef exultava. Então Hitler tinha se matado. Estava morto. Que júbilo. Aquilo significava o fim da guerra. "Mamãe... Ulrich... os gêmeos... Sieg... Ah, Sieg..." Queria rir e cantar. Mas disse friamente:

– E o que isso significa, realmente? – perguntou para ter certeza de que seus pensamentos estavam certos:

– Fomos vencidos, Stef. Vencidos. Perdemos a guerra. A capitulação final é apenas uma questão de horas.

– E o que pretende fazer agora?

– Tenho que fugir, Stef. Goebbels também se matou. E à mulher e às crianças. E outros covardes mais. Alguns fugiram. A debandada é geral. Eu não tenho mais chefe algum. Não tenho mais a quem obedecer. Não tenho a quem recorrer em caso de ser apanhado pelos russos, e a idéia de morrer me apavora! Tenho de fugir! – Estavam novamente abraçados e Stef sentiu-o tremer de medo em seus braços. Esboçou um sorriso irônico; milhares de seres humanos haviam sucumbido sob o genocídio nazista, famílias inteiras haviam perecido e aquele verme nojento chorava de medo de morrer nos braços de uma indefesa e jovem mulher judia, cuja própria família tinha sido destroçada por ele, como conseqüência da guerra.

– E como pensa poder sair de Berlim? – Achava que isso fosse um ato quase impraticável, mas, em se tratando da mente perversa de Herbert, tudo era possível.

– Já pensei nisso. Assim que for anunciado o cessar fogo, o povo vai começar a sair às ruas. Sairemos disfarçados de camponeses e nos misturaremos à massa. Ninguém vai molestar um pobre casal de camponeses que perdeu tudo na guerra... nós vamos conseguir, Stef – falou com convicção, repetindo as palavras: – Nós vamos conseguir!

– Nós? – Estava estarrecida. Não contava com aquilo. – E sua esposa? Seus filhos?

– Só me resta você. No ataque a Colônia, uma bomba caiu em cheio sobre minha casa, ninguém sobreviveu.

– E você diz isso assim? Como se nada disso lhe importasse? Por Deus, major, quase morri quando papai e meu bebê... – mesmo os mais fortes não passam impunes por uma guerra, e Stef esperava encontrar uma brecha naquele homem.

– Não sinto por ela, Stef. Milhares de pessoas morreram na guerra... Meus filhos, embora a meu modo, eu os amava, mas com o trágico desfecho da guerra, foi o melhor que poderia lhes ter acontecido.

– Iremos para longe, Stef. Seremos felizes ainda. Você vai ver – os olhinhos miúdos de porco dançavam alucinados e quase saltavam para fora das órbitas e as palavras saíam entrecortadas. – Seremos felizes! Felizes!

Stef tremia de ira. Agora compreendia o que tinha no fardo que ele tinha trazido. Eram as roupas que pensava usar para deixar a cidade. Felizes! Louco! Nazista assassino! Não. Não ia se sujeitar àquele papel novamente. Não depois que a guerra se findasse. Precisava encontrar uma solução para aquele dilema. Mas necessitava agir com cuidado, aquele homem era perigoso e já havia lhe causado muitos males. De uma coisa, porém, tinha certeza, não ia, em hipótese alguma, deixar Berlim em sua companhia, nem que para isso tivesse que dar cabo da própria vida. Estava decidida.

Escondidos no subterrâneo, o major e a jovem verificavam dia a dia o escassear das explosões e dos tiros das metralhadoras. Até que eles se tornaram ocasionais refregas entre fanáticos grupos que ainda resistiam insanamente. Os apitos pungentes que anunciavam o início e o cessar dos ataques haviam silenciado e um manto negro desceu sobre a cidade, silenciando os últimos lamentos.

Stef vestiu o vestido que lhe havia sido entregue e virou para o lado quando o major principiou a se despir. Nunca se habituara a nudez despudorada daquele homem inescrupuloso. Suas mãos estavam geladas, seus sentidos alertas e seus nervos retesados pela tensão. O silêncio sepulcral que os envolvia era quebrado apenas pela respiração abafada de ambos que, sentados à cabeceira da cama, esperavam de mãos dadas, o dia amanhecer para deixar o abrigo. Nem tentaram dormir. Seria impossível adormecer com tantos pensamentos a povoar-lhes a mente. Ele pensava na melhor forma de deixar Berlim sem ser capturado pelos russos. Ela pensava que estava a um passo da liberdade e olhava com tristeza para a sepultura do filho: "adeus, meu pequeno. Agora é preciso que você fique sozinho aqui. Mas um dia a mamãe virá lhe buscar, filhinho querido. Prometo. Prometo". Cerrou os olhos para conter as lágrimas. Não podia fraquejar naquele momento. Tinha de ser forte. "A guerra é engraçada", pensou, "rouba-nos as pessoas a quem mais amamos sem nos dar sequer a frugal alegria de poder chorar nossas perdas."

– Vamos subir, querida – a pressão dos dedos grossos e peludos sobre seus dedos delicados a fez se arrepiar de ódio. Mas encheu-a de esperança. Tinha chegado a hora tão sonhada de subir aqueles degraus rumo à liberdade.

Levantaram-se ao mesmo tempo. Ficaram um breve instante frente a frente, depois se abraçaram longamente. Sentimentos antagônicos os dominavam. Imaginando tê-la afinal conquistado, Herbert suspirava de paixão. Por outro lado, ansiosa para que aquilo tivesse logo um fim, Stef suspirava de ódio.

– Fique sempre junto a mim, Stef. Não me deixe nunca. Você é tudo o que a guerra me deixou – acariciava os cabelos dourados e sedosos e pensava no quanto ia ser feliz ao lado dela. Amava-a como jamais pensou ser capaz de amar. A obscena atração que sentira por ela no começo tinha se convertido numa paixão doentia e devassa, e agora naquela força avassaladora que se chama amor.

– Prometo-lhe que ficarei, major. E nunca vou abandoná-lo... Até a morte.

– Chame-me apenas de Herbert, Stef. O seu Herbert...

– Está bem, Herbert. Meu Herbert...

– Ditas por você, essas palavras preenchem o vazio que estou sentindo pela derrota. Sou afinal, um vitorioso, Stef. Eu a amo.

– Depois falamos sobre isso, Herbert. Agora, vamos?

Já no topo da escada, Herbert correu o facho de luz do farolete pelo subterrâneo. Na ânsia de, pela última vez ver a sepultura do seu bebê, Stef olhou para trás. Algo refulgiu sobre a mesinha de cabeceira. Stef enregelou.

– Herbert...

– Sim, querida.

Stef apontou para a mesinha:

– O punhal. Você o esqueceu...

– Oh, não. Não o estou deixando aí por acaso. Um camponês não possui uma arma dessas, Stef. Esse punhal é usado apenas por oficiais nazistas. E embora eu lamente, especialmente pelo bom uso que fiz dele ao longo da guerra, ele vai ficar quietinho aí.

– Herbert...

– O que foi agora, Stef? O dia principia a amanhecer e alguém pode nos ver saindo daqui e muita gente sabe que aqui morava o major oficial SS. Herbert vonn Mann. – Herbert se impacientou. Tinha pressa em sair dali. Queria ir logo embora. Esquecer a guerra. E Stef o atrasava.

– É que... – Stef gaguejava. Mal conseguia respirar e as palavras saíam entrecortadas. – Quero que me possua, Herbert. Agora. Aqui no abrigo – usou propositadamente essa palavra para se referir ao porão. Abrigo soava mais romântico.

– Stef...

– Por favor, Herbert, agora. Esta pode ser nossa última vez. Os russos podem nos apanhar...

Herbert mal podia crer no que ouvia. Stef pedia amor. Ela o queria. Desejava-o. Tomado por um louco desejo, falava sem parar e não percebeu o brilho estranho nos lindos olhos dela.

– Oh, Stef. Stef. Meu amor. Nunca sequer imaginei uma loucura dessas. Parece que vou explodir de felicidade. – Estreitando-a nos braços experimentou uma ereção diferente das outras vezes e, com a voz enrouquecida pela paixão, dizia sôfrego, enquanto rolavam feito um casal apaixonado pela cama: – Sempre pensei que me odiasse e...

– No começo era isso mesmo, mas agora...

– E agora, Stef, o que a fez mudar? Fale, meu amor.

– Agora é diferente, Herbert. Tenho muito medo... – Os grandes botões que fechavam seu vestido pela frente se tinham aberto e Herbert se deliciava com a visão do corpo jovem e rijo que arfava sob seu corpo.

– Medo? Medo de quê, minha pequena judia...

– Ah, Herbert... deixe de tantas perguntas e me possua logo, por favor..

Embriagado pela paixão insana, Herbert suava por todos os poros. Seus instintos mais primitivos vieram à tona e, parecendo um animal faminto, estocava-a com selvageria, sem perceber que a mão de Stef deslizava para a mesinha de cabeceira onde o punhal ficara esquecido. Colou sua boca na dela e, louco de amor, pensava que ia morrer, consumido pelo prazer que sentia.

– Oh, Stef, Stef... Esta é a maior loucura que já me aconteceu. Fale que me quer... Que nunca vai me deixar... Fale, meu amor. Fale...

A mão delicada se fechou sobre o cabo de madrepérola e de repente os olhinhos miúdos de porco de Herbert se arregalaram surpresos, sua voz tornou-se pastosa e ele então compreendeu tudo. Abriu a boca para dizer alguma coisa, mas uma golfada de sangue tingiu de rubro o peito alvo da jovem. Completamente paralisada, Stef fechou os olhos e, arfando, sob o peso do corpo nu e flácido que tombara grotescamente sobre o seu, respirou seu primeiro momento de liberdade.

– Acabou, mamãe. Estamos livres. Livres. Livres! Livres!

Como se não pudesse ainda acreditar que aquilo fosse

verdade, repetia em voz alta, apurando os ouvidos para ouvir o som da liberdade:

– Livres! Estamos livres! A guerra acabou! Estamos livres! Mamãe, Ulrich, Sieg... Estamos livres! Livres! Livres!...

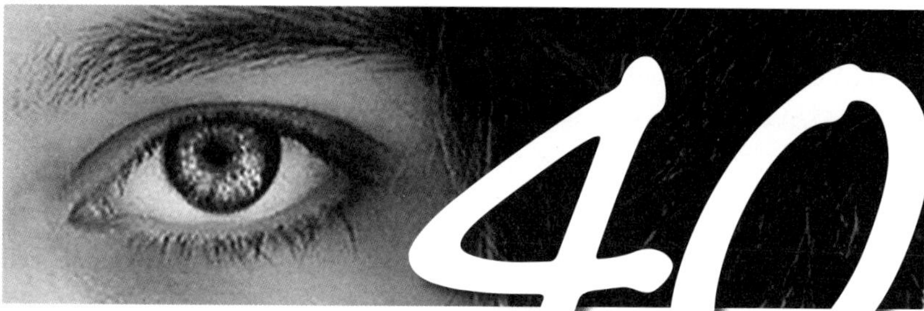

# 40

Nada do que Stef pudesse ter imaginado, iria lhe preparar para a visão aterradora que tinha diante de si. De pé, sobre as ruínas do que fora a bela e assobradada casa, requisitada a uma família judia no começo da guerra, e que o major habitara até dias atrás, contemplava a devastação. Olhava para todos os lados e até onde sua vista podia alcançar, sua bela Berlim era só escombros. Em alguns pontos, focos de incêndio ainda ardiam, levantando negras nuvens de fumaça que cobriam a cidade. A Defesa Civil e a Cruz Vermelha não conseguiam atender a demanda, e milhares de corpos jaziam por todos os lados. Os sobreviventes andavam pelas ruas à procura de parentes e amigos. Extenuada, Stef olhava o cenário desolador com incredulidade: "É este então o soldo da guerra", pensou. "Dias, meses e anos de lutas e sofrimento. Rios de sangue a correr pelas trincheiras e pelas ruas das cidades. Gritos alucinados e gemidos agonizantes. Barulho infernal do estrugir das bombas, silenciado pela morte que cai do céu..."

Ainda sem acreditar que estivesse realmente livre, Stef, tomada por um desejo febril de correr para o aconchego de sua casa, num momento de insensatez, pensou que esta talvez tivesse resistido aos ataques e, temerosa, arriscou um passo à frente. Depois outro. E como se temesse algo às suas costas, olhou para trás e arriscou mais outro. E viu então que estava mesmo livre. As mãos tintas pelo sangue de Herbert que ela espalmou diante de seus lindos olhos atestavam essa verdade. De súbito, saiu correndo pelas ruas em ruínas. Corria e gritava ao mundo que estava livre.

De braços abertos e com o rosto erguido para o alto, Stef gritava embriagada pela sensação de liberdade que sentia:

– Estou livre! Eu estou liiivreee! Sobrevivi!

Os pingos da primeira chuva daquele início de verão batiam-lhe no rosto e o vento forte fustigava-lhe os cabelos. Contudo, ela não parava, perambulava pelo cenário desolador rindo e chorando de felicidade. Estava livre! Ia para casa. Ia rever a mãe e Ulrich... conhecer seus irmãozinhos gêmeos e abraçar Sieg.

Confusa, não conseguia se orientar na cidade devastada e percorria as ruínas sem encontrar o menor sinal de referência que pudesse guiá-la até sua casa. Vagou a ermo por horas a fio; e por onde andava só via destruição. Já escurecia quando reconheceu a tabuleta de madeira que indicava o bairro operário de Neukölin. O reduto do operariado berlinense estava totalmente destruído, apenas a tabuleta resistira, meio pendida e chamuscada pelo fogo; Stef ergueu-a e limpou-lhe a fuligem, depois seguiu por entre os escombros, dali por diante, embora não fosse perto, conhecia o caminho.

A chuva tinha cessado e a lua brilhava no céu salpicado de estrelas. A natureza parecia querer comemorar o fim da guerra. Stef sentia-se sedenta, faminta e a roupa molhada grudava-lhe no corpo. Queria chegar em casa, tomar um banho morno, jantar e deitar em sua cama de dossel e dormir. A guerra tinha acabado, e ela estava livre.

Um tiro passou raspando por sua cabeça. Parou por um momento, depois saiu correndo em ziguezague pelas ruínas. Uma patrulha russa saiu-lhe ao encalço. Os componentes da patrulha pensaram se tratar de uma resistente indômita, e os tiros espocavam atrás da fugitiva.

Encurralada, Stef reagiu ao perigo que a rondava. "De novo, não", pensava. O brilho de seus olhos denunciava o medo que sentia. Começou a falar atabalhoadamente, rogando pela liberdade conquistada a sangue:

– Não me façam mal, por favor. Eu não sou nazista. O bebê e papai, eles mataram. Mas mamãe e os garotos, eles precisam de mim. E também Sieg. Por favor, por favor.

O que parecia ser o chefe da patrulha, pelas insígnias de tenente que trazia e que reluziam a luz da lua, compreendendo ser aquela apenas mais uma vítima da guerra, aproximou-se, iluminando seu rosto com a lanterna. Espantou-se com a juventude da garota. Era pouco mais que uma criança. E seu rosto juvenil estava branco como cera, de pavor. Para não assustá-la ainda mais, disse em voz baixa:

– Vamos, fraulein. Acalme-se. Por favor. Não lhe faremos mal algum.

– O que vão fazer comigo? Eu não tenho culpa por tudo isso – apontou para a destruição ao seu redor. – Eu não quis isso. Perdi tanto quanto todos. Olhem para mim! Vejam o que me fizeram! Não mereço mais! Não mereço! Por favor... – chorava inconsolavelmente. Tinha medo que tudo se repetisse, e preferia estar morta a passar por tudo novamente. Olhou para o tenente russo e o desamparo estampado nos seus lindos olhos azuis-prateados era comovente. Cobriu o rosto com as mãos e deu vazão ao desespero que a consumia.

– Acalme-se, fraulein. Entre no jipe, vamos levá-la até sua casa. Venha, não tenha medo. – O tenente russo coçou a barba rala e ruiva pacientemente e baixou um tom a voz: – Não precisa ter medo. Está entre amigos – disse, tomando-a pela mão e a conduzindo até o carro, como se fosse uma criança obediente.

Stef sentiu segurança e conforto no toque morno da mão macia do russo. Não tinha medo. Ansiara tanto tempo por sentir sensação de segurança, que o puxou para junto de si e o abraçou. Ficaram alguns momentos abraçados para espanto dos outros dois soldados que compunham a patrulha e que olhavam aquela cena sem entender.

O carro sacolejou horas seguidas por entre os escombros sem que Stef conseguisse se orientar. O russo parou o carro, desligando o motor:

– Ouça, fraulein. É tarde, e com essa escuridão não vamos conseguir nada. Vou arrumar-lhe acomodação para esta noite e amanhã, à luz do dia, tudo se resolverá – a tão propagada paciência russa tinha sido posta à prova.

– Você promete que amanhã, bem cedinho, leva-me para casa? – indagou, aquiescendo.

– Sim. Claro, prometo. Agora vamos – disse, dando um tapinha amistoso em sua mão, que descansava sobre seus joelhos.

A casa que o jovem tenente ocupava pertencera a uma enfermeira que morava sozinha e que havia desaparecido durante a guerra. Era pequena. Tinha apenas uma saleta forrada com papel de parede florido, um quarto de dormir, conjugado a um quarto de banho e uma graciosa cozinha, azulejada até o teto. Deixando Stef sentada na poltrona da sala, o tenente russo foi até ao quarto em busca de um roupão seco para que ela pudesse tirar aquelas roupas molhadas. Quando voltou, a jovem, de pé, fitava embevecida a mulher bonita que lhe sorria do retrato, que encimava a pequena lareira. Ao ouvir os passos ela voltou-se assustada. Parecia mais frágil e indefesa; e seus olhos indagadores o dardejaram:

– Quem é ela?

– A ex-dona da casa. Não a conheci – disse. E Stef teve medo de dizer que a conhecia. Que aquela era a enfermeira Ilse, a mulher que mais admirava no mundo, depois da mãe. A mulher que dera a própria vida para salvar a dela. O russo percebeu a perturbação em seu olhar:

– Algum problema, fraulein?

– Não. É que... é tudo muito bonito, mas, eu tenho sede, fome... Muita fome – aquelas palavras revelaram o quanto a guerra rouba o direito até das necessidades mais elementares do ser humano, e atingiram o coração do russo, que bateu com a mão na testa:

– Mas é claro, fraulein. Desculpe. Como não pensei nisto antes? Por favor, venha.

Stef sorveu a água fresca com sofreguidão. Parecia que ia demorar mil anos para matar a sede que sentia. Devolveu a caneca e sorriu timidamente:

– Obrigada. Estava morta de sede.

– Pare com isso. Não precisa agradecer nada. Como já lhe disse, está entre amigos. Gostaria de tomar um banho enquanto lhe preparo algo para comer? – sorriu em resposta, entregando-lhe o roupão.

– Seria ótimo. Estou exausta. E nada como um bom banho para relaxar.

Tendo perdido as contas do tempo que fazia que não desfrutava o prazer de um banho relaxante, Stef se afundou na banheira, deixando apenas o rosto para fora da água. Massageava languidamente os membros doloridos. Não fosse a fome torturante, teria adormecido sob a tepidez da água e o perfume dos sais de banho que o russo delicadamente despejara na banheira. Queria se demorar no banho revigorante, mas um aroma delicioso a fez pular para fora da água e vestir o roupão de estrelinhas azuis que pertencera a sua protetora e amiga. Devorou sozinha uma lata de sopa de cereais, enriquecida com toucinho defumado e acompanhada por grossas fatias de pão de centeio.

Alisou o estômago bem forrado e, completamente saciada, agradeceu educadamente:

– Obrigada, tenente. O jantar estava delicioso. Agora, desculpe, mas, se não for abusar da sua hospitalidade, gostaria de me recolher. Sinto vontade de dormir até não mais poder fazê-lo.

– É natural que se sinta assim, fraulein!

– Stef. Stef Zimmer, às suas ordens, tenente – sorriu com jovialidade.

– Yuri. Yuri Pavlov – retribuiu o sorriso. Eram, ambos jovens e podiam sorrir. A juventude lhes conferia esse direito. – Espero que nos tornemos grandes amigos, fraulein – arrematou, tomando-a pelas mãos.

– Você é um tenente russo, Yuri, e eu sou alemã. Não vejo como isto pode ser possível.

– É muito simples, Stef. Antes de qualquer ideal político, seja ele marxista ou nazista, acredito em nossa condição universal de seres humanos. As coisas vão mudar daqui para a frente...

– Acredita mesmo no que está dizendo, Yuri? – Stef estava encabulada. Não esperava ouvir aquelas palavras. Especialmente proferidas por um russo. Não depois do que a Alemanha havia feito com a Rússia. Mas Yuri não desistia de seu ideal:

– Mas é claro que acredito. Caso contrário, não estaríamos a conversar. Você não estaria limpa e alimentada nem iria dormir um sono de princesa em minha cama grande e macia, enquanto eu vou trabalhar a noite inteira dentro daquele jipe duro e sacolejante – riram do senso de humor do russo e se dirigiram para o quarto. Desabituada à segurança, Stef sentiu medo de ficar sozinha:

– Yuri, eu não posso ir com você? – os olhos pintalgados de prata brilhavam angustiados.

– Sinto muito, fraulein. Mas terá de ficar aqui. Seria morto se a pegassem comigo. Além disso, precisa descansar. Amanhã será outro dia e...

– E o sol vai brilhar outra vez... – a voz suave, que acreditava no amanhã, fez o russo se lembrar da voz de outra garota. Sua noiva. Que havia morrido junto com toda sua família na guerra. Afastou o pensamento melancólico e, como se lidasse com uma criança, fez Stef deitar-se, puxou-lhe as cobertas até a altura do queixo e acendeu a luz tênue do abajur. Beijou a testa branca e lisa e lhe desejou boa-noite:

– Boa noite, fraulein. Durma bem. Passarei por aqui de vez em quando.

– Obrigada, Yuri. Boa noite e... Yuri?

– Sim... – respondeu, mas Stef tinha adormecido. Acariciou a fronte da jovem e seu pensamento foi novamente invadido pela lembrança da noiva. Era quase da mesma idade de Stef e estava morta. Apertou os olhos para afastar o pensamento que o fazia sofrer e, batendo a porta, saiu para a noite da cidade despedaçada, que dormia, invadida pela paz do pós-guerra...

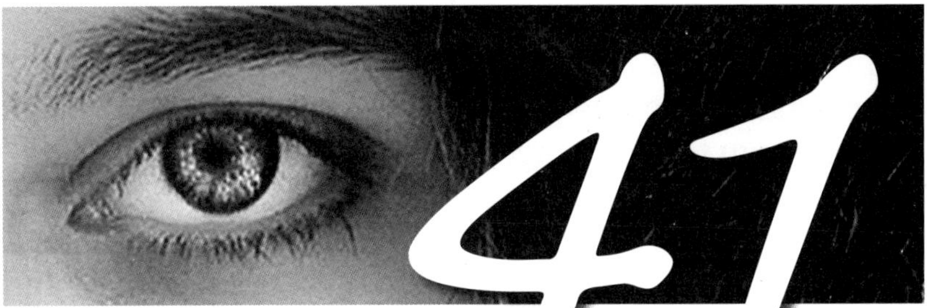

# 41

Berlim estava mergulhada num caos completo. A fome, a sede, a miséria e o desespero varriam a cidade. Os sobreviventes que podiam andar ou se arrastar saíam de seus esconderijos e vagavam pelas ruínas; a confusão era total. Ninguém sabia o paradeiro de parentes e amigos nem o que fazer ou para onde ir.

Mães que, sabendo-se suspeitas pelos nazistas, haviam entregado seus filhos aos cuidados de famílias estrangeiras, e que tinham sobrevivido, engrossavam a fila da Cruz Vermelha a reclamar sua volta. Crianças órfãs da guerra perambulavam solitárias pelas crateras cobertas de entulhos. Os olhinhos ariscos e esfaimados varriam o cenário desolador, querendo compreender o que tinha acontecido. Outras vegetavam nos orfanatos abarrotados, à espera de pais que nunca viriam buscá-las.

Afixadas por todos os lugares onde fosse possível, as listas de mortos e desaparecidos da Cruz Vermelha aumentava a todo instante. Olhares temerosos percorriam-nas de cima abaixo, para ao final encherem-se de jubilosa esperança ou renderem-se à trágica realidade da morte. O olhar prateado de Stef chamejava lindamente, tomado pela expectativa de encontrar os nomes daqueles a quem buscava. Depois, as longas pestanas batiam resignadas e ela se perdia entre a multidão.

A escassez, principalmente de alimentos e remédios, que assolava Berlim, fez florescer o mercado paralelo que crescia vertiginosamente por toda a cidade. Botas forradas com pele de carneiro eram trocadas por um pedaço de toucinho ou manteiga; finos trajes de noite não valiam mais que um torrão de açúcar; jóias caras de família eram negociadas em troca de um punhado de grãos de cereais, um pouco de penicilina ou um pacote de ataduras etc. A fome e as epidemias que assolavam toda a Europa não se faziam de rogadas na capital germânica e as pessoas morriam aos montes, parecia que uma outra guerra tivesse eclodido.

As últimas horas da madrugada morriam ao longe e, como a negar a miséria presente, os primeiros raios do cálido sol de verão rasgaram a nuvem de fumaça escura e baixa que encobria a cidade e incidiram sobre a multidão que já se aglomerava junto às ruínas da Porta de Brandenburg, e que abriu espaço para o jipe do Exército Russo que dobrou a esquina inusitadamente, fazendo as pessoas saltarem assustadas para os lados.

A casa que Yuri ocupava ficava na periferia e, durante o trajeto até ali, Stef mal podia crer em seus próprios olhos. A cidade estava totalmente destruída. Ruas esburacadas e intransitáveis, quarteirões e mais quarteirões inteiros sem uma única edificação em pé, crateras imensas entulhadas por ferros retorcidos, rebocos enegrecidos pelos incêndios, e homens, mulheres e crianças a vagar com olhar alucinado por entre os escombros poeirentos, à procura de parentes e conhecidos entre os mortos e feridos que jaziam espalhados pelas ruas. O cheiro de morte e de miséria entrava por suas narinas delicadas, riscadas por minúsculas veias azuis que se dilatavam de desespero.

O jipe deu um solavanco e parou com uma freada brusca, levantando uma nuvem vermelha de poeira. Stef ergueu os olhos magníficos para a bandeira vermelha que tremulava no alto do único pilar que ficara de pé sobre a montanha de escombros onde antes se erguia majestosa a Porta de Brandenburg, e sentiu uma forte dor no peito. O monumento, que ficava no coração da cidade, era digno de cartão postal e orgulho dos berlinenses. Balançou a cabeça loira com incredulidade e deixou as lágrimas caírem livremente. Nos lábios trêmulos, uma indagação se repetia: "Por quê? Por quê?".

Yuri manteve-se algum tempo em silêncio, depois suavemente colocou a mão sobre a mão da jovem e sentiu-a gelada como as estepes russas no inverno. Limpou a garganta e disse com ternura:

– Não se torture com perguntas para as quais não tem resposta, Stef. Ninguém nunca conseguirá compreender esta página da história da humanidade.

– Creio que tem razão, Yuri. Repugna-me o que fizemos ao mundo. Ver isso – disse, apontando para os destroços –, faz-me pensar que somos monstros. – Voltou-se para o tenente russo e continuou: – Yuri, se vocês que nos vieram libertar, destruíram Berlim deste jeito, não é difícil imaginar o que nossos soldados aprontaram por onde andaram...

– Não se torture, fraulein. Você não tem culpa do que aconteceu...

– Oh, Yuri... Quantas jovens iguais a mim eles terão...

– Não queira saber mais do que já viu, Stef. Não vale a pena – suspirou profundamente. – Sou russo e sei como foi em meu país. Sou o único sobrevivente de uma numerosa família. – Fechou os olhos e tinha a sensação de que aquilo fosse apenas um horrível pesadelo. – Pai, mãe, irmãos, e... Katrina, minha noiva. Ela estava grávida. Íamos nos casar.

– Yuri, por favor, vamos sair daqui. Acho que o melhor para você e eu neste momento, é nos esquecermos de que tivemos pai, mãe, irmãos, filhos... – A lembrança do filho a fez sufocar um soluço, mas não impediu a grossa lágrima de rolar pela sua face jovem. Os olhos semicerrados vislumbraram o montículo de terra onde o bebê jazia sepultado.

– Filhos? – Yuri compreendeu o significado daquela dor indizível que via estampada nos olhos da jovem alemã. – Filhos... Você também, Stef? – Ela apenas assentiu com a cabeça e sentiu alívio quando o tenente deu a partida no motor e o carro se pôs em movimento.

Não fazia sentido ficar contemplando as ruínas e o trêmulo balouçar da bandeira vermelha que parecia querer dizer com seu ondular, que a guerra tinha se findado e que a paz reinava, afinal.

De mãos fortemente entrelaçadas, ergueram as cabeças e, movidos pela exuberante força da juventude, seguiram adiante. O sacolejar do jipe fazendo voltear na cabeça, os sonhos e aspirações que os tinha ajudado a conseguir sobreviver às tormentas da guerra.

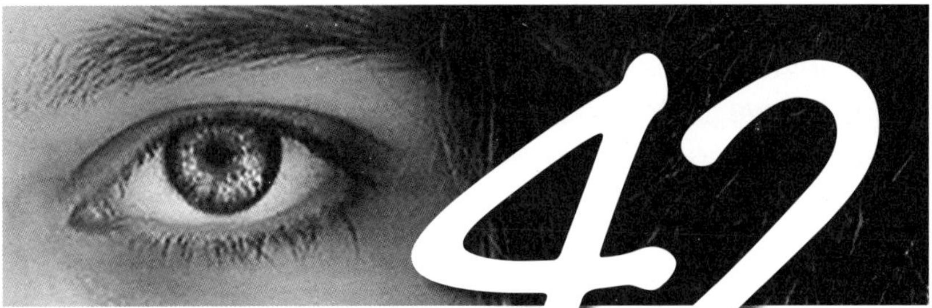

# 42

Stef não sabia precisar o tempo que ficou ali parada a olhar a devastação. Estava petrificada pelo que via. Sua casa fora atingida em cheio por uma bomba e estava totalmente desmoronada. Tudo ao redor era ruína e desolação e o silêncio era ensurdecedor. Tinha vontade de entrar. Mas uma força interna a questionava: entrar aonde? Em quê? E ela continuava parada. O azul-prateado de seus lindos olhos pousados incrédulos na montanha de entulhos revelavam toda sua perplexidade.

Nas horas de solidão do cárcere privado, sempre pensara na hipótese de aquilo acontecer, mas agora era real. Estava tudo destruído. E não tinha ninguém ali para recebê-la. Estava completamente sozinha numa cidade devastada pela guerra... e era livre outra vez. Ansiara tanto por ser novamente livre, e agora o era, mas olhava para o que restara de seu lar, e pensava que não sabia para onde ir, nem o que fazer com a liberdade.

Stef varreu a devastação com o olhar e, por uma dessas casualidades da guerra, o centenário olmeiro que ficava no fim da rua balouçava seus galhos chamuscados pelas chamas. Como que relutante em se despedir da primavera que se tinha findado, estava florido e suas minúsculas florzinhas bailavam sob o vento tépido da manhã, como se fossem milhares de pequeninas bailarinas.

Parado a certa distância, o jovem tenente russo Yuri Pavlov, guardando respeitoso silêncio, deixou que a jovem se encontrasse com seus fantasmas. Ele próprio tivera sua casa destruída pelos alemães, com toda sua família dentro, inclusive Katrina, sua noiva, grávida de cinco meses. Estava no front quando aconteceu, e quando chegou de licença para o casamento, encontrou todos mortos. Juntou o que pode dos corpos, enterrou no fundo do quintal e partiu de novo para a frente de batalha. Yuri Pavlov sabia, portanto, o que a jovem estava sentindo. Deu um passo a frente e tentou tirá-la daquela terrível solidão:

– Stef...

– Oh, Yuri... Minha casa. Mamãe. Ulrich. Os gêmeos. Onde estarão todos? E Sieg?

Stef cobriu o rosto com as mãos e, vislumbres da felicidade plena que tinha vivido naquela casinha alegre e imaculadamente limpa, em companhia dos pais e do irmãozinho, até a eclosão da guerra, perpassavam por seus pensamentos. Por um momento desejou que fosse eterno, viu Ulrich vir correndo ao seu encontro. Irradiava felicidade e as bochechas rosadas e rechonchudas, salpicadas pela neve ressaltavam o azul profundo dos olhinhos vivos e risonhos. Os bracinhos roliços se agitavam vigorosamente abrindo caminho pelo jardim de tulipas e a cabecinha redonda e loira oscilava sobre o pescocinho curto, fazendo com que os cachinhos dourados escapassem alegremente para fora do gorro vermelho de pura lã de carneiro. Os gritinhos de felicidade pareciam tão reais que Stef abriu os olhos numa vã ilusão. Stef ainda chamou-o, mas era apenas uma alucinação. A miragem festiva do irmãozinho desapareceu e a cruel realidade turvou-lhe os lindos olhos. A realidade eram os escombros, a destruição, a morte, as doenças, a fome, a sede e Ulrich... Ulrich fazia parte de um sonho distante...

Na esperança de oferecer um mínimo de consolo que fosse àquela alma ferida e despedaçada pelas agruras da guerra, o russo passou a mão protetoramente sobre os ombros da jovem angustiada:

– Stef, vamos sair daqui. Nada disso faz sentido – o

russo falava com mansidão. Temia magoá-la ainda mais, se é que isso fosse possível.

– Eu fico aqui, Yuri. Isto – a jovem indicou as ruínas de sua casa com um gesto de cabeça –, isto era meu lar. E quem quer que seja que tenha sobrevivido à guerra, voltará para cá. Mamãe... Sieg... – Ela fechou os olhos sonhadoramente e mordeu o lábio inferior.

– Quem é Sieg, Stef? – Yuri havia percebido que quando Stef falava em Sieg, era tomada por uma aura inconfundível, a qual ele já tinha experimentado com Katrina, por esse motivo, suspeitava de que ele fosse muito especial para a jovem.

– Sieg é meu marido.

– Seu marido? – O russo tirou a mão do ombro da jovem como se a pele macia e sedosa dela a estivesse queimando.

– Sim. Nós nos casamos antes de ele ir para a França... Eu fiquei grávida... Fizemos tantos planos para depois que a guerra acabasse, Yuri, mas, os alemães mataram nosso filhinho. E eu nem sei se Sieg ainda vive. Meu coração diz que sim, mas...

– Desculpe, Stef. Eu não sabia de nada disso.

– Nem poderia. Afinal, conhecemo-nos há poucos dias.

– Desculpe por ter perguntado. Não queria fazê-la sofrer ainda mais...

– Eu que lhe peço desculpas pelos transtornos que lhe causei, Yuri. Você foi muito gentil, nem sei como lhe agradecer.

– Não tem nada que se desculpar nem agradecer, Stef. Seja apenas minha amiga. Como você, estou sozinho no mundo e preciso de amigos verdadeiros...

– Bem, então... – Stef estendeu a mão delicadamente – amigos?

– Para sempre – o que parecia ser quase um sorriso, o primeiro desde muito tempo, resplandeceu no rosto do jovem tenente russo e da judia alemã quando o vigoroso aperto de mão selou a amizade, que nascia dos escombros da guerra.

***

Quando o jipe, envolto numa nuvem de poeira, sumiu de vista, Stef deixou a mão que estivera acenando para o amigo cair ao longo do corpo e suspirou profundamente. Estava em casa, afinal, e em liberdade. Suspirou novamente, parecendo querer ganhar fôlego para a batalha maior que tinha pela frente: a luta pela sobrevivência numa cidade ocupada e destruída pela guerra.

Yuri prometera voltar, porém ela sabia que não podia depender unicamente dele. Era preciso lutar. Agir por conta própria. Embora a amizade entre os dois jovens tivesse sido selada e confirmada com um sincero aperto de mão, Stef sabia que muito pouco ele poderia fazer a fim de ajudá-la. Sendo russo, e na condição de libertador, ele não podia ficar à disposição de uma única pessoa. Aliás, de ninguém. A prioridade era fazer a cidade voltar a funcionar. Organizar departamentos. Ativar os serviços de emergência. Montar forças-tarefas para desobstruir as ruas etc. Agradecia a amizade do tenente russo; era reconfortante saber que podia contar com uma voz amiga nos momentos mais difíceis, mas tinha consciência de que estava sozinha e de que sua sobrevivência dependia unicamente dela.

Entrou vagarosamente, pisava com cautela sobre os escombros, a casa estava totalmente destruída. Pelo aspecto, parecia ter sido atingida logo no início dos ataques. Ervas daninhas brotavam onde antes as tulipas floresciam em uma linda profusão de cores, e o mofo invadia os destroços do que resistira ao incêndio. Inspecionou tudo cuidadosamente, depois se dirigiu para os fundos, onde ficava a oficina do pai. Espreitou para todos os lados, e ficou quase feliz ao ver que três das quatro paredes da sapataria tinham ficado de pé quase até o meio. Não precisou pensar muito para saber que entre aquelas três paredes desmoronadas ao meio, estava seu novo lar. Sorriu aliviada. Tinha um canto para morar.

Stef arregaçou as mangas e dedicou-se ao trabalho de desobstruir o espaço existente entre as paredes. Quando os músculos doloridos e o estômago vazio começaram a protestar, ela pensou que não podia parar, precisava do abrigo limpo para passar a noite que já se aproximava.

Já quase ao anoitecer, limpava com ar feliz a banqueta que o pai lhe tinha feito como presente de aniversário de seu primeiro aninho, e que, para sua alegria, tinha ficado intacta; foi surpreendida por Yuri que chegou trazendo alguns pacotes.

– Vejo que trabalhou bastante, frau Stef! Isto aqui está uma beleza! Parabéns! – disse sorrindo com jovialidade.

– Olá, Yuri! Mas que surpresa agradável. Não esperava que viesse hoje. Entre. Sente-se. Veja. Tenho novidades. Esta banqueta era minha. Ela sobreviveu, Yuri. Acho que isso é um bom sinal – Stef falava excitada pela alegria causada pela presença do jovem. Estava se sentindo muito sozinha e era bom ter alguém com quem conversar um pouco.

– Eu também tenho novidades. Veja o que eu lhe trouxe – falou Yuri, depositando os pacotes sobre um pedaço de tábua que estava a um canto do abrigo, sobre dois pedaços de tijolo.

– Oh, Yuri. Assim você vai me mimar.

Stef se extasiava com as delícias que o jovem havia trazido. Toucinho defumado, galinha frita, um pedaço de pão de centeio, uma lata de sopa de cereais com pedaços de carne de porco e um pedaço de manteiga.

– Tenho víveres para muitos dias – Stef sorria satisfeita. Estava faminta e, sem ter onde buscar comida, até já tinha se resignado em dormir com fome.

– Foi o que pude trazer. Tinha de trazer isto também, veja – Yuri abriu o segundo pacote e dele tirou uma manta de lã, um acolchoado e um colchonete.

– Ah, mas eu vou ficar realmente muito mimada. Vou

comer como uma rainha e dormir como uma princesa! – riu, abraçada à manta e revirando os olhos lindamente. – Yuri... – de repente sentiu-se triste.

– Sim, Stef. O que foi?

– Água. E a água? Tenho tanta sede...

Desceram a rua lado a lado. Algumas quadras abaixo um caminhão da defesa civil distribuía água. Stef lavou cuidadosamente o rosto e os braços e saciou a sede tormentosa com lentidão. Sorvia cada gota do líquido cristalino com prazer.

Deitada de costas sobre o colchonete, Stef contemplava o céu ornado por miríades de estrelas que pareciam lhe sorrir na noite silenciosa. Pensava em como seria dali por diante. De que forma ia sobreviver? Como reencontraria sua mãe e irmãos? E Sieg? Como estaria ele? Como ia reagir quando soubesse tudo o que lhe havia acontecido? Que ela não tinha conseguido proteger o bebê... Esses pensamentos fizeram aflorar o pranto que ela havia segurado o dia todo. Não era, como das outras vezes um pranto desesperado pelas agonias do momento, mas um choro pungente e silencioso, onde cada lágrima derramada em silêncio revelava uma triste e dolorosa história de sua jovem vida.

Pensava em que destino teria sido dado à mãe, a Ulrich... E aos gêmeos. Deviam ter mais de um ano de idade, e ela ainda não os conhecia.

Ficou muito tempo entregue às suas lembranças e reflexões, depois, passou a mão pelos olhos a fim de secá-los, e jurou à si própria que ia concentrar todos seus esforços a fim de encontrá-los e resgatá-los. Sentia-se culpada pelo trágico desfecho da destruição de sua família e assumira a responsabilidade de salvar o que pudesse ser salvo dela. Quando um animal noturno bramiu ao longe, Stef se assustou e, como se só então se desse conta de que as hostilidades tinham realmente cessado, agradeceu a Deus pelo término da guerra. Aguçou os ouvidos e se deliciou ao ouvir a quietude ser quebrada pelo som dos animais noturnos que, surpresos com a silente imobilidade que repentinamente caíra sobre a noite, dantes povoada pelo barulho ensurdecedor e pelo clarão das bombas, abriam suas gargantas confusos.

***

Quando no dia seguinte Yuri retornou trazendo mais víveres e dois vestidos que tinham pertencido a sua falecida noiva, os dois jovens sorriram dos mal-entendidos que os mesmos ocasionaram.

– Jamais pensei separar-me destes vestidos... sinto como se ela vivesse através deles... – o valente tenente russo não conseguiu conter uma única e dolosa lágrima que rolou sobre sua face. – Mas, mas eles já me causaram muita confusão.

– Guarde-os, Yuri. Eu me ajeito, não se preocupe.

– Não, Stef. Não os quero mais. Não depois de tê-la conhecido. Pode acreditar, Katrina ficaria bem feliz se você os aceitasse.

– Se faz questão, agradeço. Vou cuidar deles como se fosse ela própria, Yuri. Quando disse que me ajeitava, estava apenas querendo poupá-lo de separar-se de algo tão significativo para você, mas, na verdade, só tenho este que estou usando. E ele já está bem gasto e sujo.

– Fico feliz por aceitar. Além do mais cansei das brincadeiras de mau gosto dos meus colegas.

– Verdade? – Stef arqueou a sobrancelha bem-feita.

– Hã, hã. Nem todos acreditam na história da noiva morta e alguns fazem pilherinhas indecentes. Dizem que são meus e que os uso quando estou em licença – ambos riram. Era bom que fossem tão jovens. A juventude tem o poder mágico de fazer o riso aflorar nos lábios, mesmo nos momentos cruciantes.

Observando a limpeza impecável e alguns caixotes empilhados uns sobre os outros e sobre os quais Stef colocara alguns utensílios que encontrara entre os escombros, Yuri falou:

– Mas e você, onde conseguiu ajuda para tudo isto? – apontou para a prateleira feita de caixotes.

– Ora. Recebi ajuda dos céus – Stef riu um riso angelical. – Um anjo bom desceu das alturas para me auxiliar. – Depois, olhou para ele com ar de quem praticou um grande feito e continuou: – Mulheres também sabem das coisas, sabia, meu amigo russo? – riu novamente, dando uma piscadela marota.

– E como sabem! – riram despreocupados e esperançosos no futuro. Tinham sobrevivido à grande guerra. Eram jovens e tinham a vida toda pela frente.

Comeram os sanduíches de peito de galinha que Yuri tinha trazido, sorveram um copo de vinho e depois sentaram um ao lado do outro, sobre um pedaço de tábua sobreposto sobre duas pilhas de tijolos e ficaram por um longo tempo em silêncio. Depois, o jovem tenente russo disse abruptamente:

– Sabe, Stef, as coisas estão se complicando. É proibido aos russos confraternizarem-se com os alemães. Tenho ouvido rumores. Meus camaradas não compreendem o sentido de uma amizade...

– O que está querendo dizer, Yuri? – Stef estava assustada. Sentia que mais uma vez a guerra lhe tirava as pessoas que lhe eram importantes. O jovem russo torceu as mãos com nervosismo.

– Eu, quer dizer... eu vou ter de reduzir minhas visitas a você ao mínimo possível, Stef.

– Você está dizendo que vai me abandonar, Yuri? É isso? Fale! – a jovem sentia-se acuada. Parecia que nunca mais ia poder ter segurança na vida. Não compreendia porque tinha de ser assim. Yuri era tudo o que ela possuía de real, de palpável, naquele fim de guerra. O resto era só ruína e uma nuvem escura que subia voluteando a escurecer seus dias. E ela não queria perder aquele raio de verão que o jovem representava para ela.

– Stef, procure compreender. É o melhor para nós. Virei sempre que for possível...

– Desculpe, Yuri. Por um momento pensei que a guerra tinha se findado completamente. Mas vejo que uma guerra não se finda da noite para o dia, leva anos para as coisas voltarem ao normal. Se é que voltam um dia...

– Tem mais uma coisa, Stef – Yuri escolhia as palavras, queria que ela se assustasse o mínimo possível com o que lhe ia dizer.

– O que é agora? – os olhos azuis-prateados chamejaram inquisidores.

– As forças de ocupação não estão chegando a um acordo mútuo, Stef. E temo...

– Outra guerra, Yuri. Diga! É isso o que vai acontecer? Os aliados contra os russos? Dentro da Alemanha? – Stef falava assustada. Tinha certeza de que não teria forças para sobreviver a outra guerra. Era muito sofrimento. Ninguém podia resistir a isso.

– Calma, Stef. Não é nada disso – era difícil para ele sustentar aquele olhar de pavor. Embora ela nunca tivesse compactuado com o nazismo, sendo apenas mais uma das milhares de vítimas, era alemã. E sua pátria ia ser dividida.

– Fale Yuri! O que está acontecendo agora? – Stef tremia de medo.

– A Alemanha vai ser dividida, Stef.

Subitamente Stef compreendeu que a guerra realmente nunca tinha fim. Era uma dor que nunca cessava. Uma tragédia atrás da outra. Seu país ia ser dividido. Isso a martirizava. Ela queria a Alemanha inteira. Precisava encontrar sua mãe e irmãos. E Sieg...

– E o que isso tem a ver comigo? – parecia uma órfã desamparada.

O jovem tenente russo pensou na ideologia marxista, recordou-se do regime de ferro de Stalin; a vigilância cerrada sobre a vida privada do indivíduo; os expurgos; a longínqua Sibéria... etc., e falou sobre tudo isso à jovem, que não compreendia aonde ele queria chegar.

– E o que isso tudo tem a ver com a gente? Por que está me falando sobre essas coisas, Yuri?

– Porque não quero isso para você, Stef. E...

– E?

– E pode ser que sua casa fique em setor russo, Stef. Não queira isso para você, frau. Sou russo e sei como são as coisas.

Tomada por uma fúria avassaladora e que ocultava o imenso medo que a dominava em ondas crescentes, Stef reagiu apavorada:

– E eu, tenente comunista, como fico nisso tudo? Vou ser russa ou alemã? A Alemanha é um povo! Uma nação! Um território! Como tudo pode ser dividido?

– Calma, Stef...

– Como é possível manter a calma? Se neste instante sei que sou alemã e daqui a pouco posso ser russa, americana, francesa, inglesa, sei lá! É o jugo que se impõe outra vez, Yuri! É isso! É o adeus à liberdade! É isso! – atirou-se nos braços do amigo russo, chorando desesperada. Pensava não ter mais lágrimas, porém o pranto doído que sacudia o corpo da jovem amedrontada, mostrava que elas não secam nunca nos olhos de quem passa por uma guerra.

– Mantenha a calma, garota. Compreenda. Esta é uma medida quase necessária. É impossível governar um país com ideais tão distintos quanto o são o socialismo e o capitalismo...

– E você? O que vai lhe acontecer?

O jovem tenente russo Yuri Pavlov suspirou profundamente antes de responder. Sentia que podia confiar naquela jovem alemã meio judia a quem a guerra, assim como a ele, tudo roubara. Alisou a cabeleira dourada de Stef e disse com ar sonhador:

– Algum dia o tenente russo Yuri Pavlov, alça vôo, Stef... até lá... – não completou a frase. Nunca se conformara com a rigidez do regime socialista, e sonhava, desde antes da morte de sua família e de Katrina, deixar a Rússia. Depois da tragédia esse desejo povoava seus pensamentos com persistência. Só não sabia quando nem como isso ia acontecer, mas esperava, era russo e tinha paciência.

Stef ficou em silêncio por alguns momentos. Sentia um medo inexplicável. Sobrevivera ao nazismo. Mas teria forças para sobreviver a mais uma guerra? Tinha certeza que não. Estava exaurida. Extenuada. No limite de suas forças. Sua voz tremia quando murmurou:

– Yuri... o que será feito de nós... cidadãos comuns; seremos aprisionados pelo turbilhão comunista?

Agora foi a vez de Yuri ficar em silêncio. Pensou por algum tempo, depois respondeu com voz grave:

– Se pudesse dar um conselho, seria o de que todos que ficarem no setor russo, fujam para outros setores no mesmo dia. Depois, sequer poderão fazê-lo.

– É tão ruim assim, Yuri?

– Simplesmente horrível. Você não pode sequer pensar por si próprio. E você sozinha...

Stef arrepiou-se. Contemplou os olhos sonhadores do jovem amigo e a dor que viu neles cortou-lhe o coração. Sabia que ele sofria por ter que deixá-la, mas era preciso, para sua própria sobrevivência. Outra vez se sentiu cheia daquela força estranha que a tornava forte nos momentos mais difíceis e, embora sofresse o medo do desconhecido, encorajou-o a ir:

– Não se preocupe, Yuri. Ficarei bem.

– Tentarei lhe ajudar, Stef. E...

– E...

– Assim que a divisão for oficial, virei avisá-la.

– Obrigada, meu amigo.

O russo partiu e Stef se entregou à árdua batalha pela sobrevivência. Quando o dia clareava, colhia-a engolfada pelo tumulto que se formava nas ruínas da Porta de Brandenburg a verificar com olhos ávidos as listas da Cruz Vermelha, em busca de notícias de sua família. Depois, entregava-se ao comércio no mercado paralelo. Hábil nas transações, não se deixava intimidar pela grosseria dos homens sujos e barbudos e acumulava bens não perecíveis e cartões de racionamento.

Dali, Stef partia direto para o trabalho. Trabalhava na

equipe de desobstrução das ruas da cidade. Puxava, o dia todo, em troca de uma parca ração de alimento, um carrinho de mão carregado de detritos e entulhos que despejava nas crateras. As mãozinhas delicadas e macias de antes da guerra estavam calejadas e sem cuidados, porém ela não reclamava. Dava-se por feliz por ter conseguido um emprego, ter alimento e onde dormir. Trabalhava incansavelmente e ainda percorria, todos os dias, antes de voltar para casa, os pontos onde ficavam fixados os cartazes da Cruz Vermelha. Não perdia a esperança.

Certo dia, ao chegar em casa, o coração de Stef quase saltou de alegria pela boca, ao ver Yuri a sua espera. Fazia dias que ele não a visitava e a jovem já estava apreensiva:

– Olá Yuri! Já estava preocupada – ansiosa, Stef não se importou com sua aparência deplorável. O delicado vestido, que havia pertencido a Katrina e que ela estava usando, estava sujo e cheio de remendos, o pano preto que envolvia seus cabelos, coberto de poeira e suas chinelas, pretas de fuligem. O russo havia prometido ajudá-la a reencontrar sua família e sempre que ela o via perguntava ansiosa:

– Alguma notícia de mamãe ou das crianças? E Sieg... sabe alguma coisa... – a voz de Stef sumiu. Algo na expressão do amigo a alertou. Yuri a fitava como se quisesse gravar sua imagem para sempre na retina. – O que está acontecendo, Yuri? Fale logo! Por favor...

O russo tocou gentilmente o queixo de Stef, puxando-a para junto de si. Não importava que fossem vistos abraçados. Nada importava naquele momento, exceto salvá-la das garras tenazes do comunismo. Tirou um pedaço de papel do bolso da jaqueta e passou-o para ela, que indagou com os olhos lindamente abertos:

– O que é isso, Yuri?

– Aí tem um nome e um endereço. Ponha o mínimo possível de roupas e objetos pessoais seus dentro de seu carrinho, jogue alguns entulhos por cima e dirija-se a esse endereço, Stef. É tudo o que pude fazer por você. Desejo-lhe boa sorte...

– Yuri...! Não! Isso não pode estar acontecendo! O que significa isso? – perguntou, agitando o pedaço de papel para o alto.

– A divisão já é oficial, Stef. Nesse momento, chefes russos e aliados estão comemorando a divisão. E sua casa ficou em setor russo. – A última frase caiu como uma bomba sobre Stef. Não podia ser verdade. Yuri devia estar enganado. Aquilo não podia estar acontecendo.

– Yuri...

– Por favor, Stef. Faça como estou pedindo. É o melhor para você.

– E minha família? Sieg? Como vão me encontrar se eu sair daqui?

– Faça como estou pedindo, Stef. É sua única chance.

– Está bem. Farei como pede, Yuri. Mas ainda assim não posso me calar. Isso é um absurdo! – protestou antes de aquiescer. Ela também confiava no jovem russo. Parecia que se conheciam havia anos. Conversavam como velhos amigos e um compreendia o outro, afinal, tinham vivido as mesmas tragédias. Sofrido as mesmas perdas. Sabiam das dores um do outro.

– Assim está melhor, garota. E, Stef...

– Sim... – Stef voltou-se. Sua beleza causava impacto sobre o cenário destruído. Os olhos azuis-prateados cintilavam, demonstrando uma coragem inabalável. Ele admirava sua vontade de sobreviver e a tenacidade com que buscava a mãe, os irmãos e Sieg. Ela era uma garota maravilhosa.

– Eu a amo. Não como amei Katrina. Mas, como a uma irmã muito querida.

– Obrigada, Yuri. Eu também o amo. Aliás, nunca pensei que pudesse gostar tanto assim de um irmão mais velho – sorriram um para o outro.

Stef ficou olhando Yuri se perder na distância, acenou-lhe com um beijo e pensou em como a vida, outra vez estava sendo dura para com ela. Contudo, ela era jovem e tinha motivos para viver. Haveria de vencer.

O sargento da 4ª Cia. do 9º Exército Norte-Americano, Sean Olivier, encantava-se cada dia mais com as muitas qualidades de Stef. Quando, a 25 de maio de 1945, trocara um aperto de mão com o tenente russo Yuri Pavlov, às margens do Elba, em Turgan, não esperava que viesse a reencontrá-lo; e, muito menos que ele viesse a confiar-lhe aos seus cuidados, uma garota alemã, meio judia, em pleno pós-guerra e com aquele caos que reinava na cidade. Ficara surpreendido com a atitude do tenente russo.

– Cuide bem dela, sargento, por favor. Stef é uma pessoa muito especial e merece uma chance.

– Não se preocupe, tenente, farei o possível para tornar sua vida melhor. E tentarei ajudá-la a reencontrar a família e o marido...

– Obrigado, Sean. Sabia que podia contar com você. Direi a ela que o procure.

– Faça isso e fique tranqüilo, tenente Yuri.

Sean nunca mais o vira. Estavam no ano de 1947, havia dois anos que esta conversa tinha acontecido e, desde então, Stef estava sob sua proteção. Queria-a como a uma filha. Embora fosse casado havia vinte anos, tinha apenas dois garotos de quatro e seis anos e a via como a filha mais velha que não tivera. Hildegaard, a frau que Sean arrumara para cuidar de sua casa e que perdera toda sua família na guerra, tratava Stef como a uma princesa mimada e sentia-se feliz por ter de quem cuidar. Quando a garota chegou, magra, faminta, pálida e maltrapilha, com as mãos calejadas e os cabelos descuidados, condoeu-se e sentiu algo no coração por aquela criança desprotegida, tomando-a incontinente sob seus cuidados. Hildegaard, carinhosamente, acompanhava a evolução de Stef e dizia satisfeita a Sean:

– Nossa pequenina está se recuperando bem. Já reparou como seu rosto está rosado? Começa a ganhar carnes.

Magra e alta, Hildegaard, que devia ter cerca de trinta e cinco anos, jogava as mãos na cintura e ria para o sargento que agradecia aquela ajuda. Não sabia o que teria feito se não fosse frau Hildegaard. Sean percebia as mudanças ocorridas em Stef e parecia um pai acompanhando a recuperação da filha convalescente. E se surpreendia sempre com sua força de vontade.

Quando escrevia a Katlen, sua esposa, empresária do show *business*, que ficara em Nova Iorque, tecia elogios à jovem e falava do seu desejo de as duas se conhecerem:

*"Katlen, minha querida, tenho certeza de que vão se dar muito bem. Ofereci uma festa e ela foi uma anfitriã perfeita. Todos a adoraram. É uma garota adorável, além de ser linda e de cantar como ninguém. Não vejo a hora de que venha para Berlim, para que você a ouça cantar. Nunca ouvi nada igual. Ensinei-a a tocar piano; e vou lhe contar um segredo, ela me superou".*

Sean era músico nas horas de folga. Tocava piano desde criança e na adolescência pensava em ser músico, mas depois resolveu seguir a carreira militar, estimulado por um velho tio, que tinha adoração por fardas e armas militares.

*"Já nem toco mais. Instalo-me em uma confortável poltrona e fico ouvindo-a."*

Com tantos elogios a Stef, ainda bem que Katlen confiava no marido e por esse motivo não tinha ciúmes bobos. Havia uma grande cumplicidade entre o casal e ela acreditava que Sean estivesse realmente sendo sincero. Nunca lhe ocorrera que pudesse haver algo além de um grande carinho e de uma sincera amizade entre Sean e a alemãzinha. E o marido falava tão bem de Stef, em suas cartas e por telefone, que já a queria bem, quase tanto quanto ele.

E Katlen estava para chegar. O movimento na casa era grande. Duas mulheres foram contratadas para ajudar e Stef comandava a faxina como se sempre houvesse feito isso. Mudavam os móveis de lugar, arrumavam as flores; Stef até comprou algumas peças de decoração. Não conhecia ainda a dona da casa, mas pelo que seu marido falava, era uma pessoa de muito bom gosto. E Stef, que se entendia muito bem com Sean, estava fazendo tudo na tentativa de agradá-la. Na véspera de sua chegada, Stef sentou-se exausta na poltrona da sala de visita, que ficava diante da lareira:

– Puxa, espero que sua mulher goste. Fiz o melhor que pude!

– Como ela não gostaria? Está tudo tão lindo! Parabéns, Stef. Você se superou – serviu-se de uma dose de uísque e pediu a ela que tocasse algo ao piano.

Stef tocou um jazz americano. Sabia que Sean gostava dessa música, e tocava agradecida. Reconhecia que tinha uma vida tranqüila e serena. Ele fazia tudo para tornar sua vida o mais agradável possível. Nas noites em que Sean estava de folga, ela recebia lições para reforçar seu inglês, depois ficavam conversando por longas horas. Ele falava da saudade que sentia da esposa e dos filhos; e ela falava dos tormentos que tinha sofrido durante a guerra. Não omitiu nada. Fazia-lhe bem desabafar. Falava como uma filha a um pai. Sean a ouvia em silêncio. Não tivesse ele próprio visto a guerra de perto, não acreditaria que aquilo fosse verdade. Sentia compaixão por aquela garota que amadurecera de forma tão trágica, e admirava sua coragem e serenidade para suportar o sofrimento de ainda não ter tido notícias de Olga, dos irmãos nem do marido, de quem ela falava com amor. Fazia todo o possível para ajudá-la e pensava que ela devia deixar a Alemanha. Esperava poder contar com o bom senso de Katlen para isso. E sabia que podia confiar na esposa. Finalmente, ela ia chegar no dia seguinte.

***

Stef corria o dia todo atrás de Paul e Joe. Jogavam bola no jardim e brincavam de pega-pega. Katlen e Sean observavam felizes. Agradeciam a paciência que Stef tinha com os pequenos. Como ela falasse inglês fluentemente, a comunicação não foi problema, passavam a maior parte do tempo juntos e os dois irmãos disputavam sua atenção. Katlen já havia lhe comunicado sua decisão de levá-la para a América:

– América!? E mamãe? Ulrich, os gêmeos, Sieg... Não, Katlen. Acho que devo permanecer em Berlim.

– Não se preocupe. Sean cuidará disso para você. E depois, não pode se esquecer de que pretendo lançá-la como cantora pop. Vai fazer um tremendo sucesso. Você vai ver!

Stef não conseguia se decidir. Talvez o melhor fosse mesmo ir tentar a sorte na América, como Katlen queria. Por outro lado, sentia-se presa a Berlim.

Embora Sean estivesse seriamente empenhado em encontrar sua família, todos os dias ela percorria pessoalmente os lugares onde a Cruz Vermelha continuava afixando cartazes com os nomes de mortos, feridos e desaparecidos, e dos prisioneiros de guerra na medida em que eles eram libertados. Stef não perdia a esperança de um dia encontrar o nome de algum deles na lista de sobreviventes.

Depois de ficar por três meses em Berlim, Katlen e as crianças iam voltar para Nova Iorque. Um fato importante fez com que Stef se decidisse de vez a acompanhá-los. Ainda que tivesse medo de partir, agora era diferente. Não estava mais sozinha no mundo. Tinha alguém que dependia unicamente dela: Otto Hanneke Zimmer.

Quando Sean chegou naquela noite, uma semana apenas antes da partida da esposa, e pediu que ela o acompanhasse, deixando Stef com as crianças e avisando que eles não demorariam, ela jamais podia imaginar que a partir daquele instante, sua vida estivesse traçada.

Passaram-se duas horas até que os donos da casa voltassem. Paul e Joe já estavam dormindo. Frau Hildegaard, sentada diante da lareira, ouvia Stef cantarolar e tocar ao piano. Primeiro entrou Katlen. Tinha um ar de que escondia alguma coisa. Stef parou os dedos longos e delicados sobre o teclado do piano e interpelou-a:

– E então? Os pombinhos foram fazer uma festinha de despedida?

– É, mais ou menos isso. Veja o que trouxemos para você, Stef! – Katlen apontou em direção à porta e Sean entrou. Trazia nos braços, envolto por uma manta xadrez de azul e vermelho, uma criança que olhava com ar assustado para todos os lados.

Stef levantou-se rapidamente. Não era preciso que lhe dissessem para que compreendesse. Tinha apenas uma dúvida: Otto ou Anna? Arrancou a criança dos braços de Sean e fez a pergunta que a torturava:

– E os outros? – Seus lábios tremeram.

– Estão todos mortos. As mortes de Olga, Ulrich e de Anna foram confirmadas, e... e Sieg, se estivesse vivo já teria aparecido... dois anos é muito tempo...

Stef não ouviu o resto da frase. Ela havia sobrevivido à grande guerra. E seu irmãozinho Otto também. Isso era o que importava. Olhou para a criança esquálida em seus braços. Ela tinha pouco mais de três anos de idade, mas, por causa dos maus-tratos que havia sofrido nas mãos dos nazistas, pesava menos de dez quilos; sua pele estava enrugada e desidratada e ele parecia um bebezinho de um ano. A criança gemeu e Stef tomou sua decisão:

– Vou levá-lo para a América, Katlen e Sean. Ele merece uma vida melhor.

Debruçada na amurada do convés do navio, Stef espremia Otto em seus braços. Olhava a areia branca do cais que ia se distanciando, tingida de púrpura pelos raios do sol que desmaiava ao longe. Ficou ali por um longo tempo e não percebeu que tudo ao seu redor era escuridão. No céu sem estrelas, a lua se escondia entre nuvens escuras e pesadas e o firmamento estava baixo, o que fazia com que não se identificasse o fim nem o início do negrume das águas agitadas nem do céu escuro. Numa dessas misteriosas forças da natureza, céu e mar se fundiam na escuridão. O bebê gemeu e Stef estreitou-o ternamente, sentindo o corpinho frágil se aconchegar em seus braços num leve suspirar. Pensou em Sieg, não ia desistir nunca de procurá-lo, mas apertou o irmãozinho contra o peito e uma última lágrima deslizou por sua face lívida, indo pousar nas águas que batiam revoltas no casco do navio. "Tomei a decisão certa", pensou. A América a esperava... Ela era uma sobrevivente.

*Fim*

# Zibia Gasparetto

## Livros

Lançado em 1956. O amor verdadeiro vence todos os desafios.

Lançado em 1982. Soborosas crônicas do espírito Silveira Sampaio.

Lançado em 1984. Um caipira analfabeto herda enorme fortuna e vence todos os que pretendiam ludibriá-lo.

Lançado em 1958. A vida valoriza a verdade destruindo as ilusões.

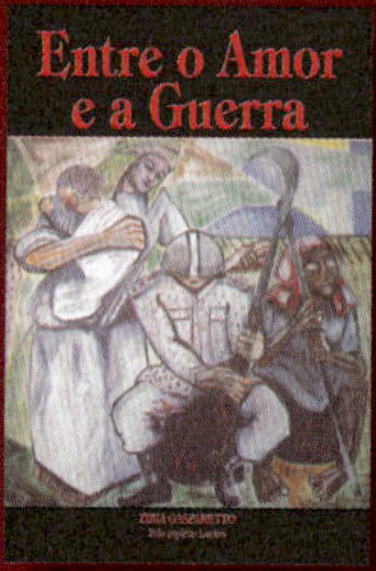


Lançado em 1983. O amor de um soldado francês com uma alemã durante a Segunda Guerra Mundial.

Lançado em 1985. Uma deslumbrante cigana que aprendeu a amar.

Lançado
em 1985.
O espírito de
Silveira Sampaio
relatando a
vida em outras
dimensões.

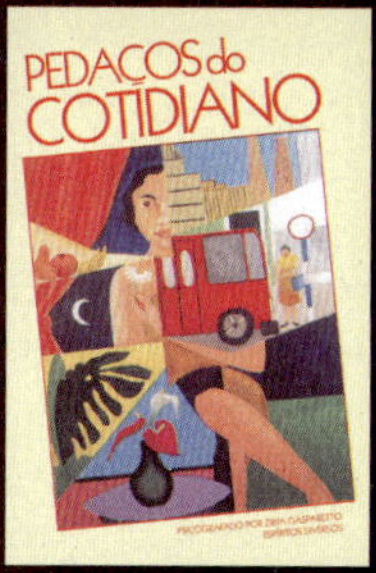


Lançado
em 1986.
Contos
ditados por
vários
espíritos.

Lançado
em 1987.
Uma história
de amor, ciúme
e redenção.

Lançado
em 1988.
O espírito
de Lucius
relata suas
vidas
passadas.

Lançado
em 1988.
Contos ditados
por vários
autores.

Lançado
em 1989.
Uma fazenda,
um dono cruel,
uma mulher
apaixonada pelo
cunhado.

Lançado
em 1992.
Mostrando que a
Vida tem o poder
de escolher
o que é melhor
para cada um.

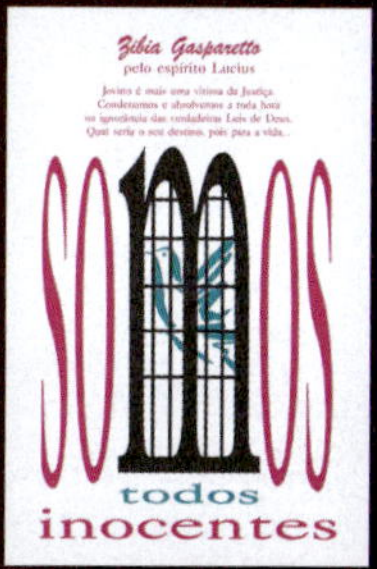


Lançado
em 1993.
História de
um rapaz
preso por
um crime que
não cometeu.

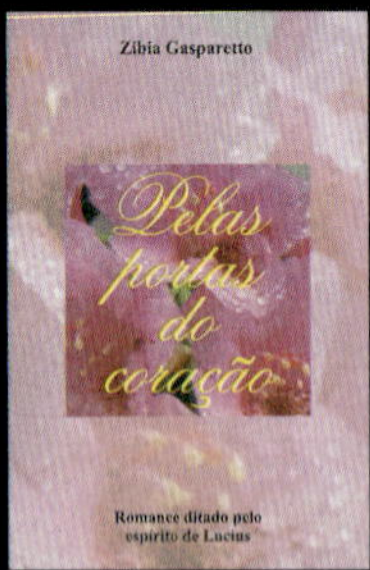


Lançado em 1995. Juliana nos ensina a sermos responsáveis pela própria vida.

Lançado em 1996. Uma lição de vida nos inspirando a vontade de viver melhor.

Lançado em 1997. Silveira Sampaio nos ensina a evoluir pela inteligência com menos sofrimento.

Lançado em 1999. A amizade e o companheirismo de três crianças.

Lançado em 1996. Mostra o quanto erramos quando pretendemos julgar os outros.

Lançado em 1997. Crônicas para a revista Contigo! – único livro de autoria de Zibia Gasparetto.

Lançado em 1998. A advocacia pode ser exercida com justiça e dignidade.

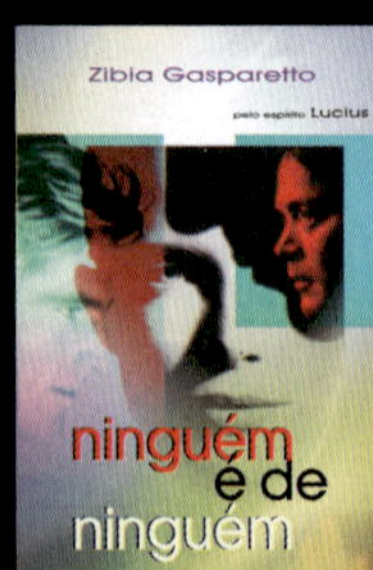


Lançado em 2000. Este livro nos ensina a vencer os desacertos do ciúme.

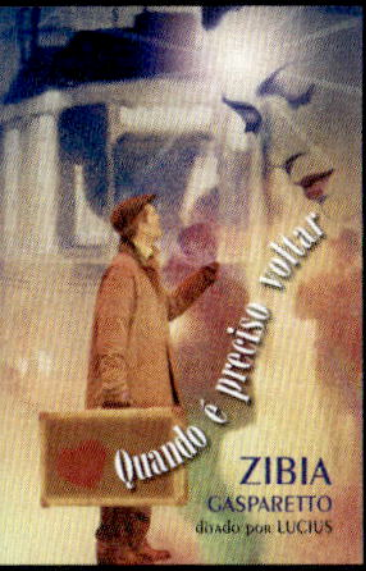


Lançado em 2001. Fugir dos problemas apenas transfere o momento de enfrentá-los.

Lançado em 2002. Você poderá obter o que quiser, se pagar o preço.

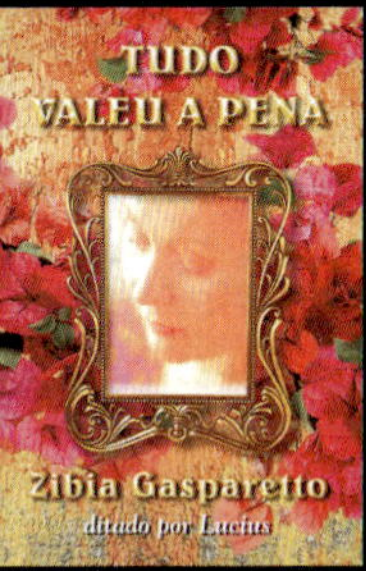


Lançado em 2003. Quando vencemos os desafios descobrimos que tudo aconteceu para o melhor.

Lançado em 2004. Quando mesmo amando, cada um continua sendo si mesmo.

Lançado em 2005. Uma mãe estéril, um menino indesejado, uma ligação de puro e profundo amor.

Lançado em 2006. Marcelo acreditava amar, mas descobriu que apego não é amor.

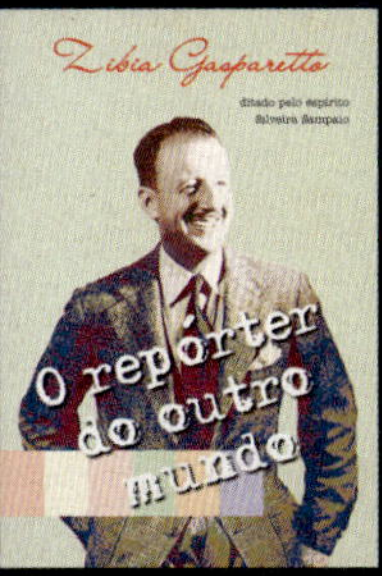


Lançado em 2007. Silveira Sampaio nos conta nesta deliciosa leitura, como é a vida no plano espiritual.

Lançado em 2007. Uma história emocionante que fará você se perguntar: “Onde está Teresa?”.

Elsie Dubugras relata suas experiências e pesquisa científica, acompanhando durante 15 anos as obras e apresentações de Gasparetto, inclusive no exterior.

Livro de bolso com frases que servem de guia para reflexão mais aprofundada das leis da vida.

## Livros Infantis

Neste livro, o tio Gaspa ensina você a acender a sua luzinha interior sempre que desejar.

O tio Gaspa ensina você a rir por dentro para se defender das pessoas que gostam de usar os óculos do orgulho.

O tio Gaspa fala de como a gente se sente sozinho e abandonado, porque os adultos se esquecem que criança também é gente.

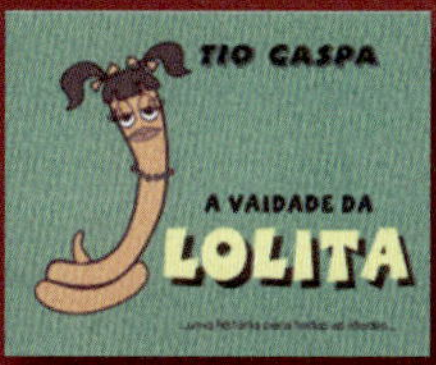


Você é como você é.
Você é certo do jeito que é.
Lolita é uma minhoca que ensina crianças e adultos o valor de ser si mesmo.

## Série Amplitude

1 • Você está onde se põe
2 • Você é seu carro
3 • A Vida lhe trata como você se trata
4 • A coragem de se ver

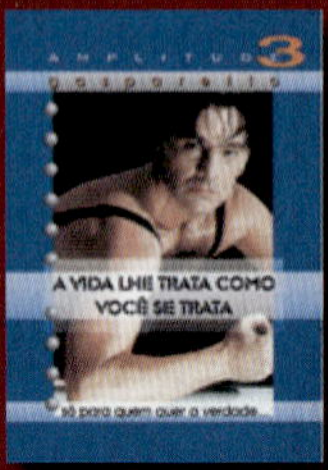

## Mensagens mediúnicas pelo espírito Calunga

Com uma facilidade incrível, Calunga toca o mais profundo de cada Ser. Este livro é uma coletânea de suas respostas e palestras que com certeza proporcionará uma visão de vida.

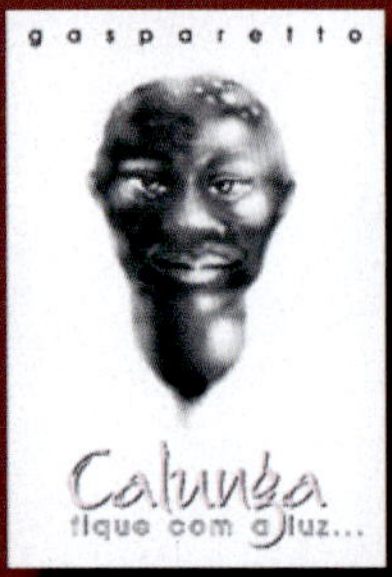


Uma coletânea das mensagens que Calunga deu na Rádio Mundial, por meio da mediunidade de Luiz Gasparetto.

Calunga é um fantasma, como ele mesmo se rotula. Deixar-se envolver por suas idéias é uma maneira eficiente de alimentar nossas almas de paz e renovação.

A visão inteligente de um desencarnado que pode nos despertar e encantar com a beleza de verdades sinceras e amplas.

## CDs e DVD

**PROSPERIDADE**
Auto-ajuda

Aprenda a usar as leis da prosperidade. Desenvolva o pensamento positivo corretamente. Descubra como obter o sucesso que é seu direito divino, em todos os aspectos de sua vida.

**série REALIZAÇÃO**
Auto-ajuda

Com uma abordagem voltada aos espiritualistas independentes, eis aqui um projeto de 16 CDs para você melhorar. Encontros com o Poder Espiritual para práticas espirituais de prosperidade. Nesta coleção você aprenderá práticas de consagração, dedicação, técnicas de orações científicas, conceitos novos de força espiritual, conhecimento das leis do destino, práticas de ativar o poder pessoal e práticas de otimização mental.

**série PRONTO SOCORRO**
Auto-ajuda

1 • Confrontando o desespero
2 • Confrontando as grandes perdas
3 • Confrontando a depressão
4 • Confrontando o fracasso
5 • Confrontando o medo
6 • Confrontando a solidão
7 • Confrontando as críticas
8 • Confrontando a ansiedade
9 • Confrontando a vergonha
10 • Confrontando a desilusão

**série VIAGEM INTERIOR (1, 2 e 3)**
Auto-ajuda • Exercícios de meditação

Por meio de vários exercícios de meditação mergulhe dentro de você e descubra a força da sua essência espiritual e da sabedoria. Experimente e verá como você pode desfrutar de saúde, paz e felicidade desde já.

**série LUZES**
Auto-ajuda • Coletânea de 8 CDs
volumes 1 e 2

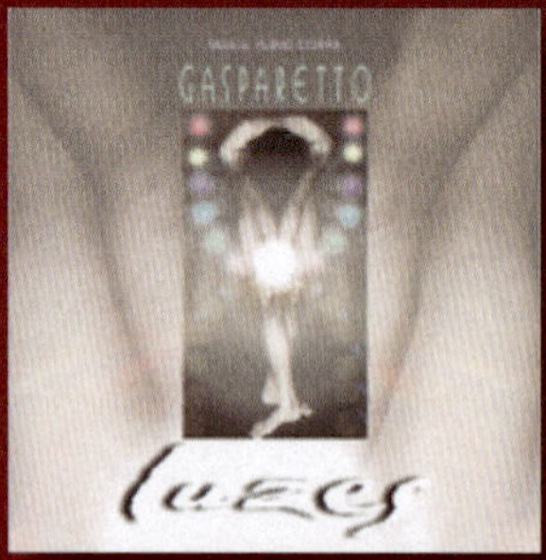


Este é um projeto idealizado pelos espíritos desencarnados que formam no mundo astral, o grupo dos Mensageiros da Luz. Por meio de um curso ministrado no Espaço Vida & Consciência pela mediunidade de Gasparetto, eles nos revelaram os poderes e mistérios da Luz Astral, propondo exercícios para todos aqueles que querem trabalhar pela própria evolução e melhoria do planeta. Nesta coletânea, trazemos essas aulas, captadas ao vivo, para que você também possa se juntar às fileiras dos que sabem que o mundo precisa de mais luz.

**série PALESTRA**
Auto-ajuda

1 • Meu amigo, o dinheiro
2 • Seja sempre o vencedor
3 • Abrindo caminhos
4 • Força espiritual

**série ESPÍRITO**
Auto-ajuda

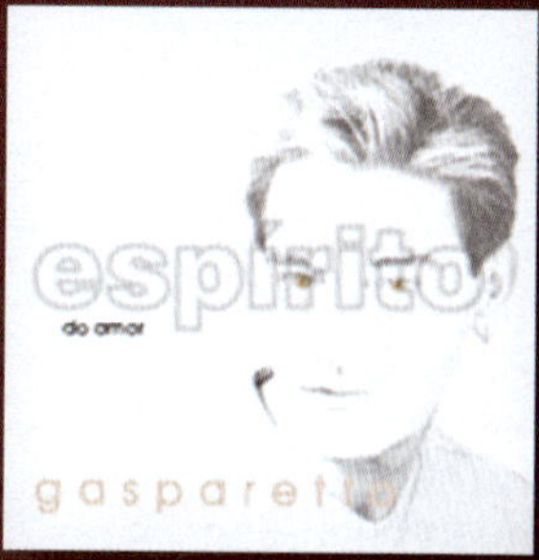


1 • Espírito do Trabalho
2 • Espírito do Dinheiro
3 • Espírito do Amor
4 • Espírito da Arte
5 • Espírito da Vida
6 • Espírito da Paz
7 • Espírito da Natureza
8 • Espírito da Juventude
9 • Espírito da Família
10 • Espírito do Sexo
11 • Espírito da Saúde
12 • Espírito da Beleza

**série VIDA AFETIVA**
Auto-ajuda

1 • Sexo e espiritualidade
2 • Jogos neuróticos a dois
3 • O que falta pra dar certo
4 • Paz a dois

**série PALESTRAS**
Auto-ajuda

- S.O.S Dinheiro
- Mediunidade
- O Sentido da Vida
- Os Homens
- Paz Mental
- Romance Nota 10
- Segurança
- Sem Medo de Ter Poder
- Simples e Chique

**Calunga • PRECE DA SOLUÇÃO**
Auto-ajuda

Calunga é um desencarnado ca rismático, possui uma sabedoria sobre a natureza humana que surpreende a todos Consegue tocar o mais profundo de nosso Ser pela forma de observar a vida, como bon mineiro que foi quando estava entre nós Porta-voz dos espíritos superiores, esta sempre a nos mostrar novas formas de lida com as velhas coisas da vida.

## DVD

**O MUNDO EM QUE EU VIVO**
Auto-ajuda

Momentos imperdíveis da palestra do Calunga proferida no dia 26 de novembro de 2006 no Espaço Vida & Consciência.